Zoe Sugg

Girl Online on Tour

Der zweite Roman von Zoella

© Zoe Sugg

DIE AUTORIN

Zoe Sugg alias Zoella ist eine junge Videobloggerin aus Brighton. Ihre Beauty-, Fashion- und Styling-Vlogs haben ihr auf YouTube bereits über 14 Millionen Follower eingebracht, die Zahlen steigen kontinuierlich. In den letzten Jahren hat Zoella zahlreiche Preise erhalten, darunter den »Best Beauty Vlogger Award« und den Nickelodeon-Preis der Kids Choice Awards als »Großbritanniens beliebteste Vloggerin«. Bei den Teen Choice Awards 2014 wurde sie »Web Star für Fashion und Beauty«. Zoes erster Roman »Girl Online« schaffte es auf Anhieb auf die New-York-Times-Bestseller-Liste, die Girl-Online Bücher sind weltweit ein großer Erfolg.

Von Zoe Sugg ist bisher bei cbj erschienen:
Girl Online (40332)
Girl Online on Tour (40364)
Solo für Girl Online (17446)

Zoe Sugg

Girl Online on Tour

Aus dem Englischen
von Henriette Zeltner

cbt

Dieses Buch ist auch als E-Book erhältlich.

MIX
Papier aus verantwortungsvollen Quellen
FSC® C014496
FSC
www.fsc.org

Verlagsgruppe Random House FSC® N001967

1. Auflage 2018
Erstmals als cbt Taschenbuch Februar 2018

Die Originalausgabe erschien 2015 unter
dem Titel »Girl Online on Tour« bei
Penguin Books Ltd, London, in der Verlagsgruppe Penguin Random House UK, London.
Aus dem Englischen von Henriette Zeltner
Lektorat: Antje Steinhäuser
Umschlaggestaltung: Kathrin Schüler, Berlin,
unter Verwendung diverser Fotos von
© Shutterstock (Ravennka, Andrekart Photography, Elena Efimova, Grisha Bruev,
Annette Shaff) und © Photocase (VaLu)
kk · Herstellung: LW
Satz: KompetenzCenter, Mönchengladbach
Druck: GGP Media GmbH, Pößneck
ISBN 978-3-570-40364-8
Printed in Germany

www.cbt-buecher.de

Für die Menschen, die all dies möglich machen und mir zur Seite stehen. Ich bin unendlich dankbar.

20. Juni

Wie du eine Fernbeziehung überlebst, wenn dein Boyfriend ein superheißer Rock-Gott ist

1. Lade dir Skype, WhatsApp, Snapchat und praktisch jede Kommunikations-App runter, die du finden kannst. Bleib die ganze Nacht in deinem Panda-Onesie wach und chatte mit deinem Boyfriend, bis dir die Augenlider wehtun und du echt schlafen musst.
2. Sobald du aufwachst und ihn vermisst, hörst du dir *Autumn Girl* auf Dauerschleife an.
3. Installier auf deinem Telefon eine App, die dir die Zeit von jedem beliebigen Ort nennt, an dem er sich gerade aufhält, damit du ihn nicht aus Versehen um drei Uhr morgens für einen Chat weckst. (Das habe ich inzwischen schon ungefähr zehn Mal hingekriegt!)
4. Kauf dir einen Kalender und markier darin die Tage, bis du ihn wiedersiehst (es sind übrigens NUR NOCH FÜNF).
5. Gewinn irgendwie im Lotto, damit du von der Schule abgehen und hinfliegen kannst, wo immer er gerade ist, und ihr nie mehr so lange getrennt sein müsst.
6. Was immer du tust, gehe NICHT online und schau dir

Videos vom umwerfenden Popstar Leah Brown an, in denen sie vor Millionen kreischender Fans um den bereits erwähnten Boyfriend herumtänzelt und mit dem Hintern wackelt.
7. Und gib seinen Namen NICHT in die Suchmaschine ein, damit du die ganzen coolen Sachen siehst, die er gerade macht, während du für deine Prüfungen büffelst.

Meine liebe Leserschaft, selbst wenn ich eines schönen Tages das Gefühl hätte, diesen Blog in nicht privater Form veröffentlichen zu können, werde ich's nicht tun.

Denn ich weiß, da mein Freund der süßeste Junge der Welt ist und mir keinen Anlass gegeben hat, so zu empfinden, darf ich nicht zugeben, dass ich unsicher und irgendwas anderes als hübsch und höchstens ein kleines bisschen eifersüchtig bin. Stimmt's?

Sagt mir, dass das besser wird. Ich habe keine Ahnung, wie ich das überleben soll.

Girl Offline … nie mehr online xxx

KAPITEL 1

Fünf Tage später

Es sollte gesetzlich verboten sein, dass Prüfungsräume Meerblick haben.

Denn wie fair ist das, dass wir drinnen festsitzen, mit Krämpfen in den Fingern von zwei Stunden pausenlosem Schreiben, während draußen das Licht auf den Wellen tanzt und es so strahlend und verlockend aussieht? Wie soll ich mich daran erinnern, wer die vierte Gattin von König Heinrich VIII. war, wenn die Vögel singen und – ich schwör's – das fröhliche Gebimmel eines Eiswagens zu hören ist?

Ich schüttele den Kopf und verbanne die Vision einer köstlichen Waffel mit Softeis und einer hübschen Schokoverzierung obendrauf. Stattdessen bemühe ich mich, eine direkte Verbindung zum Gehirn meines besten Freundes Elliot zu kriegen. Er wird keine großen Probleme damit haben, sich in seiner Geschichtsprüfung an irgendwelche dieser Fakten und historischen Figuren zu erinnern. In meinem Blog habe ich ihm den Namen Wiki verpasst, weil sein Kopf anscheinend so viel Wissen gespeichert hat wie Wikipedia, während meine Notizen zur Wiederholung des Stoffs so schnell wie ein Snapchat wieder aus meinem Gedächtnis verschwinden.

Ich seufze und versuche, mich auf die Prüfungsfragen zu konzentrieren, aber die Wörter verschwimmen vor meinen Augen, und ich kann mein eigenes chaotisches Gekritzel nicht verstehen. Ich hoffe, dass, wer auch immer das korrigieren muss, mehr Erfolg dabei hat.

Mir Geschichte als Fach für die Abschlussprüfungen des Schuljahres auszusuchen, war von Anfang an keine gute Idee. Damals orientierte ich mich einfach daran, was alle anderen machten. Das einzige Fach, von dem ich wusste, ich muss es unbedingt nehmen, war Fotografie. Denn ganz ehrlich, ich habe keine Ahnung, was ich nach der Schule werden will.

»Okay, alle legen jetzt ihre Stifte weg«, sagt der Prüfer vorne im Klassenzimmer.

Mein Mund wird total trocken. Ich weiß nicht, wie lange ich vor mich hin geträumt habe, aber ich weiß, dass ich nicht alle Fragen beantwortet habe. Dabei entscheiden diese Prüfungen darüber, welche Fächer ich nächstes Jahr nehmen werde, und die hier habe ich definitiv verpfuscht. Meine Handflächen sind auf einmal ganz glitschig und die Vögel draußen höre ich auch nicht mehr singen. Da ist nur noch das Kreischen der Möwen. Es klingt, als würden sie mir ihr höhnisches Gelächter direkt ins Ohr schreien. Mir dreht sich der Magen um und mir wird leicht übel.

»Penny, kommst du?« Ich schaue hoch und da steht

meine Klassenkameradin Kira vor meiner Bank. Der Prüfer hat mein Blatt längst eingesammelt, aber das habe ich gar nicht bemerkt.

»Ja, eine Sekunde noch.« Ich schnappe mir meine Tasche.

Als ich aufstehe, vertreibt eine Woge der Erleichterung den Anflug von Übelkeit. Egal, wie die Note ausfällt, das war's: meine letzte Prüfung. Für dieses Jahr bin ich mit der Schule fertig!

Ich habe ein dämliches Grinsen im Gesicht, als ich Kira zum High five abklatsche. Im Moment fühle ich mich meinen Klassenkameraden – und vor allem den Zwillingen Kira und Amara – näher als je zuvor in meiner ganzen Schulzeit. Sie haben sich nach dem ganzen Drama zu Jahresbeginn um mich geschart – eine solide Mauer der Freundschaft gegen die heranbrandende Nachrichtenflut. Denn die Medien sind quasi durchgedreht, nachdem rausgekommen war, dass ich den Rockstar Noah Flynn datete. Dann entdeckten sie auch noch meinen Blog, zerrten Details aus meinem Privatleben ans Licht der Öffentlichkeit und stempelten mich als Zerstörerin einer glücklichen Partnerschaft ab, weil Noah angeblich eine Beziehung zu Megastar Leah Brown hatte. Das waren die bisher schlimmsten Tage meines Lebens, aber meine Freunde halfen mir, diesen Sturm zu überstehen. Nachdem das alles vorbei war, hatte das Drama uns einander nähergebracht.

Als wir schon auf dem Flur sind, sagt Kira: »Wie wär's mit einem Besuch in der Gourmet Burger Kitchen zur Feier des Tages? Wir wollen uns alle dort treffen, bevor wir zum Konzert gehen. Du freust dich bestimmt schon total darauf, Noah endlich wiederzusehen.«

Die vertrauten Schmetterlinge beginnen, in meinem Bauch zu flattern. Ich freue mich total darauf – natürlich tue ich das –, aber ich bin auch nervös. Seit den Osterferien habe ich Noah nicht gesehen. Damals verbrachte er meinen sechzehnten Geburtstag mit mir. Jetzt haben wir zwei gemeinsame Wochen vor uns. Und obwohl das wirklich das Einzige ist, was ich will – und das Einzige, woran ich denken kann –, frage ich mich unweigerlich, ob es so sein wird wie immer.

»Ich treffe euch im Restaurant«, sage ich. »Ich muss nur noch ein paar Sachen aus Miss Mills' Büro abholen und dann schnell zum Umziehen nach Hause.«

Kira drückt meinen Arm. »Oh Gott, ich muss mir auch noch überlegen, was ich anziehen soll!«

Ich lächele schwach, als sie davoneilt, weil die Erleichterung über das Ende meiner Prüfungen schon von einer neuen Nervosität verdrängt wird: die von der Sorte »Wird mein Freund mich noch mögen?«. Ich weiß, ich sollte zuversichtlicher sein, dass Noah mich genau so mag, wie ich bin, aber wenn der erste Boyfriend zufällig gerade einer der berühmtesten neuen Musiker auf dem Planeten ist, dann ist das leichter gesagt als getan.

Die Flure sind schon fast komplett verwaist, und das einzige Geräusch kommt von den Sohlen meiner Chucks, die auf dem Linoleum quietschen. Ich kann gar nicht glauben, dass das die letzte Besprechung mit Miss Mills, meiner Lehrerin für Fotografie, sein soll. Man kann sagen, dass sie dieses Jahr viel für mich da war. Wahrscheinlich ist sie, abgesehen von meinen Eltern, der einzige Mensch, dem ich wirklich offen von den Ereignissen letzte Weihnachten und zu Silvester berichtet habe. Selbst Elliot gegenüber behalte ich manchmal Dinge für mich. Ein unbefangener Zuhörer war etwas, das ich eigentlich nie wollte – aber ich wusste eben auch nicht, dass ich genau das brauchen würde.

Es war nicht gerade hilfreich, dass ich in dem kleinen Kabuff, das Miss Mills in eine behelfsmäßige Dunkelkammer verwandelt hat, eine Panikattacke bekam. Das war nur ein paar Wochen, nachdem die Geschichte von Noah und mir im Internet kursierte. Normalerweise finde ich die Dunkelkammer beruhigend, aber es mochte an den Dämpfen oder der Enge oder daran gelegen haben, dass auf dem Bild, das ich gerade entwickelte, Noahs hübsches Gesicht zu sehen war. Ein Gesicht, das ich – wie ich damals annahm – wohl nie mehr in natura zu sehen bekäme. Jedenfalls wäre ich fast in Ohnmacht und in die Chemikalien gefallen. Zum Glück war das schon nach dem offiziellen Schulschluss, also bekam sonst keiner die »Panik-Penny« zu sehen. Miss Mills machte mir eine Tasse Tee und gab mir Kekse, bis ich anfing zu erzählen und dann einfach nicht mehr aufhören konnte.

Seither hat sie mir immer wieder geholfen, aber ich wusste auch, was das beste Hilfsmittel gewesen wäre: mein Blog. Ich hatte das Bloggen immer als so befreiend empfunden. Obwohl ich nach meinem letzten Blog-Post *Vom Märchen zur Horrorstory* alle künftigen Posts nur noch privat gebloggt habe, konnte ich dieses vertraute Bedürfnis nicht ignorieren. Wie einen juckenden Stich, an dem man nicht kratzen darf. Das Bedürfnis, meine Gedanken mit der Welt zu teilen. Girl Online war über ein Jahr lang mein kreatives und emotionales Ventil gewesen, das ich genauso vermisste wie die Community meiner Online-Leserschaft, die ich irgendwann Freunde nannte. Ich wusste, wenn ich den Kontakt zu ihnen wiederaufgenommen hätte, hätten meine Blog-Leser mir den Rücken gestärkt und mich genauso unterstützt wie anfangs wegen meiner Panikattacken.

Aber das Einzige, was ich vor mir sah, wenn ich die Augen schloss und davon träumte, meinen Blog wieder zu aktivieren, waren all die hasserfüllten Leute im Internet, die über ihren Tastaturen nur darauf lauerten, mich in Stücke zu reißen. Obwohl so viele Leute zu mir hielten und liebenswürdig waren, bedurfte es nur eines einzigen gemeinen Kommentars, um mich wieder in die dunkle Spirale zu stoßen. Ich hatte mich noch nie so gelähmt und unfähig zu schreiben gefühlt. Normalerweise flossen mir die Worte wie Wasser aus den Fingern, aber alles, was ich jetzt schrieb, kam mir gekünstelt und falsch vor. Ich schrieb Tagebuch, statt zu bloggen, aber es fühlte sich einfach anders an.

Diese Emotionen versuchte ich, Miss Mills zu beschreiben: Dass in dieser Spirale die Leute aus dem Netz zu Clowns mit dicker Schminke werden – und wenn sie lächeln, werden ihre rasiermesserscharfen Zähne sichtbar. Sie sind wie Monster, aber anstatt im Dunkeln zu lauern, sind sie einfach für jeden sichtbar. Sie vereinen meine schlimmsten Ängste in sich. Wie eine Million Albträume. Sie sorgen dafür, dass ich am liebsten all meine

Sachen packen und zu einem abgeschieden lebenden Stamm im Regenwald des Amazonas ziehen würde, wo man Flugzeuge für von den Göttern geschickte böse Geister hält. Elliot hat mir von diesen Menschen erzählt. Ich wette, sie haben noch nie von Girl Online oder Noah Flynn gehört. Ich wette, sie kennen auch kein Facebook. Oder Twitter. Oder virale Videos, die einfach nie, nie zu verschwinden scheinen.

Selbst wenn ich nur im englischen Brighton leben würde, wäre es in Ordnung. Die meisten an meiner Schule haben den »Skandal« schon vergessen. Genau wie den Namen des Gewinners der letzten Musiktalent-Show im Fernsehen. Mein Dad sagt, in die Nachrichten von heute wird morgen der Fisch eingewickelt. Und er hat recht. Die Neuigkeit, dass mein Blog enttarnt wurde, und sogar die von der Beziehung zwischen Noah und mir ist inzwischen so fadenscheinig geworden wie meine Lieblingsjeans an den Knien. Aber ich lebe eben nicht in einem entlegenen Dschungel oder auch nur in Brighton. Ich bin Bewohnerin des Planeten Internet, und das ist im Moment der denkbar schlechteste Ort für mich, denn ich fürchte, im Internet wird niemand jemals vergessen.

Aber immerhin habe ich in einer Hinsicht auch vom Internet profitiert. Pegasus Girl und ich haben unsere E-Mail-Adressen ausgetauscht, nachdem sie mich so unterstützt hatte. Inzwischen ist sie von der treuesten Girl-Online-Leserin zu einer meiner besten Freundinnen geworden – obwohl wir uns noch nie in echt begegnet sind. Nachdem sie sich von mir zum millionsten Mal anhören musste, wie sehr ich mir wünschte, es gäbe Girl Online noch, schlug sie mir vor, meine Blog-Einstellungen so zu ändern, dass nur noch Leute, denen ich ein Passwort gebe, lesen können, was ich schreibe. Jetzt sind sie, Elliot und Miss Mills die Einzigen, die mein Geschreibsel lesen, aber das ist schon viel besser als gar nichts.

Ich kann Miss Mills durch das Fensterchen in der Tür ihres Klassenzimmers sehen. Ihr hellbraunes Haar fällt nach vorn, als sie sich über ihre Korrekturen beugt. Ich klopfe, sie schaut zu mir her und lächelt.

»Guten Tag, Penny. Dann bist du also für dieses Schuljahr mit allem fertig?«

Ich nicke. »Gerade hatte ich noch meine Prüfung in Geschichte.«

»Das ist ja toll! Komm rein.«

Sie wartet, bis ich mich auf einen der harten Kunststoffstühle gesetzt habe. Im ganzen Raum hängen die Fotoprojekte meiner Mitschüler an schwarzen Styroportafeln, bereit für die Sommerausstellung. Gegen den Wunsch von Miss Mills habe ich darum gebeten, dass meine Arbeiten nicht gezeigt werden. Ich habe alle Aufgaben vollständig erledigt, konnte mir aber nicht vorstellen, meine Fotos irgendjemand anderem zu zeigen. Die meisten aus meinem Kurs haben ihre Portfolios auch online gestellt, aber ich habe nach Weihnachten aufgehört, meine hochzuladen. Ich befürchte, dass jemand sie findet und benutzt, um sich über mich lustig zu machen. Stattdessen habe ich eine Mappe mit Papierabzügen zusammengestellt und sie jede Woche bei Miss Mills abgegeben. Diese handfeste Form von Kreativität hat mir total gutgetan.

Jetzt holt sie meine Mappe aus ihrem Schreibtisch und gibt sie mir zurück. »Toll gemacht, wie immer, Penny«, sagt sie lächelnd. »Das ist jetzt für eine Weile unser letztes Treffen, nicht wahr? Deshalb wollte ich mit dir noch über deinen letzten Blog sprechen. Du weißt, es wird besser.«

Ich zucke mit den Schultern. Einen Tag nach dem anderen überstehen, zu mehr scheine ich im Moment nicht in der Lage zu sein. Als könne sie meine Gedanken lesen, fährt Miss Mills fort: »Ich denke, du kannst weitaus mehr, als einen Tag nach dem anderen überstehen. Du kannst Erfolg haben, Penny. Im vergangenen Schuljahr hast du eine Menge durchgemacht. Ich bin froh, dass du dich entschieden hast, dein Abitur zu machen – vor allem in Fotografie. Aber ich denke, du solltest dir über die Wahl deiner Fächer nicht zu viele Sorgen machen. Du musst jetzt noch nicht wissen, was du später mal werden willst.«

Ich möchte ihr ja gern glauben, aber es fällt mir schwer. Irgendwie scheinen alle außer mir schon einen Plan für ihr Leben zu haben. Elliot kann das nicht nachvollziehen. Er weiß genau, dass er Modedesign studieren will, und träumt davon, eines Tages sein eigenes Label zu haben. Er hat sogar ein Praktikum bei der Zeitschrift CHIC für die zwei Wochen ergattert, in denen ich weg sein werde. Also ist er zumindest schon auf einem guten Weg, seinen Traum Wirklichkeit werden zu lassen. Kira möchte, wie ich erst vor Kurzem erfahren habe, Tierärztin werden und nimmt deshalb Biologie und Mathe als Hauptfächer, damit sie nachher auf eine gute Uni kann. Amara ist so eine Art Physikgenie und wollte schon immer Wissenschaftlerin werden, also hat auch sie sich schon entschieden. Alles, was ich gern tue, ist fotografieren und Blog-Posts schreiben, die ich nur heimlich für eine ausgewählte Gruppe meiner engsten Freunde veröffentliche. Ich glaube nicht, dass sich daraus eine Karriere basteln lässt.

Natürlich weiß ich, dass es da draußen ein Meer von Möglichkeiten gibt, aber ich sitze irgendwie am Ufer fest und kann mich nicht überwinden, hineinzutauchen. »Wollten Sie nicht auch schon immer Lehrerin werden?«, frage ich.

Sie lacht. »Nicht wirklich. Das ist eher ... zufällig so gekommen. Ich wollte Archäologin werden! Bis mir klar wurde, dass Archäologie wenig mit Abenteuern im Stil von Indiana Jones zu tun hat und mehr mit dem stundenlangen Zuordnen winziger Knochenfragmente. Eine ganze Weile habe ich mich daraufhin ganz verloren gefühlt.«

»So fühle ich mich gerade«, sage ich. »Wie verloren in meinem eigenen Leben. Und ich kann nicht mit einem Kompass umgehen. Gibt es kein Navigationsgerät fürs Leben?«

Miss Mills lacht. »Egal, was die anderen Erwachsenen dir vielleicht erzählen, ich vertraue dir jetzt mal ein kleines Geheimnis an: Du musst das jetzt noch nicht wissen. Du bist erst sechzehn. Zieh los und amüsier dich! Lebe dein Leben. Dreh deinen inneren Kompass hin und her und wieder zurück, und dann lass ihn rotieren, bis er nicht mehr weiß, wo oben und wo unten ist. Wie schon gesagt, ich bin ganz zufällig zum Unterrichten gekommen, aber jetzt würde ich keinen anderen Beruf mehr wollen.« Sie beugt sich lächelnd zu mir. »Freust du dich denn auf das Konzert heute Abend? In meinen anderen Kursen ist von nichts anderem mehr geredet worden. Ist Noah nicht die Vorgruppe von The Sketch?«

Ich grinse und bin froh über den Themenwechsel. Meine Stimmung steigt, als ich an das Wiedersehen mit Noah denke. Man kommt an einen Punkt, da reichen Skype und verschickte Nachrichten einfach nicht mehr. Und dieser Punkt ist jetzt erreicht. Es wird auch das erste Mal sein, dass ich ihn live auf der Bühne sehe, vor Tausenden kreischender Fans. »Ja, er ist das Vorprogramm. Das ist eine Riesensache für ihn.«

»Klingt so. Also, du passt den Sommer über gut auf dich auf. Und vergisst die Vorbereitung auf das Abitur in Fotografie nicht.« Sie zeigt auf meine Mappe. »Bist du dir sicher, dass du nichts ausstellen magst? Du hast da drin ein paar tolle Arbeiten, die es verdienen, gezeigt zu werden.«

Ich schüttele den Kopf. Sie seufzt, aber sie weiß, wann eine Sache aussichtslos ist. »Na schön, alles, was ich dann noch sagen kann, ist, schreib deinen Blog weiter, Penny. Da liegt dein Talent. Du weißt, wie man eine Verbindung zu Menschen aufbaut, und ich möchte nicht, dass dir das verloren geht. Versteh das als meine Aufgabe an dich für den Sommer dieses Jahr. Abgesehen vom Fotografieren. Ich möchte einen umfassenden Bericht über deine Reisen, wenn du zurück bist.«

Ich muss lächeln, als ich die Mappe in meine Tasche

stecke. »Danke für all Ihre Hilfe in diesem Jahr, Miss Mills.«

Ich muss an unsere Aufgabe für den Sommer denken. Miss Mills hat uns gebeten, nach »alternativen Perspektiven« zu suchen. Nach der Herausforderung, die es bedeutet, Dinge mal aus einem anderen Blickwinkel zu betrachten. Ich habe noch keine Ahnung, was ich machen werde, aber ich bin mir sicher, dass sich auf Tour mit Noah eine Million verschiedener Gelegenheiten bieten werden.

»Sehr gern, Penny.«

Ich verlasse das Klassenzimmer und kehre auf die verlassenen Flure zurück. Mein Herz beginnt heftiger zu klopfen, als ich meine Schritte beschleunige und erst jogge, dann renne. Ich stürze durch die Türen nach draußen, werfe die Arme in die Luft und tanze auf dem Treppenabsatz vor dem Schuleingang im Kreis. Als mir bewusst wird, wie albern das aussehen muss, werde ich rot. Aber ich war eben noch nie so reif für das Ende eines Schuljahrs. Freiheit hat sich noch nie so gut angefühlt.

25. Juni

Prüfungen offiziell vorbei! (Und wie man sie überlebt, wenn sie wieder anstehen)

Trommelwirbel, bitte … Ich habe das Schuljahr beendet! Erledigt! *Finito!*

Es war gar nicht so schlimm. Ich wiederhole: Es war gar nicht so schlimm. Aber ich hatte auch ein bisschen Unterstützung (großer Dank an meinen besten Freund Wiki!). Er hatte nämlich ein paar Strategien auf Lager, wenn bei mir das Gefühl übermächtig wurde, ich mache nichts anderes als lernen … lernen … und noch mehr lernen!

Wenn ich mir diese Strategien jetzt nicht aufschreibe, werde ich sie, wenn nächstes Jahr die Prüfungszeit ansteht, wieder vergessen haben. Denn egal wie viele Prüfungen ich schon gemacht habe, ich finde sie jedes Mal wieder genauso furchterregend wie die Male zuvor.

Fünf Methoden, um Prüfungen zu überstehen
(von jemand, der Prüfungen HASST)

1. Wiederholen
Okay, man könnte jetzt sagen, das ist doch selbstverständlich, aber dieses Jahr habe ich mir extra einen Kalender gezeichnet, jedes Fach darin eingetragen und mir selbst goldene Sternaufkleber für jede volle Stunde Wiederholung des Stoffs verliehen. Das fühlte sich ein bisschen so an, als wäre ich wieder in der Grundschule, aber die Fortschritte zu sehen (in diesem Fall die Konstellation der Sterne überall auf dem Kalender) hat mir bei der Vorbereitung enorm viel Selbstvertrauen gegeben.

2. Bestechung
Nicht für die Lehrer oder Prüfer, sondern für dich selbst! Immer wenn ich eine komplette Woche mit Wiederholung des Stoffs abgeschlossen hatte (siehe 1.), ging ich zu Gelato Gusto, um mich mit einem Gelato-Burger zu belohnen. Es gibt nichts Besseres als so eine Nascherei zur Motivation!

3. Die schweren Fragen zuerst
Wikis Spitzen-Tipp! Er sagt, konzentrier dich als Erstes auf die Fragen, für die es die meisten Punkte gibt. Damit dir nicht am Ende die Zeit ausgeht und du dort, wo ein ganzer Aufsatz gefragt ist, nur noch Unsinn hinkritzeln kannst. Wenn es einem dann so geht wie mir in meiner Geschichtsprüfung und man es nicht schafft, alle Fragen zu beantworten, hat man zumindest die wichtigsten.

4. Kaffee
Ich mag Kaffee nicht, aber nach Aussage meines Bruders hilft er. Ich habe es echt versucht, aber jeder Schluck, den ich probierte, ließ mich zusammenzucken. Und am Ende lag ich die ganze Nacht wach und hatte Schweißausbrüche. Vielleicht also doch keine so gute Idee …

5. Vom Sommer träumen
Denkt dran, dass es ein Leben nach den Prüfungen gibt! Das hat mich im Grunde genommen durchhalten lassen. Zu wissen, dass ich sehr bald wieder mit Brooklyn-Boy zusammen sein werde …

Girl Offline … nie mehr online xxx

KAPITEL 2

Auf dem Heimweg ist meine Vorfreude immer größer geworden, sodass ich jetzt praktisch in die Küche tanze. Das passt auch ziemlich gut, weil Mum ein Glitzer-Outfit trägt, das perfekt wäre für eine Folge *Let's Dance* im Fernsehen. Sie legt mit Elliot einen rassigen Salsa auf die schwarz-weißen Fliesen, während Elliots Boyfriend Alex auf einem Barhocker an der Kücheninsel sitzt und im Tonfall eines extravaganten Jury-Mitglieds Punkte verkündet: »Sieben!«

Ein ganz normaler Nachmittag bei den Porters also.

»Penny, Liebling, du bist schon zu Hause!«, sagt Mum zwischen zwei komplizierten Figuren. »Du hast mir nie gesagt, dass Elliot so ein guter Tänzer ist.«

»Er ist ein Mann mit vielen Talenten!«

Sie beenden ihre Vorstellung mit einer kunstvollen Neigefigur. Allerdings neigt sich Elliot nach hinten, während Mum ihn hält.

Alex und ich applaudieren begeistert.

»Nach oben?«, frage ich Elliot und Alex. Sie nicken fast synchron.

Sie zu sehen, das versetzt meinem Herz einen vertrauten Stich. Elliot und Alex sind das perfekte Paar – und sie müssen sich nicht wie Noah und ich mit den Problemen einer Fernbeziehung herumschlagen. Sie können zusammen sein, wann immer sie möchten. Ohne sich Gedanken über Zeitzonen machen zu müssen oder darüber, ob das WiFi für Skype wohl stark genug ist. In der Gegenwart des anderen sind beide total relaxt.

Die beiden verbringen so viel Zeit miteinander, dass meine Familie ihnen schon einen eigenen Spitznamen verpasst hat. Eine Wortkreuzung wie Brangelina oder Kimye. Wir nennen sie Alexiot.

»Bleiben Alexiot zum Abendessen?«, ruft Mum uns nach, bevor wir nach oben verschwinden.

»Nein, wir holen uns vor dem Konzert Burger bei GBK!«, schreie ich zurück.

»Tun wir das?« Elliot hebt fragend eine Augenbraue.

Ich zucke verlegen mit den Schultern. »Kira hat das vorgeschlagen. Ist es okay?«

Alexiot wechseln einen Blick und scheinen sich schon einig zu sein. »Kein Problem, Penny Perfect«, sagt Elliot. Er streckt den Arm aus und greift nach Alex' Hand und ich muss lächeln.

Ich erinnere mich noch an den Tag, als die beiden sich näher kennenlernten. Das war kurz vor dem Valentinstag. Elliot hatte mich zu einem Secondhandladen in einer zwielichtigen Gegend von Brighton Lanes geschleppt, obwohl wir erst am Vortag dort gewesen waren und beide wussten, dass sie inzwischen keine neue Ware haben würden. Dafür lehnte ein neuer Typ lässig hinter der Theke. Nach ein paar Sekunden erkannte ich ihn.

»Oh mein Gott, Penny, er ist so süß!« Elliot hatte mich hinter einen Kleiderständer gezogen und versteckte sich zusätzlich hinter einer riesigen Federboa.

»Das ist Alex Shepherd«, sagte ich. »Er geht an unserer Schule in die Sechste.« Natürlich kannte ich ihn, aber hauptsächlich weil Kira total verknallt in ihn war. Ich senkte die Stimme. »Bist du dir sicher, dass er schwul ist?«

Elliot verdrehte die Augen. »Denkst du, ich würde dich hierherschleppen, wenn ich mir nicht sicher wäre? Wir flirten schon, seit er vor zwei Wochen hier angefangen hat.«

»Du flirtest doch mit jedem«, sagte ich und stieß ihn leicht in die Rippen.

»Aber nicht so.« Er zwinkerte mir derart übertrieben zu, dass ich kichern musste.

»Also warum bist du dann noch nicht aktiv geworden?«

»Das werde ich schon. Gib mir nur ... noch ein bisschen Zeit.«

Kira würde am Boden zerstört sein, wenn sie erfuhr, dass Alex in einer ganz anderen Liga spielte, aber sie würde drüber hinwegkommen. Er war ein bisschen schicker, als ich mir jemand, der zu Elliot passte, vorgestellt hätte, aber in seinen Augen war so ein lustiges Glitzern, das jeden zum Dahinschmelzen bringen konnte. Als ich um den Kleiderständer herumspähte, um noch mal einen Blick auf ihn zu werfen, stellte ich fest, dass er direkt zu uns hersah. Also hob ich die Hand und winkte lässig.

»Penny, was machst du da?«, flüsterte Elliot, und seine Stimme klang auf einmal mindestens eine Oktave höher.

Ich grinste. »Ich beschleunige die Sache. Außerdem bin ich bloß höflich. Er hat eben in unsere Richtung geschaut. Okay, jetzt kommt er rüber – bleib cool.«

»Er macht *was*?« Elliot wurde vor lauter Panik blass, strich sich aber noch die Haare glatt. »Wie sehe ich aus? Ich wusste, ich hätte heute den Filzhut nicht nehmen sollen! Ich sehe damit zu fröhlich aus. Etwas Cooleres wäre besser gewesen.«

»Elliot, hör auf, dir über so was den Kopf zu zerbrechen.« Noch nie hatte ich ihn so aufgeregt gesehen. Ich nahm ihm die Boa weg, damit sie nicht wie ein plustriges Tier auf seinem Kopf saß. »Und abgesehen davon sieht dein Filzhut –« Bevor ich den Satz beenden konnte, war Alex schon bei uns.

»Kann ich helfen?«, fragte er mit einem dezenten Lächeln. Dabei nahm er keine Sekunde lang die Augen von Elliot.

»Willst du mich heiraten?«, flüsterte Elliot.

»Wie bitte?« Alex runzelte ein wenig die Stirn.

»Ach nichts ... ich habe mich nur gefragt, ob du mir helfen könntest, einen passenden Schal zu meinem Filzhut zu finden.« Elliot war plötzlich total verändert. Seine ganze Nervosität war wie weggewischt und er schien zu seinem normalen, selbstbewussten Ich zurückgefunden zu haben.

»Selbstverständlich. Ich habe da etwas, das zu deiner *Gatsby*-Ausstrahlung passen würde.« Damit ging Alex auf einen anderen Kleiderständer im Laden zu.

»Wusstest du, dass F. Scott Fitzgeralds Frau erst in die Hochzeit eingewilligt hat, nachdem er einen Buchvertrag hatte?«, sagte Elliot, während er Alex folgte.

»Wusste ich nicht. Allerdings wusste ich, dass seine Rechtschreibung ziemlich dürftig gewesen sein soll«, erwiderte Alex ohne Zögern.

Ich sah den beiden nach, wie sie über einen Autor fachsimpelten, von dem ich noch nichts gelesen und dessen Buchverfilmung ich noch nicht gesehen hatte. Es wirkte, als würden sie sich schon ihr ganzes Leben lang kennen. Da wusste ich, dass ich Elliot besser allein ließ. Ich wollte kein unpassendes Anhängsel sein.

Aber in echter Penny-Manier wich ich in einen vollgehängten Ständer zurück und warf gleich haufenweise Pelzmäntel und Stolas auf den Boden. Ich wurde knallrot und beeilte mich, die Pelze und schweren Mäntel aufzuklauben, aber es war alles ein einziger chaotischer Haufen. Damit hatte ich Elliots besonderen Moment zuverlässig sabotiert.

Alex und er waren sofort bei mir. »Ich räume das wieder auf – keine Sorge«, sagte Alex.

»Ich helfe dir«, sagte Elliot. Sie bückten sich und hatten auf einmal jeder ein Ende derselben langen Pelzstola in den Händen und zogen daran, bis ihre Finger sich berührten. Ich konnte die elektrische Spannung in der Luft fast spüren. Das war ihr *Susi und Strolch*-Spaghetti-mit-Fleischbällchen-Moment. Diesen Film hatte ich gesehen. X-mal. Als Kind. Ich murmelte Entschuldigungen und versuchte noch mal, mich aus dem Laden zu stehlen, was diesmal keiner der beiden bemerkte. Seither sind sie unzertrennlich. Und mir gefällt die Vorstellung, dass meine Ungeschicklichkeit doch zumindest ein klein wenig dazu beigetragen hat.

Jetzt müssen Alexiot mir aber bei der ultimativen Frage helfen: Was ziehst du an, wenn du deinen Boyfriend nach zwei Monaten das erste Mal wieder in echt siehst? Wir rennen die Treppe zum obersten Stock hinauf, wo sich mein Zimmer befindet. Alex nimmt mit seinen langen Beinen immer gleich zwei Stufen auf einmal. Er ist viel größer als Elliot und ich.

»Äh, Penny - sollst du nicht morgen zu der Tour aufbrechen?«, fragt Alex, als er oben am Treppenabsatz angekommen ist und auf der Türschwelle zu meinem Zimmer steht.

»Wie meinst du das?«

Dabei weiß ich genau, wie er das meint. Es sieht nämlich aus, als wäre ein Tornado durch mein Zimmer gefegt. Jedes einzelne Kleidungsstück, das ich je getragen habe – jeder Schal, jeder Gürtel und jeder Hut –, liegt in einem Riesenhaufen auf meinem Bett. Notizen zum Unterrichtsstoff stapeln sich auf meinem Schreibtisch, und auf dem Boden sind Zuschnitte aus Karton verstreut, weil ich dort meine Fotomappe zusammengestellt habe.

Der einzige freie Platz im ganzen Zimmer ist die Fensternische. Dort habe ich einen Ausschnitt aus einem Klatschmagazin aufgehängt. Es ist ein Foto von Noah und mir, auf dem er einen Arm um meine Schultern gelegt hat. Die Bildunterschrift lautet: *Noah Flynn und seine Freundin*. Das war das erste Mal, dass ich in irgendeiner Zeitung stand, und obwohl meine Haare ziemlich schlimm aussehen, habe ich den Ausschnitt als Erinnerung aufgehoben. Daneben hängt der Kalender, der unter den goldenen Sternaufklebern kaum zu sehen ist. Der heutige Tag ist rot eingekreist.

Elliot tappt auf Zehenspitzen durch das Chaos. »Heiliger Heuler. Ozean Stark versteht nichts vom Packen.«

Ozean Stark war der Name, den Elliot und ich uns für mein Alter Ego ausgedacht hatten, von dem ich mich inspirieren lassen sollte, wann immer ich mich unsicher fühlte. So wie Beyoncé sich selbst *Sasha Fierce* genannt hat. Beyoncé braucht Sasha nicht mehr, und ich hoffe, eines Tages auch Ozean Stark nicht mehr zu benötigen. Aber im Moment klammere ich mich an den Namen wie an eine Schwimmweste, die mich auf den stürmischen Meeren meiner Ängstlichkeit über Wasser hält.

Ich deute auf mein Bett. »Äh, setzt euch doch. Vielleicht.« Ich selbst setze mich auf einen Stapel Pullis, die auf dem Stuhl vor meiner Frisierkommode liegen.

»Irgendwie mache ich mir Sorgen, dass du irgendwo da drunter die Leiche von Megan versteckt hast«, sagt Elliot und zieht die Nase kraus.

Ich strecke ihm die Zunge raus. »Ja, klar.«

Megan war meine beste Freundin, als ich in die Schule kam. Aber sie hat sich verändert und in dieses wartungsintensive Mädchen verwandelt, das verrückt nach Jungs und total egozentrisch ist, sodass ich sie irgendwann kaum noch erkannte. Letztes Jahr wurde sie eifersüchtig auf meine sogenannte Beziehung mit Ollie – einem Jungen, in den ich total verknallt war, bevor ich Noah kennenlernte. Zwischen uns war gar nichts passiert, aber allein die Vermutung genügte, um Megan rasend neidisch zu machen. Es war dann Ollie, der meinen damals noch anonymen Blog aufdeckte, Noah Flynn erkannte und beides Megan erzählte. Die zählte dann zwei und zwei zusammen, plauderte alles an die Boulevardmedien aus und stellte mich vor der Öffentlichkeit bloß.

Ich bekam aber meine Rache, als Elliot und ich Megan und Ollie in einem Café zur Rede stellten und ihnen unsere Milchshakes über die Köpfe gossen. Seit diesem Milchshake-Gate hatte ich mit Megan nicht mehr viel zu tun. Allerdings verbreitete sich diese Geschichte – nach wie vor mein größter Akt mutigen Für-mich-Einstehens – an unserer Schule wie ein Lauffeuer.

Mädchen wie Megan bleiben meistens nicht lange uncool. Irgendwie setzt sich ihr Selbstbewusstsein am Ende doch durch und schlimme oder peinliche Ereignisse gleiten an ihnen ab wie Wasser vom Rücken einer Ente. Inzwischen macht sie sogar schon Witze darüber, dass Eiscreme das Geheimnis ihres milchigen Teints sei. Und jetzt hat sie auch noch eine Zusage für die beste Schauspielschule in London bekommen. Sie ist also wieder unerreichbar und ganz oben angekommen.

Auch Ollie verlässt unsere Schule. Seine ganze Familie zieht um, damit sein Bruder weiter an seiner Tenniskarriere arbeiten kann. Er tut mir leid. Trotz allem was er mir angetan hat, halte ich ihn nicht für einen schlechten Kerl. Und jetzt steht er auf unabsehbare Zeit im Schatten seines Bruders. Nachdem also meine beiden Angstgegner weg sind, ist die einzige Herausforderung, vor der ich jetzt noch stehe, mit mir selbst fertigzuwerden.

Elliot klatscht in die Hände. Er ist jetzt total im Checker-Modus von Monica aus *Friends*. »Also, wo ist dein Koffer?«

»Äh, ich glaube, Alex sitzt drauf.«

Alex springt auf und schiebt einen Haufen Klamotten unter sich beiseite. Da kommt tatsächlich mein pinkfarbener Koffer zum Vorschein.

»Wie lange wirst du noch mal weg sein?«, fragt Alex und taxiert mein überquellendes Reisegepäck.

»Sie wird vierzehn Tage, drei Stunden und einundzwanzig Minuten weg sein«, sagt Elliot. »Und ich werde jede Sekunde davon zählen!«

»Ich glaube, das tun meine Eltern auch«, sage ich und grinse verlegen.

»Hat es lange gedauert, bis sie sich mit der Idee anfreunden konnten?«, fragt Alex.

»Ach, nur die zwei Monate, seit Noah es zu Ostern vorgeschlagen hat. Um ehrlich zu sein, ich war mir nicht sicher, ob ich das schaffen würde.« Mit Noah auf Tour zu gehen, war eine Riesensache. Es würde das erste Mal sein, dass ich überhaupt allein verreiste. Und obwohl wir jedes kleinste Detail mit einem feinzinkigen Kamm durchgegangen waren, war ich immer noch nervös.

»Natürlich schaffst du das. Es wird eine unglaubliche Erfahrung sein und ich bin sooo neidisch. Und jetzt los, Penny, mach deinen Koffer auf und zeig uns, was du schon hast.«

Ich gehorche und zucke schon beim Anblick des ersten Stücks in meinem Koffer zusammen. Elliot zieht die größte Wolljacke heraus, die die Welt je gesehen hat. Mit weiten, bequemen Ärmeln und so geschnitten, dass ich mich zweimal darin einwickeln könnte. Sie gehört meiner Mum, die sie – wie sie mir versichert hat – nur trug, als sie schwanger war, weder davor noch danach.

Elliot hält die Jacke vor sich und sie reicht über seine Knie. »Du weißt aber schon, dass Hochsommer sein wird, während ihr unterwegs seid, oder? Warum willst du da eine ganze Schafherde mitnehmen?«

Ich reiße sie ihm aus der Hand. »Das ist mein Tröste-Pulli.« Ich presse die Wolle an mein Gesicht und atme den Duft von Mums Lieblingsparfum ein. Es riecht nach zu Hause. »Das soll mir gegen Panikattacken helfen. Miss Mills hat gesagt, falls ich mir Sorgen mache, ich könnte unterwegs in Panik geraten oder Heimweh bekommen, soll ich mir eine Sache mitnehmen, die mir immer ein Gefühl von Sicherheit gibt. Die mich an zu Hause erinnert. Meine ganze Bettdecke mitzunehmen, erschien mir nicht besonders praktisch, die zweitbeste Option war diese Strickjacke.«

Er nimmt sie mir wieder aus der Hand, faltet sie ordentlich zusammen und legt sie zurück in den Koffer. »Okay, dann darfst du die mitnehmen, aber das hier bleibt da!« Er zieht eine babyrosa Button-down-Bluse mit Rosenmuster und Rüschen heraus. »Du gehst auf Tour mit einem Rockmusiker und nicht zum Tee mit deiner Großmutter!«

»Okay, die kann dableiben.« Ich lache. »Ich glaube, ich bin nicht sehr gut im Packen.«

Elliot reibt sich theatralisch die Schläfen. »Manchmal denke ich, du bist ein hoffnungsloser Fall, Penny! Aber darum müssen wir uns später kümmern. Jetzt zurück zum Wesentlichen: Was ziehst du eigentlich *heute Abend* an?«

Jetzt ist es an mir, dramatisch zu werden. »Ich habe tatsächlich schon jedes einzelne Kleidungsstück anprobiert, das ich besitze! Und ich habe rein gar nichts Passendes gefunden. Meint ihr nicht, ich könnte einfach ein schwarzes Tanktop zu meiner Jeans anziehen?«

Elliot verzieht missbilligend das Gesicht. »Auf keinen Fall. Das ist nicht annähernd chic genug.«

»Wie wär's denn damit?« Alex hält ein schwarzes Skaterkleid hoch, von dem ich ganz vergessen hatte, dass ich es überhaupt besitze. Es ist mit kleinen Gänseblümchen in Weiß und Gelb bedruckt. Ich hatte es mal bei ASOS gekauft, als ich eigentlich mit Kira und Amara hätte lernen sollen, und noch nie getragen.

»Das ist geradezu perfekt!«, sagt Elliot. »Mein Boyfriend, Ladies and Gentlemen, der Stylist extraordinaire.«

Alex zuckt mit den Schultern. »Wenn man lange genug in der Branche arbeitet, eignet man sich eben das eine oder andere an.«

Ich nehme das Kleid aus Alex' ausgestreckten Armen und verschwinde damit im Bad. Nachdem ich das Skaterkleid angezogen habe, betrachte ich mich im Spiegel.

Ich kann immer noch gar nicht glauben, dass ich Noah auf dem Konzert endlich wiedersehe. Es fühlt sich an, als hätte ich diesen Moment herbeigesehnt und gleichzeitig gefürchtet, seit er den Anruf bekam, er würde auf der Tour die Vorgruppe von The Sketch sein. Ich löse den Knoten meiner langen roten Haare, sodass sie mir in

Locken ums Gesicht fallen. Mum hat mir einen kleinen Trick mit dem Eyeliner gezeigt, den ich jetzt ausprobiere: Ich ziehe den Strich ein klein wenig über meinen Augenwinkel hinaus. Dadurch sehen meine Augen sofort verführerischer und ein bisschen katzenhaft aus. Vielleicht kriege ich das alles doch hin. Mit meinem neuen Etikett: *Die Freundin von Noah Flynn.*

Ich fürchte schon, den Verstand zu verlieren, als ich plötzlich die ersten Takte von Noahs Album höre, aber als ich die Badezimmertür aufmache, wird mir klar, dass Alexiot *Elements* hören, einen der acht Songs von *Autumn Girl*. Noahs Lieder sind eines besser als das andere, doch der Titelsong *Autumn Girl*, den er für mich geschrieben hat, gefällt mir natürlich immer noch am besten.

Alexiot halten sich an den Händen und Elliot lehnt den Kopf gegen Alex' Schulter. Die beiden sind einfach hinreißend und ich will sie nicht stören. Aber Elliot muss mich gehört haben, denn er dreht sich zu mir um. Seine Kinnlade fällt nach unten. »Mörderisch gut, Ozean Stark!«

»Oh, danke schön«, sage ich und deute einen Knicks an.

»Alles klar, Leute, dann lasst uns mal die Fliege machen«, sagt Elliot mit schleppender tiefer Stimme.

Alex und ich sehen ihn stirnrunzelnd an.

»Was denn, gefällt euch mein neuer cooler Ton etwa nicht? Ich dachte, ich übe noch ein bisschen, bevor ich Noah wieder begegne. Und jetzt die Accessoires.« Er schiebt mir eine Handvoll Armreifen übers Handgelenk und wirft mir eine lange Kette mit Anhänger um den

Hals, dann strahlt er. »Jetzt brauchst du nur noch deine Chucks und bist fertig.«

Ich schaue in den großen Standspiegel.

»Du siehst toll aus, Pen. Das Outfit ist perfekt«, versichert Elliot mir. »Leah Brown, du magst vielleicht der heißeste Popstar des Planeten sein, aber an mein Mädchen kommst du nicht ran.«

Ich erlaube mir ein Lächeln und sage mir selbst, dass ich gut aussehe. Das stimmt ja auch. Ich bin zuversichtlich. Sicherheitshalber schnappe ich mir trotzdem noch eine Jacke für obendrüber. Elliot schneidet eine Grimasse.

»Was denn?«, sage ich. »Vielleicht ist es im Lokal kühl.«

»Apropos, wir sollten uns langsam auf den Weg machen«, erklärt Elliot nach einem Blick auf seine Uhr.

»Tom!«, rufe ich die Treppe runter nach meinem Bruder. »Fährst du uns?«

Ich höre statt einer Antwort nur ein Grunzen, das ich aber als »Ja« verstehe.

Als wir vor dem Haus stehen, steigt Alex nicht mit in den Wagen. Er schiebt die Hände in die Hosentaschen. »Sorry, Leute. Ich muss erst noch nach Hause und was erledigen. Wir treffen uns dann beim Konzert, ja?«

Elliots gute Laune verpufft. Er lässt die Schultern hängen.

»Bist du dir sicher?«, sage ich. »Ich weiß schon, dass es ziemlich langweilig ist, mit einer Truppe Elftklässler abzuhängen, aber die meisten sind echt okay.«

»Das ist es nicht«, sagt er. »Ich muss einfach noch was machen.«

»Oh, okay.«

Er beugt sich vor und gibt Elliot einen flüchtigen Kuss, aber Elliot wirkt irgendwie abwesend. Als Alex weg ist, zuckt er mit den Achseln und ist auf der Stelle wieder ganz der Alte.

»Auf geht's!«

Ein paar Minuten später halten wir dank unserem Chauffeur Tom vor GBK. Elliot springt sofort aus dem Auto. Als ich ihm folgen will, hält Tom mich am Arm fest: »Wenn du in Schwierigkeiten gerätst oder irgendwie Hilfe brauchst, ruf mich sofort an. Alles klar, Pen-Pen?«

Ich umarme ihn spontan, was er mit steifen Schultern über sich ergehen lässt. Aber ich weiß, dass er mich richtig lieb hat.

An einem Freitagabend wimmelt es in Brighton von Pendlern, die nach der Arbeit aus London zurückkommen, und Nachtschwärmern, die ausgehen wollen. Auf dem Bürgersteig spielt ein Junge Gitarre. Er sieht jünger aus als ich. Er singt zwar eher leise, aber mit einer beeindruckenden Stimme. Keiner bleibt stehen und beachtet ihn – nicht einmal Elliot, der so in Gedanken ist, dass er auch am London Symphony Orchestra vorbeilaufen könnte, ohne es zu merken. Ich dagegen bleibe von der wunderbaren Musik des Jungen fasziniert wie angewurzelt stehen.

»Darf ich ein Foto machen?«, frage ich ihn, nachdem er einen Schlussakkord gespielt hat.

»Klar«, sagt er. Ich mache ein paar Bilder und hole am Ende aus meiner Geldbörse eine Pfundnote, die ich in seinen Gitarrenkoffer lege. Er lächelt dankbar, und ich renne blitzschnell ins Lokal, weil der Himmel gerade in dem Moment seine Schleusen zu einem Platzregen öffnet. Typisch britisches Sommerwetter.

Drinnen warten schon alle. Elliot kommt mir entgegengeeilt und hält mich auf. »Flipp jetzt nicht aus«, sagt er.

»Wie meinst du das?« Ich runzle die Stirn.

In dem Moment tritt er einen Schritt beiseite.

Direkt hinter ihm steht Megan.

Und sie hat genau das gleiche Kleid an wie ich.

KAPITEL 3

Ich ziehe die Jacke noch enger um meinen Körper, um das Kleid zu verdecken. Megan lächelt gelassen und sieht erstaunlich cool aus. Aber wahrscheinlich liegt das auch daran, dass ich vor Verlegenheit schon knallrot bin. Ich bin nahe dran, mich umzudrehen und das Lokal auf der Stelle wieder zu verlassen, aber Elliot fasst nach meiner Hand und drückt sie.

»Oh mein Gott, Penny, wir tragen ja die gleichen Kleider!«, sagt Megan und wirft ihr langes kastanienbraunes Haar zurück. »Hast du deins auch bei ASOS gefunden? Pass bloß auf, dass Noah mich nicht zuerst sieht, sonst könnte er durcheinanderkommen und aus Versehen mir den Backstage-Pass geben.« Sie zwinkert mir so übertrieben zu, dass sich mir fast der Magen umdreht. Ich kann nicht anders, als zu denken, dass sie in dem Kleid viel besser aussieht als ich.

»Werd erwachsen, Megan. Es ist bloß ein Kleid – keine Hirntransplantation, um einen netteren Menschen aus dir zu machen«, meint Elliot schnippisch.

Kira sitzt hinter Megan am Tisch. Sie lächelt mich mitfühlend an und zuckt mit den Schultern. Ein stechender

Schmerz durchzuckt mein Herz, und ich frage mich, ob Kira Megan von dem Kleid erzählt hat, das ich mir bestellt hatte. Aber dann ermahne ich mich, nicht so paranoid zu sein.

»Schön, dass du es geschafft hast, Penny!«, sagt Kira. »Kommt Noah auch noch her?«

Ich spüre, wie alle mich ansehen, sogar von anderen Tischen aus, und lache nervös. »Oh, ich glaube nicht. Noah hat zu viel damit zu tun, sich auf den Auftritt vorzubereiten. Ich treffe ihn hinterher.«

Elliot zieht mich durchs Restaurant und in eine Nische, die von den anderen gerade so weit entfernt ist, dass es noch nicht unhöflich wirkt. Anscheinend ist meine ganze und Elliots halbe Schule da, um sich das Konzert anzusehen. Natürlich sind alle neugierig, Noah Flynn zu hören, aber die Hauptgruppe, The Sketch, ist im Moment total angesagt. Es handelt sich um eine Band aus vier amerikanischen Jungs, die letztes Jahr mit dem Song *There's Only One* auf einen Schlag berühmt wurden. Sie hatten schon Gigs in Manchester und Birmingham, aber heute stößt Noah zum ersten Mal zu ihnen. Danach geht er mit ihnen auf Tour durch Europa und ich mit ihm.

In meinem Bauch flattern jede Menge nervöse, aber auch neugierige Schmetterlinge.

Ich setze mich in die Nische, Elliot mir direkt gegenüber. »Igitt, ich kann's gar nicht fassen, dass wir uns im selben Raum wie Mega-Bitch aufhalten müssen«, sagt Elliot. »Warum noch mal hast du dich darauf eingelassen, alle hier zu treffen?«

»Kira hat mich eingeladen und mir fiel einfach keine Ausrede ein. Sie gehen schließlich alle auf das Konzert, also schien es nur logisch, gemeinsam dahin aufzubrechen. Aber das Ganze findet schließlich im Brighton Centre statt. Das ist so groß, dass wir sie hoffentlich nicht mal sehen werden«, sage ich.

»Wusstest du, dass in das Brighton Centre viertausendfünfhundert Leute passen und dass es die letzte große Bühne war, auf der Bing Crosby vor seinem Tod aufgetreten ist?«

»Ist das der Typ, der *White Christmas* gesungen hat? Woher weißt du bloß diese ganzen Sachen, Wiki?«, frage ich lachend.

»Ich weiß alles, Miss Penny. Das wissen Sie doch. Wenigstens werden wir in der VIP-Loge sitzen«, grinst Elliot und hält kurz seine Eintrittskarte hoch. »First Class, wir kommen!« Er wackelt im Sitzen mit seinem Hinterteil. »Wow, wenn wir schon dermaßen nervös sind, wie muss sich dann erst Noah fühlen?«

»Ach, Noah wird nie nervös!« Aber während ich das sage, bin ich mir gar nicht mehr sicher, ob es stimmt. Ich habe ja noch nie zuvor einen offiziellen Auftritt von ihm gesehen – schon gar nicht vor einem so großen Publikum. »Ich weiß, dass er jedenfalls total begeistert ist, weil das seine Chance ist, in Europa so richtig bekannt zu werden.«

»Stimmt, nachdem er mit The Sketch gespielt hat, wird es niemand mehr geben, der seinen Namen nicht kennt. Sogar jemand wie du würde dann wissen, wer er ist!«

Ich lächele, aber Elliots Worte irritieren mich auch. Wie seltsam, sich vorzustellen, dass ich vor gerade mal sechs Monaten wirklich noch keine Ahnung hatte, wer Noah Flynn war, und inzwischen praktisch alles über ihn weiß. In dem Medienrummel habe ich mich beinah selbst verloren. Werde ich wohl in der Lage sein, mich in dem Wirbelsturm, der uns bevorsteht, an Noah festzuhalten?

»Hast du die anderen aus seiner Band eigentlich schon kennengelernt?«, fragt Elliot.

Ich schüttele den Kopf. »Noch nicht, aber ich weiß, dass ein paar davon seine besten Freunde sind.«

»Ich wünsche mir wirklich, ich könnte mitkommen«, sagt Elliot und schlägt die Augen nieder.

»Ich wünschte mir das auch! Aber du wirst eine tolle Zeit bei CHIC haben«, erinnere ich ihn. Elliot freut sich auf dieses Praktikum, seit er Anfang des Jahres erfuhr, dass er den Platz bekommen würde.

»Wusstest du, dass CHIC schon 1895 gegründet wurde?«

Ich strecke meine Hand über den Tisch und lege sie auf Elliots. Ich weiß, wann er eher aus Nervosität als zur Unterhaltung mit Faktenwissen um sich wirft. »Du wirst dort großartig sein«, versichere ich ihm.

Die Kellnerin kommt und fragt, was wir bestellen möchten. Ich bin allerdings so nervös, dass ich mir nicht vorstellen kann, irgendwas zu essen. Ich stecke den Kopf in die Speisekarte, und wir bitten sie, in ein paar Minuten noch mal zu kommen. Das bedaure ich jedoch noch in derselben Sekunde, denn hinter ihr steht die Person, vor der mir graut.

»Hey, Penny.«

Langsam lasse ich die Speisekarte sinken. »Äh, hallo, Megan.«

Elliot schleudert mit seinen Augen Dolche auf sie, doch Megan ignoriert ihn. Stattdessen konzentriert sie sich ganz auf mich. »Es tut mir leid, dass wir das gleiche Kleid anhaben. Möchtest du, dass ich mich umziehe? Ich kann vor dem Konzert noch mal schnell nach Hause laufen.«

Das ist ja mal eine Seite an Megan, mit der ich nicht gerechnet habe: die nette, freundliche Seite. Einen Moment lang habe ich einen freien Blick auf das Mädchen, das ich früher kannte. Aber es fällt mir schwer, es von demjenigen zu trennen, das zu Beginn des Jahres versucht hat, mein Leben zu zerstören. Das ist, als würde man zwei Fotografien übereinanderlegen. Eine Art Doppelbelichtung, aber im richtigen Leben. Ich weiß nur immer noch nicht, welche davon die echte Megan ist.

»Nein, ist schon okay. Eigentlich ist es ja ganz lustig«, sage ich.

Sie lächelt und es wirkt echt. »Also, ich habe mich gefragt ...« Plötzlich bekommt ihr Lächeln so was Haifischartiges – mit allen Zähnen –, und es ist offensichtlich, dass sie eigentlich aus einem anderen Grund herübergekommen ist. »Meinst du, du könntest nachher Kira, Amara und mich backstage mitnehmen? Ich fände es echt zum *Sterben*, The Sketch kennenzulernen.«

Ich runzle die Stirn. Elliot schnalzt missbilligend mit der Zunge und verdreht die Augen. »Äh, keine Ahnung ... Da müsste ich Noah fragen«, sage ich.

»Nun, warum tust du es dann nicht?«

»Wie meinst du das?«

Sie hebt eine Augenbraue. »Warum schreibst du ihm keine Nachricht und fragst? Du *hast* doch wohl die Handynummer von deinem Boyfriend, oder?«

»Penny muss dir überhaupt keinen Gefallen tun«, sagt Elliot.

»*Dich* habe ich nicht gefragt, Elliot«, giftet sie zurück. »Ich frage meine *Freundin*.«

»Ähm, okay …« Ich krame schon in meiner Handtasche nach dem Handy, als Elliot mich mit einem wütenden Blick stoppt. Ich atme ein paarmal tief durch und sehe erst dann wieder Megan an. »Ich werde Noah später fragen, aber ich kann nichts versprechen«, sage ich, ohne sie mein Telefon sehen zu lassen.

Megan zögert. Als sie merkt, dass ich meine Meinung wohl nicht mehr ändern werde, zuckt sie mit den Schultern und tut so, als sei das keine große Sache. »Okay, dann danke – und hoffentlich bis später, Penny.« Sie rauscht davon, immer noch lächelnd. Aber wie sie Elliot angegiftet hat, macht mir klar, dass sie sich kein bisschen geändert hat.

Jetzt hole ich mein Telefon aus der Tasche und lese noch mal meine letzte Unterhaltung mit Noah.

Kann's kaum erwarten, dich heute Abend zu sehen! N

Ich auch! Das war einfach zu lang xxxx

Fast ist es, als wüsste Noah, dass ich gerade seine Nachrichten lese, denn es kommt in diesem Moment eine neue Message von ihm auf meinem Handy an.

Wie kommst du zum Konzert?

Ich tippe schnell eine Antwort.

Ich laufe mit Elliot und ein paar Freunden aus der Schule zum Brighton Centre
xxxx

Nein, wirst du nicht. N

Verdutzt starre ich aufs Display.

»Was gibt's denn?«, fragt Elliot, dem mein verwirrter Gesichtsausdruck aufgefallen ist.

Ich halte ihm das Handy hin. »Was hat das zu bedeuten? ›Nein, wirst du nicht‹. Was denkt er denn, wie ich sonst zum Konzert komme?«

Elliot zuckt mit den Schultern, aber dann formen seine Lippen ein staunendes »O«. Er bekommt große Augen, während er an mir vorbei auf den Eingang des Restaurants blickt.

»Was denn?«, frage ich.

Noch bevor ich die Frage zu Ende gesprochen habe, sind wir von freudigem Kreischen und Quieken umgeben. Ich höre Kira »Noah Flynn!« rufen, richte mich kerzengerade auf und wirble herum.

Da ist er. Mein Boyfriend. Noah Flynn. Der außergewöhnliche Rock-Gott. Er trägt wie immer ein schwarzes T-Shirt, eine zerrissene Jeans und ein breites Lächeln. Ihn zu sehen, bringt den Rest der Welt – das Restaurant, meine Schulkameraden, sogar Elliot – einfach zum Verschwinden. Wie eine Kamera, die scharf stellt, wirkt alles andere auf einmal verschwommen, während nur er glasklar hervorsticht.

Er entdeckt mich und grinst noch breiter. Dann kommt er zu unserer Nische geschlendert und ignoriert dabei das Quietschen und die staunenden Blicke der Mädchen an den anderen Tischen. Schließlich fasst er nach meinen Händen und zieht mich hoch. »Penny Porter, macht es Ihnen etwas aus, wenn ich Sie entführe?«

»Nicht im Geringsten!«, antworte ich, denn ich möchte sowieso nichts lieber als mit ihm verschwinden. Doch dann fällt mir etwas ein und ich drehe mich zu Elliot um. »Moment mal, macht es dir etwas aus?«

Elliot lacht. »Nur zu, Penny Perfect! Ich will eigentlich sowieso keinen Burger – ich glaube, ich werde Veganer.« Und mit leiser Stimme fährt er fort: »Ich werde Alex suchen gehen. Ich bin seit ungefähr einer halben Stunde von ihm getrennt, und es fühlt sich schon fast so an, als müsste ich sterben.« Er steht also auch aus der Nische auf und wird von Noah heftig umarmt.

»Elliot, Mann! Schön, dich zu sehen.«

»Schön, dich zu sehen, Noah! Du lässt es heute krachen!« Elliot dreht sich zu mir. »Vergiss mich nicht, wenn du mit den Reichen und Berühmten unterwegs bist, Penny, okay?«

»Niemals! Wir sehen uns dann beim Konzert.« Ich grinse und ergreife Noahs ausgestreckte Hand. Während all meine Freunde uns nachstarren, verlassen wir das Lokal und gehen zu einem Wagen, der auf uns wartet. Auf geht's!

KAPITEL 4

Neben der Beifahrertür des unauffälligen schwarzen Wagens steht mit einem großen schwarzen Regenschirm ein großer, untersetzter Mann mit einer Glatze, die so spiegelblank glänzt, dass ich mir fast sicher bin, darin mein Make-up auffrischen zu können.

»Das ist Larry«, sagt Noah. »Er sieht vielleicht ein bisschen bedrohlich aus, aber in Wirklichkeit trällert er in seiner Freizeit Whitney-Houston-Songs und würde grundsätzlich ein Schaumbad einer Dusche vorziehen.« Noah boxt seinem Bodyguard freundschaftlich gegen den Oberarm, als wir an ihm vorbei ins Auto steigen. »Stimmt's, Larry?«

»Sie kennen mich, Sir«, sagt er. »Und du musst Penny sein.« Er zwinkert mir freundlich zu und ich bin sofort ganz entspannt. Ich weiß, warum Noah mir eine eventuelle Scheu vor ihm nehmen wollte: Larry ähnelt der Sorte Männer, die man vielleicht am Freitagabend vor dem Eingang zu einem Nachtclub stehen und für Ordnung sorgen sieht. Nach dem, was Noah gerade über ihn erzählt hat, würde man ihn aber wahrscheinlich eher *in* so einem Club antreffen – vor der Karaokemaschine und mit einem pinkfarbenen Cocktail in der Hand.

Ich stelle ihn mir vor, wie er *I Will Always Love You* schmettert, und antworte: »Hallo! Ja, schön dich kennenzulernen, Whitney.« Ich strecke ihm die Hand hin, aber dann läuft mein Gesicht knallrot an, als mir klar wird, wie ich ihn gerade genannt habe. Das war schon mal nicht das Entrée, das ich mir bei Noahs Tour-Truppe vorgestellt hatte! Wo sind bloß meine intelligenten Bemerkungen oder auch nur die ganz normalen Wörter geblieben? Ich stottere sofort eine Entschuldigung und versuche, die Situation irgendwie zu retten, aber da mischt Noah sich ein.

»Du bist definitiv nicht die Erste, die ihn so nennt, Pen«, sagt er lachend.

Larry zwinkert mir noch mal zu und grinst. »Na schön, Penny, du darfst mich in Zukunft Whitney nennen. Aber erwarte bloß keine A-cappella-Einlagen. Außer du singst mit.« Dann schwingt Larry sich auf den Fahrersitz, während ich nervös mitlache.

Auch wenn die Fahrt zum Brighton Centre nicht sehr lange dauert, fühlt es sich gut an, endlich wieder mit Noah vereint zu sein. Er rutscht in die Mitte der Rückbank und legt einen Arm um meine Schultern.

»Es fühlt sich so gut an, dich wieder bei mir zu haben!«, sagt er und drückt mich an sich. »Wie sind deine Prüfungen gelaufen?«

Ich schüttele mich. »Frag lieber nicht«, sage ich. »Aber jetzt sind sie vorbei. Ich kann gar nicht glauben, dass es schon so weit ist!«

Ich lehne mich an seine Brust und spüre seinen Herzschlag. Sofort denke ich, wie viel besser als Skype das ist. Dann betrachte ich von unten sein markantes Kinn, die strubbeligen dunklen Haare und seine braunen Augen. Wie kann es sein, dass ich solches Glück habe? Normalerweise bin ich doch der Pechvogel unter den Mädchen. Die, die ohne Schirm in den Regen kommt, die, deren Nummer bei der Schultombola nie gezogen wird, und die, die bei Monopoly immer verliert. Vielleicht hat das Leben all meine Chancen für diesen einen Treffer aufgespart: damit ich mit Noah zusammen sein kann.

»Bist du wegen heute Abend aufgeregt?« Er drückt meine Hand, und erst da merke ich, dass ich ihn wie eine total Verrückte ehrfürchtig anstarre.

»Oh ... Ja! Ich kann's noch gar nicht glauben. Du bist die Vorgruppe einer so berühmten Band, dass sogar ich schon von ihr gehört hab!« Noah wird ein bisschen blass. Anscheinend habe ich ihm nicht gerade gegen seine eigene Nervosität geholfen. »Du wirst fantastisch sein, das weiß ich genau. Bist du nervös?«

»Es wäre gelogen, wenn ich Nein sagen würde. Aber eigentlich bin ich vor allem aufgekratzt. Von so was träume ich, seit ich zwölf bin, und jetzt krieg ich die Chance. Noch dazu mit der besten Freundin auf dem Planeten an meiner Seite.« Er hebt meine Hand an seine Lippen und küsst sie. Ich werde dunkelrot. »Weißt du, das Einzige, was ich mir noch wünschen würde, wäre, dass meine Eltern mich jetzt sehen könnten.« Noah blickt aus dem Fenster, über das der Regen läuft. Wir fahren gerade am Strand vorbei, der düster und grau unter einer dicken

Wolkendecke liegt. Er tut mir so leid, dass es richtig schmerzt.

Seine Eltern starben erst vor ein paar Jahren bei einem tragischen Skiunfall, und ich weiß, dass der Schmerz darüber bei Noah immer noch wie frisch ist. Er und seine kleine Schwester Bella leben seither bei ihrer Großmutter, der wunderbaren Sadie Lee. Aber ich weiß, in seinem Herzen wird immer ein Loch, so groß wie das Meer, klaffen, das nur seine Musik füllen kann.

»Sie sind unglaublich stolz auf dich, Noah, da bin ich mir sicher.« Ich drücke seine Hand und er dreht sich mit einem Lächeln wieder zu mir um. »Wie geht's Sadie Lee und Bella?«, frage ich.

»Oh, großartig. Bella kommt im September in die Schule und G-Ma hat mit ihrem Cateringbusiness alle Hände voll zu tun. G-Ma hat mir übrigens eine Dose Chocolate-Chip-Cookies für dich mitgegeben, die den Flug hierher knapp überstanden haben. Aber du musst sie ganz schnell essen, denn sie stehen in meiner Garderobe.«

»Sie ist so lieb!« Ich merke, wie mir allein beim Gedanken an Sadie Lees Cookies das Wasser im Mund zusammenläuft. – Sie sind wirklich die besten, die ich je probiert habe. Dann lege ich mir schnell die Hand auf den Mund. Das würde Noah jetzt gerade noch fehlen: seine Freundin, ein dümmliches, unsexy Nervenbündel. Aber er lacht. Dann legt er die Hand um mein Kinn, zieht mich sanft zu sich, und wir küssen uns zum ersten Mal nach drei Monaten. Oh mein Gott, ich habe diesen Jungen so vermisst, dass es mich fast um den Verstand bringt.

»Ich hab dich wirklich vermisst, mein hinreißendes,

tollpatschiges Autumn Girl«, sagt er, als könne er meine Gedanken lesen.

»Ich bin mir ziemlich sicher, dass ich dich mehr vermisst habe. Ich würde sogar darauf wetten.«

»Im Wettgeschäft kann ich mir dich nicht so recht vorstellen, Penny. Ich meine, du hast mir doch erzählt, dass das Äußerste drei Stunden an diesen Zwei-Pence-Automaten waren ...« Er zieht eine Augenbraue hoch und zwinkert mir zu, bevor er sich zurücklehnt und mich anerkennend von oben bis unten betrachtet. »Dieses Kleid gefällt mir übrigens sehr an dir.«

»Danke, und ich mag diese Grübchen sehr an dir.«

»Tja, während wir zusammen unterwegs auf Tour sind, wirst du sie ganz schön oft zu sehen kriegen. Ich bin ja so froh, dass du dich entschlossen hast, mit mir mitzukommen, Pen. Das wir ein Riesenabenteuer.«

»Also, Abenteuer finde ich ja auch klasse ... wenn man mal von dem Teil mit dem Fliegen absieht!« Ich lache, kann damit aber nicht kaschieren, wie nervös mich der Gedanke an die vielen Flüge macht, die wir auf der Tour zu absolvieren haben. Noah erkennt das sofort in meinem Blick.

»Ich verspreche dir, dass ich auf dich aufpasse. Wir werden die beste Zeit überhaupt haben.«

Seine aufmunternden Worte zaubern ein Lächeln in mein Gesicht. Ich kann gar nicht glauben, dass ich mir solche Sorgen darüber gemacht habe, ob zwischen uns alles so sein wird wie vorher. Genau genommen kommt es mir jetzt sogar so vor, als wäre es besser denn je. »Hey, Larry – ist es noch weit?«, fragt Noah und reckt den Hals, um durch die Frontscheibe zu schauen: Dabei tun die sich schnell bewegenden Scheibenwischer und die dicken Regentropfen alles, um ihm die Sicht zu nehmen.

»Nur noch um die Ecke«, antwortet Larry.

»Können wir vorne vorbeifahren? Ich möchte sehen, wie viele Leute schon da sind.«

»Kein Problem, Boss.«

Noah grinst mich an, und seine Augen glitzern, als hätte er noch irgendwas anderes im Sinn. Ich erinnere mich an diesen Ausdruck von unserer ersten Begegnung. Am Ende zeigte er mir dann all seine Lieblingsplätze in New York. Ich habe keine Ahnung, was er heute im Schilde führt, aber ich bin auch so fasziniert.

Die Straße vor dem Brighton Centre ist voller Leute, die alle vor dem Eingang Schlange stehen, und Larry muss ganz langsam fahren. Es sind mindestens zehn Reihen. Manche tragen bunte Regenmäntel, andere drängen sich unter Schirmen zusammen, um nicht völlig durchnässt zu werden. Ganz plötzlich spüre ich, dass Verunsicherung mich wie eine Welle erfasst, weil das, was ich sehe, einfach so intensiv ist. Noah Flynn ist mein Boyfriend. All diese Leute werden ihn auf der Bühne singen sehen, und falls sie ihn nicht schon vorher kannten, werden sie es hinterher tun. Einige halten sogar selbst gemalte Schilder hoch:

HEIRATE MICH, NOAH

WIR LIEBEN DICH, NOAH

LASS MICH DEIN SUMMER GIRL SEIN

Dann entspanne ich mich. Es macht mir nichts aus, dass jemand sein »Summer Girl« sein will. (Ich bin hochzufrieden damit zu wissen, dass ich jetzt sein Mädchen für jede Jahreszeit bin.) Ich denke mir, wie schön es ist, dass er so viele Fans hat, wo er doch die Vorgruppe für eine echt berühmte Band sein wird. Die meisten dieser Mädchen kennen ihn nur von YouTube, und jede einzelne hat dazu beigetragen, dass er heute so erfolgreich ist. Natürlich gibt es auch viele Leute, die nur hier sind, um The Sketch zu sehen – bestimmt ist es von Nutzen, dass alle vier Bandmitglieder aussehen, als seien sie direkt aus einem Werbeplakat von Abercrombie & Fitch gestiegen. Ich bin jedenfalls riesig stolz auf Noah und diese verrückte Reise, zu der er gleich starten wird. Bei der Vorstellung, dass ich dabei an seiner Seite sein werde, zappele ich ein kleines bisschen vor lauter Glück.

Noah öffnet seinen Sicherheitsgurt und ich sehe ihn erschrocken an. »Was hast du vor?«, frage ich.

»Ich werde aussteigen und Hallo sagen!«

»Aber es schüttet!«, sage ich einfältig.

»Mir egal! Ich könnte sowieso eine Dusche gebrauchen ... und stell dir vor ...«, er streckt mir seine Hand hin, »du kommst mit!«

»Was?« Ich reiße erschrocken die Augen auf.

»Ich will, dass jeder uns zusammen sieht, und ich will, dass du das mit mir zusammen erlebst. Wir sind gleich wieder da, Larry.«

Der Wagen hält, Noah springt hinaus und zieht mich hinter sich her. Ich zögere noch kurz, aber ein Blick in Noahs strahlendes Gesicht gibt mir Kraft. Ich schnappe mir meine Tasche, nehme die Kamera heraus und klettere aus dem Wagen.

Fans kreischen seinen Namen in ohrenbetäubender Lautstärke und winken begeistert, als er auf sie zugeht.

Es hat etwas wirklich Magisches, Noah dabei zu beobachten, wie er mit seinen Anhängern plaudert. Sein Gesicht hellt sich immer mehr auf, und es kümmert ihn nicht im Geringsten, dass er immer nasser wird und seine Haare immer lockiger. Er ist offenbar in seinem Element.

Dann höre ich jemand rufen: »Penny! Seht mal, da ist Penny. Sie ist Girl Online!« Ich spähe zu zwei Mädchen hinüber, die mir winken, und ich winke lächelnd zurück. Das fühlt sich sehr seltsam an und ein beträchtlicher Teil von mir würde am liebsten zurück in das sichere Auto flüchten. Aber stattdessen atme ich tief durch und beginne, Noah zu fotografieren, wie er Leute umarmt und ein paar der Fans in der Schlange mit High five abklatscht. Meine Kamera fühlt sich wie ein geheimer Schutzschild an. *Du schaffst das, Penny*, sage ich mir. Ich weiche ein bisschen zurück, und da sind die beiden Mädchen, die mir zugewinkt haben, direkt neben mir.

»Freust du dich drauf, Noah vor so vielen Leuten spielen zu sehen?«, fragt eine von ihnen.

Ich nicke heftig. »Ich freue mich sehr. Das ist so irre!«

»Wir waren übrigens totale Fans deines Blogs! Du solltest bald wieder damit weitermachen«, mischt sich die Zweite ein.

»Ach, da bin ich mir nicht ganz sicher. Obwohl ich das Bloggen schon auch vermisse.« Ich lächele sie freundlich an.

»Wie ist das so, mit Noah Flynn zusammen zu sein?«, fragt die Erste.

»Wie ein Traum«, sage ich ehrlich. Da merke ich, dass Noah mich ansieht und zum Auto zeigt. »Es war richtig nett, euch beide hier zu treffen«, sage ich noch, bevor Noah mich bei der Hand nimmt und wir wieder in den Wagen springen. Ich winke den Mädchen ein letztes Mal zu und drehe mich dann zu Noah um. Er grinst wie ein Honigkuchenpferd. Ich kann mir nur vorstellen, wie er sich jetzt fühlen muss.

»Alles okay?«, sagt Noah und macht ein besorgtes Gesicht.

»Das war … großartig!«, sage ich und schlinge die Arme um ihn. Wir müssen lachen, als meine Kamera gegen seine Brust stößt, sodass ich ihn wieder loslassen muss.

»Warte mal, ich möchte diesen Moment festhalten«, sage ich zu Noah. Ich ziehe ihn nah zu mir heran und stelle die Kamera an meinem Handy so ein, dass ich ein Selfie von uns beiden machen kann. Als unsere beiden Gesichter auf dem Display zu sehen sind, diese zwei irrsinnig glücklichen, strahlenden Menschen, da füllt sich mein Herz mit so viel Wärme, dass ich das Gefühl habe, gleich zu explodieren. Und das Beste ist: Dieses Gefühl wird den ganzen Sommer über andauern.

KAPITEL 5

Als wir aus dem Wagen steigen, steht dort Dean, Noahs Manager, und tappt ungeduldig mit einem Fuß auf den Boden, während er demonstrativ auf seine Armbanduhr starrt. Sein Haar ist mit Gel geglättet, und obwohl er einen Anzug trägt, sind die oberen Knöpfe seines Hemds offen, um lässiger zu wirken. Noah nennt Deans Bemühungen »sich bei der Jugend anbiedern«. Das erinnert mich an meinen ehemaligen Lehrer in der Theatergruppe, dem wir den Spitznamen »Nennt-mich-Jeff« gegeben haben, weil er wollte, dass seine Schüler ihn für cool halten. Dean hat immerhin einen tollen Job.

»Hi, Dean!«, sage ich. Es ist schön, ein bekanntes Gesicht zu sehen. Ich habe Dean in den Osterferien kennengelernt, als Noah zum ersten Mal die Idee hatte, dass ich ihn auf seiner Tour begleite.

»Penny! Großartig, dich zu sehen.« Er küsst mich auf beide Wangen, und eine fette Schwade Aftershave erwischt mich. »Los, kommt, ihr Turteltäubchen. Ich kann es nicht fassen, dass ihr euch vor dem Eingang rumgetrieben habt! Wisst ihr nicht, was für einen Albtraum das für die Security bedeutet?«

Noah entschuldigt sich nicht, sondern zuckt nur mit den Schultern. »Hast du bemerkt, dass es wie aus Kübeln schüttet? Ich wollte all den Leuten, die trotzdem hier draußen warten müssen, nur Hallo sagen.«

Ich fühle mich wie im siebten Himmel, nachdem ich die Fans hautnah gesehen habe, und ich bin mir sicher, Noah geht es genauso. Es macht mir nicht mal was aus, womöglich einer gebadeten Maus zu ähneln. Noah sieht natürlich umso besser aus.

Dean rollt mit den Augen, aber er wirkt nicht ernsthaft verärgert – er weiß, das alles ist Teil von Noahs Charme. Dean war der Erste, der Noah bei YouTube entdeckt und ihm einen Vertrag bei Sony verschafft hat. Seither ist er fast so was wie ein Ersatz-Vater, der Noah bei allen Herausforderungen unterstützt, die es mit sich bringt, über Nacht eine Sensation im Internet zu sein. Und es war Dean, der ihm die Tour mit The Sketch vermittelt und die Leute überzeugt hat, dass er so weit ist – obwohl Noah selbst sich da nicht ganz so sicher war.

Dean war auch Teil von Noahs Plan, meine Eltern zu überreden, dass es in Ordnung geht, wenn sie mich mit ihm reisen lassen. Dean hat einen ganzen Nachmittag in unserem Haus verbracht und meinen Eltern versichert, eine Rock-Tour mit Noah und The Sketch würde kein verrücktes, von Alkohol und Drogen bestimmtes Umfeld bedeuten, wie es Hollywood-Filme und Fernsehserien gern darstellen.

»Heutzutage können wir mit den ganzen Smartphones, Social Media und Paparazzi überall mit unseren Talenten überhaupt *kein* Risiko eingehen«, hatte Dean gesagt. Es klang seltsam, dass er Noah als »Talent« bezeichnete. »In dem Moment, wo sie einen Fehler machen, ist da sofort jemand, der es filmt, und das wird dann viral verbreitet. Also ist es meine Aufgabe sicherzustellen, dass es niemals dazu kommt.«

Dieser Nachmittag scheint schon so lange her und jetzt passiert das alles wirklich. Ich kann es kaum glauben.

Dean holt mich zurück in die Gegenwart. »Noah, in einer Stunde gehst du auf die Bühne – wir haben keine Zeit rumzualbern!«

»Ich habe den ganzen Nachmittag geprobt. Ich finde, da habe ich eine Pause verdient.«

»Nun, es wäre vielleicht gut gewesen, mir zu *erzählen*, wohin du gehst, statt mich hier wie ein kopfloses Huhn herumrennen zu lassen!«

Noah zwinkert mir zu. Das ist ganz typisch für ihn: weggehen, ohne seinem Management zu sagen, wohin. Ich unterdrücke ein Kichern.

Backstage ist es viel weniger glamourös, als ich es mir vorgestellt habe. Im Kopf hatte ich Bilder von jeder Menge Ledermöbeln und großen, von Glühbirnen gesäumten Spiegeln oder von industriell wirkenden Hallen mit frei liegenden Metallrohren und massenhaft Verstärkern und Lautsprechern überall. Stattdessen scheucht man uns durch viele schmale Gänge bis zu einer Tür, an die ein Blatt Papier geklebt ist, auf dem NOAH FLYNN steht. Der Raum dahinter ist klein, die Wände beige gestrichen. Um einen niedrigen Couchtisch stehen ein paar graue Sofas. Das allein würde wahrscheinlich langweilig wirken, aber alles ist ziemlich lebendig dank der totalen Unordnung, die überall herrscht. In den Ecken stapeln sich eine Menge Instrumente, der Inhalt von geöffneten Koffern quillt auf den Boden, und auf einem Sofa liegen mehrere Lederjacken kreuz und quer. An den Wänden hängen Fotos von berühmten Leuten, die schon im Brighton Centre aufgetreten sind - von Bing Crosby (über den ich, dank Elliot, schon alles weiß) bis zu moderneren Bands wie The Vamps, The Wanted und sogar One Direction. Ich frage mich, ob hier wohl eines Tages auch ein Foto von Noah hängen wird.

»Sind The Sketch auch in so einem Raum?«, frage ich.

Noah schüttelt den Kopf. »Nein, die bekommen die schickeren Garderoben.«

»Ah ja, logisch. Werde ich sie noch kennenlernen?«

Noah lacht. »Pah, nicht mal ich hab sie bisher kennengelernt! Ich bin ja bloß die Vorband, schon vergessen? Deren Management hält sie an einer noch kürzeren Leine als Dean mich. Es würde mich überraschen, wenn wir sie während der Tour überhaupt mal zu Gesicht bekommen, außer wir haben echtes Glück. Warte ... du willst doch wohl nicht von deinem Rockstar-Freund aus noch weiter aufsteigen, oder?«

Ich boxe gegen seine Schulter und strecke ihm die Zunge raus. Über meine Enttäuschung, The Sketch wohl nicht so bald zu treffen, bin ich schnell hinweg, als ich die Auswahl von Süßigkeiten auf dem Sofatisch entdecke. Eine RIESIGE Schüssel voll mit Reese's Peanut Butter Cups, Jolly Ranchers, einige Flaschen neongelbe Lucozade ... und Cadbury Mini Eggs.

»Augenblick mal, Noah, wie bist du denn an die gekommen?«

»Wie meinst du das?«

»Es ist Sommer – diese Mini-Eier gibt es nur zu Ostern! Ich gehe davon aus, es handelt sich um deine Promi-Bestellung«, sage ich grinsend.

»Ich werde diesbezüglich auf dein Expertenwissen vertrauen müssen«, gibt Noah zurück. Er schnappt sich ein Mini-Ei und wirft es sich in den Mund. Dann holt er eine Dose unter dem Tisch hervor, und als er sie öffnet, ist der Raum sogleich vom Duft von Chocolate-Chip-Cookies erfüllt. »Aber so, wie ich es sehe, nachdem mir Sadie Lee das Versprechen abgenommen hat, diese hier ihrer Lieblingsbritin zu geben und sie nur ja nicht selbst zu essen, sind Mini-Eier nur das Zweitbeste!«

»Nichts geht über Sadie Lees Cookies!«, sage ich und nehme mir einen. Sie sind innen immer noch weich. Obwohl ich alle auf einmal aufessen könnte, biete ich Noah einen Keks an. Und dann auch Dean, der uns nach drinnen gefolgt ist.

»He, will einer 'n Bier?«

Ich schaue von der Cookies-Dose auf, und in der Tür lehnt ein Typ mit einem langen, ungepflegten Pony, der einen Großteil seines Gesichts verdeckt. Er trägt wie Noah ein schwarzes T-Shirt, aber im Gegensatz zu ihm hat er viel mehr Tattoos auf den Armen. In einer Hand hält er zwei Bierflaschen. Sofort spüre ich das Kribbeln einer Gänsehaut im Nacken, auch wenn ich mir nicht erklären kann, warum.

»Für mich nicht, Mann«, antwortet Noah. »Blake, ich

möchte dir meine Freundin Penny vorstellen. Penny, das ist Blake – einer meiner besten Freunde zu Hause und der Drummer in meiner Band.«

Blake schaut mich kaum an – oder falls doch, sehe ich es nicht, denn die Haare hängen ihm zu weit in die Augen. Ich meine, ein kurzes, anerkennendes Grunzen zu hören.

»Hey«, sage ich mit piepsiger Stimme, und dann sehe ich, wie sich Blakes Gesichtsausdruck verändert: Er verzieht die Lippen zu einem spöttischen Grinsen. Mir wird schwer ums Herz. Ich wollte bei Noahs Freunden einen guten Eindruck machen. Doch nun empfinde ich mich als peinlich und ein bisschen erbärmlich. Zum ersten Mal fühle ich mich fehl am Platz.

Die anderen beiden Mitglieder von Noahs Band drängen hinter Blake in den Raum – beide haben ebenfalls Bier in den Händen, aber sie sind viel freundlicher und lächeln mehr als Blake. Noah stellt sie vor, als sie reinkommen: der Bassist heißt Mark, der Keyboarder Ryan. Mark und Ryan setzen sich auf die Lehnen des Sessels gegenüber von Noah und mir, doch Blake stiefelt auf uns zu und lässt sich so dicht neben Noah fallen, dass ich zwischen ihm und der Lehne des Sofas eingequetscht bin. Dann hält er Noah ein Bier hin.

Noah nimmt es, aber statt davon zu trinken, stellt er es einfach auf den Couchtisch.

»Das hier ist England, Kumpel. Du darfst das«, meint Blake auffordernd, nachdem er selbst einen langen Zug genommen hat.

Noah zuckt mit den Schultern. »Ich sagte, für mich nicht.«

Blake wirkt, als wolle er einen Streit anfangen, aber Dean klatscht in die Hände, und die Bandmitglieder schauen zu ihm hoch. »Okay, Leute, das ist euer erster großer Gig zusammen und in den Proben habt ihr fantastisch geklungen. Wiederholt einfach, was ihr da gemacht habt, und ihr werdet alle umhauen. Ich denke, ich brauche nicht zu erklären, wie wichtig das hier für Noah ist, für euch alle. Es könnte euer Durchbruch sein. Ohne Fleiß kein Preis. Jetzt sind es nur noch zehn Minuten, bis die Lichter auf der Bühne angehen, also raus mit euch und macht euch bereit. Das ist eure Chance, wie ein Stern aufzugehen!«

»Ist er immer so?«, flüstere ich Noah zu.

»Wie? Dass er in solchen Floskeln redet, kurz bevor wir auf die Bühne gehen? Yep, das charakterisiert Dean ziemlich gut.« Noah blickt zu seinem Manager. »Kann ich eine Minute allein sein?«

»*Eine* Minute«, sagt Dean, verengt seine Augen zu Schlitzen, damit wir wissen, er meint es ernst. »Na gut, alle raus!«

»Alle außer Penny.«

Dean nickt, doch Blake entfährt ein lautes Grunzen. Jede Bewegung, die er macht, wirkt sehr widerwillig, aber schließlich schlurft er hinter Dean zur Tür raus.

Als wir allein sind, dreht sich Noah zu mir und wirkt wie mit nervöser Energie geladen. Doch dann begreife ich, dass er nicht aufgeregt ist. Er sieht richtig verängstigt aus.

»Penny, ich weiß nicht, ob ich auf die Bühne gehen kann.«

KAPITEL 6

Das ist wirklich das Letzte, was ich aus Noahs Mund erwartet hätte. Sein Markenzeichen, die Grübchen, sind verschwunden, und sein Kiefer ist angespannt. Sein Gesicht hat alle Farbe verloren und er knabbert an den Fingernägeln. So habe ich ihn noch nie gesehen. Er tigert in der Garderobe auf und ab, während er sich dauernd mit den Händen durch die zerzausten braunen Haare fährt.

Ich stehe auf, laufe zu ihm und nehme seine Hände in meine, um sein nervöses Herumwandern zu stoppen. Er bleibt stehen, aber ich kann das Zittern seiner Hände spüren. Wir lehnen unsere Köpfe gegeneinander und atmen für einen Moment gemeinsam. Dann lege ich meine Hände an sein Gesicht. »Du bist *großartig*. Natürlich kannst du das. Du bist Noah Flynn. Du kannst alles.«

Er küsst mich. Doch es ist eine andere Art von Kuss als vorhin im Auto. Er presst seine Lippen auf meine, und ich fühle so etwas wie eine verzweifelte Energie, ganz so, als hoffe Noah, dass unser Kuss uns in eine andere Welt versetzt, wo er keine Angst davor haben muss, vor viertausendfünfhundert kreischenden Fans aufzutreten.

Als wir uns schließlich voneinander lösen, sagt Noah: »Penny, ganz ehrlich, ich weiß wirklich nicht, ob ich das schaffe.« Seine Stimme ist so leise, dass ich sie kaum hören kann.

Es klopft an die Garderobentür. »Deine Minute ist um, Noah!«, ruft Dean und klingt, als stünde er kurz vor einer Panikattacke – aber nicht die gleiche Art von Panik wie bei Noah.

Der lässt sich auf eines der Sofas fallen und vergräbt seinen Kopf in den Händen.

Ihn so zu sehen, tut mir im Herzen weh. Ich will die Hände nach ihm ausstrecken und ihn in etwas Warmes und Tröstliches hüllen, wie die Riesenstrickjacke meiner Mutter, aber er kann ja nicht in Schafwolle gewickelt auf die Bühne gehen (obwohl, wenn er es täte, könnte er damit einen neuen Modetrend auslösen). Doch da kommt mir eine Idee. Vielleicht braucht er jetzt genau so was: etwas, das ihm Mut macht.

Meine Augen schweifen durch den Raum und bleiben an einem Gegenstand hängen, von dem ich weiß, dass er ihm immer ein Gefühl von Heimat gibt: seine alte Gitarre. Die, die er aus Brooklyn mitgebracht hat. Die mit der Widmung seiner Eltern auf der Rückseite:

Bleib dir treu
M & D
x

Ich schnappe mir die Gitarre und bringe sie Noah. »Hier. Nimm die.«

»Meine Gitarre? Wie soll die mir helfen?«

»Tu es einfach«, sage ich nachdrücklich.

Er seufzt, nimmt die Gitarre aus meinen Händen und wirft sich den Gurt über den Kopf. Als die Gitarre in seinen Armen liegt, spielt Noah sofort einen Akkord. Musik erfüllt den Raum, und es fühlt sich an, als seien wir zurückversetzt in den Keller von Sadie Lees Haus in New York, nur wir beide in unserer eigenen Welt. Augenblicklich sehe ich, wie die Anspannung aus Noahs Schultern verschwindet.

»Du solltest sie auf die Bühne mitnehmen«, sage ich.

»Wie meinst du das?« Er starrt das Instrument an.

»Das ist doch die Gitarre, auf der du deine Songs schreibst, nicht wahr? Behalte sie bei dir und spiel die ersten paar Akkorde auf ihr. Während des Einspielens tauschst du sie dann gegen deine Bühnen-Gitarre.«

Für einige Momente ist es ganz still im Raum, und ich frage mich schon, ob ich da etwas wirklich Dummes vorgeschlagen habe. Aber dann hellt sich Noahs Gesicht auf. »Penny, du bist ein Genie.« Er springt auf und küsst mich stürmisch.

»Sei vorsichtig mit der Gitarre«, lache ich.

»Los, komm. Raus hier, bevor Dean einen Herzanfall bekommt«, sagt er und wirft sich das Instrument über die Schulter.

Er reicht mir seine Hand und ich nehme sie. Dann öffnet er die Tür.

Dean steht da, an die Wand gelehnt, den Kopf in seinen Händen. Er blickt hoch, als wir auftauchen. »Oh, dem Himmel sei Dank. Bist du bereit?«

»Yep, Dean. Ich bin so weit.«

»Gut. Für einen Moment habe ich mir schon Sorgen gemacht.« Dean beginnt, durch den Backstage-Bereich zu hasten. Noah und ich eilen ihm nach, laufen über Kabel, die mit breitem, schwarzem Klebeband auf dem Boden festgemacht sind, und weichen Leuten aus, die Headsets tragen und hektisch herumrennen. Ich recke den Hals, um irgendwas zu erkennen; die Bühne für The Sketch ist über uns aufgebaut. Sie verwenden gigantische Bildschirme, die für ihr erstes Lied auf die Bühne herabgelassen werden. Noah hat mir erzählt, dass sie Illustratoren angeheuert haben, die live auf der Bühne zeichnen, während die Band spielt, und diese Bilder werden auf den Bildschirmen zu sehen sein. Beinahe wäre ich über eines der Kabel gestolpert, aber Noahs Hand hält mich sicher fest.

Dean blickt über seine Schulter. »Was schleppst du da mit?«, fragt er Noah.

»Meine Gitarre. Ich werde sie zu Beginn des ersten Songs benutzen – ihn erst mal so singen –, und dann kann Blake mit dem Schlagzeug-Intro einsteigen, und ich wechsle zur Bühnengitarre.«

Dean bleibt abrupt stehen und dreht sich mit nachdenklich zur Seite geneigtem Kopf zu Noah um. Dann nickt er. »Das klingt großartig. Ist nicht das, was wir geprobt haben, aber hey – es wird eine Erinnerung daran sein, wie du auf YouTube geklungen hast. Lass es mich nur noch den anderen Bandmitgliedern und der Crew sagen. Du sorgst dafür, dass mein Leben nie langweilig wird, Noah.«

»Und du willst es auch gar nicht anders«, erwidert Noah grinsend.

Ehe wir es uns versehen, befinden wir uns direkt in den Kulissen neben der Bühne. Ich kann die Fiebrigkeit des Publikums spüren. Jeder Einzelne wartet mit angehaltenem Atem darauf, dass Noah auftaucht.

Er dreht sich zu mir, seine dunklen Augen leuchten. Ich sehe, dass seine Nervosität verflogen und purem Adrenalin und Spannung gewichen ist. »Danke, Penny. Ich weiß nicht, was ich ohne dich machen würde.«

Ich lächele. »Wir sehen uns nach der Show«, flüstere ich.

Dann verdunkelt sich die ganze Bühne und im Zuschauerraum wird es totenstill. Man könnte eine Stecknadel fallen hören. Die Erwartungen an Noahs Auftritt sind so riesig; ich habe keine Ahnung, wie er das aushalten kann.

Noah holt noch mal tief Luft und geht dann auf die fast vollkommen finstere Bühne. Von den Kulissen aus kann ich bloß seine Umrisse erkennen. Er verstellt den Mikrofonständer und tritt von einem Fuß auf den anderen, bis alles passt. Dann legt er die Hände an die Gitarre und spielt die erste Note. Der Klang hallt durch den ganzen Saal.

Ein Scheinwerfer geht an, Noah singt die ersten Takte von *Elements* und der Jubel von viertausendfünfhundert Leuten steigert sich zu einem einzigen Schrei.

Da bemerke ich, dass ich weine.

KAPITEL 7

»Hey, Penny, vielleicht möchtest du auf deinen Platz gehen und dir den Rest von Noahs Auftritt von da ansehen?«, meint Dean hinter mir.

»Oh ... was?« Seine Stimme reißt mich aus meiner Trance, denn Noah auf der Bühne zu beobachten, ist faszinierend. Nur widerstrebend wende ich den Blick von ihm ab. »Okay, das mache ich. Wie komme ich von hier dorthin?« Ich sollte mir den Rest der Show vom VIP-Bereich aus anschauen, wo auch Elliot und Alex sind.

»Geh einfach diesen Flur entlang bis zur Treppe. Die läufst du runter, dann zur Tür raus ins Parkett. Von da aus findest du leicht allein zum VIP-Bereich. Der liegt ein Stockwerk höher.« Dean trägt ein Headset und scheint von irgendwas abgelenkt zu sein, das jemand in sein Ohr sagt, jedenfalls wird er plötzlich blass und sieht so angespannt aus wie ein Aufziehspielzeug zum Aufziehen.

»Ja, danke. Alles klar«, sage ich mit mehr Zuversicht, als ich eigentlich empfinde. Dean verschwindet, und ich versuche, seiner Beschreibung möglichst schnell zu folgen, solange ich sie noch im Kopf habe. Ich weiß, dass

Noahs Auftritt nicht so lange dauert, und ich will keinen Augenblick davon verpassen.

Deshalb jogge ich los, bahne mir vorsichtig meinen Weg durch den unübersichtlichen Backstage-Trakt und stürme durch die Tür ins Parkett. Dann stehe ich plötzlich in der Zuschauermenge. Hier unten ist es so viel lauter als Backstage. Das liegt an den dröhnenden Lautsprechern und den Mädchen (sie machen den Großteil des Publikums aus), die kreischend gegen die Absperrung drängen. Sie strecken die Arme nach Noah aus, winken, als sehnten sie sich nach einem Stückchen von ihm. Auf diese Weise wirken sie wie ein großes, geradezu fanatisches Ganzes. Vor Beginn des Konzerts gab es extra eine Ansage, keine Geschenke auf die Bühne zu werfen, aber ich kann schon sehen, wie die begeisterten Mädchen Teddybären, Blumen und sogar einen BH in Richtung von Noahs Füßen werfen.

Ich spüre einen Adrenalinschub, versehen mit extrascharfen Zähnen, die meinen Nerven zusetzen. Die Security-Leute schieben mich weg vom Eingang zum Backstage-Bereich. So gerate ich tiefer ins Publikum. Ich schaue zu den Balkonen hoch und suche nach Elliot. Zum Glück ist er leicht zu entdecken, denn er steht mit Alex ganz vorn an der Brüstung. Sie lauschen den Klängen von *Elements*. Dabei schauen sie einander in die Augen und haben sich gegenseitig im Arm. Das ist ein so rührender – und seltener – Anblick, dass mir ganz warm ums Herz wird.

Sie küssen sich, und ich hole mein Handy heraus, um rasch ein Foto zu machen. Ich ärgere mich darüber, meine

Kamera in der Garderobe liegen gelassen zu haben. Obwohl es ziemlich dunkel ist, kommt die Atmosphäre gut rüber, und ich kann's kaum erwarten, es später Elliot zu zeigen. Er wird es lieben – schon ewig wünscht er sich ein Foto von ihnen beiden. Aber jedes Mal, wenn ich versuche, ein Foto zu machen, wird Alex total verlegen. Er hat sich noch nicht allen seinen Freunden und der ganzen Familie gegenüber geoutet, deshalb schreckt er vor »Zuneigungsbekundungen in der Öffentlichkeit« zurück. Elliot hat in dieser Hinsicht wirklich viel Geduld bewiesen, und er weiß aus eigener Erfahrung, dass er Alex die Zeit lassen muss, die er nun mal braucht. Trotzdem ist es eine Herausforderung, mit der beide zurechtkommen müssen.

Irgendjemand prallt so heftig gegen mich, dass mir das Handy aus der Hand fällt. »Hey!«, schreie ich und drehe mich um, aber das betreffende Mädchen bemerkt mich nicht mal. Sie ist viel zu beschäftigt damit, Noahs Text mitzusingen und auf und ab zu springen. Ich schaue nach unten und entdecke mein Telefon unter ihren Füßen.

Gerade als ich mich danach bücke, wird es ein Stück weiter über den klebrigen Fußboden gekickt.

»Oh, tut mir leid!«, schreit das Mädchen, das mich endlich doch registriert hat.

»Kein Problem«, will ich sagen, aber die Worte bleiben mir im Hals stecken. Ich muss mein Telefon wiederhaben! Ich bücke mich danach, aber jedes Mal, wenn ich es vor mir zu sehen glaube, wird es ein Stück weiter gestoßen.

Ich jaule auf, als jemand auf meine Finger tritt, und

dieser Sekundenbruchteil genügt, um mein Handy aus dem Blickfeld zu verlieren. Ich könnte schwören, dass mein Herzschlag für einen Moment aussetzt. Dann entdecke ich es wieder – auf einer kleinen Lichtung zwischen all den Füßen. Ich gehe in die Hocke und will danach greifen, aber wieder stößt jemand dagegen, und es liegt erneut außerhalb meiner Reichweite. In dem Wald aus Beinen sehe ich, wie sich eine Hand danach bückt und es aufhebt.

»Hey, das gehört mir!«, schreie ich. Verzweiflung packt mich, und ich krabble auf allen vieren los, versuche, mich durch die Menge zu schieben, und werde fast zertrampelt.

»Was treibst du denn da?«

»Was zum Teufel soll das?«

Ich ignoriere die Beschimpfungen und schiebe mich zwischen nackten und mit zerrissenen Jeans bekleideten Beinen durch, aber vergebens. Mein Telefon ist weg.

Ich stehe auf, bevor ich zerdrückt werde, und suche die Menge hektisch nach dem Handy-Dieb ab. Alle Gesichter sehen gleich aus: Die weit aufgerissenen Augen hängen an meinem Boyfriend auf der Bühne. Ich bin wahrscheinlich die Einzige hier, deren Blick *nicht* auf Noah gerichtet ist. Jemand rempelt mich an, ich stolpere gegen die Person hinter mir, die mich sogleich anschreit. Zum Glück verschluckt der übrige Lärm die Worte, aber ich weiß auch so, dass es keine freundlichen waren. »Tut mir leid«, versuche ich zu sagen, doch plötzlich fühle ich mich so bedrängt. Ich habe keinen Platz, mich zu bewegen oder gar frei zu atmen.

Da entdecke ich das leuchtend rote EXIT-Schild über

den Köpfen und versuche, auf direktem Weg dorthin zu gelangen. Es kommt mir vor, als würde ich gegen eine starke Strömung schwimmen, wäre zugleich in einem Strudel gefangen, der mich unter Wasser zu ziehen droht. Ich kann hören, dass Noah zwischen den Songs etwas sagt, aber es kommt mir vor, als wäre er eine Million Meilen weit weg.

Dann tippt mir jemand auf die Schulter. »Hey, bist du nicht das Mädchen mit dem Blog? Noahs Freundin?«, fragt ein Mädchen, deren blonde Haare seitlich zu einem imposanten Fischgrät-Zopf geflochten sind.

»Äh …«

»Oh mein Gott, Leute, da ist Noahs Freundin!« Fischgräte schreit all ihre Freundinnen herbei.

»Wer? Die Bloggerin?«

»Wo?«

»Kannst du Noah das von mir geben?«

Bevor ich weiß, wie mir geschieht, scharen sich mehrere Mädchen um mich. Andere aus dem Publikum stoßen dazu oder wollen vielleicht auch nur die Bewegung nutzen, um näher an Noah auf der Bühne heranzukommen.

»Ich muss hier raus«, sage ich, aber es klingt nur so leise wie ein Flüstern. Plötzlich hat sich die Szene in meinen schlimmsten Albtraum verwandelt. Ich fühle mich, als würden eine Million Hände mich anfassen und jede in eine andere Richtung zerren. Mein Atem wird ganz flach. Ich sehe keinen Ausweg – überall nur noch mehr Gesichter, die mich anstarren. Über das Kreischen in meinem Kopf kann ich nicht einmal mehr Noahs Stimme hören.

»Penny? Bist du das?«, fragte eine weibliche Stimme.

Ich weiß nicht, wer das ist, kann aber nur noch mit einem Wimmern antworten. Das Mädchen packt mich bei der Hand und zieht mich hinter sich her durch die Menge. »Komm mit mir. Hier entlang.« Ich komme mir dumm vor, weil ich ihr vollkommen vertraue – alles, was ich von ihr sehen kann, ist ein Wasserfall langer, dunkelbrauner Haare –, aber während sie uns einen Weg durch die Masse bahnt, weicht dieses Gefühl rasch echter Dankbarkeit.

KAPITEL 8

Endlich schieben wir uns aus der Horde kreischender Mädchen hinaus und auf den breiten Gang hinter dem Parkett. Ich schnappe nach Luft und stütze die Hände auf die Knie. Als ich endlich wieder klar denken kann, hebe ich den Kopf. Zu meiner Überraschung steht Megan vor mir.

Sie sieht ehrlich besorgt um mich aus. »Hey, alles in Ordnung mit dir? Du sahst vorhin ziemlich überfordert aus.« Sie legt eine Hand auf meinen Rücken.

Ich lächele schwach. »Ich kam mit der Menschenmenge nicht klar. Das war einfach zu viel. Ich habe mein Handy verloren und dann wurde ich fast zerdrückt ...«

»Hast du etwa geweint? Dein Make-up ist ganz verwischt.«

Ich hatte vergessen, dass ich geweint hatte, als Noah zu singen begann, und wische mir rasch über die Wangen. Dieser Augenblick neben der Bühne kommt mir im Gegensatz zu der Panikattacke gerade eben vor, als läge er schon eine Ewigkeit zurück. Wenn mich diese Beklemmung erfasst, scheint alles andere in den Hintergrund zu treten, und ich kann mich auf nichts anderes mehr konzentrieren außer *Panik, Panik, Panik*. Nichts sonst zählt dann noch. Selbst wenn mein Verstand mir sagt, dass der Ausgang nur ein paar Schritte entfernt ist, hört mein Körper einfach nicht darauf. Es scheint, als wären beide in einem solchen Moment durch das Monster Angst voneinander getrennt. »Oh nein, das war nicht deshalb – das waren Freudentränen.«

Megan lächelt. »Soll ich dich zurück zu deinem Platz begleiten?«

»Klar. Der ist oben ... aber – ich weiß nicht mal genau, wo.« Da fällt mir ein, dass ich meine Eintrittskarte nicht bei mir habe. Ich muss sie in Noahs Garderobe vergessen haben – genau wie meine Kamera, meine Jacke, meine Handtasche und den Backstage-Pass. Als ich das alles Megan erzähle, merke ich erst, wie sehr es mich frustriert. Ich kann einfach nicht glauben, dass ich vor lauter Aufregung einen derart dummen Fehler gemacht habe.

»Mach dir darüber mal keine Gedanken.« Megan geht schnurstracks auf den erstbesten Security-Mann zu und wirft ihr kastanienbraunes Haar nach hinten.

»Das hier ist Penny Porter, die Freundin von Noah Flynn. Sie hat ihr Ticket backstage vergessen und muss noch mal zurück in seine Garderobe.«

Der Security-Typ mustert uns beide skeptisch. »Ja, klar. Und ich bin Prinz Harry.«

»Sir, bitte«, sage ich. »Ich bin gerade erst durch den Bühnenausgang reingekommen ...«

»Jetzt hört mal, Mädels, warum geht ihr nicht zurück zum Konzert und genießt es wie alle anderen. Schluss jetzt mit diesen albernen Spielchen.«

»Das ist kein Spielchen«, sagt Megan. Sie schafft es, äußerlich gelassen zu bleiben, während ich das Gefühl habe, gleich zusammenzubrechen. »Hören Sie, Sir, wenn Sie jemanden aus Noahs Umfeld finden, wird derjenige Penny erkennen und alles aufklären.«

Er verschränkt die Arme vor der Brust und ist eindeutig zu gar nichts zu bewegen. »Und wenn ihr jetzt nicht sofort wieder reingeht, werde ich euch höchstpersönlich vom Gelände verweisen.«

»Das ist ja wohl das Letzte!«, sagt Megan. »Wenn Noah das erfährt, sind Sie so gut wie gefeuert!«

Ich ziehe sie von dem Typen weg, bevor er ihr Handschellen anlegt oder sonst was tut, wozu furchterregend aussehende Wachleute imstande sind. Ich merke, dass er uns immer noch hinterherstarrt, als wir uns auf dem Flur besprechen. »Ich weiß das zu schätzen, dass du dich so für mich einsetzt, aber ich – ich glaube, ich möchte jetzt lieber gehen.«

»Bist du dir sicher?« Megan legt tröstend einen Arm um mich. »Du kannst doch auch mit mir zurück ins Parkett kommen.«

Ich schüttele den Kopf. »Noah wird mich zu Hause am leichtesten finden.«

»Okay«, sagt sie verständnisvoll. Wir mögen zwar nicht mehr befreundet sein, aber sie weiß immer noch eine Menge über mich. »Dann begleite ich dich, um sicherzugehen, dass du wohlbehalten heimkommst.«

»Im Ernst? Das musst du aber nicht. Ich kann einfach ...« Ich wollte schon sagen: »Tom anrufen«, aber nachdem ich das Handy verloren habe, ist das auch unmöglich. Seine neue Nummer kenne ich nicht auswendig. »Es ist ja nicht so weit, da laufe ich. Außerdem würdest du The Sketch verpassen, und ich weiß doch, wie sehr du dich auf die gefreut hast.«

Megan hakt sich bei mir unter. »Ich glaube, du brauchst mich jetzt dringender als ich The Sketch. Außerdem könnte ich auch ein bisschen frische Luft gebrauchen. Da drin ging es ja zu wie verrückt.«

Dass Megan so nett zu mir ist, bereitet mir immer noch ein unbehagliches Gefühl, aber ich höre aus ihrer Stimme keinen Hintergedanken heraus. Also gehen wir gemeinsam zum Ausgang.

Als wir draußen stehen, stellen wir fest, dass aus dem Regen ein leichtes Nieseln geworden ist. Als die für Brighton so typische Meeresbrise mir durch die Haare pustet, merke ich, dass dabei auch einiges von meiner Panik weggeblasen wird. Meine Brust fühlt sich nach wie vor eng an, und meine Handflächen sind noch feucht, aber Megan hält meinen Arm so fest, als fürchte sie, ich könne jeden Moment fortgeweht werden. Ich bin ihr unendlich dankbar.

»Wie wär's mit ein bisschen Zuckerwatte vom Pier?«, fragt sie. »Ein bisschen was Süßes könnte dir helfen.«

Ich nicke lächelnd. »Das klingt gut.«

Wir spazieren unter den hellen Lichtern am Eingang zum Pier hindurch, und ich kann durch die Zwischenräume der Planken sehen, wie unter uns die Wellen gegen das Ufer krachen. An der Bude mit der buntesten Auswahl kaufen wir eine große Zuckerwatte in Pink und Weiß, die wir uns teilen. Ich zupfe mir ein großes Stück ab, stecke es in den Mund und der Zucker löst sich prickelnd auf meiner Zunge auf.

»Mmh, das ist herrlich«, sage ich. Dann schaue ich zu Boden. »Danke für das, was du da drinnen für mich getan hast. Du hast mich gerettet – ich habe keine Ahnung, was ich sonst gemacht hätte.«

Megan lächelt, während ihre Haare ihr wild um den Kopf flattern. Sie streicht sie sich aus dem Gesicht und zwirbelt sie zu einem lockeren Knoten auf. Das sieht ganz ungezwungen cool aus. »Ach, das war doch keine große Sache. Möchtest du mein Handy benutzen, um deins bei deinem Provider als gestohlen zu melden?«

Ich nicke. »Danke. Zum Glück ist es mit einem Passwort geschützt, und ich habe sowieso kein großes Guthaben mehr drauf, sodass man nicht tonnenweise Anrufe oder sonst was damit machen kann. Ich hoffe trotzdem, dass diejenige es abgibt. Ich liebe dieses Handy.«

Und alles was drauf ist, denke ich. Fotos von Noah und mir. All die Nachrichten, die wir uns geschickt haben. Sogar die Hülle war besonders. Noah hatte sie eines Abends heimlich genommen und die ganze Rückseite mit wasserfestem Stift vollgezeichnet. Es war meine absolute Lieblingshülle.

Als ich mit dem Telefonat fertig bin, gebe ich Megan ihr Handy zurück. »Alles erledigt«, sage ich.

»Oh gut.« Sie seufzt. »Hör mal, Penny – ich wollte schon seit einiger Zeit mit dir reden, aber irgendwie hat sich nie der richtige Moment ergeben.«

»Wie meinst du das?«

»Ich möchte dir unbedingt noch sagen, wie leid es mir

tut. Alles, was zu Anfang dieses Jahres passiert ist. Das … das war irgendwie nicht ich selbst. Es tut mir leid, dass ich alles über Girl Online verraten habe. Ich fühle mich so blöd, weil mir deine Posts eigentlich alle gefallen haben und ich nur eifersüchtig war, dass du mit einem Popstar zusammen warst. Es kam mir vor, als hättest du alles. Erst Ollie, dann Noah und diese irre, wunderbare Reise nach New York – das für mich das absolute Traumziel ist, um mal dort zu leben. Und noch dazu bist du so eine begabte Fotografin und kannst so gut schreiben. Alle sagen immer, wie großartig du bist und was für eine tolle Karriere du vor dir hast … Ich dagegen hatte nur diesen schrecklichen Werbespot für einen Klebestift und den Traum, Filmstar zu werden. Aber natürlich hätte ich das nicht an dir auslassen dürfen.«

Hätte ich den Mund nicht gerade voller Zuckerwatte gehabt, mir wäre die Kinnlade runtergefallen. Also schluckte ich die zuckrige Köstlichkeit, war aber trotzdem sprachlos.

»Kannst du mir verzeihen?«, fragt sie, als ich nichts sage.

»Ich – ich hatte keine Ahnung, dass du dich so gefühlt hast. Es kam mir immer so vor, als hättest *du* alles. Megan, du bist so hübsch und beliebt und so eine klasse Schauspielerin – jetzt hast du einen Platz an dieser Wahnsinns-Schauspielschule! Aber nach allem, was passiert ist, war ich echt verletzt …«

»Ich weiß.« Jetzt blickt sie zu Boden. »Es war falsch von mir. Ich weiß nicht, was mit uns passiert ist, Penny. Wir waren doch mal richtig gute Freundinnen.«

»Ich schätze, wir haben uns einfach auseinandergelebt.«

»Nun ja, falls es noch irgendeine Hoffnung darauf gibt, dass wir trotzdem befreundet bleiben können, würde ich das gern ...«

Wir sehen uns einen Moment lang an, bis Megan lächelt. Ihr Gesicht ist so voller Wärme, dass ich nicht anders kann: Ich nicke. »Das hätte ich auch gern«, sage ich. Dann muss ich grinsen und schaue auf unsere identischen Kleider. »Hey, wir müssen wie Zwillinge aussehen, weil wir im gleichen Outfit rumlaufen.«

Sie lacht herzlich. »Stimmt. Wir haben eben beide den gleichen verdammt guten Geschmack, was? Jetzt komm.« Sie hakt sich wieder bei mir unter. »Bestimmt machen sich schon alle Sorgen, wo du steckst. Bringen wir dich mal nach Hause.«

KAPITEL 9

Als wir bei mir zu Hause ankommen, sind alle Vorhänge zugezogen, und der Flur ist dunkel. Ich bin verwirrt. Sind meine Eltern heute Abend ausgegangen? Doch dann höre ich Stimmen aus dem Wohnzimmer. Vermutlich schauen sie sich einen Film an. Ich winke Megan, mir zu folgen. Die Wohnzimmertür knarzt, als ich sie aufmache.

»Mum?«, rufe ich leise.

Ich hätte nicht damit gerechnet, dass sie gleich vom Sofa springt, als sie meine Stimme hört. »Du meine Güte, Penny!«, schreit sie und schlägt sich mit einer Hand vor die Brust. »Hast du mich erschreckt! Dein Vater hat einen von diesen schrecklichen Horrorfilmen ausgesucht, von denen er weiß, dass ich sie gar nicht leiden kann.« Sie wirft ihm einen bösen Blick zu, aber Dad lacht nur. Er weiß so gut wie ich, dass Mum es liebt, sich ordentlich zu fürchten – aber noch mehr liebt sie ein bisschen Dramatik.

Aber dann sieht sie mich ernstlich besorgt an. »Was machst du überhaupt so früh schon zu Hause? Wir haben dich erst in ein paar Stunden erwartet.« Sie sieht Megan an, und ich merke, wie sie sich zurückhält, nicht damit rauszuplatzen, was Megan nach allem, was rund um Girl Online passiert ist, hier zu suchen hat.

Ich kann nicht anders – als ich meine Panikattacke und das Gefühl von Klaustrophobie in der Menge beschreibe, fange ich an zu zittern und breche in Tränen aus. Megan übernimmt schließlich das Reden und ergänzt dort, wo ich mich nicht mehr erinnern kann. Als wir fertig sind, schaltet Dad die Lampen ein und geht für uns alle Tee kochen. Ich fühle mich auf der Stelle so viel besser, aber da meldet sich auch gleich noch ein anderes Gefühl: mein schlechtes Gewissen. Auch wenn ich kein Telefon mehr hatte, keine Geldbörse und ihm keine Nachricht hinterlassen oder schicken konnte – ich weiß, dass Noah außer sich vor Sorge sein wird, wenn er feststellt, dass ich einfach verschwunden bin.

»Ich laufe mal schnell nach oben und lasse Noah wissen, dass ich zu Hause bin«, sage ich.

Mum nickt, dann lächelt sie Megan zu. »Wie geht es deinen Eltern, Süße? Es ist schön, dich mal wiederzusehen …« Während Mum sich von Megan auf den neuesten Stand bringen lässt, haste ich die Treppe hinauf. Immer zwei Stufen auf einmal nehmend.

Sobald ich Noah eine Direct Message geschrieben habe (er checkt wahrscheinlich erst Twitter und dann seine E-Mails), nehme ich mir noch Zeit, meinen Blog zu öffnen. Megans offensichtlicher Sinneswandel beschäftigt mich, und ich weiß, wem ich davon berichten möchte.

25. Juni

Kann man vergeben und vergessen?

Ich weiß, das ist schon mein zweites Post heute, aber es kommt mir auch vor wie der längste Tag aller Zeiten! So vieles ist passiert.

Erinnert ihr euch noch daran, dass ich vor einiger Zeit über eine Freundin geschrieben habe, die mir auf einmal fremd geworden war? Und dass sich dann herausstellte, dass genau diese »Freundin« mich an die Medien verkauft hatte? (Ich weiß, wer braucht schon Feinde, wenn er solche Freunde hat …)

Nun ja, jetzt hat sie sich tatsächlich dafür entschuldigt.

Könnt ihr euch das vorstellen? Damit hätte ich nie im Leben mehr gerechnet. Sie hat mir auch geholfen, als ich dachte, ich hätte niemand, und war wirklich nett zu mir. Und obwohl ich sehr genau hingeschaut und nach einem Hintergedanken bei ihr gesucht habe, scheint sie keinen zu haben.

Sie war einfach nur nett.

Sie war wieder meine alte Freundin.

Es fühlte sich gut an, sie zum Reden zu haben. Ist das abartig? Ist es überhaupt möglich, jemand etwas so Schlimmes zu verzeihen? Kann ich jemals vergessen, was sie mir angetan hat?

Sie hat sogar gesagt, sie sei neidisch auf mich gewesen. Kann das stimmen? Ich schätze mal, wir wissen eben nicht immer, was andere denken, selbst wenn es scheint, sie hätten doch alles im Griff. Wiki, ich weiß, du wirst außer dir sein, wenn du das erfährst.

Aber ich glaube, ich möchte ihr verzeihen. Ich kann so viele Jahre Freundschaft nicht leichtfertig wegwerfen…

Aber wie auch immer, ich halte euch auf dem Laufenden.

Girl Offline… nie mehr online xxx

Ich ziehe das Kleid aus und schlüpfe in meinen gemütlichsten Onesie, dann gehe ich zurück nach unten. Mum und Dad schalten den Film wieder ein, also kuscheln auch Megan und ich uns auf die Couch und schauen mit.

Es dauert nicht lange, bis es wie wild an der Tür klopft. Dad geht aufmachen und schon kommt Noah ins Zimmer gestürmt.

»Penny, Gott sei Dank!« Noah ist leichenblass. Ihn so fertig zu sehen, dreht mir fast den Magen um. Er stürzt zu mir und umarmt mich. »Was zum Teufel ist passiert? Ich bin dich nach meinem Auftritt suchen gegangen, und da erzählte Elliot mir, er hätte dich überhaupt nicht gesehen. Als ich dann deine ganzen Sachen in der Garderobe entdeckte, habe ich mir dermaßen Sorgen gemacht. Ich habe bestimmt eine Milliarde Mal angerufen ...«

»Es tut mir so leid, Noah. Ich kann immer noch nicht glauben, dass ich deinen Auftritt verpasst habe. Ich war nur so aufgeregt, dass ich nicht mal daran gedacht habe, meine Eintrittskarte mitzunehmen. Dann hat mir im Gedränge jemand mein Telefon aus der Hand geschlagen und es wurde alles zu viel für mich. Zum Glück war Megan da und hat mich gerettet.«

»Ich wünschte, das wäre ich gewesen. Wenn ich gewusst hätte, was passiert ist ...«

»Wärst du dann etwa von der Bühne gesprungen?«, sage ich lachend. »Du konntest nichts tun. Außerdem ist ja jetzt wieder alles in Ordnung.« Er gibt mir all meine Sachen, die ich backstage zurückgelassen hatte, und ich lächele dankbar. Jetzt fehlt nur noch mein Telefon.

»Hey, Noah.« Ich schaue in Richtung der unbekannten

Stimme und staune, Blake dort stehen zu sehen. »Nachdem du sie jetzt gefunden hast, fahre ich ins Hotel zurück.«

»Klar, Mann. Danke für deine Hilfe. Kannst du auch Dean sagen, dass alles okay ist? Und lass ihn doch noch bei der Security nachfragen, ob irgendjemand Pennys Handy abgegeben hat. Es hat eine pinkfarbene Hülle, auf die mit schwarzem Stift PP gekritzelt ist«, sagt Noah.

»Äh, Penny. Ich gehe dann besser auch mal.« Megan steht auf und winkt mir lässig zu, aber ich merke, dass ihre ganze Aufmerksamkeit Blake gehört, obwohl sie auch Noah gerade zum ersten Mal begegnet. Wie er so lässig am Türrahmen lehnt, strahlt Blake etwas Wilderes, Schäbigeres aus als Noah und hat dieses Rockstar-Auftreten, das man wohl nur bekommt, wenn man schon vor einem kreischenden Riesenpublikum auf der Bühne gestanden ist. Beiläufig löst Megan ihren Knoten und lässt die Haare über ihre Schultern fallen. Ich sehe, dass das Blake nicht entgeht, der sich gleich gerade aufrichtet. »Danke für den Tee, Dahlia.«

»Aber gern, Megan«, sagt meine Mum. »Danke, dass du heute für Penny da warst. Es ist schön, euch beide wieder zusammen zu sehen.«

»War mir ein Vergnügen. Jederzeit. Bis bald, Penny.« Megan schenkt mir ihr schönstes Lächeln, wirft die Haare zurück und nimmt die Schultern nach hinten, um ihr Outfit möglichst vorteilhaft zu präsentieren. Irgendwie sieht das Kleid an ihr ganz anders aus als an mir. Aber immerhin weiß ich jetzt, dass die Welt nicht total kopfsteht, denn das ist die Megan, die ich gewohnt bin.

»Ja, Megan ... danke. Danke sehr«, sage ich. »Man sieht sich.«

Sie nickt und verschwindet den Flur hinunter in Richtung Haustür. Blake ist nur einen Schritt hinter ihr.

»Was machst *du* denn hier?«, ertönt plötzlich eine schrille Stimme aus dem Flur. Ich zucke zusammen, als mir klar wird, dass Elliot genau in dem Moment reingekommen sein muss, als Megan gehen wollte. So viel zum Thema schlechtes Timing.

»Ich habe meiner *Freundin* beigestanden. Was man von dir ja leider nicht behaupten kann.«

Ich gebe ein Geräusch von mir, das irgendwas zwischen strangulierter Katze und gestörtem Wiesel liegen könnte, dann springe ich auf und stürme in den Flur hinaus. Ein Streit zwischen Megan und Elliot ist ungefähr das Letzte, was mir jetzt noch fehlt.

»Elliot«, sage ich nur und sehe ihn mit einem Blick an, der ausdrücken soll: *Ist okay. Megan hat Wiedergutmachung geleistet, auch wenn ich mir insgesamt noch etwas unsicher bin.* Kann man das alles in einen einzigen Blick packen? Auch da bin ich mir nicht sicher.

Aber er scheint es zu kapieren. So, wie das eben nur beste Freunde können.

»Man sieht sich, Megan«, sagt er mit zusammengebissenen Zähnen.

»Bye«, sagt sie, bevor sie wirklich geht. Dicht gefolgt von Blake.

»Pass auf, dass dein Ego sich nicht an der Tür stößt!«, schreit er der geschlossenen Tür noch nach. Dann sieht er mich an und nimmt meine Erscheinung wahr, die sich in einem Wort zusammenfassen lässt: Desaster. Ich stecke in meinem Lieblings-Onesie, meine Haare sind ein ungekämmtes Durcheinander und mein Gesicht wahrscheinlich immer noch voller roter Hektikflecken.

Als wir uns alle wieder im Wohnzimmer eingefunden haben, fragt Elliot: »Prinzessin Penny, was ist passiert?«

Ich beschließe, ihm nur die Kurzfassung der Geschichte zu erzählen. Die Details kann ich ihm immer noch hinterher liefern, unter vier Augen. Außerdem wird er auch den Blog-Post lesen, den ich geschrieben habe. Ich muss jetzt nicht nur meine eigenen Gefühle berücksichtigen. Mir ist der Gesichtsausdruck meiner Mutter sehr bewusst. Jedes Mal, wenn sie mich von meiner Panik erzählen hört, verfinstert sich ihre Miene noch ein bisschen mehr. Ich bin es nicht gewohnt, sie so besorgt zu sehen. Normalerweise ist sie sorglos und fröhlich und wischt alle Bedenken beiseite.

Aber jetzt merke ich, dass meine Chance, mit Noah auf Tour zu gehen, mir gerade durch die Finger gleitet. Wenn sie denkt, ich käme da nicht zurecht ...

Dad schenkt mir Tee in meinen Lieblingsbecher nach. Es ist der mit dem Schweinchen aus dem Film *Pu der Bär*. Ich drücke ihn an meine Brust und spüre, wie die Wärme mich durchdringt. Dann lehne ich mich in Noahs Armen zurück. Er hält mich so fest, als wolle er mich nie mehr loslassen.

Elliot hockt sich auf den Boden und meine Eltern setzen sich in die beiden Sessel uns gegenüber. Das fühlt sich an, als würde gleich ein strenges Verhör beginnen. Mum und Dad tauschen einen langen Blick aus, bevor sie sich wieder Noah und mir zuwenden. »Ich glaube, das war genau das, was wir befürchtet haben«, sagt Dad in ernstem Ton.

Mum nickt. »Dein Dad hat recht, Penny. Jetzt können wir dich auf gar keinen Fall auf den Kontinent lassen.«

KAPITEL 10

»Was, Mum? Nein!«, rufe ich, und meine Kinnlade fällt fast bis auf den Boden.

»Nicht, wenn das dann so ablaufen wird, Noah«, fährt Mum fort, und sie klingt wütender, als ich es erwartet hätte. »Es ist für Penny unmöglich, von einem Konzert in Berlin oder Paris einfach zu Fuß nach Hause zu gehen. Du hast versprochen, jemand würde auf sie achtgeben – wenn es schon in Brighton so läuft, wie soll sie dann erst in anderen Ländern zurechtkommen?«

»Ich war ja zum ersten Mal backstage, Mum. Ich verspreche, ich werde beim nächsten Mal besser vorbereitet sein und –«

Mum wirft mir einen Blick zu, der mich sofort verstummen lässt. Ich werde noch ein ganzes Stück härter daran arbeiten müssen, um ihnen zu beweisen, dass ich für so etwas bereit bin. Heute habe ich es definitiv nicht bewiesen.

Noah nimmt seinen um mich gelegten Arm weg und wendet sich meinen Eltern zu. »Ich verspreche, das wird nie wieder passieren. Penny wird bei den kommenden Konzerten nicht mehr allein in die Menschenmenge gehen – das ist nur geschehen, weil sie bei ihren Freunden sitzen wollte und dafür ein eigenes Ticket gebraucht hat. Und ich verspreche, jeder Einzelne aus unserem Security-Team und dem von The Sketch wird ihr Gesicht kennen und sie immer im Auge behalten. Meinen Bodyguard Larry hat sie bereits kennengelernt, und ich werde sicherstellen, dass er immer in ihrer Nähe bleibt.«

»Larry ist wirklich nett«, füge ich hinzu.

»Und sehen Sie das?« Noah greift nach meiner Hand und hält sie fest in seiner. »Ich werde sie nicht loslassen.«

»Also, du kannst sie schon loslassen, wenn du auf die Toilette gehst«, sage ich, und ein kleines Lächeln umspielt meinen Mund.

Noah lacht laut auf. »Ja, außer dafür! Sie wissen, was ich meine. Ich werde für Penny da sein«, erklärt er mit wieder ernstem Gesichtsausdruck. »Sie ist meine Freundin und ich passe auf sie auf.«

»Ich weiß immer noch nicht, ob das eine gute Idee ist«, sagt meine Mum und knabbert an ihrer Unterlippe. »Das ist erst der Anfang, Liebes. Bist du dir nach wie vor sicher, dass du das möchtest?«

»Ganz sicher«, antworte ich. »Ich will mitfahren. Der heutige Abend war gruselig, aber ich habe eben einen Fehler gemacht. Es wird nicht wieder passieren.«

»So schlimm wie diese Klassenreise nach Amsterdam kann es gar nicht werden, als deine ganze Klasse dachte, es gäbe Fliegeralarm und alle schreiend durch den Vondelpark rannten«, sagt Elliot. Und er hat recht. – Mr. Beaconsfield hatte uns angewiesen, dass wir uns unter Parkbänken verstecken sollen, was wir auch taten, bis ein nettes holländisches Paar zu uns kam und erklärte, dass die Sirenen vollkommen normal seien und jeden ersten Montag im Monat exakt um zwölf Uhr ertönen.

Auf Noahs Tour wird es wesentlich mehr Leute geben, die auf mich achten. Und irgendwann muss ich meine Ängste ja mal besiegen.

»Mum, Dad, bitte. Es wird mir gut gehen.« Ich schenke ihnen ein beruhigendes Lächeln, aber ich bin mir nicht sicher, wie überzeugend das bei meinem wahrscheinlich immer noch gestressten Gesichtsausdruck ist. »Hoffentlich kann ich Toms altes Handy haben und mir noch eine neue SIM-Karte besorgen, bevor wir zum Flughafen fahren. Dann kann ich euch wie geplant immer wieder anrufen.«

Einen Moment lang herrscht angespannte Stille im Raum. Mum und Dad sehen sich an.

»Okay, du darfst mitfahren«, sagt Mum.

Ich springe auf und umarme meine Eltern. »Ich werde euch nicht erneut enttäuschen«, rufe ich.

»Das hast du noch nie, Penny. Wir machen uns bloß Sorgen um dich«, erklärt Dad.

»Und jetzt mache ich mir Sorgen, dass du nicht rechtzeitig mit dem Packen fertig wirst!«, ergänzt Mum. »Glaub mal nicht, dass ich den Zustand deines Zimmers nicht bemerkt habe.«

»Das schaffe ich!«, sage ich zuversichtlich.

Elliot lächelt. »Gut. Da das nun geklärt ist, gehe ich nach Hause – ich brauche meinen Schönheitsschlaf. Alex zwingt mich, die Dauerkarte, die mir mein Vater geschenkt hat, morgen zu benutzen und mit ihm zum *Rugby* zu gehen. Könnt ihr euch das vorstellen? Das sind wohl die Dinge, die man aus Liebe tut. Zumindest sind die Rugby-Spieler *attraktiv*. Wenn Alex meinen Vater kennenlernen würde, kämen sie wahrscheinlich wunderbar miteinander klar –« Elliot klappt seinen Mund zu, als würde es ihn selbst überraschen, was er da gerade gesagt hat. Ich runzle die Stirn, aber Elliot wirft mir seinen *Frag bloß nicht*-Blick zu. Stattdessen wendet er sich Noah zu. »Das Konzert war fantastisch«, sagt er. »Du hast allen die Show gestohlen. The Sketch konnten dir nicht das Wasser reichen!«

Noah schließt Elliot überschwänglich in seine Arme und drückt ihn so heftig, dass sein Filzhut beinahe heruntergefallen wäre. »Ich wünschte, du könntest auch mitkommen, Elliot!«

»Und Prinzessin Penny zur Last fallen? Auf keinen Fall.«

»Vielleicht ein andermal.«

»Sicher.« Elliot dreht sich zu mir. »Ich kann nicht glauben, dass du morgen schon so früh abreist! Ich werde dich eine Ewigkeit nicht sehen! Ich werde dich so vermissen.« Jetzt war es für ihn an der Zeit, *mich* fest zu umarmen.

»Ich werde dich auch vermissen!«

»Du musst versprechen, dass du mir jeden Tag schreibst.«

»Und du mir viele Nachrichten schickst!«

»Und du mich anrufst!«

»Hört auf, ihr zwei! Es ist ja nicht so, dass sie zu einer Mars-Mission aufbricht. In zwei Wochen ist sie wieder da«, sagt Mum.

»In zwei Wochen kann eine *Menge* passieren«, meint Elliot. »Du musst mir alles erzählen. *Alles*. Besonders von Paris. Ich will alles über Paris wissen.«

»Natürlich! Und du musst mich über jede Minute deines Praktikums auf dem Laufenden halten!« Schließlich lassen wir uns los. Ich begleite Elliot in den Flur. Er eilt aus unserem Haus hinaus und auf das Haus nebenan zu. Er wirft mir noch eine Kusshand zu, bevor ich die Tür schließe.

»Ich gehe jetzt besser auch, Penny«, sagt Noah hinter mir. Ein Satz, den ich nicht hören will.

»Aber du bist doch gerade erst gekommen«, sage ich und drücke Noah fest an mich.

»Ich weiß, aber bald werden wir ja zwei Wochen zusammen sein. Ich muss zurück ins Hotel und alles für Berlin morgen vorbereiten. Ich freu mich so. Und ich bin schneller zurück, als du denkst – um fünf Uhr morgens. In aller Frühe.« Er greift nach einer verirrten Haarsträhne in meinem Gesicht und streicht sie hinter mein Ohr. »Bist du sicher, dass es dir gut geht? Ich verspreche, dass so was wie heute nie mehr passiert.«

»Ich weiß.« Ich stelle mich auf die Zehenspitzen und küsse ihn zärtlich auf den Mund. »Ich kann's kaum noch erwarten. Es wird perfekt werden.«

»Das wird es bestimmt. Wir können in jeder Stadt einen Magical Mystery Day einlegen! Und unser Auftrag lautet natürlich, das beste Gebäck zu finden, egal in welchem Land wir gerade sind. Deutschland! Italien!«

»Frankreich! Ich will alle Macarons dieser Welt probieren. Die mag ich am liebsten. Ist das ein Versprechen?«

»Abgemacht.«

Seine warmen dunklen Augen schauen direkt in meine. »Ich liebe dich, Penny. Erschreck mich bloß bitte nie wieder so wie heute.«

»Versprochen«, antworte ich und meine es auch so. Morgen brechen wir auf, und ich werde nicht zulassen, dass *was auch immer* unsere große Reise ruiniert.

KAPITEL 11

Zurück in meinem Zimmer werfe ich noch so viele Klamotten in meinen Koffer, wie hineinpassen, und ziehe den Reißverschluss zu. Solange ich meine Kamera, den Laptop, Mums Strickjacke und einen Satz Unterwäsche zum Wechseln dabeihabe, ist alles andere nur Beiwerk.

Es hat wieder angefangen zu regnen und der Regen prasselt gegen mein Fenster. Ich schnappe mir den Laptop und setze mich auf die Fensterbank. Dann stelle ich mir vor, jeder Tropfen sei ein Stückchen meiner Angst, das übers Glas läuft, auf die Straße hinunter und von dort aus bis ins Meer. Keinen einzigen muss ich festhalten.

Als ich einen ungelesenen Kommentar von Pegasus Girl zu meinem letzten Blog-Post entdecke, öffne ich ihn sofort.

Hey GO!
Wie schön, von dir zu hören! Wie lief das Konzert?
Ich weiß GENAU, wie du dich in Bezug auf deine Freundin fühlst. Ich mache hier gerade so was Ähnliches durch. Eine Freundin hat mich echt unfair behandelt, und ich

weiß einfach nicht, ob ich ihr das je verzeihen kann. Aber ich denke, man muss jedem eine zweite Chance geben. Selbst wenn ihr nie mehr die besten Freundinnen werdet, die ihr mal wart, weil ihr jetzt älter und klüger seid und man die gleichen Fehler nicht zweimal macht, so ist es doch immer besser, eine Freundin zu haben als eine Feindin. Außerdem brauchst du keine Negativität in deinem Leben! Akzeptier ihre Entschuldigung, aber akzeptier auch, dass ihr nicht mehr die Freundinnen werdet, die ihr mal wart.
PG xx

Ich tippe schnell eine Antwort.

Danke für deinen Rat. Wie kann ich das Konzert beschreiben? Es war ein ziemliches Desaster. Ich bekam im Publikum eine Panikattacke und musste gehen, noch bevor BB seinen Auftritt beendet hatte.
Aber das Gute daran war, dass meine Freundin dadurch die Gelegenheit hatte, sich zu entschuldigen. Ich bin mir zwar nicht sicher, ob ich ihr jemals wieder vertrauen kann, aber trotzdem fühlt es sich an, als sei eine Last von mir genommen. Ich muss nicht mehr an jeder Ecke über meine Schulter nach hinten schauen und mich fragen, was sie wohl als Nächstes vorhat.
Ich gehe gleich schlafen, denn morgen … steige ich in den Flieger nach Berlin! Ich bin nervös und freue mich gleichzeitig. Ich nutze übrigens immer noch Wikis Tipps, um mit meiner Panik fertigzuwerden. Ozean Stark wird mit von der Partie sein! Außerdem nehme ich noch die

Lieblings-Strickjacke meiner Mutter mit, in die ich mich einkuscheln kann.
Ich halte dich über alles, was passiert, auf dem Laufenden!
GO xx

Ich will mich gerade ausloggen, als eine E-Mail-Benachrichtigung auf dem Bildschirm erscheint. Ich frage mich, ob da wohl nur drinsteht, dass Pegasus Girl superschnell geantwortet hat. Ich hasse unbeantwortete E-Mails, also öffne ich sie. Aber die E-Mail-Adresse kenne ich gar nicht.

Von: DieGanzeWahrheit
An: Penny Porter
Betreff: Genieß es, solange es dauert ...
Anhang: image_1051.jpg

Die E-Mail selbst ist leer, aber ich kann einen kleinen Thumbnail des Fotos erkennen. Sofort dreht sich mir der Magen um. Es fühlt sich an, als müsste ich mich übergeben. Ich doppelklicke den Anhang und ein Foto von Noah und mir öffnet sich.

Mein Verstand rast. Ist das ein Paparazzi-Bild? Oder eine von Noahs verrückten weiblichen Fans?

Aber dann erkenne ich, dass es das Selfie ist, das ich früher am Abend im Auto von uns beiden gemacht habe.

Mit meinem Handy.

KAPITEL 12

Mein Herz rast, aber ich hole erst einmal ganz tief Luft. Ich werde nicht irgendeinem Handy-Dieb erlauben, mich so einzuschüchtern, dass ich deswegen in Panik ausbreche. Ich weiß genau, an wen ich mich in so einer Situation wenden kann. Ich klemme mir also den Laptop unter den Arm, renne die Treppe meines kuscheligen Dachbodenzimmers runter und klopfe lautstark an Toms Tür.

»Ja?« Ich bin überrascht, dass er mein Klopfen über die wummernden Bässe seiner geliebten Dubstep-Musik überhaupt hören kann, aber er ist ja an jede Form von Störung seiner Privatsphäre gewöhnt.

»Ich bin's.« Ich öffne die Tür und sehe meinen Bruder am Computer sitzen. Er verbringt so viel Zeit dort, dass ich mich frage, warum noch kein permanenter Abdruck auf seinem Schreibtischstuhl zu erkennen ist.

»Alles okay, Pen-Pen?« Er nimmt seine Kopfhörer ab.

Ich trage meinen Laptop zu ihm und zeige ihm das Foto. »Es ist mit meinem Handy aufgenommen – mit dem, das mir bei dem Konzert geklaut wurde. Schau dir mal die Betreffzeile an. Ich glaube, jemand will das gegen mich verwenden.«

Toms Körperhaltung wechselt von entspannt zu angespannt. Als würde er sich auf einen Kampf einstimmen. »Okay, zu allererst: hast du deinen Provider angerufen? Der kann das Telefon quasi per Fernbedienung ausschalten.«

Ich nicke. »Ja, das habe ich, ungefähr zehn Minuten, nachdem ich es verloren habe, schon getan. Aber ich habe sonst nichts gemacht ... Ich glaube, ich hatte immer noch die Hoffnung, dass jemand das Handy findet und abgibt.«

Tom schnappt sich sein Handy und wählt eine Nummer. »Gut, also, das ist ja schon mal was. Gibt es auf deinem Telefon irgendwas, das wirklich kompromittierend ist? Wenn die dieses Foto haben, werden sie vielleicht auch schon andere von deinem Handy runtergeladen haben. Oder deine Kontakte. Benutzt du kein Passwort?«

»Ich hatte ein Passwort ... Noahs Geburtstag.« Ich erschauere, weil es so naheliegend klingt, jetzt, als ich es ausspreche. »Wenn jemand gemerkt hat, dass es mein Handy ist, war das nicht allzu schwer zu erraten. Es gibt ein paar SMS und die meisten Nachrichten, die ich mir mit Noah geschrieben habe, auf WhatsApp.«

»Lass uns das durchgehen und alle deine Passwörter ändern – wir können das auch ohne dein Telefon machen und so einstellen, dass sich der Inhalt deines Handys löscht, sobald es mit dem Internet verbunden wird. Und dann informierst du besser Noah, dass jemand möglicherweise seine Nummer hat.«

Der Gedanke daran macht mir Angst, aber Tom erinnert mich daran, dass es nur eine Telefonnummer ist und nicht sein Reisepass oder ein medizinischer Befund. »Pen-Pen, es war ein Versehen. Noah wird das verstehen. Er sorgt sich bestimmt mehr um dich als um eine blöde Handynummer.«

Nach einer Stunde auf Toms Bettkante ist es mir gelungen, das Handy auszumachen, vorher alles darauf zu löschen und alle meine Passwörter zu ändern. Ich fühle mich so viel besser, denn ich weiß, nun habe ich alles Erdenkliche unternommen. DieGanzeWahrheit – wer auch immer das sein mag – kann mir jetzt nichts mehr anhaben. Ich will kein Opfer mehr von Leuten sein, die meinen, sie könnten meine Privatsphäre und meine Gefühle zerstören. Ich führe mir vor Augen, dass sie nichts von mir und Noah wissen und schon gar nicht, wie stabil unsere Beziehung ist, nach allem, was wir schon miteinander durchgestanden haben. Ich bin stärker als im vergangenen Jahr und so soll es auch bleiben.

Ich stehe auf und umarme Tom von hinten, während er weiter in seinen Computer hämmert und meine letzten Login-Details ändert.

»Danke, Bro. Ich hab dich lieb.«

Er tätschelt mir den Arm. »Ich bin stolz auf dich, weil du nicht ausgeflippt bist, Penny.« Er dreht sich auf seinem Stuhl um. »Und sei vorsichtig auf deiner Reise. Wenn irgendwas ist, nehme ich das erste Flugzeug zu dir.«

»Ich weiß.« Als ich sein Zimmer verlasse, atme ich tief durch und habe endlich das Gefühl, dass ich tatsächlich abreisen werde. Und ich kann es kaum erwarten.

Als Noah mich am nächsten Morgen abholt, ist mein Adrenalinpegel vom Vorabend immer noch hoch. Ich erzähle Noah alles über DieGanzeWahrheit und er zuckt nicht mal mit der Wimper. Stattdessen nimmt er meine Hand.

»Erinnere dich, was ich gesagt habe, Autumn Girl. Ich bin für dich da. Klingt so, als hätten Tom und du die Dinge geregelt, aber wenn doch noch irgendwas von diesem Müll auftaucht, werden wir das gemeinsam durchstehen. Du und ich gegen den Rest der Welt, ja?«

»Ja«, antworte ich, und mein Herz hüpft, weil ich begreife, wer immer auch versucht ... mich zu erpressen? Zu erschrecken? Mich in Panik zu versetzen? Und was auch immer es sein mag, ich werde mich dem nicht alleine stellen müssen. Und immerhin ist unser Gespräch über DieGanzeWahrheit eine willkommene Ablenkung von dem kurzen Flug, denn ehe ich es mich versehe, landen wir schon wieder. Noah nimmt meine Hand, führt mich durch den Flughafen zu einem Parkhaus und zum Tourbus.

Der ist genauso, wie ich ihn mir vorgestellt habe: ein großer, schwarzer Bus mit riesigen, getönten Scheiben. Alles superglänzend und schick. Noahs Gesicht leuchtet vor Aufregung, und er drückt meine Hand so fest, dass ich meine Knöchel knacken spüre.

»Das hier passiert wirklich, Pen! Schau dir nur diese absolute Schönheit an.« Er springt ausgelassen hoch und stellt sich davor, um ein Tourbus-Selfie zu schießen – aber natürlich gelingt es ihm nur, sein Gesicht und ein winziges Stückchen Schwarz hinter ihm zu fotografieren.

»Lass mich das machen, du Dummie.« Ich schnappe mir das Handy aus seiner Hand und mache eine viel bessere Aufnahme von ihm mit ausgebreiteten Armen und dem Bus dahinter.

Larry steckt den Kopf zur Tür heraus und winkt uns zu sich. »Oh, gut. Ihr seid da!«, sagt er. Als wir einsteigen, stelle ich fest, was für ein Paradies für Jungen das ist. Zu sehen sind etliche Minikühlschränke, Spielkonsolen und überall Fernsehbildschirme. Der Rest von Noahs Band kommt nach und nach dazu und überraschenderweise bekomme ich keine Platzangst. Es gibt zwei Sofaecken, eine kleine Küche, eine Dusche mit Toilette, und falls jemand mal das Bedürfnis hat, ein Nickerchen zu machen, befinden sich im hinteren Teil des Busses noch Schlafkojen im Wohnmobil-Stil.

Plötzlich spüre ich eine Hand, die mir den Rücken entlangstreicht, und höre eine heisere Stimme in meinem Ohr. »Bock auf ein Spiel?« Ich drehe mich um und sehe Blake auf eine Xbox deuten.

»Oh, darin bin ich nicht wirklich gut«, sage ich bescheiden, obwohl ich insgeheim ein totaler Crack bei *Sonic the Hedgehog* und *Mario Kart* bin. Einen älteren Bruder zu haben, bedeutete, dass die meiste Zeit, die ich mit ihm zusammen abhing, mit sehr langen Spiele-Sessions verging. Zu meinen schönsten Erinnerungen mit Tom gehören die Tage und Wochen, die wir damit verbrachten, gemeinsam ganz verschiedene Spiele restlos durchzuspielen. Dabei stopften wir händeweise Schoko- und Honig-Pops in uns rein und verließen das Zimmer nur gelegentlich für eine Toilettenpause.

Was er jetzt wohl gerade macht? Na, das ist nicht schwer zu erraten – er wird wahrscheinlich vor seinem Computer sitzen und *Halo* spielen. Ich wette, Mum putzt die Küche, trägt ihre lustigen Wischmop-Slipper, flitzt mit einem Staubwedel herum und singt dazu Klassiker aus den Achtzigern. Mein Dad wiederum spielt bestimmt Solitaire auf seinem Computer oder tut so, als würde er in der Zeitung das Kreuzworträtsel lösen. Nie macht er eins davon zu Ende; er versucht bloß, sich die kindischsten Wörter auszudenken, die in die Kästchen passen, und überlässt dann das Rätsel meiner Mutter, die es bei einer ihrer Großreinemach-Aktionen findet. Sie wird sich wie gewöhnlich darüber kaputtlachen und am Ende werden sie und Dad wie Teenager knutschend in der Couchecke landen. Ich erschauere und steige schnell wieder aus meinem Tagtraum aus.

»Das stimmt doch gar nicht, Penny!«, lacht Noah. »Ich erinnere mich noch daran, dass du mich das letzte Mal bei *Mario Kart* ganz schön fertiggemacht hast!«

»Aha! Ich wusste es«, blafft Blake. »Keine Ausreden!« Er drückt mir einen Controller in die Hand, fläzt sich in den Sessel vor einem Fernseher, stellt seine Flasche Bier auf den Tisch und rülpst erst einmal laut.

»Such du aus«, sage ich, während ich mich neben Blake hocke und mein breitestes Grinsen aufsetze, als er ein Spiel von *Forza Motorsport* auswählt.

»Mach dich bereit zu verlieren«, tönt es von Blake zurück, und er hat so ein seltsames Lächeln im Gesicht. Er nimmt einen Schluck von seinem Bier, fixiert mich, bis ich den Blick abwende und auf den Bildschirm schaue, um mein Auto auszusuchen. Blake legt ein Bein auf den Tisch, rülpst wieder und verflucht seinen Rennwagen. Vielleicht kann ich ihn ja tatsächlich schlagen! Den Rest der Band höre ich hinter uns lachen, denn Noah improvisiert einen ganzen Song über Bratwurst.

»Hey, deine Freundin Megan ist schon ein anderes Kaliber«, sagt Blake, ohne die Augen vom Bildschirm zu nehmen.

»Was?« Ich bin so schockiert, dass mir fast der Controller aus der Hand fällt und mein Wagen auf dem Bildschirm dramatisch in eine Betonbarriere kracht.

Blakes Auto rast an mir vorbei, und er reckt beide Fäuste in die Luft, als er über die Ziellinie fährt. »Oh, yeah! Ich wusste doch, dass dieses kleine Girlie mich nicht schlagen kann. Vielleicht hast du nächstes Mal mehr Glück.«

Das Autorennen ist mir egal – aber was mich interessiert, ist diese Neuigkeit. »Du und Megan, ihr habt euch also unterhalten?«

Blake zwinkert mir zu. »Warum? Bist du eifersüchtig?«

»Lass sie zufrieden, Mann«, sagt Noah.

Ich schaue zu Blake rüber, der sich stirnrunzelnd auf den Bildschirm konzentriert. Er ist wirklich ein merkwürdiger Typ; ich habe keine Freunde wie ihn und niemand, mit dem ich ihn vergleichen könnte. Er ist so anders als Noah, dass es mir schwerfällt zu glauben, dass die beiden langjährige, enge Freunde sind. Noah ist aufmerksam, sanftmütig und lustig, während Blake sehr wenig an anderen interessiert scheint und irgendwie kalt wirkt. Ich kann nicht genau sagen, warum, aber irgendwas an ihm beunruhigt mich. Ganz sicher weiß ich, dass Noah niemals um zwei Uhr nachmittags Bier trinken und heftig auf ein Zeichentrick-Auto fluchen würde.

Ich möchte mehr über Blake und Megan erfahren, weiß aber nicht, wie ich fragen soll. Als der Bus startet und losrollt, reißt Blake schon wieder die Arme hoch.

»Es geht LOS!«, brüllt er, und meine Gedanken an Megan verlieren sich in dem ansteckenden Jubel, der durch den ganzen Bus wogt.

KAPITEL 13

Larry kommt mit einer Deutschlandfahne um die Schultern aus dem vorderen Teil des Busses.

»Alles klar, ihr Rowdies, wir sollten in vierzig Minuten in der Innenstadt sein. Benutzt diesen Bus als Stützpunkt. Ein Großteil der Crew wird hierbleiben, aber ihr könnt auch herkommen, um euch auszuruhen oder ein Xbox-Spiel gegen mich zu spielen. Das gilt auch für dich, Penny!« Er blinzelt mir zu. »Zum Übernachten sind wir in jeder Stadt in Hotels, und dann geht die Reise per Bus oder mit dem Flugzeug weiter in jedes Land und jede Stadt, die wir besuchen.«

»Wie viel zahlen wir dir eigentlich, damit du unser Reiseleiter bist?«, ruft Noah, und alle lachen.

»Nichts, ihr frechen Penner.« Larry wirft Noah die Flagge zu, der sich darin einwickelt. Es ist schön, Noah so in seinem Element zu sehen – beim Lachen und Scherzen mit seinen Freunden und so voller Vorfreude. Das macht ihn noch mal auf eine ganz besondere Weise anziehend und ich würde ehrlich gesagt am liebsten sofort mit ihm knutschen.

»Das bedeutet also noch mal vierzig Minuten, in denen

ich dir beim Autorennen den Hintern versohlen kann«, sagt Blake.

»Sieht so aus«, sage ich oder seufze es vielmehr.

Ich hole das Ersatzhandy heraus, das Tom mir gegeben hat (sein altes, weniger cooles, bei dem es ihm nichts ausmacht, wenn ich es verliere oder es kaputtgeht). Dann schicke ich Elliot eine Nachricht.

In Berlin gelandet und muss jetzt mit Noahs Schlagzeuger Blake Autorennen spielen. Er riecht nach mit Aftershave und kaltem Zigarettenrauch kaschiertem Schweiß. Hab ich schon erwähnt, dass er heute bereits sein 3. Bier trinkt? Dabei ist es gerade mal 14 h. Bitte sag mir noch mal, warum das hier eine tolle Idee war xx

Ich bekomme sofort eine Antwort von Elliot.

Prinzessin P. Schwer beeindruckt, dass du es überhaupt geschafft hast, in den Tourbus zu steigen, aber komplett unbeeindruckt, dass du gezwungen bist, in einer so wundervollen Stadt Mist auf einem Bildschirm zu spielen. Bitte komm nicht mit verbesserten Fähigkeiten in irgendeinem Spiel und mangelhaften Kenntnissen von Sehenswürdigkeiten nach England zurück. Das würde mir mein enzyklopädisches Herz brechen. Denk an die Fotos, das

Abenteuer und die Geschichte Europas. Wenn das nichts bringt, denk ans Essen. DAS ESSEN, PENNY! Ein Magical Mystery Day in jeder dieser Städte wird einfach absolut fantastisch sein. Du kannst die Reste der Berliner Mauer besichtigen, das Brandenburger Tor, den Reichstag, den Fernsehturm. Und OMG, hast du das KaDeWe schon gesehen? X

Elliot, ich glaube, du vergisst, dass ich bisher nur die getönten Scheiben eines Tourbusses und das Profil von Blake gesehen habe. Ich weiß außerdem nicht, was ein »KaDeWe« ist, weil ich nämlich kein wandelndes Lexikon bin. MMD ist das Einzige, worauf ich mich richtig freue. Es wird so romantisch sein, jede Stadt mit Noah zu erkunden. Hand in Hand herumspazieren und die besten internationalen Kuchen probieren xx

Beeindruckend, impressionant, impresionante, fantastico! X

Elliot, auf Englisch bitte xx

Awesome. Das bedeutet alles awesome, Pen. Das kannst du vielleicht an ein paar deiner Stationen brauchen. PS: Das Kaufhaus des Westens ist das größte Warenhaus Europas, muss großartig sortiert sein, und es gibt darin einen weltbekannten Gourmetbereich!

Und wenn ich nicht gerade dank Alex' Großzügigkeit einen extravaganten Lunch bei Browns genießen würde, schlüge ich mit meinem Kopf auf die Tischplatte. Hast du denn vor deiner Abreise nichts über einige der Orte, die ihr bereisen werdet, recherchiert? Ich hab dich wirklich lieb, Penny, aber du musst deine Kenntnisse über die Welt und ihre Schätze erweitern. Das ist das Erste, was ich mit dir anpacken werde, sobald du zurück bist. Lass mich wissen, wie es läuft. Morgen ist der erste Tag meines Praktikums. WÜNSCH MIR GLÜCK. Alles Liebe, dein Lieblingsschwuler x

Ich lächele in mein Handy und will gerade auf Antworten drücken, als Blake es mir aus der Hand nimmt und auf den Tisch vor uns legt.

»Wie soll ich dich denn schlagen, wenn du nicht mal mitspielst? Tu das weg.«

»Wie unhöflich!«, sage ich, nehme es mir wieder und stecke es zurück in meine Tasche.

»Das ist nicht unhöflich. So hast du nur beschlossen, es zu empfinden.« Lächelnd drückt er mir den Controller in die Hand.

Noah steht auf, streckt sich, hebt die Arme über seinen

Kopf und gähnt heftig. »Ich bin nach gestern Abend und dem frühen Aufbruch k. o. Deshalb gönne ich mir hinten noch ein schnelles Nickerchen. Ist das okay, Penny?«

»Na klar«, sage ich. Aber während ich die Worte ausspreche, versuche ich ihm mit meinen Augen mitzuteilen: *Bitte lass mich nicht mit deinem gruseligen Freund allein*. Aber er ist längst nicht so gut wie Elliot im Entschlüsseln meiner heimlichen Botschaften. Er lächelt nur und trollt sich.

Ich versuche, die nächste halbe Stunde erfreulich zu gestalten, indem ich Blake ein paar Fragen über die Tour, Noah, Schlagzeugspielen und alles, was mir sonst noch einfällt, stelle. Seine Antworten bestehen hauptsächlich aus Grunzen und Brummen, aber insgesamt wird eine Art Unterhaltung daraus. Die ist zwar weder besonders anregend noch sehr vergnüglich, aber die Zeit vergeht ein bisschen schneller. Und da er sich nicht mehr ausschließlich auf das Autorennen konzentriert, gelingt es mir (sehr zu seinem Schrecken) tatsächlich, ihn ein paarmal zu schlagen.

»Also seit wann bist du jetzt mit Noah zusammen?«, fragt er.

»Oh ... ein bisschen mehr als sechs Monate. Die Zeit ist so schnell vergangen.«

»Stimmt, das klingt schon wie ein ganzes Leben! Weißt du, diese Tour ist eine große Sache für Noah. Sein wahr gewordener Traum.«

Auch wenn ich mir nicht ganz sicher bin, wie ich das mit dem ganzen Leben verstehen soll, bin ich geradezu geschockt, als ich merke, dass wir uns tatsächlich ganz nett unterhalten. Es hat funktioniert! Ich habe den brummigen Blake weichgekriegt. Autorennen zu spielen, hat sich total gelohnt, denn auf diese Weise habe ich erkannt, dass ich einen falschen Eindruck von ihm hatte und er einfach nur locker werden musste. Ich hatte immer gehofft, mit Noahs Freunden gut auszukommen, und jetzt passiert es endlich.

Ich muss lächeln. »Ich weiß. Irgendwie wünschte ich, ich hätte ihn gekannt, bevor er seinen Traum verwirklicht hat. Ich wette, er hätte nie gedacht, dass es so kommt, wie es gekommen ist. Seine Musik ist natürlich toll. Er ist ein großartiger Songwriter. Ich meine, ich verstehe ja nicht viel von Songwriting oder der Musikindustrie, aber –«

»Siehst du, genau das ist der Punkt, Penny«, unterbricht Blake mich. »Du weißt *rein gar nichts* über die Musikindustrie.« Sein Ton verändert sich. Plötzlich wird mir meine Kehle zu eng, und ich merke, dass ich rot werde. Blake schaut immer noch auf den Bildschirm und auf sein dort über die Strecke rasendes Auto. »Ich bin mir sicher, du bist super, Penny. Noah findet das ja ganz offensichtlich. Ich bin mir nur nicht sicher, ob er über die Folgen nachgedacht hat, die es mit sich bringt, ausgerechnet dann eine feste Freundin zu haben, wenn er karrieremäßig durchstartet.«

Er legt seinen Controller weg und holt ein Päckchen Tabak hervor. Dann nimmt er einen Filter zwischen die Lippen, während er sich eine Zigarette dreht. Ich beobachte ihn und merke, wie das Abscheuliche, das er da gerade gesagt hat, mich wie ein Ausschlag befällt. Ich schweige und warte, dass er etwas sagt. Irgendetwas, das unserem Gespräch wieder eine andere Wendung gibt.

»Die Tour wird trotzdem ein Spaß werden. Ausgehen in allen möglichen Städten, sich besaufen und massenhaft Weiber«, sagt er mit gekräuselten Lippen, während er noch an der Zigarette arbeitet.

»Ich bin mir nicht sicher, was du mir damit zu sagen versuchst, Blake.« Ich mustere ihn aus dem Augenwinkel, versuche aber, cool zu bleiben.

»›Blake‹ klingt witzig, wenn englische Chicks das sagen.« Er steckt sich die frisch gedrehte Kippe hinters Ohr und steht vom Sofa auf, um sich noch ein Bier aus dem Minikühlschrank zu holen. Als er sich wieder hinsetzt, streift sein Bein fast meines. »Ich sage ja nur ... in dem Traum davon, auf Tour zu gehen, gab es eine einzige Sache in diesem Bus, die keiner von uns je wollte.«

Ich bin stumm vor Staunen. Gerne würde ich irgendwas Witziges darauf antworten, aber mein ganzer Mund fühlt sich wie taub oder zugefroren an. Da kommt Mark, der Bassist, her und hebt den Controller auf, der mir soeben aus den Händen gefallen ist. »Was dagegen, wenn ich übernehme?«

»Nur zu«, bringe ich gerade so heraus. Dann stehe ich auf und gehe in den hinteren Teil des Busses. Bevor ich den Bereich mit den Kojen betrete, drehe ich mich noch mal über meine Schulter zu Blake um. Er wirkt völlig vertieft in das Geschehen auf dem Bildschirm.

Ich halte mich am Türrahmen fest. Erst jetzt merke ich, wie sehr ich zittere, aber es lässt schon wieder ein wenig nach. Und als mir einfällt, dass ein Heilmittel dagegen ganz nah ist, muss ich lächeln.

KAPITEL 14

Noah dreht sich um und blinzelt ins Licht, das durch die Vorhänge fällt.

»Hey, meine Schöne.«

»Oh, hey. Hab ich dich geweckt?« Ich setze mich auf die Kante seiner Koje.

»Nee, ich konnte doch nicht schlafen. Das ist alles zu aufregend.«

Ich nicke und beiße mir auf die Lippe. Er setzt sich auf und legt seine Hand auf meine. »Alles in Ordnung mit dir? Du siehst ein bisschen blass aus.«

Ich schüttele den Kopf. »Also ...« Ich möchte ihm ja gern erzählen, was Blake gesagt hat, aber gleichzeitig möchte ich, dass Noah den Eindruck behält, ich käme mit seinen Freunden klar. Mir ist auch total bewusst, dass Blake sein bester Freund ist, und ich will ihn nicht zwingen, sich zwischen uns beiden zu entscheiden. »Wie lange kennt ihr, du und Blake, euch schon?«

»Blake und ich? Er ist einer meiner ältesten Freunde. Wir sind praktisch zusammen aufgewachsen. Meine Eltern haben mir meine erste Gitarre im selben Jahr gekauft, als er von seinen sein erstes Schlagzeug bekam.

Ich bin dann immer zu ihm rübergegangen und wir haben im Keller gejammt. Unsere erste Band hieß ...« Er zögert.

»Ach komm schon, verrat's mir!«, sage ich und stupse ihn an.

»Na schön ... sie hieß The Wizard Boys. Wir waren damals in der Harry-Potter-Phase.« Er windet sich vor Verlegenheit, aber es sieht hinreißend aus.

Ich lache. »Das ist großartig!«

»Ja, Blake tat sogar, als wären seine Drumsticks Zauberstäbe und unsere Songtexte Zaubersprüche!«

»Im Ernst?« Irgendwie kriege ich das Bild des grummeligen Typen da draußen nicht mit dem einen süßen Jungen, der in seinem Hobbykeller rockt und sich Zaubersprüche ausdenkt, zusammen.

»Vielleicht hast du ja von dem Song *Hauselfen wollen nur ein bisschen Liebe* noch nie gehört, aber eigentlich war er dazu bestimmt, ein großer Hit zu werden!« Er lacht, wird aber gleich darauf ernst. »Als es für mich so richtig losging – ich meine, als Dean mich auf YouTube entdeckt und mich bei seiner Managementfirma unter Vertrag genommen hat und all das –, da haben Blake und ich uns ein wenig verkracht. Er fing an, mit anderen Leuten abzuhängen, und wir hatten auch ein paar heftigere Auseinandersetzungen. Das war einer der Gründe, warum ich mich letztes Jahr komplett zurückgezogen hatte. So quasi vor der Welt versteckt. Ich war so weit, aufzugeben, das Handtuch zu werfen. Denn meine engsten Freunde wegen all dem hier zu verlieren –«, er deutete auf das Tourbus-Equipment rundherum, »– das wäre es nicht wert gewesen. Und dann bin ich dir begegnet. Meinem Plot Point. Du weißt schon, die Stelle am Anfang eines Films, wo etwas passiert, das das Leben des Helden für immer verändert... der Anfang von etwas...« Er küsst meine Hand. »Du hast mir gezeigt, dass ich alles haben kann. Du hast mir den Mut gegeben, die Sache mit Blake wieder einzurenken. Ihn zu der Tour hier einzuladen, das war die beste Idee überhaupt – abgesehen davon, dich hierzuhaben, natürlich. Er ist zwar manchmal ein ziemlicher Scherzkeks, aber gleichzeitig war er eben auch von Beginn an für mich da. Und ich weiß, ihr beide werdet prächtig miteinander auskommen, wenn du ihn erst besser kennst.«

Mein Gesicht glüht – einerseits wegen des Kompliments, aber andererseits auch, weil ich kaum glauben kann, dass ich drauf und dran war, Noahs besten Freund runterzumachen. Ich wusste ja nicht, wie viel die beiden verbindet. Wenn Blake so ein Witzbold ist, hat er mir gegenüber wahrscheinlich auch nur Spaß gemacht. Ich muss lernen, mir die Dinge nicht zu sehr zu Herzen zu nehmen, wenn ich mit der Band zusammen bin.

»Hey, eigentlich wollte ich ja warten, bis wir im Hotel sind, aber jetzt gebe ich es dir trotzdem schon.« Er greift unters Bett, wo seine Reisetasche steht, und holt ein in Goldpapier gewickeltes Päckchen heraus. »Für dich. Los – mach es auf«, sagt er, als ich die Schachtel nur anstarre.

Ich fange langsam an, aber dann reiße ich das Papier ab. Es ist ein nagelneues Smartphone. Eines von der schicken Sorte, die ich mir selbst nie leisten könnte. »Oh wow, Noah ...«

»Ich wollte, dass du ein neues, besseres Telefon hast, nachdem dein anderes doch bei meinem Konzert geklaut wurde. Du kannst mit dem alten Dinosaurier-Teil, das Tom dir gegeben hat, doch nicht wirklich glücklich sein. Außerdem hat dieses hier eine super Kamera.«

Er hat recht – ich bin nicht glücklich mit Toms altem Telefon, aber ich möchte auch *mein* altes Telefon mit den vielen Kritzeleien von Noah drauf zurück. Dieses schicke neue Handy ist damit nicht vergleichbar, aber es hilft mir natürlich. Ich schaue es ehrfürchtig an. »Das hättest du nicht tun sollen! Das ist ... zu viel.«

»Das ist nicht zu viel, Penny. Glaub mir. Was bringt es denn, ein Rockstar zu sein, wenn ich nicht hin und wieder was für dich springen lassen kann?«

»Vielleicht weil ich nichts für dich springen lassen kann?«, sage ich.

»Denk nicht so!« Er küsst mich auf die Wange. »Du bist mein offizieller Panik-Monitor, schon vergessen? Das ist *Tausende* wert. Na komm – sollen wir wieder rausgehen und uns ins Getümmel stürzen?« Er rutscht an den Rand der Koje und streckt mir seine Hand hin.

»Klar«, sage ich. Noah gibt mir Selbstvertrauen. Vielleicht muss ich Blake tatsächlich nur eine Chance lassen. Wenn Noah ihn so mag, kann er ja nicht furchtbar schlimm sein.

Als wir aus dem hinteren Teil des Busses kommen, empfängt uns Johlen und Kreischen. Noah hebt abwehrend beide Hände. »Okay, okay, Jungs, kriegt euch wieder ein.« Ich merke, wie ich schon wieder rot werde. – Warum haben Jungs bloß so eine schmutzige Fantasie? Ich wünschte, es wäre noch ein Mädchen mit von der Partie, um mitzuhelfen, den Testosteronschnitt ein bisschen zu senken.

Blake ist schon wieder am Kühlschrank mit dem Bier. »Für dich auch eins, Mann?« Er bietet Noah eine Flasche an, der kurz zu mir und dann wieder zu Blake schaut.

»Es ist noch früh, Alter. Wie viele hattest du eigentlich schon? Du stinkst, als wäre es drei Uhr morgens und du würdest grad aus einer Bar kommen.«

»Mein Gott, Noah, mach dich mal locker. Das hier soll doch Spaß machen! Du klingst ja schon fast wie Dean.«

Noah nimmt eine Flasche und öffnet sie an der Tischkante.

»Auf uns!« Blake stößt mit seiner Flasche gegen Noahs und grinst mich an.

»Möchtest du eine Cola, Penny?« Noah bietet mir eine Dose aus dem Kühlschrank an.

»Ja, gerne.« Ich schaue aus dem Fenster und werde mit dem Blick auf ein riesiges Tor mit mächtigen Säulen und vier Pferden obendrauf belohnt. Es ist gigantisch, majestätisch und genau das, was ich mir von Berlin erwartet habe. Ich stoße einen kleinen Freudenschrei aus. »Wow, guckt mal da! Ist das nicht das Brandenburger Tor?«

Als die anderen auch aus dem Fenster schauen, senke ich meine Stimme so weit, dass ich glaube, nur Noah kann mich hören. »Ich freu mich schon so auf den Magical Mystery Day!«

»Ich auch«, sagt Noah und drückt meine Hand.

»Elliot hat mir schon eine lange Liste mit aufregenden Plätzen geschickt, die wir uns ansehen sollen. Es gibt da ein berühmtes Warenhaus, das größte Europas –«

Blake unterbricht mich lachend. »Auf was? Ein Magical was?« Er sieht Noah und mich an.

Ich bin schon wieder total verlegen, weil ich mir vorstelle, wie kindisch sich das für Blake anhören muss. Aber Noah ist sofort zur Stelle, um uns zu verteidigen.

»Lass das, Mann ... Du würdest Romantik ja noch nicht mal erkennen, wenn sie dir in den Arsch beißt!«

In echter Jungs-Manier droht Blake, uns auf der Stelle seinen nackten Hintern zu zeigen, und sofort ist die Anspannung verflogen.

Zum Glück ruft in diesem Moment Larry vorne im Bus, dass wir angekommen sind. Gerade noch rechtzeitig, bevor Blake die Hosen runterlässt. Perfektes Timing. Dean klatscht in die Hände und alle Aufmerksamkeit richtet sich auf ihn. »Leute, ich habe fantastische Neuigkeiten!« Seine Augen glitzern, als hätte er im Lotto gewonnen. »Ihr erratet nie, wer heute Abend zu The Sketch mit auf die Bühne kommen wird.« Er schweigt kurz, damit die Spannung steigt. »Leah Brown! Noch ist das absolut geheim, aber das Publikum wird total ausflippen! Wie episch ist das denn?!«

Alle um mich rum springen auf und ab und klatschen sich gegenseitig ab. – Es ist auch ein Wahnsinns-Coup für die Tour und wird dafür sorgen, dass das Medieninteresse durch die Decke geht. Allerdings hatte ich, als ich mir noch ein Mädchen hier gewünscht habe, definitiv nicht Noahs Nicht-so-richtige-Exfreundin gemeint. Und falls ich bisher dachte, Blake würde diese Tour für mich schwer machen, dann bin ich mir fast sicher, dass die Ankunft von Leah Brown bedeutet, es kommt noch um einiges schlimmer.

KAPITEL 15

Die Location in Berlin ist doppelt so groß wie das Brighton Centre, und als Noah seinen Soundcheck vorbereitet, hallen unsere Schritte auf der Bühne wider. Überall um uns herum sind Leute, aber da wir mit dem Tourbus vom Flughafen direkt zum Hotel und dann zur Konzerthalle gefahren sind, habe ich nicht das Gefühl, schon irgendetwas von der Stadt gesehen zu haben. Wir könnten irgendwo sein. Der einzige Hinweis darauf, dass wir uns in Deutschland befinden, sind die roten Leuchtschilder, auf denen statt EXIT AUSGANG steht.

Ich gehe bis vorn an den Bühnenrand und schaue auf die riesige Fläche, die bald mit kreischenden Fans besetzt sein wird. Obwohl da unten alles noch leer ist, läuft mir ein kleiner Schauder über den Rücken.

Zumindest muss ich diesmal nicht in die Menge hinaus. Mein Backstage-Pass hängt mir um den Hals, und ich wirke wohl so eng mit ihm verbunden, dass Noah schon gescherzt hat, ich würde ihn vielleicht noch mit ins Bett nehmen. Das könnte gut sein. Denn ich will so einen Vorfall wie in Brighton nicht noch mal riskieren. Hier hätte ich nämlich keine Freunde, die auf mich aufpassen würden.

Ich hebe die Kamera und mache ein Bild von der leeren Fläche. Ich habe eine Idee, wie ich Bilder vom Publikum über die der leeren Stehplätze legen könnte; so eine Art Statement über das Verhältnis von Darbietung und Publikum. Miss Mills würde das im Rahmen meines Projekts Alternative Perspektiven bestimmt gefallen. *Ist es auch eine Darbietung, wenn keiner da ist, um sie zu hören?*, frage ich mich.

Dann trete ich vom Bühnenrand zurück ins Dunkel. Noah steht in einem Lichtkegel mitten auf der Bühne. In einem dunkelbraunen Harvard-Hoodie und schwarzer Jeans singt er die ersten paar Takte von *Elements*. Das fotografiere ich auch: der Künstler vor der Vorstellung; die vielen Stunden mit Proben und harter Arbeit, von denen die Fans fast nie etwas zu sehen bekommen. Das wird sicher perfekt für mein Projekt in der Abschlussklasse.

Ich bin ganz versunken in den Anblick von Noah, der sich in seiner Musik verliert, als Blake hinter mir dermaßen auf die Becken seines Schlagzeugs drischt, dass ich heftig zusammenzucke. Ich stolpere nach hinten und falle über ein Bündel Kabel auf dem Boden. Meine größte Sorge ist, dass der Kamera etwas passieren könnte, deshalb strecke ich die Arme nicht nach hinten aus, um mich abzufangen. Ich krache gegen einen Turm aus Lautsprechern. Der kleinste davon, ganz oben, beginnt gefährlich zu wanken.

Bitte fall nicht runter, bitte fall nicht, flehe ich zu den Göttern der Ungeschicklichkeit.

Sie erhören mich nicht.

Der Lautsprecher donnert mit einem elenden Krachen

auf den Boden und sogleich fliegen Stücke davon über die ganze Bühne. Ich bin auf den Boden gekracht, meine Schulter schmerzt, aber meine Kamera ist unversehrt – wenigstens ein ganz schmaler Silberstreif am Horizont.

»Penny! Oh mein Gott, alles okay mit dir?« Noah kommt zu mir gerannt.

Ich stehe rasch wieder auf und wische mir die Hände ab. Ich versuche, nicht zusammenzuzucken, was mein Lächeln zu einer seltsamen Grimasse verzerrt. »Mir geht's gut, echt, Noah – prob du lieber weiter. Ich – ich kann den Lautsprecher bezahlen.«

»Nein, mach dir darüber keine Gedanken. Blake, was zum Teufel sollte das?«

Blake schaut zu mir rüber und zuckt mit den Achseln. »Hey, ist nicht mein Problem, wenn deine Freundin ein Tollpatsch ist.«

»Er hat recht – ich bin ein Tollpatsch«, stammele ich.

Noah macht ein finsteres Gesicht. »Tja, jedenfalls bist du *mein* Tollpatsch, und ich will nicht, dass dir was zustößt. Diese Lautsprecher sind echt schwer.«

Ich nicke und gehe, um mein vor Verlegenheit knallrotes Gesicht zu verstecken, gleich wieder in die Hocke. Dann fange ich an, die Einzelteile des Lautsprechers einzusammeln, die sich über die halbe Bühne verteilt haben. Nie mehr werde ich eine Bühne betreten. Mein Verhältnis zu Bühnen ist anscheinend verflucht.

»Steve wird helfen, das aufzuräumen.« Noah deutet auf einen der Roadies, der schon mit Kehrblech und Besen zur Stelle ist. Ich erkenne ihn vage von der blitzschnellen Vorstellungsrunde, als wir die Halle betreten haben. Noah kennt die Namen aller Crewmitglieder, selbst wenn er ihnen erst einmal begegnet ist. Das ist auch eine Eigenschaft, die ihn so besonders macht. »Wir können für hier einen neuen Lautsprecher haben, oder?«

»Kein Problem«, sagt Steve. »Wir können gleich einen von hinten tauschen.«

»Siehst du? Alles gut. Ignorier Blake einfach, und wir treffen uns gleich, nachdem ich mit Proben fertig bin.«

»Klingt gut«, sage ich, obwohl ich immer noch frustriert bin. *Warum nur muss ich ihm so eine Last sein?* Backstage ist es hoffentlich sicherer.

Ich ziehe mein Handy aus der Tasche und schreibe Elliot.

Tag eins in Berlin und schon ist es
katastrophal mit mir

Er schreibt fast sofort zurück.

Was ist passiert?

Einigen wir uns einfach darauf, dass ich
nicht für die Bühne gemacht bin

Sag nicht, dass es wieder einen Zwischenfall mit der Einhorn-Unterhose gab!

NEIN. Schlimmer. Wahrscheinlich habe ich
Equipment im Wert von mehreren Hundert
Pfund zerstört

Bin mir sicher, The Sketch kann sich das leisten. Schon irgendwelche Promis gesehen?

Ich will gerade *Nein* zurückschreiben, aber plötzlich trifft das nicht mehr zu.

Leah Brown betritt den Backstage-Bereich. Mit zum Pferdeschwanz gebundenen Haaren und ohne Make-up. Eigentlich ist das Einzige, was sie als international irre berühmten Popstar erkennbar macht, die Tatsache, dass ungefähr ein Dutzend Leute hinter ihr herlaufen und Mühe haben, bei ihrem forschen langbeinigen Schritt mitzukommen. Dann blickt sie auf den Tablet-PC, den einer ihrer Minions ihr hinhält.

»Igitt, ich hasse es. Gab es wirklich kein einziges besseres Foto als das hier? Sag Frankie P, dass wir vielleicht noch ein Shooting machen müssen, wenn das schon das Beste ist, was er zu bieten hat.«

Ich würde am liebsten im Boden versinken. Wenn ich wegschaue, bemerkt sie mich vielleicht nicht, aber ich kann einfach nicht aufhören, sie anzustarren. Sogar bevor sie ihre Haare und das Make-up gemacht bekommt, ist sie wunderschön. Wie ein Magnet, der alle Blicke auf sich zieht. Ich denke, das ist gemeint, wenn man jemand Starqualität nachsagt. Das gewisse Etwas. Ihre Präsenz ändert die Atmosphäre. Alles wirkt wie elektrisiert.

Elliot würde es das gewisse *je ne sais quoi* nennen.

Megan wäre neidisch.

Ollie würde anfangen zu sabbern.

Mir laufen Schauer über den Rücken.

Ich begreife nicht, wie Noah eine Fake-Beziehung mit diesem Mädchen haben konnte. Wie ist es möglich, dass irgendein nicht schwuler Typ Zeit in ihrer Gegenwart verbringt und sich nicht unsterblich in sie verliebt?

Obwohl ich mich zum Trottel mache, indem ich sie wie eine Irre anglotze, marschieren Leah und ihr Tross direkt an mir vorbei, ohne stehen zu bleiben. Die einzige Ausnahme ist das Mädchen, dem aufgetragen wurde, Frankie P zu kontaktieren. Sie packt eine andere am Arm, und ich kann sie flüstern hören: »François-Pierre Nouveau sagen, er muss das Shooting noch mal machen? Wie soll ich das bitte schön machen?« Sie ist vor lauter Panik ganz blass und ihre Stimme wird am Satzende zu einem schrillen Quietschen. Ich habe schon mal von François-Pierre Nouveau gehört – er ist einer der berühmtesten Fotografen weltweit. Ich kann nicht fassen, dass ich mich in der Gegenwart von jemand befinde, der ein Foto-Shooting mit François-Pierre hatte – oder besser gesagt: jemand, der die Arbeiten von François-Pierre ablehnt und ihn *Frankie P* nennt.

»Du wirst das irgendwie hinkriegen müssen«, sagt das andere Mädchen. »Schließlich reden wir hier von LBs Albumcover. Wenn sie nicht zufrieden ist …«

»Ich sterbe. Ich werde ganz offiziell sterben.«

Jetzt bemerken die beiden, wie ich sie anstarre, und werfen mir jeweils einen finsteren Blick zu. Ich setze mich in Bewegung und murmle eine Entschuldigung.

»Penny?«

Zögernd drehe ich mich um. Leah steht mit einer Hand

in der Taille da, und der Rest ihrer Truppe mustert mich, als sei mir gerade ein zweiter Kopf gewachsen. Ich nicke und schlucke heftig. »Hi, Leah.«

Sie kommt auf mich zu, wahrscheinlich um mich zu begrüßen, aber es fühlt sich eher an, als würde ein Raubtier auf seine Beute zusteuern.

»*Du* bist also Penny Porter.«

Ich weiß nicht recht, wie ich darauf reagieren soll, also nicke ich einfach noch mal.

»Du warst das, die mir letztes Jahr so viel Trouble gemacht hat«, sagt sie in ihrem in die Länge gezogenen L.A.-Akzent, dem man auch ihre Südstaaten-Wurzeln ein klein wenig anhört. Sie betrachtet mich von oben bis unten, und ich habe das Gefühl, ihre ganze Entourage bewertet mein Outfit. Damit habe ich mir heute keine besondere Mühe gegeben. Ich bin für die Fahrt in einem Tourbus angezogen, das heißt in diesem Fall: eine gemütliche Jeans und Sweaterjacke mit Reißverschluss. Schützend verschränke ich die Arme vor der Brust, bleibe aber immerhin aufrecht stehen.

»Tja, ich schätze mal, für die Inspiration bin ich dir zu Dank verpflichtet. Niedliche Kamera. Man sieht sich«, sagt sie, winkt mir lässig zu und wendet sich dann wieder ihrer Truppe zu.

Leah hatte den Medienwirbel rund um ihre gefakte Trennung von Noah genutzt, um ihre jüngste internationale Nummer-1-Single *Bad Boy* zu lancieren. Leah schreibt eine Menge ihrer Songs selbst und dieser lag für den Fall der Fälle fix und fertig in der Schublade. So konnte sie die vermeintliche Trennung von Noah zu ihrem Vorteil nutzen. Ich bin mir sicher, es hätte auch Lieder darüber gegeben, wie sehr sie sich liebten, für den Fall, dass es unproblematisch weitergegangen wäre.

Während sie davongeht, könnte ich vor lauter Erleichterung ohnmächtig werden. Ich muss mit Elliot sprechen. Sofort.

KAPITEL 16

Von: Elliot Wentworth
An: Penny Porter
Betreff: DER ELLIOT-REPORT

Liebe Penny Perfect alias Ozean Stark,
du bist erst einen Tag fort, und schon stehe ich vor einem Rätsel. Wie soll ich bloß die nächsten zwei Wochen ohne dich aushalten? In dieser Stadt am Meer entwickeln sich die Dinge von schlecht zu schlechter. Ich habe dir das via Nachricht nicht geschrieben, aber mein Dad ist zurück. Er besteht darauf, mit mir zum Abendessen zu gehen. Das hat ihm wohl sein Therapeut geraten, damit er »sich mit meiner Sexualität arrangiert«. Er wohnt mit Mums Erlaubnis bei uns, aber sie haben immer noch diese Mega-Kräche, jedes Mal wenn sie sich im selben Zimmer aufhalten. Seit gestern hat es in diesem Haus mehr Emotionen gegeben, als ich in den letzten sechzehn Jahren erlebt habe.
Egal, jedenfalls hat Mum beschlossen, dass sie ihn nicht sehen will. Sie ist heute Abend nicht mal nach

Hause gekommen – stattdessen arbeitet sie sogar noch mehr als sonst. Manchmal frage ich mich, ob sie mich vielleicht auch nicht mehr sehen will. Uaah, warum nimmt einen ein Familiendrama so mit? Ich glaube, mir war es lieber, als meine Eltern mich einfach ignorierten und mich mein eigenes Leben leben ließen.
Apropos Leben: Mein Praktikum bei CHIC hat früher als gedacht begonnen! Die wollten, dass ich schon heute komme, obwohl doch Freitag ist – GRRR.
Aber es war so aufregend. Ich durfte mit einer Stylistin arbeiten und sie hat tatsächlich meinen Blazer gelobt. Weißt du, den, an den ich diese verrückten Knöpfe genäht habe. Okay, ich muss eine Menge Kaffee holen und ein Knäuel aus ungefähr einer Million Halsketten entwirren, aber es ist echte FASHION WORK.
Aber genug von mir und meinem monotonen Leben.
Wie läuft es bei dir?
Wie ist dein Hotel?
Hast du die Berliner Mauer schon gesehen?
Und schon eine Currywurst gegessen?
Und am wichtigsten ... BIST DU LEAH BROWN SCHON BEGEGNET?
Vermisse dich maximal, Penny P.
Elliot xx

Von: Penny Porter
An: Elliot Wentworth
Betreff: RE: DER ELLIOT-REPORT

Allerliebster Lieber der lieben Elliots,
das habe ich! Ich bin Leah begegnet!
Sie war gerade dabei, Fotos von François-Pierre Nouveau abzulehnen. KANNST DU DIR DAS VORSTELLEN? Das ist ungefähr so, als würde man Vincent van Gogh sagen: »Tja, dein Bild ist ja ganz nett, aber einfach nicht gut genug für meine Wände.«
In echt schüchtert sie einen sogar noch mehr ein. Wie soll ich da bitte mithalten? Aber seltsam, sie war irgendwie sogar ganz nett zu mir. Ich bin mir aber sicher, dass sie das nur Noah zuliebe macht.
Und nein, ich habe noch nichts von Berlin gesehen. Aber morgen haben Noah und ich unseren Magical Mystery Day und ich werde Dir ALLES DARÜBER BERICHTEN.
Das mit deinem Dad ist übel. Richtig übel. Aber das mit dem Praktikum ist klasse. Ich wusste, du würdest da einschlagen! Und NATÜRLICH werden die deinen Stil lieben – du bist Elliot! Der eleganteste Typ von ganz Brighton!
Bist du dir sicher, dass du nicht doch in einen Last-Minute-Flieger nach Berlin hüpfen und mir Gesellschaft leisten kannst?
P xxx

Von: Elliot Wentworth
An: Penny Porter
Betreff: Re: Re: DER ELLIOT-REPORT

Liebe Penny Perfect,
ich wünschte, es wäre so.
Elliot x
PS Übrigens wurde Vincent van Gogh in der Tat vielfach abgelehnt. In seinem ganzen Leben verkaufte er nur ein einziges Bild und wurde erst nach seinem Tod superberühmt.

Von: Penny Porter
An: Elliot Wentworth
Betreff: RE: RE: RE: DER ELLIOT-REPORT

Lieber Wiki,
alles klar, du Besserwisser.
Penny x

KAPITEL 17

Es gibt keinen Zweifel: Mein Boyfriend rockt! Und anscheinend hat er hier in Deutschland genauso viele Fans wie in Großbritannien. Ich weiß gar nicht, warum mich das so überrascht, aber irgendwie scheint Noahs Ruhm sprunghaft zu wachsen, während ich mich immer mehr abgehängt fühle. Sein Talent schüchtert mich ein. Er ist nur zwei Jahre älter als ich und hat schon so viel erreicht.

Ich erkläre mir selbst, dass Noah nicht der Normalfall ist. Ich habe noch massenhaft Zeit, herauszufinden, was genau ich machen will. Noahs Freundin zu sein, ist nur ein Teil meiner Zukunft.

Die Zeit zwischen dem Soundcheck und dem eigentlichen Konzert ist vollgepackt mit Interviews und Fotos vor dem Auftritt. Nacheinander betritt ein ganzes Heer von Journalisten Noahs Garderobe. Ich sitze diskret in einer Ecke, mache gelegentlich ein Foto, höre aber meistens einfach nur zu. Noah ist ein Profi, was Interviews angeht, aber das wäre vermutlich jeder, nachdem er die gleichen Fragen immer wieder beantwortet hat. Ein Wunder, dass kein einziger Journalist ihm eine wirklich interessante Frage stellt. Vielleicht liegt es an der dominierenden Präsenz von Dean, der mit verschränkten Armen hinter ihm steht, immer bereit, einzugreifen, wenn das Gespräch eine heikle Richtung zu nehmen droht. Etwa bei Fragen zu seinen Eltern und übrigens auch zu meiner Person.

Manche Journalisten erkennen mich, und weil er weiß, dass es mich nervös macht, achtet Noah darauf, nicht zu viel von unserer Beziehung preiszugeben.

Zumindest in die Nähe einer spannenden Antwort kommt eine Journalistin, die eine Frage zu Leah Brown stellt. »Also, Noah«, sagt die hübsche Brünette, die einen in Deutschland wahnsinnig beliebten Musik-Blog schreibt, »wie ist das, jetzt so in der Nähe von Leah Brown zu sein? Nach der ... Auseinandersetzung ... im letzten Jahr?«

Noah lächelt freundlich. »Leah und ich sind gute Freunde und ich respektiere ihr musikalisches Talent. Das hat sie, denke ich, mit *Bad Boy* wieder einmal unter Beweis gestellt.« Er zwinkert und bedient sich seines natürlichen Charmes, um aus der Situation herauszukommen.

»Und Penny stört das nicht?«, legt die Journalistin unbeirrt nach.

Dean macht Anstalten, zu unterbrechen, aber Noah zuckt mit den Achseln, sieht zu Dean hinüber und schüttelt leicht den Kopf, um ihm anzuzeigen, er solle sich zurückhalten. Dann antwortet er: »Natürlich nicht. Penny braucht sich da keinerlei Sorgen zu machen.«

Seine Worte erfüllen mich mit einer Wärme, die mich

von den Zehen bis zur Stirn durchdringt. Ich hoffe nur, dass die Musik-Bloggerin sein Statement genau so zitiert, anstatt seine Worte zu verdrehen. Wichtig ist jedenfalls, dass er sie ausgesprochen hat und ich sie gehört habe. Wenn Blake doch nur hier wäre – das würde ihn ruhigstellen.

Dean klatscht in die Hände. »Okay, danke, Ruby – das war's für dieses Interview. It's showtime!« In der Garderobe herrscht auch so schon Hektik, aber nach Deans Ankündigung steigert sie sich noch mal.

Mein Magen krampft sich nervös zusammen, aber Noah ist ganz nah bei mir und greift nach meiner Hand. Er hat versprochen, dass es diesmal anders laufen wird, und es fühlt sich auch schon so an. »Hast du dein neues Handy?«, fragt er.

»Ja, hier ist es.« Ich hole es aus meiner Tasche. Er nimmt es und wählt rasch eine Nummer. Nach ein paarmal Klingeln tauchen auf dem Display die Gesichter von zwei meiner liebsten Menschen auf der ganzen Welt auf: Sadie Lee und Bella.

»Prinzessin Penny!« Bella springt im Bild auf und ab und kommt so nah an die Kamera, dass es aussieht, als würden ihre Augen hervortreten.

Mir bleibt vor Staunen der Mund offen stehen, als ich sie sehe – ich kann kaum glauben, wie sehr sie schon wieder gewachsen ist. Sie sieht eher wie eine junge Dame aus, als wie die quirlige Vierjährige, die ich zu Weihnachten kennengelernt hatte. »Bella! Wann bist du denn so groß geworden?«, sage ich mit Staunen in der Stimme. »Hallo, Sadie Lee!« Ich höre ihr herzliches Lachen im Hintergrund, während sie Bella sanft ein Stückchen vom Bildschirm wegzieht.

»Weißt du, meine Süße, Noah und Penny können uns besser sehen, wenn wir ruhig sitzen bleiben«, erklärt sie in ihrem gemächlichen Südstaaten-Singsang. Dann richtet sie ihre strahlenden braunen Augen – das Familienmerkmal der Flynns – auf mich. »Wie ist Berlin, meine zwei strahlenden Stars?«

»Ich muss gleich auf die Bühne, G-ma!«, sagt Noah.

»Das ist großartig, Noah!« Doch dann füllen sich ihre Augen mit Sorge. »Penny, ich habe gehört, was in Brighton passiert ist. Kümmert sich jetzt jemand um dich?«

Meine Wangen verfärben sich leicht rötlich und ich nicke heftig. Noah zieht mich mit seinem freien Arm an sich, während er mit dem ausgestreckten anderen weiterhin das Handy von sich weghält. »Penny wird direkt neben der Bühne sitzen und meinen Auftritt für euch filmen. Dann weiß ich, dass alle meine Lieblingsmädchen mir zusehen.«

Sadie Lee lacht. »Also, Noah, ich glaube, zuletzt hat mich vor dreißig Jahren jemand ein Mädchen genannt!«

Er zwinkert ihr zu. »Du weißt schon, wie ich es meine!« Dann schaut er auf, als Dean seinen Namen ruft. Er übergibt mir das Telefon, wirft Sadie Lee und Bella noch eine Kusshand zu, küsst mich auf die Wange und dann läuft er hinaus, um zum Rest seiner Band zu stoßen.

Ich bleibe mit dem Handy zurück und bin einen Moment lang verlegen. Aber dann schaue ich direkt in die freundlichen Augen von Sadie Lee und Bella und erinnere mich daran, dass ich einen Job zu erledigen habe.

»Hast du Prinzessin Autumn mitgenommen?«, fragt Bella.

»Prinzessin Autumn musste bei mir zu Hause bleiben, Bella – ich wollte sie nicht mit auf Tour nehmen, damit sie nicht verloren geht!«

Bella nickt verständig. »Oh, gut. Ich glaube, es würde ihr auch nicht gefallen. Da ist für eine Prinzessin zu viel los.«

»Ich weiß genau, was du meinst«, sage ich und seufze lauter als eigentlich beabsichtigt.

Bella grinst und verschwindet, um ein Spielzeug zu holen, das sie mir zeigen will. Sadie Lee hat ihre Augenbrauen so weit fragend hochgezogen, dass ich den Eindruck habe, ihr eine Erklärung zu schulden: »Ich möchte einfach nur Noah, Dean und den anderen nicht zur Last fallen ...«

Sadie Lee schüttelt langsam den Kopf. »Jetzt hör mir mal gut zu, Süße. Ich weiß etwas sehr Wichtiges, das dir vielleicht gar nicht klar ist: Noah braucht dich dort genauso sehr wie du ihn. Das kann ich dir versichern. Ich bin froh, dass du da auf ihn aufpasst – nicht umgekehrt.«

»Aber Dean –«

»Ach, mach dir um den keine Sorgen, Schätzchen. Dean ist mit von der Partie, um für euch beide zu arbeiten, und wenn er seinen Job nicht ordentlich macht, wird er sich bei mir dafür verantworten müssen.«

»Danke, Sadie Lee.« Ich höre die Menge brüllen und springe auf. Aufregung erfasst mich wie eine Welle, und ich freue mich so, dass ich die Chance habe, Noahs Auftritt noch mal ganz von vorn zu erleben. »Los geht's, meine Damen!«, sage ich zum Display.

Ich jogge in die Kulissen, wo Noah schon wartet und von einem Fuß auf den anderen springt, um sich ein bisschen warm zu machen. Als er mich kommen sieht, hellt sich seine Miene mit einem breiten Lächeln auf. Ich sorge dafür, dass die Kamera im Handy genau auf ihn zeigt, damit Sadie Lee und Bella ihn richtig gut im Blick haben.

»Okay, mein Freund Jake hat diese Kisten hierhergestellt, damit du dich draufsetzen und von hier, aus den Kulissen, zuschauen kannst.« Er hebt mich genau in dem Moment auf die Kisten, als die Lichter langsam erlöschen und es Zeit für seinen Auftritt ist.

»Viel Glück«, flüstere ich ihm ins Ohr, und er winkt Sadie Lee und Bella noch einmal. Dann holt der selbstbewusste, Rock-Gott-tastische Junge, den ich da kenne, tief Luft und geht auf die Bühne hinaus.

KAPITEL 18

Ich bin dankbar für die Ablenkung, weil ich dafür sorgen muss, dass Sadie Lee und Bella den ganzen Auftritt zu sehen bekommen. Dadurch ist meine Nervosität vollkommen verschwunden. Ich stelle fest, dass ich jedes Wort aus jedem Song von Noah auswendig kenne. Zu hören, wie das Publikum bei den Refrains mitsingt, ist komplett unglaublich.

»Hey, Leute«, sagt er zum Publikum nach fünfundvierzig Minuten mitreißender Performance. »Das ist mein letzter Song.« Er muss eine kleine Pause einlegen, weil die Menge buht und sich beschwert, aber er kichert dabei ins Mikro. »Einige von euch wissen das vielleicht schon, aber das ist meine Lieblingsnummer des ganzen Albums. Dieser Song macht mich zum glücklichsten Kerl der Welt. Weil das Mädchen, das meine Inspiration dafür war, gleich dort drüben ist.«

Er dreht sich zu mir und sieht mich an. Er ist verschwitzt, rot im Gesicht, seine Haare sind feucht und verstrubbelt, aber er sieht immer noch umwerfend aus. Auch die Zuschauer scheinen dahinzuschmelzen, während er meinen Blick festhält. Erst als ich die Leute »Autumn

Girl! Autumn Girl!« rufen höre, begreife ich, dass sie mich auch kennen. Das ist total bizarr.

»Tja, sie ist ein bisschen schüchtern, deshalb bleibt sie im Moment außer Sichtweite, aber Penny, Baby, das hier ist für dich.«

Er spielt die ersten Akkorde von *Autumn Girl*, und sofort fühle ich mich in den Moment zurückversetzt, als ich sie das erste Mal gehört habe. Auf meinem Bett, nachdem ich die CD eingelegt hatte, die er für mich aufgenommen hatte. Ich möchte Sadie Lee sagen, wie verrückt das ist, da realisiere ich, dass ich vor lauter Ergriffenheit das Telefon habe sinken lassen. Sadie Lee und Bella können so nur die schwarze Kiste sehen, auf der ich sitze. Keine besonders tolle Aussicht! Also halte ich das Handy schnell wieder hoch, damit sie Noah im Blick haben, und murmle eine Entschuldigung.

Noah beendet den Song und erntet donnernden Applaus, dann läuft er von der Bühne und direkt in meine Arme. Eng umschlungen kehren wir in die Garderobe zurück und der Jubel des Publikums trägt uns wie eine Welle aus Zuneigung und Unterstützung.

»Du warst unglaublich!«, sage ich. »Der Beste. Ich bin so stolz auf dich.«

»Das war spitzenmäßig!« Er kann gar nicht aufhören zu grinsen, und ich merke, dass mein Gesichtsausdruck seinen spiegelt.

Wenn DieGanzeWahrheit uns jetzt sehen könnte, dann wüsste derjenige, dass seine Drohungen sinnlos waren. Vielleicht hat dieses Rockstar-Dasein ja doch seinen Reiz.

»G-ma, Bella, was meint ihr?«

Auf dem Display ist zu sehen, wie Sadie Lee sich Tränen von den Wangen wischt. »Noah, mir fehlen die Worte. Du bringst die Bühne zum Leuchten.«

»Danke, G-ma. Du bist die Beste.«

»Kinder, ihr macht es euch jetzt schön. Ich werde hier noch mindestens eine Stunde brauchen, um den Wirbelwind hier nach diesem Erlebnis zur Ruhe zu bringen.« Bella rennt durchs Bild und singt aus voller Kehle Noahs Lieder.

»Gute Nacht!«, sagen Noah und ich im Chor und winken. Als ich das Handy ausschalte, leuchtet die Batterieanzeige rot.

»Oh nein, ich brauche ein Ladekabel ...«

Ich suche das Zimmer mit den Augen nach meinem Kabel ab. Da stürmt der Rest von Noahs Band rein. Alle grinsen breit. Sogar Blake. Er lächelt mir zu und ich lächele zurück. Vielleicht habe ich ihn bisher doch falsch eingeschätzt.

»Das war *awesome*«, sagt Blake im Vorbeigehen zu mir. »Kommst du mit uns zurück ins Hotel, Penny?«

»Nein, Mann, ich hab was anderes für uns geplant«, mischt Noah sich ein. Er drückt die Gitarre einem der Techniker in die Hand und wirft sich seine Lederjacke über. Dann fängt er an, in seinem Seesack zu wühlen.

»Oh, cool.« Mit wenigen Sätzen ist Blake bei Ryan, springt ihm auf den Rücken und reckt eine Faust in den Himmel. Wie ich ihnen so zusehe, muss ich lachen.

»Wo gehen wir denn hin?«, frage ich Noah mit hochgezogenen Augenbrauen.

Er wirft mir eine rote Beanie-Mütze zu und zieht sich

selbst eine graue über den Kopf. »Ich dachte, die würde gut zu deinen Haaren passen.«

»Wenn du drauf bestehst«, sage ich und setze die Mütze auf.

»Und jetzt noch die hier.« Er drückt mir eine Brille in die Hand, aber eigentlich ist es nur ein Gestell – ohne Gläser. Noah setzt sich ebenfalls eine auf, aber sie hängt ein bisschen schief.

Er streckt die Hand aus und richtet sie gerade. Ich muss lächeln. Falls das so eine Art Tarnung sein soll, funktioniert sie nicht wirklich. »Du siehst immer noch umwerfend aus – das kannst du nicht kaschieren!«, sage ich zu ihm.

»Wir brauchen ja keine komplette Verkleidung, nur irgendwas, um nicht sofort aufzufallen. Außerdem wird mich da, wo wir hingehen, keiner erwarten. Sodass ich das ausnutzen kann.« Er zieht mich an der Hand hinter sich her.

»Aber wo wollen wir überhaupt hin?«

»Nirgends. Wir sehen uns natürlich die heißeste Boy Band der Welt an.«

Mir wird ganz flau und ich rühre mich nicht von der Stelle. Er dreht sich um, als meine Hand aus seiner rutscht. »Penny? Was ist denn los?«

Ich schlucke und schließe kurz die Augen. Ich kann nicht glauben, dass er mich das jetzt fragt. »Du meinst, wir gehen jetzt da raus?«, frage ich und hoffe schwer, dass er Nein sagt.

»Na klar. Du hast ihren Auftritt doch letztes Mal verpasst – weil du schon vorher weg bist. Sie sind irre. Außerdem –«, er macht einen Schritt auf mich zu und nimmt meine Hand in seine beiden, »werde ich diesmal bei dir sein. Die ganze Zeit.«

Er muss den Zweifel in meinem Gesicht sehen, denn plötzlich fällt er auf ein Knie und sagt: »Penny Porter, ich schwöre dir, nicht einen einzigen Moment lang von deiner Seite zu weichen!«

»Lass das!«, kreische ich, weil ich überzeugt bin, dass ihn gleich jemand fotografieren und glauben wird, er mache mir einen Heiratsantrag – das wäre ja mal wieder ein richtiger Skandal. »Okay, ich komme mit«, sage ich und merke, wie ich schon wieder so rot werde, dass meine Wangen zu glühen beginnen.

Grinsend steht er wieder auf. »Gut. Und falls es dir irgendwann doch keinen Spaß machen sollte, sag mir einfach Bescheid.«

»Oh, was ist mit meiner Kamera?«, frage ich.

»Nimm sie mit – vielleicht kannst du aus dem Publikum ein paar coole Bilder machen.« Er drückt meine Hand und zieht mich durch eine Seitentür, ein paar Flure entlang und schließlich mitten in den Zuschauerraum.

KAPITEL 19

Ich merke, wie mir das Herz bis zum Hals klopft, als uns die Dunkelheit des Zuschauerraums umgibt. Es ist zudem ziemlich leise, obwohl wir von Tausenden Leuten umgeben sind. Ich spüre die wachsende Vorfreude der Menge, die unruhig auf The Sketch wartet. Ich umklammere Noahs Hand so fest, dass ich mich schon frage, ob sie überhaupt noch durchblutet wird. Ihm scheint das jedoch nichts auszumachen. Er zieht mich tief in die Menge und hatte offenbar recht: Keiner rechnet damit, uns im Publikum zu sehen, also nimmt niemand Notiz von uns, abgesehen davon, dass wir fürs Durchdrängeln angemeckert werden.

Vor der Bühne, aber nicht in der vordersten Reihe, bleibt er stehen. So, wie wir angestoßen werden und Leute uns auf die Zehen steigen, erinnert mich das Ganze sehr an Brighton, nur habe ich diesmal Noahs beruhigende Hände auf meinen Schultern liegen.

Auf einmal gehen die Lichter an und The Sketch springen auf die Bühne. Das Geschrei setzt sofort ein und angesteckt von der Stimmung im Publikum kreische ich so laut wie alle anderen. Sogar Noah stößt einen Jauchzer aus.

Die Jungs spielen mit ungeheurer Energie einen Hit nach dem anderen. Und es liegt nicht nur daran, dass ihre Songs eingängig sind – denn das sind sie zweifellos –, sondern auch an ihren Talenten als Musiker. Sie spielen auf ihren Gitarren Riffs, die man im Radio nie hört, und treffen jeden Ton.

Als Leah Brown erscheint, wird der Jubel sogar noch lauter – wenn das überhaupt möglich ist. Ihr Auftritt erfolgt auf die denkbar dramatischste Weise – sie schwebt in einem Gurt von der Decke –, und dann singt sie einen besonderen Refrain in einem der mitreißendsten Lieder von The Sketch. Ihre Verwandlung im Vergleich dazu, wie ich sie heute tagsüber gesehen habe, ist der Wahnsinn: Sie trägt ein silbern glitzerndes Minikleid, und ihr Haar weht nach hinten, als hätte es seinen eigenen kleinen Ventilator dabei. An jedem anderen würde das albern aussehen, aber bei Leah funktioniert es einfach. Während der Song seinen Lauf nimmt, wird sie langsam auf die Bühne herabgelassen, und mir gelingt es sogar, all das zu fotografieren.

Als sie dann auf der Bühne steht, ändert sich das Tempo der ganzen Show. Die grellen Lichter verlöschen komplett und tauchen uns alle in Dunkelheit. Es fühlt sich an, als würden alle in der Arena den Atem anhalten. Langsam erscheinen winzige Lichtpunkte an der Decke, bis es einem so vorkommt, als stünde man unter einem Sternenzelt. Es ist atemberaubend schön. Noah zieht mich instinktiv eng an sich und legt seine Arme um mich. Ich lehne mich gegen ihn.

Zwei Lichtkegel beleuchten die Bühne. Leah und Hayden – der Leadsänger von The Sketch – sitzen auf Barhockern. Leah trägt nun ein schwarzes Kleid mit Pailletten, die das Licht einfangen, und die glatten Haare rahmen ihr Gesicht wie ein Vorhang ein.

»Hi, Berlin«, sagt Hayden. »Wir haben heute ein bisschen was anderes für euch. Etwas, das noch nie jemand gehört hat. Leute, wir hoffen, es gefällt euch.«

Er beginnt a cappella zu singen und ohne irgendwelche Instrumente als Unterstützung klingt seine Stimme kräftig und klar. Leah fällt mit ein und sie singen gemeinsam ein wunderschönes ergreifendes Duett über voneinander getrennte Liebende.

Ich merke, wie mir Tränen in die Augen steigen, und ich weiß, dass ich sicher nicht die Einzige bin, der es so ergeht. Tiefe Emotionen erfassen die Zuschauermassen. Es ist so, als wären wir durch die Musik alle miteinander verbunden. Ich bekomme eine Vorstellung von der Leidenschaft, die Noah empfindet, wenn er seine Songs schreibt. Genau das will er dabei auch erzeugen: Noten und Worte, die eine Menge aus Tausenden Menschen wie eine Person reagieren und fühlen lassen.

»Ich liebe dich, Penny«, flüstert Noah mir ins Ohr.

Ich drücke seine Arme, die er um mich gelegt hat.

Als der Song endet, hebt Riesenjubel an. Wie es aussieht, haben Leah und The Sketch gerade einen weiteren Hit geboren. Der Bann ist gebrochen – oder eher: Er hat gewirkt. Das Publikum ist endgültig hingerissen von The Sketch und würde den Musikern definitiv bis ans Ende der Welt folgen. Es wird wieder heller, was zunächst richtig in den Augen schmerzt, dann kehrt der Beat zu einem schnellen Tempo zurück.

Noah und ich unterscheiden uns in nichts von den Leuten um uns herum. Wir tanzen wie die Verrückten und singen aus voller Kehle, schwitzend und albern und total sorglos. Als die Band ihre letzte Zugabe spielt, habe ich das Gefühl, noch nie so glücklich gewesen zu sein.

KAPITEL 20

Noch immer völlig im Bann dieses genialen Abends springen Noah und ich den Hotelflur entlang zu meinem Zimmer (es kümmert mich nicht mal, ob mein Deo der ganzen Tanzerei standgehalten hat). Wir singen Songs von The Sketch, bis wir vor meiner Tür landen.

»Als formvollendeter Gentleman werde ich dich hier verlassen, Pen.« Noah öffnet die Tür, deutet wie ein Hotelpage mit einer Hand in den Raum und verbeugt sich fast vor mir. Passend dazu reißt er sich seine Beanie vom Kopf und wirft sie kurzerhand auf den Boden. Sein Haar ist noch viel zerwühlter und lockiger als sonst.

Mit einem Glitzern in den Augen und einem frechen Grinsen blickt er mich an und wie durch einen Zauber erscheinen seine Grübchen. Ich schmelze auf der Stelle und glaube nicht, dass ich jemals mehr in Noah Flynn verliebt war als genau jetzt.

»Hast du nicht noch Zeit, um kurz mit reinzukommen? Der heutige Abend war fantastisch, aber wir hatten noch nicht so viel Gelegenheit zum Entspannen, nur wir beide allein.« Ich versuche etwas, von dem ich hoffe, dass es ein verlockendes Lächeln ist.

Noah kichert. »Sorry, Autumn Girl – aber ich muss noch einmal zur Konzerthalle zurück, um mich zu vergewissern, dass für morgen alles vorbereitet ist. Dean steht auf eine gute Nachbesprechung.« Bei dem Versuch, meine Enttäuschung zu verbergen, habe ich mich wohl nicht besonders toll angestellt, denn Noah ist sofort ganz nah bei mir, sein Gesichtsausdruck ist sanft, und er lächelt. »Morgen werden wir unseren Magical Mystery Day miteinander verbringen, Penny – einen ganzen Tag, nur du und ich. Ich verspreche, es wird genial und komplett Kuchen-crazy.« Bevor ich etwas antworten kann, küsst er mich auf den Mund.

»Wie könnte ich das vergessen?«, sage ich, als ich wieder Luft holen kann. Wie kann ein Mensch bloß *so* charmant und begehrenswert sein? Es wird mich noch umbringen.

Doch ganz gegen meinen Willen öffnet sich in dem Moment mein Mund zu einem Gähnen, das so riesig ist, dass ich Noahs Kopf, seine zerzauste Mähne und alles verschlingen könnte. Ich geniere mich, aber Noah zieht mich nur fest an seine Brust, die vor Lachen zuckt.

»Du wirkst so müde, wie ich mich fühle«, sagt er. »Und du hast keine Ahnung, wie gern ich einfach hier bei dir bleiben möchte, aber du solltest dich ein bisschen erholen ... du wirst es für morgen brauchen.«

Als sich Noah umdreht und den Flur entlanggeht, spüre ich, wie mein Herz mit der Kraft von einer Million Volt bebt.

»Gute Nacht, meine Schöne!«, ruft er, läuft davon und verschwindet um die Ecke.

Ausgelassen kichernd lasse ich mich auf mein Bett fallen. Das breiteste Lächeln aller Zeiten kriecht über mein Gesicht und ich fühle mich wie dick umhüllt von Glück. Ich seufze tief, rolle mich auf den Bauch und kicke meine Chucks von den Füßen. Vom Nachttisch greife ich mir meinen Laptop und öffne das Mail-Programm. Ich beginne, Elliot zu schreiben.

Von: Penny Porter
An: Elliot Wentworth
Betreff: RE: Re: Re: DER ELLIOT-REPORT

Wiki, Wiki, Wa-Wa-West,
ich glaube, ich bin im siebten Himmel und kann mir nie mehr vorstellen, zurückzukehren. Ich habe gerade mit Noah den schönsten Abend überhaupt verbracht. Ich habe seinen Auftritt gesehen, er war großartig (wie immer), und dann hat er mich mitten in die Menschenmenge geschleppt, um das Konzert von The Sketch zusammen mit Leah Brown anzuschauen. Sie war tatsächlich ziemlich episch. Noah und ich haben getanzt, Händchen gehalten und, so laut wir konnten, bis zum Schluss mitgesungen, und ICH HABE KEINE PANIK GEKRIEGT! Sensationell, oder?
Ich hatte einen dieser Kneif-mich-mal-Momente, weil Noah so fantastisch ist und weil ich so froh bin, mit ihm hier zu sein, ihn zu begleiten und seinen Erfolg vor meinen Augen wachsen zu sehen, und weil ich diejenige bin, die er auserwählt hat, um das mit ihm zu erleben. Ich kann mir vorstellen, dass du vor dem Bild-

schirm sitzt und würgst, während du das hier liest, aber ich bin echt SO glücklich gerade. Außerdem wird es dich freuen zu erfahren, dass ich morgen gemeinsam mit Noah Berlin entdecken und einen MMD haben werde!

Natürlich werde ich dir haarklein berichten, sobald ich zurück bin.

Vermisse dich sehr, habe aber trotzdem die beste Zeit meines Lebens!

Pen xxx

26. Juni

Wie man eine gigantische Europa-Tournee überlebt

Also, ich weiß, ihr kommt alle um vor Neugier, wollt Einzelheiten erfahren, und wisst ihr was? Ich habe meinen ersten Tag auf Tour überlebt! Und nicht nur das … Ich habe es tatsächlich genossen. Nachdem er seinen Auftritt beendet hatte, nahm Brooklyn Boy mich mit ins Getümmel, um den Hauptact zu sehen, und wir tanzten die ganze Zeit, bis wir total verschwitzt und durch waren. Aber es war wundervoll.
Es kommt mir vor, als hätte ich schon so viel gelernt, auch wenn ich erst einen Tag auf Tour bin! Hier meine bislang besten Tipps:

1. Snacks sind deine besten Freunde.
Es bleibt fast keine Zeit für ein ordentliches Essen, wenn man vom Bus zum Hotel zum Veranstaltungsort und wieder zurück hetzt. Ich werde mir künftig die Taschen mit Müsliriegeln vollstopfen, für den Fall, dass ich zwischendurch hungrig werde.

2. Backstage WIMMELT ES von Menschen.
Wer hätte gedacht, dass man so viele Leute braucht, damit eine Tour funktioniert? Da sind nicht nur Brooklyn Boys Manager und seine Band, sondern auch sein Bodyguard, Presseleute, Fotografen, Make-up- und Haar-Stylisten, Bühnenmanager, die Assistentin seines Managers, die Assistentin der Assistentin seines Managers und ungefähr eine Million Roadies, die alle *ganz genau* wissen, was sie zu tun haben.

3. Schlaf, wann immer und wo immer es geht.
Jeder scheint das so zu machen. Heute habe ich jemand gesehen, der auf einem Lautsprecher, der die laute Musik von der Bühne nach hinten übertrug, eingeschlafen war. Mir kommt es so vor, als sei das ein Vorgeschmack auf den Schlafmangel, der mir noch bevorsteht …

4. Erwarte nicht, etwas von der Stadt mitzukriegen.
Obwohl Brooklyn Boy und ich morgen so viel wie möglich von Berlin sehen wollen, ist sein Terminkalender dermaßen vollgepackt, dass ich mir kaum vorstellen kann, wie er es schaffen soll, da noch Zeit für mich abzuknapsen!

Alles ist so aufregend und spannend! Aber ich werde versuchen, den Blog aktuell zu halten.

Girl Offline … nie mehr online xxx

KAPITEL 21

Am nächsten Morgen klingelt mein Wecker um 8 Uhr, und ich krame nach einem Outfit, das gleichzeitig bequem, cool und schick ist. Ich entscheide mich für ein weit geschnittenes weißes T-Shirt, das ich in einen schwarzen Faltenrock stecke. Und ich denke daran, mein feines Goldkettchen mit dem Anhänger, in den kursiv *AUTUMN GIRL* graviert ist, umzulegen. Das war in diesem Jahr mein Valentinstagsgeschenk von Noah und ich trage es am allerliebsten. Noah hat mir gestern, nachdem er gegangen war, noch eine Nachricht geschrieben, dass wir uns um 9 Uhr unten zum Frühstück treffen, um den Magical Mystery Day ordnungsgemäß zu beginnen.

Ich schnappe mir meine Kamera und fahre mit dem Fahrstuhl nach unten. Elliot würde die Lobby als hypermodern bezeichnen – überall schwarze, polierte Tischplatten und weiße Wände mit einem fetten, grellen Graffiti-Druck hinter der Rezeption. Eine Menge Leute stehen dort Schlange, um einzuchecken; die meisten ziehen große Koffer hinter sich her. Ich frage mich, welche Art von Abenteuer diese Menschen erwarten oder sie bereits erlebt haben. *Sind sie allein hier? Sind sie auf einer romantischen Städtereise durch Europa?*

Ich nehme auf einem Plüschsamtsofa in der Lobby Platz und mein Blick fällt auf einen wunderschönen Strauß Orchideen. Ich kann nicht anders – ich hebe meine Kamera und beginne, sie zu fotografieren. Orchideen gehören zu meinen Lieblingsblumen, vor allem weiße. Elliot hat mir einmal eine zum Geburtstag geschenkt und sie stand stolz auf meinem Schminktisch. Elegant und frisch. Leider war ihre Schönheit nur von kurzer Dauer – ich habe zu spät begriffen, wie schwierig es ist, sie richtig zu pflegen, und gab ihr zu viel Wasser, sodass sie einging. Ein Jahr später kaufte mir Elliot eine niedliche Sukkulente in einem Topf zum Aufhängen und erklärte mir, wenn ich es hinbekäme, die auch eingehen zu lassen, dürfte ich nie wieder eine Pflanze besitzen! Zum Glück hängt sie immer noch in einer Ecke meines Zimmers und hält sich, ungeachtet der Tatsache, dass ich ihr keinerlei Aufmerksamkeit schenke. Das ist ungefähr das Niveau von Blumenpflege, das ich schaffen kann, und Elliot weiß das.

Ich schaue auf mein Handy – es ist 9 Uhr 20. Ich blicke auf und sehe mich in der Lobby nach Noah um. Keine Spur von ihm. Bloß der übliche Rummel eines belebten Berliner Hotels, aber kein Hinweis auf die Erkennungsmerkmale meines Freunds: abgewetzte Jeans und strahlendes Lächeln. *Er wird sich wohl noch fertig machen*, versuche ich, mich selbst zu überzeugen. *Oder er hat einen Plan, der ein bisschen mehr Vorbereitung benötigt.* Ich lehne mich auf dem Sofa zurück, warte weitere zehn Minuten und beobachte, wie die anderen Leute ihren Tag beginnen.

»Oh, hey, Penny?«

Eine Stimme holt mich abrupt aus meinen Beobachtungen. Ich hebe den Kopf und erblicke einen ganz schön jämmerlich aussehenden Dean, der mich mit blutunterlaufenen Augen über seine Ray-Ban mit Goldgestell hinweg anstarrt. »Warum hängst du hier an der Rezeption herum? Hast du schon gefrühstückt? Ich glaube, ab zehn wird nichts mehr serviert, also solltest du schnell machen, falls du noch ein Croissant willst. Die räumen ziemlich bald ab.« Sein heiseres Lachen wird zu einem Husten. Er sieht wirklich heruntergekommen aus.

»Nein, ich warte auf Noah. Wir werden zusammen frühstücken und dann die Stadt besichtigen.«

Dean gackert so laut los, dass es durch die ganze Lobby schallt. Ein paar Leute drehen sich um und schauen ihn verwirrt an. Als er sich wieder beruhigt hat, sagt er: »Du wirst ihn bestimmt nicht vor Mittag treffen. Die Jungs waren gestern bis vier Uhr morgens aus. Es kann auch später gewesen sein – ich habe um halb vier die Waffen gestreckt.« Er lässt sich neben mir auf das Sofa plumpsen. »Um ehrlich zu sein, wurde es gestern etwas verrückt, deshalb die Sonnenbrille. Oh Mann, ich brauche Kaffee. Und zu einem reichhaltigen Frühstück würde ich auch nicht Nein sagen.«

Mir rutscht das Herz in die Hose. Ich versuche aber, meine fröhliche Fassade aufrechtzuerhalten, während Dean immer noch neben mir sitzt.

»Oh, natürlich. Wie dumm von mir, das habe ich komplett vergessen. Noah hat ja was von ›auf Mittag verschieben‹ erwähnt.« Ich verheddere mich in meinen eigenen Worten, während ich darum ringe, nicht wie eine komplette Idiotin dazustehen.

»Möchtest du vielleicht stattdessen mit mir einen Happen essen? Ich meine, ich bin zwar weit davon entfernt, ein toller Hecht zu sein, aber ich kann auch ein paar Akkorde auf der Gitarre spielen.« Dean steht auf und versucht, mich in Richtung Speisesaal zu lenken, doch ich schüttele den Kopf.

»Ich denke, ich gehe zurück auf mein Zimmer. Mir ist gerade eingefallen, ich muss meine Eltern anrufen, um ihnen zu sagen, dass ich noch lebe. Du weißt doch, wie Eltern sein können ... Sie vergessen, dass man nicht mehr zehn Jahre alt ist, und wenn sie nichts von mir hören, schicken sie vielleicht die Polizei oder die Armee ... oder zumindest meinen Bruder Tom. Genieß du aber dein Katerfrühstück. Wir sehen uns später.«

Bevor Dean weiter versuchen kann, mich zum Frühstück mit ihm zu überreden, springe ich auf und laufe zum Fahrstuhl. Als ich drin bin, drücke ich auf den Knopf mit meinem Stockwerk und lehne meine Stirn gegen das kühle Spiegelglas. Ich bin mir nicht sicher, was mich mehr ärgert – dass Noah mir nichts davon erzählt hat, noch ausgehen zu wollen, dass er nicht daran gedacht hat, mich dazu einzuladen, oder die Tatsache, dass er ausgegangen ist *und* deswegen unsere Verabredung für den einen gemeinsamen Tag nicht einhalten konnte, von dem er versprochen hat, dass er ein ganz besonderer sein würde. Ich checke mein Handy, ob er vielleicht versucht hat, mich anzurufen, oder eine Nachricht geschrieben hat, aber eigentlich weiß ich es schon vorher – da ist nichts.

Als ich vom Fahrstuhl aus den Gang entlanggehe, nehme ich nicht den direkten Weg zu meinem Zimmer, sondern wende mich nach links zu Noahs Tür. Ich stehe davor und will schon klopfen, aber als meine Faust nur noch Millimeter vor der Tür schwebt, überlege ich es mir anders und kehre in mein eigenes Zimmer zurück. Noah hat mir in dieser Hinsicht noch nie Grund gegeben, mich zu sorgen, und ich will nicht, dass er denkt, ich entwickele mich zu einer dieser klammernden Freundinnen, die jeden Schritt ihrer Freunde überwachen müssen. Was, wenn er sich immer noch fertig macht? Was, wenn er doch etwas ganz anderes geplant hat? Er mag mich ja vielleicht gestern Abend nicht eingeladen haben auszugehen, aber ich vermute, dass das alles sowieso Blakes Idee war. In dem Fall hatte Noah dann quasi kaum eine andere Wahl.

Wenn er so weit ist, wird er mich schon suchen kommen – bestimmt wird nichts unseren Magical Mystery Day ruinieren.

KAPITEL 22

Die Uhr tickt auf die Mittagszeit zu, und ich freunde mich langsam mit dem Gedanken an, dass Noah wahrscheinlich nicht damit beschäftigt ist, sich fertig zu machen oder etwas anderes für den Tag zu planen. Inzwischen habe ich mir die Fingernägel in einem sommerlichen Korallenpink lackiert, das ich mir extra für diese Reise aufgehoben hatte, ungefähr eine Million Mal Instagram und WhatsApp aufgerufen und meine Snapchat-Seite mit Clips und Fotos aus dem Hotelzimmer aktualisiert. Außerdem habe ich noch alles ansonsten Erdenkliche getan, um mich abzulenken und gleichzeitig das Zimmer nicht zu verlassen. Nur für den Fall, dass Noah doch noch aufkreuzt.

Ich schreibe ihm noch eine Nachricht und frage, wo er steckt, erhalte aber keine Antwort. Ich rufe ihn auch an, aber jetzt ist es fast schon an der Zeit, dass alle sich wieder am Veranstaltungsort einfinden und den Soundcheck für heute Abend machen. Die Chancen, dass der Magical Mystery Day heute noch stattfindet, schwinden also zunehmend. Es sieht Noah gar nicht ähnlich, so nachlässig mit seinem Telefon zu sein oder überhaupt grundsätzlich so unzuverlässig zu sein.

Ich versuche, nicht zu viel darüber nachzudenken. Aber immer wenn ich denke, ich bin ganz gelassen, fallen mir neue Fragen ein. *Was, wenn ihm etwas zugestoßen ist? Was, wenn er sich verletzt hat? Oder er in anderen Schwierigkeiten steckt?* Diese Fragen drohen mit jeder Minute, die vergeht und in der ich nichts von ihm höre, drängender und drängender zu werden. Ich weiß, sie werden mich verrückt machen, wenn ich allein in diesem Zimmer bleibe und nichts mich ablenkt. Ich kann nicht mal Elliot eine Nachricht schicken – ich habe ihn schon genug genervt, und er und Alex haben heute ihren gemeinsamen Tag. Da muss ich sie nicht mit meinem Gejammer runterziehen. Ich muss mich irgendwie selbst aufrichten.

Ich überlege, in Noahs Zimmer nachzuschauen, aber dann versichere ich mir, dass er bestimmt nur schläft und nicht geweckt werden will. Das ist ja auch nicht so schlimm. Immerhin ist es auch seine erste Tour; da sei es ihm gegönnt, mal Spaß zu haben. Wahrscheinlich hat er vergessen, sich einen Wecker zu stellen. Das ist schon okay.

Ich beiße die Zähne zusammen und schiebe alle negativen Gedanken beiseite, die versuchen, sich in meinem Kopf festzusetzen. Ich bringe sie wie Seifenblasen zum Platzen, bevor sie landen können. Dann schnappe ich mir meine Tasche, Kamera und Laptop und beschließe, auf eigene Faust zur Konzert-Location zu fahren, anstatt hier in meinem Hotelzimmer zu schmollen. Dort werden sicher zumindest ein paar Leute von der Crew sein, und ich kann für mein Projekt einige Aufnahmen davon machen, wie alles installiert wird, bevor Noah auftaucht.

Ich probiere es noch einmal auf seinem Handy, bevor ich aufbreche, aber es meldet sich sofort die Mailbox.

Als ich bei der Konzerthalle eintreffe, begrüßt mit Dean überschwänglich mit einer Umarmung. Er sieht jetzt schon lebendiger aus – Essen und Kaffee dürften ihm gut getan haben. »PENNY! Was bringt dich denn schon so früh hierher? Der Liebste schlummert wohl noch, vermute ich?«

»Genau. Und ich habe mir gedacht, ich lasse ihn schlafen, während ich noch das eine oder andere Foto schießen und mich dann vielleicht hinsetzen und ein paar davon bearbeiten kann. Ich belege für mein Abitur nächstes Jahr Fotografie, und meine Lehrerin wäre nicht zufrieden, wenn ich mit nichts zum Vorzeigen wiederkäme.«

»Hey, das ist ja toll, dass du ein Hobby hast. Vergiss nicht, ich bin da, falls du irgendwas brauchst. Ich denke, Larry sollte die Jungs bald zum Soundcheck herbringen.«

Ich nicke und mache mich auf den Weg zur Garderobe. Dort hole ich die Memory Card aus meiner Kamera und lade die Bilder, die ich bis jetzt habe, auf meinen Laptop. Es gibt ein paar alberne von Noah und mir am Flughafen, einige von Noah vor dem Tourbus, viele Backstage-Schnappschüsse und dann die, die ich gestern Abend aus dem Zuschauerraum gemacht habe. Von Leah ist mir eins gelungen, auf dem es aussieht, als würde sie über der Bühne schweben. Sie sieht atemberaubend aus. Ich öffne das Bild in Photoshop und beginne, mit Belichtung und Farbfiltern zu spielen.

Ich fotografiere schon immer gern. Seit meine Eltern mir meine erste Kamera geschenkt haben – eine Einwegkamera, die ich auf dem Spielplatz benutzt habe. Es gefiel mir von Anfang an, zu versuchen, Leute zu fotografieren, ohne dass sie es merken. Ich liebte auch das Weiterdrehen des Films an der Rückseite der Kamera, um für die nächste Aufnahme bereit zu sein. Mit Photoshop zu spielen, ist etwas, das ich erst im letzten Jahr zu lernen begonnen habe. Man wird süchtig danach. Wenn ich an meinem Computer sitze, um die winzigsten Veränderungen an meinen Bildern vorzunehmen, können leicht Stunden vergehen. Die meisten Leute denken, Photoshop diene nur dazu, pickelige Gesichter in makellose zu verwandeln, aber es ist so viel mehr: Ich kann Filter hinzufügen, die Farben adjustieren, eine falsche Belichtung ausgleichen und den Fotos insgesamt mehr Lebendigkeit verleihen. Miss Mills hat mir allerdings auch beigebracht, dass bei der Bildbearbeitung weniger mehr ist. Trotzdem spiele ich immer noch gern herum.

»Wow, das ist ja ein Killer-Shot!«

Ich wirble herum und ertappe Leah dabei, wie sie von der Tür aus auf meinen Bildschirm schaut – ich muss beim Reinkommen die Garderobentür offen gelassen haben. Sofort verspüre ich den Impuls, meinen Laptop zuzuklappen.

»Oh nein, nicht zumachen. Ehrlich, das sieht echt cool aus. Kann ich reinkommen und es mir aus der Nähe anschauen?« Sie wartet meine Antwort nicht ab, sondern kommt mit schnellen Schritten herein und setzt sich neben mich. »Du fotografierst gern, was?«

»Ja, äh ... ich meine, stimmt, ich liebe es. Ich habe das Konzert gestern gesehen und es war echt episch. Du sahst großartig aus – und du und Hayden, ihr klangt bei dem A-cappella-Song unglaublich.« Es fühlt sich komisch an, Leah Brown ein Kompliment zu machen. Ich weiß auch nicht so genau, ob sie eines von mir möchte, aber ich weiß, dass es die reine Wahrheit ist. Ich bin ein bisschen verängstigt und mehr als nur ein wenig eingeschüchtert von ihr. Wenn sie auf der Bühne steht, sieht sie geradezu übernatürlich aus – wie ein superperfektes Wesen von einem anderen Planeten oder wie eine mit übersinnlicher Schönheit gesegnete Göttin. In natura ist sie immer noch umwerfend, aber als sie jetzt so neben mir sitzt und ich sie atmen hören kann, erinnere ich mich daran, dass sie letztlich auch nur ist wie ich. Und dass ich sie eigentlich überhaupt nicht kenne.

»Oh danke, Süße. Das ist echt nett von dir. Hayden ist ein Schatz. Hast du ihn schon kennengelernt?«

Ich schüttele den Kopf.

»Tja, The Sketch werden an einer ziemlich kurzen Leine gehalten, weißt du. Ihr Management ist das mit Abstand beste in der Branche. An einem Arbeitstag würdest du die Jungs niemals betrunken sehen.« Leah zwinkert mir zu, aber mir dreht sich fast der Magen um, als ich an Noahs und Deans nächtliche Eskapaden denke. Leah scheint mein Unbehagen nicht zu merken. »Weißt du, an diesen Fotos erkennt man wirkliches Talent. Ich habe schon mit vielen Fotografen gearbeitet, die solche Aufnahmen nicht hinkriegen. Darf ich?«, fragt sie.

Ich nicke, und sie scrollt durch noch ein paar Bilder, bis sie zu den albernen mit Noah kommt. »Ihr beide seid so süß. Ich bin froh, dass sich das alles geklärt hat, Penny.

Und das meine ich tatsächlich so.« Sie legt eine Hand auf meine und sofort spüre ich ihre Wärme. Löst sich die Leah Brown, die ich zu kennen glaubte, gerade hier vor meinen Augen in nichts auf?

»Danke«, sage ich. »Ich finde auch, dass wir zusammen ziemlich süß sind. Und ich kann noch gar nicht glauben, dass es am Ende gut ausgegangen ist.«

»Ich schätze mal, ich bin neidisch!« Sie lächelt mich an. Aber nicht mit einem kleinen sarkastischen Grinsen, sondern mit einem richtigen herzerwärmenden Lächeln. »Es ist so schwer, in diesem Business anständige Leute zu treffen. Und glaub mir, für mich war das auch kein Vergnügen, so tun zu müssen, als wäre ich mit einem Typen zusammen, der mich noch nicht mal mag.«

Plötzlich wird mir klar, wie schwer das für sie gewesen sein muss, obwohl ich die Sache so noch nie betrachtet habe. Noah hat sich von der Welt zurückgezogen, bei seiner Großmutter in Brooklyn versteckt und total darauf verlassen, dass Leah die ganzen Spekulationen und den Klatsch über ihre Beziehung allein bewältigt. Sie musste professionell sein, während Noah sich darauf zurückzog, der Anfänger zu sein, der mit dem ganzen Druck nicht zurechtkam.

»Ich habe keine Ahnung, warum du so was überhaupt vorgeben musst. Sicher reißen sich die Typen doch um dich!«

Sie lacht. »Das ist nicht die Sorte Typen, die du haben willst, um ehrlich zu sein! Und ich werde so was nie mehr vortäuschen. Wusstest du, dass ich meinen Manager gefeuert habe, nachdem er dieses Arrangement eingefädelt hatte? Dieses Faken ist es einfach nicht wert. Ich hoffe, Noah weiß, was für ein Glück er hat. Man wird so leicht von allem möglichen anderen Zeug mit Beschlag belegt und vergisst dann, was real ist.«

»Ich glaube, ich kann mich glücklich schätzen, dass er mich überhaupt hier dabeihaben wollte. Aber wir unterstützen uns gegenseitig, verstehst du?« Ich sehe sie hoffnungsvoll an.

»Klar, verstehe ich. Ihr seid so verdammt süß, dass man keinem von euch böse sein kann. Oh, Mist, jetzt habe ich mir einen Nagel abgebrochen.«

Leah springt vom Sofa auf und ruft nach ihrer Assistentin. »CLAIRE, ICH HAB MIR EINEN FINGERNAGEL ABGEBROCHEN! KÖNNEN WIR DIE STYLISTIN SOBALD WIE MÖGLICH KOMMEN LASSEN?« Sie dreht sich wieder zu mir um. »Penny, ich muss los. Lass uns aber noch mal plaudern, bevor diese Tour rum ist. Es ist nett, ein bisschen weibliche Gesellschaft zu haben. Die männliche Energie hier ist manchmal zu viel des Guten.«

Ich muss lächeln, weil ich schon genau den gleichen Gedanken hatte. Vielleicht wird es doch nicht so schlecht sein, Leah dabeizuhaben. »Ja, es war schön, mit dir zu reden.«

»Kein Problem, Schätzchen.« Sie wirft mir noch eine Kusshand zu und verlässt den Raum. Während ich ihre hohen Absätze davonklackern höre, mischt sich noch eine Stimme dazu, die ich überall heraushören würde: Noahs.

Er kommt durch die Tür und sieht verlegen aus.

»Pen, es tut mir *so* leid.« Er setzt sich neben mich und greift nach meiner Hand. »Blake hat mich praktisch gezwungen, mit in diese Bar zu kommen, die er entdeckt hatte, und bevor ich wusste, wie mir geschah, war es vier Uhr morgens und wir schon wieder auf dem Heimweg. Ich habe mir dann den Wecker für heute Morgen gestellt, muss ihn aber im Schlaf einfach ausgemacht haben! Dadurch habe ich ruiniert, was eigentlich ein perfekter Ausflugstag hätte sein sollen.«

In diesem Moment kommt Blake reingeschlendert. Mit Hoodie auf dem Kopf, Sonnenbrille und nach einer ekelhaften Mischung aus Bier und Aschenbecher stinkend. »Ehrlich, Penny, das war die *beste* Nacht aller Zeiten. Ich hatte Sex mit dieser deutschen Tussi, die ich nach dem Gig gestern kennengelernt hab, und dann haben wir mit ihr und ihren Freundinnen abgehangen. Dean hat auf den Tischen getanzt und Noah war hackedicht. So habe ich ihn noch nie gesehen – wir mussten ihn nach Hause tragen!« Er lacht wie verrückt.

Noah sieht mich flehend an, während Blake weiter davon schwadroniert, wie irre ihre Nacht war. Ich kann nicht genau erkennen, ob Noah sich wünscht, der Boden würde sich auftun und ihn oder doch lieber Blake verschlucken.

Noah drückt meine Hand. »Wir werden in der nächsten Stadt einen fantastischen Tag haben, das verspreche ich. So viel Kuchen und Kultur, wie du dir nur wünschen kannst.« Er hat seine Stimme gesenkt, damit nur ich ihn hören soll, aber vergebens. Blake hat den letzten Satz noch mitgehört.

»KUCHEN UND KULTUR? Machst du Witze, Noah? Du bist auf Tour und nicht auf einer Exkursion mit der Schule! Wie lahm bist du denn drauf?« Blake starrt erst Noah an, dann mich.

»Blake, bitte, halt doch mal für eine Minute die Klappe.« Noah sieht gereizt aus.

»Warum? Hast du etwa Kopfweh?« Blake bricht wieder in schallendes Gelächter aus, verlässt schließlich aber doch gnädigerweise den Raum. Jetzt sind da nur noch Noah und ich.

Er verdreht die Augen und wendet sich wieder mir zu. »Penny, bitte. Sag doch was! Es tut mir wirklich leid. Das wird nicht noch mal vorkommen. Ich hab mich da gestern zu etwas hinreißen lassen.«

Alles, woran ich denken kann, während das hier passiert, ist, was Leah zu mir gesagt hat: wie leicht man von allem möglichen anderen Zeug mit Beschlag belegt wird. Ich kann ihn nicht aufhalten. Und das will ich auch gar nicht. Ich möchte nicht diese Sorte Freundin sein. Er ist achtzehn, er lebt seinen Traum und hat Spaß. Ich muss mich für ihn freuen, sonst werde ich ihn für immer verlieren.

»Ist schon okay. Sei nicht albern, Noah. Ich habe mich mit einer Menge Dinge beschäftigt und trotzdem einen echt guten Tag verbracht. Ich freue mich, dass du beim Ausgehen Spaß hattest.« Ich lächele, küsse ihn auf den Mund und fahre ihm durchs zerzauste Haar. Dann ziehe ich die Nase kraus. »Lügen werde ich allerdings nicht: Du stinkst definitiv!«

Noah schneidet eine Grimasse. »Ich hatte keine Zeit

zum Duschen. Larry hat mich geweckt und ich bin direkt hergekommen.« Ich werfe ihm ein Handtuch zu. Noah fängt es und küsst mich, bevor er sich auf den Weg in die Dusche macht und sein T-Shirt auszieht. Ich bekomme große Augen und kann nicht anders, als seine kräftigen Rückenmuskeln anzustarren, die von vielen Stunden Herumspringen auf der Bühne und vom Work-out im Gym super definiert sind.

Er grinst und wirft sein dreckiges T-Shirt nach mir. Ich schneide eine Grimasse, als es mitten in meinem Gesicht landet und mir die Sicht nimmt.

KAPITEL 23

Es ist schon spät, als wir nach dem Auftritt zurück im Hotel sind, aber Noah ist immer noch aufgedreht von all dem Adrenalin. Wir bestellen beim Zimmerservice Burger und haben uns kaum auf mein Bett gesetzt, da klopft es an die Tür.

»Das ging aber schnell«, witzele ich, während Noah Dean die Tür öffnet.

»Hey Noah. Hey, Penny – da seid ihr. Ich habe was für euch. Ich glaube, das ist alles«, sagt er und schleppt ächzend einen riesigen schwarzen Sack ins Zimmer.

Fragend schaue ich Noah an. Ich verstehe nicht, warum Dean Noah einen Sack voller Müll gebracht hat.

»Oh, wow! Danke, Mann!« Noah nimmt den Sack und öffnet ihn. Er ist bis oben voller Briefe und Geschenke von seinen Fans. »Das ist ja irre! Ist das alles von heute?«

Dean nickt. »Ja, es wurde den ganzen Tag was für dich abgegeben! Ich dachte mir, du willst vielleicht mal einen Blick darauf werfen, bevor es noch mehr wird. Ich weiß, du möchtest bei diesen Dingen den Überblick behalten. Und ich glaube, ich habe sogar einige Umschläge gesehen, auf denen dein Name steht, Penny.« Dean zwinkert mir zu.

»Für mich? Echt?« Ich starre den schwarzen Sack an, als könnte er radioaktiv verseucht sein. Wer um alles in der Welt sollte mir schon schreiben?

Noah hebt den Sack hoch und leert seinen Inhalt auf das Bett. Die Briefe und Geschenke bedecken fast das ganze frisch gemachte weiße Bett. Ich greife nach einem Bild, das mir gleich ins Auge sticht – es ist ein Porträt von Noah, mit Kugelschreiber gezeichnet. Es ist so unfassbar detailgetreu und lebensecht, jeder Gesichtszug, sogar die Grübchen in seinen Wangen, sind perfekt getroffen, alles in Dunkelblau.

»Wow, deine Fans sind sehr begabt!«, sage ich atemlos und ein bisschen eingeschüchtert.

»Hey, schau!«, meint Noah. »Hier ist etwas für dich.«

Er schiebt es über die Decke zu mir. Es ist ein hellgelber A4-Umschlag.

Zögernd öffne ich die Klebelasche, und aus irgendeinem Grund fürchte ich mich davor, was darin sein wird. Wer soll *mir* Fan-Post schicken?

Ich schüttele den Umschlag über dem Bett aus und ein paar Blatt Papier fallen heraus. Ich hebe sie auf und sehe, es handelt sich um einen Ausdruck einer meiner Blog-Posts von Girl Online. Am Rand steht eine handschriftliche Notiz.

Liebe Penny,
ich möchte dir nur sagen, was für eine große Inspiration du und die Texte in deinem Blog für mich sind. Besonders möchte ich

die Artikel, als du anfingst, dich mit Brooklyn Boy zu treffen. Das machte mir Hoffnung, dass Liebe wahr werden könnte und mir vielleicht auch noch begegnet! Und ich fand, du warst Anfang des Jahres so tapfer ... Aber ich bin traurig, weil du deinen Blog geschlossen hast.

Ich habe nun, wegen dir, einen eigenen Blog begonnen. Er ist nicht annähernd so gut wie Girl Online, aber wenn du ihn dir mal ansehen möchtest, findest du unten die Adresse.

Deine Freundin

Annabelle

Ich drücke den Brief an meine Brust. Unglaublich, dass mir jemand geschrieben hat! Das erfüllt mich mit einem warmen, weichen Gefühl, und ich weiß, ich werde diesen Brief für immer aufheben.

»Na gut, ihr verrückten Kids, ich gehe jetzt ins Bett«, sagt Dean. »Denkt dran, morgen fahren wir früh los – dass mir gefälligst keiner diesen Bus verpasst.«

Ich hatte gar nicht bemerkt, dass Dean immer noch in der Tür stand.

»Alles klar, Dean-o«, sagt Noah.

Als er diesen Spitznamen hört, verzieht Dean das Gesicht und winkt noch mal, bevor er die Tür schließt.

Noah ist still und runzelt nachdenklich die Stirn. Ich weiß, er ist überwältigt von all der Aufmerksamkeit – und er hat sich immer noch nicht daran gewöhnt. Ich frage mich, ob das jemals passieren wird? Eigentlich hoffe ich das nicht. So was kann doch *niemals* normal sein!

Ich blicke auf den riesigen Haufen Post und bin überrascht, einen weiteren Umschlag mit meinem Namen zu entdecken. Er fühlt sich leicht wabbelig an, als wäre Luftpolsterfolie darin. Ich reiße ihn noch gespannter auf als den ersten Brief.

Aber die Spannung wandelt sich in pure Angst, als ich den Brief lese. Ich lasse ihn fallen, als würde er brennen, und stoße ihn dann so weit wie möglich von mir.

»Was ist denn?« Noah schaut alarmiert auf.

Ich schüttele bloß den Kopf und deute auf den Brief.

Er hebt das fortgeworfene Papier auf – es ist ein Ausdruck unserer privaten SMS von meinem alten Handy. Manche der Buchstaben sind markiert, und wenn man sie hintereinander liest, ergibt das: *Hau ab, Penny, sonst passiert was.*

Am Ende steht als Unterschrift: *DieGanzeWahrheit.*

Ich bin aufgewühlt und durcheinander – das ist genau das, was ich befürchtet habe. Ich dachte, die erste Nachricht sei nur eine einmalige Sache gewesen, aber offenbar ist das nicht der Fall. Bedeutet das, dass DieGanzeWahrheit in Berlin ist?

Zu meiner Verwunderung sieht Noah nicht wütend und noch nicht mal verstimmt aus. Er wirkt eher erleichtert. Er kommt zu mir, nimmt meine Hand und zieht mich an sich.

Zuerst zögere ich – warum verstört ihn der Brief nicht stärker? –, doch dann weiß ich wieder, dass sich nichts besser anfühlt als eine Umarmung von Noah.

Er küsst mich auf die Stirn. »Diese Nachricht beweist mir, dass das nur irgendein Spinner sein kann, mehr nicht. Die können dir nichts tun, ich schwör's dir. Jetzt, wo wir diesen Brief haben, können wir ihn Larry geben, und er kann nach jemand Ausschau halten, zu dem so was passt. Das gehört irgendwie zum Geschäft.«

Ich nicke und ziehe seine Arme enger um mich. Das hier ist wahr. Wir sind wahr. Dieser Brief ist nur eine kranke Fantasie. »Glaubst du wirklich, es gibt da einen Fan, der will, dass ich abhaue?«

Noah wirft mir einen belustigten Blick zu, und mir wird klar, wie naiv ich klinge. *Natürlich* gibt es einige Fans, denen es lieber wäre, wenn es mich nicht gäbe. Ich habe ja all die Bewunderung und Zuneigung des Publikums für Noah gesehen, das war fast schon fanatisch. Wie viele von denen wünschten sich wohl selbst an meiner Stelle?

»Bitte lass mich heute Nacht nicht allein. Ich glaube, dass ich sonst nicht schlafen kann.« Ich weiß, Noah will auf keinen Fall die Regeln meiner Eltern brechen, aber ich weiß *genauso*, dass er viel zu viel Respekt vor meinen Gefühlen hat, um irgendwas zu versuchen, wozu ich noch nicht bereit bin. Ich vertraue ihm.

Zu meiner Erleichterung nickt Noah. »Ich räume das alles hier weg und dann können wir schlafen. Ich kann mir die Post auch morgen im Bus anschauen.«

Ich gehe ins Badezimmer. Es tut gut, den Tag von mir abzuwaschen. Nachdem DieGanzeWahrheit wieder aufgetaucht ist, fühle ich mich seltsam schmutzig, auch wenn es nur irgendein verrückter Fan ist, wie Noah sagt. Ich putze mir die Zähne und ziehe meinen gemütlichsten Pyjama an. Ich denke an all die Mädchen, die so gern an meiner Stelle wären, und das macht mich ein bisschen traurig. Würden sie das auch noch wollen, wenn sie wüssten, wie schwer das alles ist?

»Weißt du eigentlich schon, dass du das allerschönste Mädchen bist, das ich je gesehen habe?«, sagt Noah, als ich in meinem Pyjama aus dem Badezimmer komme. »Du sorgst dafür, dass ich auf dem Boden bleibe.« Er deutet auf den riesigen Sack mit Fanpost, den er in eine Ecke des Zimmers geräumt hat. Ich setze mich neben ihn aufs Bett. »Du verdienst nicht, was dir gerade passiert«, fährt er fort, »und ich verspreche dir, wenn diese zwei verrückten Tour-Wochen vorbei sind, können wir zusammen abhängen, nur wir beide. Keine gruseligen Briefe mehr, keine anonymen Hotelzimmer und kein permanentes Rumreisen. Dann kannst du endlich New York im Sommer kennenlernen! Das ist genauso magisch wie an Weihnachten - wenn nicht sogar, wage ich zu behaupten, besser.«

»Das klingt schön«, antworte ich und schlummere langsam ein, während Noah noch mein Haar streichelt.

»Vergiss das nie, Penny: du und ich gegen den Rest der Welt.«

KAPITEL 24

Es ist noch früh, als ich am nächsten Morgen aufwache. Unsere Arme und Beine sind ineinander verschlungen, als wären wir ein menschliches Puzzle. Sanft hebe ich Noahs Arm, der über meiner Taille liegt, und winde mich unter ihm heraus, schlüpfe vorsichtig aus den Laken, bis meine Zehen den Teppichboden spüren.

Auf der Bettkante sitzend, greife ich mir mein Handy von seinem Platz auf dem Nachttisch und scrolle schnell durch die neu eingegangenen Nachrichten von vergangener Nacht. Auf Instagram gibt es ein Foto von Kira am Strand von Brighton, wo sie ihre Zehen ins Meer hält. Ich kann fast das Rauschen der Wellen, das Kreischen der Möwen hören und spüren, wie der Wind durch meine Haare peitscht ... Nicht zu fassen, dass ich dieses kieselige Stück Strand vermisse, aber es ist so.

Außerdem gibt es einige WhatsApp-Chats, die ich mir anschaue. Megan hat uns mit einem Minutenprotokoll über ihr letztes Date auf dem Laufenden gehalten. Und zwar mit einem Jungen aus der ehemaligen sechsten Klasse, der Andrew heißt und sie ins Sea Life Center ausgeführt hat. Zu sehen ist auch eine Serie von Selfies vor farbenfrohen Fischen, während die Gesichter der beiden von gespenstischem, blauem Licht angestrahlt werden. Es ist irre, denn ich weiß, wie gern Megan hier wäre, wo ich bin – auf Tour mit einem Rockstar und ein verrücktes Leben führend –, doch manchmal wünsche ich mir von ganzem Herzen, dass Noah und ich ganz normale Dates haben könnten, wie ein normales Paar.

Eine Nachricht blinkt auf meinem Display.

Bist du wach?

Sie ist von Elliot. Ich tippe rasch eine Antwort.

Ja! Buchstäblich gerade aufgewacht.
Du bist aber schon früh auf!

Beim Magazin geht's früh los. Wie geht's
dir an diesem schönen Morgen?

Hab nicht wirklich gut geschlafen.
Bekam eine weitere Nachricht von
DieGanzeWahrheit in Noahs Fanpost.
Noah ist überzeugt, das wäre nur ein
verrückter Fan, also wird es hoffentlich
bald aufhören.

Man ist erst wirklich berühmt, wenn man
einen Stalker hat. Bringt das Geschäft so
mit sich. Pass trotzdem auf dich auf. Es ist
wahrscheinlich keine gute Idee von mir,

wenn ich gerade mal alle Fälle von Promi-Stalkern aufzähle, die ich kenne?

BITTE NICHT! Ich fürchte mich auch so schon genug! Okay, ich höre besser auf … Noah wacht gerade auf

Moment! Er ist bei dir? Habt ihr beide …

Nein!!!

Beruhig dich – ich zieh dich doch nur auf! Ihr beiden seid so süß. Sag N von mir Hallo

»Alles okay?« Noah beugt sich vor und küsst mich auf die Schulter.

»Bloß Elliot, der alte Schnüffler!«, antworte ich lachend. »Der mich mit Stalkern erschreckt …«

Noah schüttelt den Kopf. »Lass nicht zu, dass er dich wahnsinnig macht – beziehungsweise noch wichtiger, dass dieser Widerling, der den Brief geschickt hat, das tut. Gemeinsam werden wir das durchstehen. Du und ich gegen den Rest der Welt, schon vergessen?«

Ich lächele. »Nein, ich erinnere mich.«

»Gut. Jetzt machen wir uns aber besser fertig, sonst fährt der Tourbus noch ohne uns ab!«

Auf der Fahrt von Berlin nach München kommen wir an jeder Menge großartiger Fotomotive vorbei, aber wir haben keine Zeit, um anzuhalten. Das einzige Zugeständnis ist, dass wir einige wenige Male von der Hauptroute abbiegen und durch eine der Städte, die auf dem Weg liegen, fahren. Immerhin kriegen wir so ein paar Sehenswürdigkeiten mit, zauberhafte, alte Gebäude, malerische Cafés. Und die Felder sind voller Blumen.

Die anderen Bandmitglieder schlafen in den Kojen im hinteren Teil des Busses, doch Noah und ich haben uns auf das Sofa verzogen, um uns zwischendurch mit ein paar Disney-Filmen die Zeit zu vertreiben. Nach der Hälfte von *Aladdin* bemerke ich, dass der Zeitvertreib längst eine Ein-Personen-Aktion ist: Noah ist eingeschlummert und lehnt die meiste Zeit über schlafend an meiner Schulter. Es ist so schön, einfach bei ihm zu sein und seinen tiefen Atemzügen zuzuhören, während wir durch Deutschland rollen. Sein Haar duftet sauber und frisch und von Zeit zu Zeit streift mich ein kräftiger Hauch seines Aftershaves. Ich nehme meine Kamera und mache ein paar Fotos von uns beiden.

»Penny?«

Als Dean meinen Namen sagt, schaue ich auf. Er setzt sich in einen Sessel neben mir.

»Noah hat mir von dem Brief in der Fanpost berichtet. Es tut mir so leid – wir versuchen, so viel wie möglich, von diesem Mist auszufiltern, aber das ist auf Tour nicht leicht. Gibt es irgendetwas, das ich tun kann, damit du dich besser fühlst?«

Ich schüttele den Kopf. »Nein, ich glaube, ich muss bloß lernen, damit umzugehen.«

»Na gut, aber denk dran, ich bin da, um dich genauso zu unterstützen wie Noah.« Er schaut zu Noah hinüber, der immer noch tief schläft, dann senkt er seine Stimme:

»Ich kann dir auch helfen, deine Heimreise zu organisieren, wenn es alles ein wenig zu ... viel wird.«

Statt wütend zu werden, fühle ich nur Erleichterung, als ich das höre. Es ist gut zu wissen, dass es einen Fluchtweg gibt, wenn ich einen brauche – aber hoffentlich wird es so weit nicht kommen.

»Danke, Dean. Jetzt geht es mir schon besser.«

»Gern, Penny. Ich weiß, das ist alles ganz schön viel zu verkraften. Bestimmt willst du daran nicht erinnert werden, aber du bist noch ziemlich jung. Vergiss nicht, ich habe ja mit deinen Eltern gesprochen – und ich fühle mich für dich verantwortlich!«

Ich lache. »Wie kommst du denn mit alldem klar? Findest du es nicht auch ein bisschen verrückt?«

Dean lächelt. »Willst du mich auf den Arm nehmen? Ich lebe für diese Sache! Und Noah ist mein aufgehender Stern. Ich wusste es von dem Moment an, als ich ihn auf YouTube entdeckte. Wann war das? Schon vor knapp zwei Jahren? Ich kann mich sogar noch genau erinnern, was ich gerade tat, als ich zum ersten Mal sah, wie er spielt. Ich suchte nach diesem einen Song von Fleetwood Mac und Noah hatte eine Coverversion davon gemacht –«

»Oh, von *Landslide*? Noah hat es mir einmal gezeigt.«

Dean schnippt mit den Fingern. »Genau! Es war zwar nicht das, wonach ich suchte, aber es war magisch. Ich konnte den Blick nicht mehr abwenden und dachte bei mir, *dieser Junge ist etwas ganz Besonderes*. Na ja, eine Menge Manager und Talentsucher haben dieses Gefühl – aber ich hatte eben auch Glück. Es ist einfach passiert, dass der Traum wahr wurde. Statt weiterhin eine Truppe von

Hochzeitsmusikern zu managen, bekam ich die ganz große Chance.«

»Noah hat Glück, dich zu haben«, sage ich.

Er kichert. »Hey, was immer ich tun kann, damit Noah gut drauf ist und singt, werde ich tun. Dieser Junge bedeutet mir alles.«

Ich nicke. »Ich komme mir blöd vor, weil ich mich über ein paar kleine Nachrichten sorge, obwohl doch Noahs Karriere auf dem Spiel steht. Und es ist ja nicht so, dass meine Beziehung die einzige ist, die mit großen Herausforderungen zu kämpfen hat.«

»Wie meinst du das?«

»Ich meine Probleme aus der echten Welt. Wie die meines besten Freunds Elliot. Er hat einen großartigen Freund, aber der traut sich noch nicht, sich vor all seinen Freunden und seiner Familie zu ihm zu bekennen. Das ist ein so massives Problem, dass meine Sorgen vergleichsweise oberflächlich sind.«

Dean zuckt mit den Schultern. »Die beiden sind ja noch jung. Und manche Menschen sind eben selbstsicherer als andere. Bestimmt werden sie einen Weg finden. Klingt, als wärst du auch eine große Stütze für Elliot. Du würdest dich wundern, wie selten manchmal echte Treue ist, Penny.«

»Ich hoffe, dass ich zu echter Treue fähig bin. Ich will einfach, dass Elliot glücklich ist. Er ist die wichtigste Person in meinem Leben – nach Noah, natürlich.«

Dean lacht. »Also, dann stups deinen faulen Freund mal an – wir sind gleich da, und er kriegt was zu tun.«

KAPITEL 25

»Ich bin wach, ich bin wach«, sagt ein verschlafener Noah. »Boaah, München scheint ja episch zu sein.«

Ich drehe mich um und folge Noahs Blick aus dem Fenster. Die Gebäude sind hier pittoresker als die coolere, modernere Atmosphäre in Berlin. Es kommt mir vor wie eine lebensechte Version der nachgemachten deutschen Weihnachtsmärkte im Zentrum von Brighton, auf die meine Eltern mich und Tom jedes Jahr schleppten. Dort tranken wir Glühwein (oder heiße Schokolade für mich!), aßen Bratwurst mit zu viel scharfem Senf und steckten unsere Hände in Haufen aus falschem Schnee. Als ich jetzt diese echte deutsche Stadt sehe, denke ich mir, das wäre die perfekte Szenerie für ein Märchen. Und ich stelle mir vor, wie es im Winter aussehen muss, überzogen von einer Schneedecke wie die Glasur auf einem Kuchen.

Als wir bei der Konzerthalle eintreffen, haben die Roadies schon mit dem Aufbau begonnen und bereiten alles für die Show am Abend vor. Noah hält meine Hand, während wir den Backstage-Bereich gezeigt bekommen. Mir kommt es wirklich so vor, als würde ich mich langsam an diese ganzen Tourabläufe gewöhnen.

Noah bleibt vor der Garderobe stehen. »Hey, wir haben gleich eine große, langweilige Besprechung wegen einiger technischer Sachen, die dich nicht interessieren werden. Aber anscheinend sind die Freunde und Familien von The Sketch irgendwo hier – hast du Lust, dich zu ihnen zu gesellen? Ich werde nur ungefähr eine Stunde brauchen.«

»Kein Problem«, sage ich, muss aber einen verunsicherten Eindruck machen, denn Larry geht auf mich zu und legt mir einen seiner kräftigen Arme um die Schultern.

»Na komm, Penny. Ich bring dich hin.«

»Danke, Larry«, sage ich. Noah und ich küssen uns zum Abschied, dann lasse ich ihn zu seiner Besprechung gehen.

Larry führt mich um die Ecke und in einen großzügigen Bereich direkt hinter der Bühne. Das sind jede Menge Leute, die sich auf bunten Sitzsäcken entspannen und Kaffee aus Pappbechern trinken. Ich entdecke ein paar Mitglieder von The Sketch, die dort abhängen, und ich muss meine ganze Willenskraft aufbringen, um nicht sofort mein Telefon rauszuzerren und für meine Freunde zu Hause ein Foto zu schießen. Aber das wäre ein erheblicher Verstoß gegen die Backstage-Etikette.

Larry schiebt mich in Richtung eines Tischs mit Getränken und Snacks. »Nimm dir ein bisschen was zu essen, und dann mach dich bekannt.«

»Oh, darin bin ich nicht besonders gut …«

»Klar bist du das. Biete einfach jemand eine Tasse Tee an. Die werden deinen Akzent so niedlich finden, dass sie dich gar nicht mehr loslassen.« Er tätschelt mir die

Schulter, zieht ab und lässt sich selbst in einen Sitzsack fallen.

Ich kichere, als er tief darin versinkt. Ich glaube, ich habe noch nie einen so wenig bedrohlichen Bodyguard gesehen, aber irgendwie kriegt er das hin. Es wird sogar noch besser, als er ein Taschenbuch mit pinkfarbenem Cover und einem knutschenden Paar vornedrauf hervorholt. Wer hätte gedacht, dass Larry ein Faible für kitschige Liebesromane hat?

Ich beherzige seinen Rat und gehe mir den Tisch aus der Nähe ansehen. Es gibt wirklich eine riesige Auswahl an Essen und Getränken, unter anderem jede erdenkliche Teesorte, vom klassischen English Breakfast bis zu Kamille und Pfefferminz. Es stehen auch große Kaffeekannen da, die ich nicht anrühre – das würde meine Unsicherheit nur auf die Spitze treiben. Verführerisch erscheinen mir die bunt dekorierten Cupcakes, deshalb wandere ich am Tisch entlang, um sie aus der Nähe zu betrachten.

»Oh, die sind soo gut«, sagt da eine Stimme neben mir. Ich schaue hoch und da steht ein wunderschönes Mädchen mit sehr langen, sehr glatten braunen Haaren neben mir. Sie streckt mir die Hand hin. »Hi! Ich bin Kendra. Die Freundin von Hayden. Du bist Penny, oder?«

Lächelnd schüttele ich ihre Hand. »Ja, hallo! Wow, ich wusste gar nicht, dass Hayden eine Freundin hat.« Plötzlich wird mir klar, wie peinlich und uncool es ist, so was zu sagen, und ich halte mir mit beiden Händen den Mund zu.

Aber zum Glück wirft sie nur den Kopf zurück und

lacht, wobei ihre strahlend blauen Augen leuchten. »Ja, ich weiß. Ich bin nicht wie du, sondern ein zertifiziertes GUC.«

»GUC?«, frage ich verwirrt.

»Girlfriend Under Cover«, sagt sie augenzwinkernd. »Es ist besser für das Image der Jungs, wenn sie Single sind, aber glaub mir, Hayden käme keinen Tag klar, wenn ich nicht aufpassen würde, dass er nicht aus der Reihe tanzt! Aber das macht mir nichts aus. Ich habe im Tour-Team einen Job als Visagistin, damit habe ich eine legitime Berechtigung für meine Anwesenheit. Und fürs Cupcake-Essen natürlich.« Sie streckt die Hand aus und nimmt sich einen. »Du kannst mitkommen und dich zu uns setzen, wenn du magst.« Sie zeigt auf einen Tisch, an dem noch ein paar andere Mädchen sitzen, die aber alle genauso hübsch und modelmäßig aussehen wie Kendra.

»Oh, danke.« Ich folge ihr mit dem Cupcake in der Hand an den Tisch, aber immer deutlicher wird mir bewusst, dass ich nur eine alte Jeans und ein simples T-Shirt anhabe, während Kendra cool und lässig in einer schicken, schwarzen Skinny-Jeans mit Löchern an den Knien und einem fließenden weißen Top mit Cut-outs am Rücken vor mir herschwebt. »Dein Top gefällt mir«, sage ich zu ihr, als wir uns setzen.

»Danke. Ist von Chanel«, sagt sie lächelnd. »Haydens Kreditkarte scheut keine Mühen, um sicherzustellen, dass ich immer optimal aussehe!«

»Hat Noah dich noch nicht ausstaffiert?«, fragt eines der anderen Mädchen, die Kendra mir rasch als Selene vorstellt. Sie trägt goldfarbenen Eyeliner, der ihr raffinierte Katzenaugen macht und sich toll von ihrer dunklen Haut abhebt.

»Ich, äh ...« Eigentlich wollte ich schon sagen, dass ich alle meine Sachen in den Secondhandläden von Brighton kaufe, aber das erscheint mir nicht besonders cool.

»Er hat sie schließlich auf diese Tour mitgenommen. Da ist es doch wohl das wenigste, dass er sich in dieser Hinsicht erkenntlich zeigt«, sagt Selene als Reaktion auf Kendras warnenden Blick. Sie unterhalten sich weiter über mich, als wäre ich gar nicht da. »Ich meine, sie ist doch nicht mal eine GUC. Ich weiß, dass ich jedenfalls keine Fotos von mir in Zeitschriften sehen wollen würde, auf denen ich nicht ein bisschen zurechtgemacht wäre. Aber ich denke, wir können uns eben glücklich schätzen.« Selene und Kendra werfen einen schnellen Blick zu Pete – einem der anderen Bandmitglieder von The Sketch.

»Wie meint ihr das?«, frage ich und folge ihrem Blick.

»Pete ist schon zwei Jahre mit Anna zusammen, aber sie sehen sich kaum. Es ist jetzt schon drei Monate her, dass sie sich das letzte Mal gesehen haben. Und sie haben noch drei Monate vor sich«, sagt Selene.

Kendra schaut seufzend auf ihre Fingernägel. »Noch mehr Zeit *on the road*.« Sie plaudern weiter über die nächsten Stationen der Tour, die zu exotischeren Zielen wie Dubai, Singapur und Australien führt. Ich muss daran denken, dass ich dann längst wieder zu Hause in Brighton und bei meinen Freunden sein werde.

Kira hat eine riesige Weltkarte zum Rubbeln an der Wand ihres Zimmers hängen. Jedes Mal wenn sie ein

Land besucht hat, rubbelt sie es frei. Ihr großer Traum ist eine Weltreise, und wir haben oft über all die Orte geredet, an die wir reisen würden, wenn wir könnten. Ich habe mir immer Sorgen gemacht, ob ich mit meinen Panikattacken überhaupt jemals in der Lage sein würde, zu verreisen. Trotzdem hat es Spaß gemacht, von gemeinsamen Abenteuern zu träumen. Ich kann immer noch nicht glauben, dass ein Teil dieser Träume für mich gerade wahr wird. Und noch dazu auf die unglaublichste Weise.

Selenes Stimme reißt mich aus meinem Tagtraum. »Wie gefällt dir denn das Tour-Leben, Penny?«

Ich zucke ein bisschen zusammen. »Ach, wisst ihr ... ich glaube, es braucht ein bisschen, bis man sich daran gewöhnt hat.«

»Hey, wir machen das ja schon seit gut einem Jahr. Irgendwann findest du in den Rhythmus.« Kendra lächelt mir zu, und ich lächele dankbar zurück, weil ich merke, dass sie mich ein bisschen aufmuntern will.

»Du hattest mal diesen Blog, oder?«, fragt Selene.

Ich nicke. »Hatte ich. Aber Ende letzten Jahres habe ich damit aufgehört.«

»Das ist gut – du könntest sonst ja nicht mit uns hier sitzen und plaudern, wenn du nachher alles in deinem Blog schreiben würdest. Die Manager würden wahrscheinlich ausflippen!«

»Nein, ich weiß. Jetzt bin ich ja nicht mehr Girl Online. Nur noch die gute alte Penny.« Auf einmal spüre ich dieses warnende heiße Prickeln meiner Panikattacken am Hals und merke, dass ich schnell von hier wegmuss, bevor es noch schlimmer wird. Ich stehe also vom Tisch auf. »Ich geh mal eine Toilette suchen. War nett, euch kennenzulernen, Leute.«

»Fanden wir auch, Penny! Gesell dich ruhig jederzeit zu uns. Dann kannst du auch offizielles Mitglied der ›Spielerfrauen‹ auf der Tour sein!«

Ich nicke freundlich und verschwinde dann in Richtung Toiletten. Nachdem ich die schwere Tür aufgestoßen habe, lehne ich mich von innen einen Moment dagegen. Ich weiß, was mir Panik verursacht hat: Je länger ich mit Leuten zusammen bin, die das hier schon lange machen, desto größer wird meine Sorge, nicht hierherzugehören. Ich habe keinerlei Talente, die mich zu einem nützlichen Mitglied von Noahs Entourage machen würden. Und in Mode oder Musik kenne ich mich auch nicht gut genug aus, um mit den anderen Mädchen mithalten zu können. Ich bin gern zu Hause, in meinem eigenen Bett, und habe meine Familie gern nah bei mir. Aber ich mag auch Noah.

Ich betrachte mein Spiegelbild. Wenn ich nur daran denke, mit all den anderen Mädchen zusammen zu sein, fühle ich mich schon so unzulänglich, dass es wehtut. Meine langen roten Haare sind leicht gelockt und wirken ein bisschen verstrubbelt. Ich streiche mir ein paar Strähnen aus dem Gesicht und berühre mit den Fingerspitzen meine Sommersprossen. Um diese Jahreszeit sind sie viel deutlicher zu sehen als sonst. Meine grünen Augen starren mich aus dem Spiegel an. Ich kneife sie ein wenig zusammen und schneide mir selbst Grimassen.

Ich wünschte, ich wäre beim Augen-Make-up geschickter. So wie Selene. Meine Augen sind wahrscheinlich das, was ich am liebsten an mir mag. Sie haben dieses Grün, das man sonst eigentlich nur bei Vampiren in Filmen sieht. Und je nach Licht ändern sie ihre Farbe. Mein Dad nennt sie Meerglas-Augen. Nach den glatt geschliffenen Glasscherben, die die Meeresbrandung an den Strand spült. Zu meinem sechzehnten Geburtstag habe ich von Mum und Dad eine flaschengrüne Meerglas-Kette bekommen, die perfekt zu meiner Augenfarbe passt.

Ich denke an gestern Abend zurück. Daran, wie total entspannt ich meinen gemütlichen Pyjama in Noahs Gegenwart getragen habe. Es spielt keine Rolle, was andere Leute vielleicht denken: Noah liebt mich so, wie ich bin. Mit Make-up oder ohne. Ich schaue auf meine Armbanduhr und staune, dass die eine Stunde bereits fast rum ist. Ich frage mich, ob Noahs Besprechung wohl schon zu Ende ist.

Ich biege um die Ecke zu den Garderoben und klopfe zaghaft an Noahs Tür, die von meiner Berührung aber sofort auffliegt.

Mir bietet sich ein total unwillkommener Anblick: Blakes nacktes Hinterteil.

KAPITEL 26

Blake ist splitternackt, rennt mit Noahs Gitarre herum, und alle lachen wie verrückt. Nur ich weiß nicht, wo ich hinschauen soll.

»Ähem … HEY JUNGS!«, sage ich so laut, dass sie wissen, ich habe den Raum betreten. Aber anscheinend macht das keinen großen Unterschied. Ich entdecke Noah und quetsche mich rasch neben ihn aufs Sofa, während ich gleichzeitig verzweifelt versuche, meinen Blick abzuwenden. Er krümmt sich derweil vor Lachen.

»Oh, hallo, P!« Er zieht mich an sich und gibt mir einen Kuss auf die Nase.

»Erspar uns eure öffentlichen Liebesbekundungen, Noah«, schreit Blake herüber.

»Und erspar mir den Anblick deines nackten Körpers!« schreie ich zurück.

Noah bricht wieder in schallendes Gelächter aus, nur Blake starrt mich total entsetzt an. Ich werde ein bisschen rot, aber eigentlich bin ich stolz darauf, dass ich es geschafft habe, Blakes Sticheleien endlich einmal etwas entgegenzusetzen.

Als Noah seine Fassung wiedergefunden hat, sagt er:

»Raus mit euch, Jungs. Ich will vor dem Auftritt noch ein bisschen Zeit mit Penny haben.«

»Echt jetzt, Mann? Kann ich mir nicht vorher wenigstens noch meine Boxershorts anziehen?«, jammert Blake.

»Hey, du hast dir das eingebrockt, jetzt löffel es auch aus. Aber hier –« Noah hebt Blakes Boxershorts mit einem Drumstick auf, verzieht die Nase und schleudert sie durchs Zimmer. Blake fängt sie im Flug und schlurft zur Tür. Es gelingt ihm gerade noch rechtzeitig, seine Blöße mit dem Rest seiner Klamotten zu bedecken, die zu einem Knäuel zusammengeknüllt sind.

»Was war das denn?«, frage ich Noah, als endlich alle draußen sind.

»Ach, nur typisch Blake. Er hat gedroht, heute Abend splitternackt auf meiner Gitarre zu spielen.« Noah lacht leise.

»Das hat er anscheinend ja auch«, sage ich mit hochgezogener Augenbraue.

»Es tut mir so leid, Penny.« Er hebt mein Kinn mit seinen Fingern an und lächelt zaghaft.

»Was denn?«

»Ich dachte, wir würden so viel mehr Zeit miteinander verbringen. Aber Tour ist so viel anstrengender, als ich je gedacht hätte.« Er nimmt die Hand von meinem Kinn und fährt sich damit durch die Haare. »Die Presse interessiert sich immer mehr für mich – ich kriege eine Interviewanfrage nach der anderen. Und ich möchte, dass diese Tour für jeden episch wird. Auch für mich. Die Kritiken sind alle gut, aber ich muss dafür sorgen, dass es so bleibt. Ich möchte rund um die Uhr üben, und wenn ich nicht übe oder PR für die Tour mache, dann schlafe ich. Ich fühle mich schon erschöpft, dabei habe ich erst noch nicht mal die Hälfte hinter mir.«

»Ich weiß –« Ich will ihm klarmachen, dass ich verstehe, wie er sich fühlt, aber es ist, als wäre ein Damm gebrochen und die Worte sprudeln nur so aus Noah heraus.

»Noch dazu habe ich das Gefühl, dass das eine so seltsame Zeit für mich ist. Ich kann endlich das tun, wovon ich schon seit meiner Kindheit geträumt habe, aber ich habe keine Familie um mich herum. Ich bekomme keine SMS von meiner Mum und meinem Dad, die sich erkundigen, wie es mit der Tour läuft. So wie alle anderen Jungs. Ich habe auch keine Eltern, die jeden Tag mit mir skypen, sich um mich sorgen, so wie deine. Sadie Lee konzentriert sich darauf, dass es Bella gut geht. Ich bin achtzehn. Ich brauche sie nicht mehr so dringend wie Bella. Ich bin ganz auf mich gestellt. Allein.« Er sinkt in der Sofaecke in sich zusammen und streicht gedankenverloren über die auf sein Handgelenk tätowierten Noten. »Aber heute Abend ... heute Abend, da verspreche ich dir, dass wir nach dem Auftritt zum Essen ausgehen. Das bin ich dir schuldig. Das weiß ich.«

»Du bist mir gar nichts schuldig, Noah. Ich liebe dich! Und du bist nicht allein – du hast mich. Ich kann alles tun, was du dir von mir wünschst. Ich möchte es dir einfacher machen. Ich möchte doch nur, dass du glücklich bist.«

»Ich bin schon glücklich, Penny. Ich bin so glücklich wie schon lange nicht mehr. Es ist nur gleichzeitig auch traurig, verstehst du?«

Ich lege einen Arm um ihn und ziehe ihn in eine Umarmung. Warum habe ich vorher nicht bemerkt, dass es ihm nicht gut ging? Mir dämmert, wie viel Druck im Moment auf Noah lasten muss.

»Lass mich dir helfen. Was kann ich für dich tun?« Ich springe vom Sofa auf und schaue mich in der Garderobe um.

»Ganz ehrlich, Penny. Du brauchst gar nichts für mich tun. Einfach nur hier zu sein, das genügt.«

»Nein, es muss irgendwas geben. Lass mich doch wenigstens irgendwas tun, ja? Irgendeine Kleinigkeit ...« Ich gehe zu dem kleinen Kühlschrank und hole einen Früchte-Smoothie heraus. Dann laufe ich zum Tisch zurück, schnappe mir ein Glas und gieße den Smoothie hinein. Als Nächstes schneide ich eine Erdbeere ein und platziere sie auf dem Glasrand. – Ein kleiner Smoothie-Cocktail, der aussieht wie etwas, das man in einem eleganten Hotel serviert bekommt. Mit einem hübschen Strohhalm.

»Voilà!«, sage ich und wirble herum, um Noah mein Werk zu zeigen. Als ich die paar Schritte auf ihn zumache, merke ich plötzlich, dass ich mein Gleichgewicht verliere. Mit Schrecken sehe ich, dass einer meiner Füße am Couchtisch hängen bleibt. Und plötzlich kommt der Fußboden immer näher. Als ich dort aufschlage, fliegt der Smoothie durch die Luft auf Noah zu. Ich sehe noch, wie er vor Schreck erstarrt, während der pinkfarbene Fruchtbrei ihn von oben bis unten bekleckert.

»Nein! Oh nein, Noah. ES TUT MIR SO LEID!« Ich springe auf und beginne, das Zeug mit den Händen von seinem Shirt abzukratzen.

Noahs Miene ist ernst… bis er plötzlich in Gelächter ausbricht. »Das war's! Jetzt kriegst du eine Umarmung!« Er öffnet die Arme und macht mit seiner vom Smoothie komplett verschmierten Brust einen Schritt auf mich zu.

Ich kreische auf und renne weg und am Ende spielen wir in seiner Garderobe fangen. Er schnappt mich, als ich zwischen dem Sofa und einem Stapel leerer Gitarrenkoffer nicht mehr wegkomme, und drückt mich fest an sich. Ich zucke zusammen, als ich die Smoothie-Reste zwischen uns spüre.

Er küsst mich auf den Scheitel. »Hey, gut, dass ich sowieso nur schwarze T-Shirts besitze, oder? Dann sollte ich mich wohl besser mal umziehen.«

Er zwinkert mir zu, während er sich aus dem T-Shirt schält und in seinem Seesack nach einem frischen sucht. Ich kann einfach nicht glauben, dass ich mich wie der dümmste, tollpatschigste Mensch der Welt aufführe und Noah mich trotz allem immer noch liebt.

In seinem frischen schwarzen T-Shirt sieht Noah aus, als wäre das Smoothie-Desaster nie passiert. Er küsst mich noch mal auf die Wange und stürmt zur Tür hinaus und auf die Bühne. Ein paar Augenblicke später höre ich die Zuschauer vor Begeisterung jubeln.

Er ist in seinem Element und nichts anderes zählt für mich.

KAPITEL 27

Nachdem ich ein bisschen sauber gemacht habe, sehe ich mir den Rest von Noahs Auftritt zusammen mit Kendra und Selene von einem kleinen Balkon in den Kulissen aus an. Aber ich achte darauf, rechtzeitig wieder in der Garderobe zu sein, bevor Noah fertig ist. Ich hoffe, dass wir von dort sofort zum Essen aufbrechen können.

Meine Stimmung steigt, als ich ihn hereinkommen sehe. Seine Wangen sind gerötet, aber er strahlt übers ganze Gesicht. Dean folgt ihm auf den Fersen, zusammen mit einem Mann und einer Frau, die ich nicht erkenne. Keiner von beiden ist für ein Rockkonzert passend gekleidet. In ihren perfekt zueinanderpassenden grauen Hosenanzügen und mit gestärkter weißer Bluse und Hemd sehen sie aus wie bereit für eine Sitzung, nicht für den Backstage-Bereich.

»Hier chille ich vor und nach der Show.« Noah deutet um sich und vergräbt dann die Hände tief in den Taschen seiner Jeans. Seltsamerweise wirkt er nervös. Normalerweise platzt er nach einem Auftritt fast vor Selbstvertrauen, also frage ich mich, wer diese Leute sein mögen.

»Oh prima, das ist ja prima«, tönt der Mann.

Die Frau versucht zu kaschieren, dass sie unwillkürlich die Nase gerümpft hat. Ich muss lachen – an den Geruch verschwitzter Musiker habe ich mich inzwischen schon gewöhnt.

Mein Kichern erregt ihre Aufmerksamkeit. »Wer ist das?«, fragt die Frau und mustert mich. Es ist offensichtlich, dass sie glaubt, ich würde nicht hierhergehören. »Hast du bei einem Preisausschreiben gewonnen, dass du hier sein darfst, Kleines?«

»Äh, nein, das ist Penny. Sie ist meine –«

»Sie ist eine Freundin«, mischt Dean sich ein und zieht alle in einen Kreis zusammen. Mit den Rücken zu mir. Noahs Gesicht kann ich noch sehen, aber er bemüht sich, meinem Blick auszuweichen.

Mir dreht sich der Magen um. Was soll das?

»Also, Noah – Alicia und Patrick haben sich gefragt, ob sie heute Abend mit uns Essen gehen können. Nur um ein paar Einzelheiten des Vertrags mit Sony noch mal durchzugehen, wenn das für dich okay ist.« Deans Stimme ist so weich wie Seide.

Jetzt verstehe ich langsam. Das sind also hohe Tiere vom Musiklabel.

Endlich schaut Noah zu mir. Die Augen voller Schuld. Dann sieht er wieder Dean, Alicia und Patrick an.

Bitte, sag Nein, bitte, sag Nein, flehe ich stumm, obwohl ich schon sehen kann, dass die Sache gelaufen ist.

»Ja, klar, das wäre super!«, antwortet Noah und schafft es sogar zu lächeln. »Ich freue mich darauf. Es ist wirklich sehr nett von Ihnen beiden, für den heutigen Abend herzufliegen, um mich zu sehen. Ich weiß, dass sie total beschäftigt sein müssen.«

Ich fühle mich mit einem Schlag elend. Jetzt bin ich diejenige, die Noah nicht ansehen kann. Stattdessen zupfe ich wütend an dem losen Faden eines Kissens auf dem Sofa. Warum hat er mich nicht als seine Freundin vorgestellt? Ich glaube, in meinem ganzen Leben habe ich mich noch nie so unsichtbar und unbehaglich gefühlt. Ich schaue nicht mal auf, als sie zusammen das Zimmer verlassen, und ich höre, wie die Tür ins Schloss fällt.

Ich bekomme Gänsehaut, obwohl es hier drin eigentlich warm ist. Dann spüre ich, wie das Sofa neben mir nach unten sackt. – Zu meiner Überraschung ist Noah dageblieben.

Er greift nach meiner Hand. »Tut mir leid, Pen–«

Ich lasse ihn nicht ausreden. »Ist okay, ehrlich. Du tust, was du tun musst. Es ist doch toll, dass sie extra gekommen sind, um dich zu sehen.« Ich lächele und hoffe, man sieht nicht, wie gezwungen das ist.

Seine Augen suchen in meinem Gesicht nach Sprüngen in der Fassade, aber ich lasse mir meine Enttäuschung nicht ansehen. Nicht, bis auch er gegangen ist. Dann merke ich, wie mir Tränen in die Augen steigen. Ich verbeiße sie mir, während ich Kamera und Laptop einpacke, um ins Hotel zurückzukehren.

KAPITEL 28

Es gibt nur einen Menschen, der mir jetzt helfen kann. Zurück in meinem Hotelzimmer skype ich sofort Elliot an. Als er sich meldet, erfasst mich eine Woge der Erleichterung.

»Penny, da hast du aber Glück. Ich wollte gerade mein allabendliches Verwöhnprogramm beginnen, angefangen mit der Nagelpflege.« Auf dem Bildschirm erscheint leicht verpixelt unscharf Elliot, der seine Hände in die Kamera hält.

»Elliot, das ist ein Notfall!«

»Hast du dir endlich die Stadt angesehen?«

»Nein ... aber danke für die Erinnerung.« Ich seufze tief und stütze den Kopf in die Hände.

»Ruhig Blut, Lady P., was ist los?«

Ich beiße mir auf die Unterlippe. Wo soll ich anfangen? »Weißt du, bislang konnte ich noch so gut wie keine Zeit allein mit Noah verbringen – weil er entweder schläft, auftritt oder mit der Band abhängt. Na, und heute hatten wir vor, zum Abendessen auszugehen, aber zwei Leute von seinem Plattenlabel sind extra aus Los Angeles eingeflogen, und dann ist er stattdessen mit ihnen losgezogen.«

»Also, das ist ja ein starkes Stück …«

»So meine ich das nicht. Ich habe verstanden, dass er die Leute von seinem Label treffen muss. Aber … es war so merkwürdig. Ich war auch mit ihnen im Raum, doch er hat mich nicht einmal als seine Freundin vorgestellt. Ich glaube, ich bin eine amtliche GUC.«

»GUC?«, fragt Elliot.

»Girlfriend Under Cover«, erkläre ich. »Es war, als sei ich ihm peinlich oder als schäme er sich meiner.«

Elliot blickt finster. »Das passt gar nicht zu Noah. Das ist so ganz und gar nicht cool. Ich wäre an deiner Stelle mitgegangen und hätte mir allein schon aus Prinzip einen Stuhl an den Tisch gerückt.«

Trotz allem kichere ich. Denn Elliot hätte das wirklich gemacht. Er geniert sich für absolut nichts.

Doch sogar mit Elliot zu lachen, macht mich traurig. Es zeigt mir nur, wie weit weg er ist, denn alles, was ich mir gerade wünsche, ist, zurück in Brighton zu sein und wie immer mit ihm in meinem Zimmer zu plaudern. Ich ziehe meine Knie bis ans Kinn und lege die Arme um meine Beine. »Vielleicht ist Noah nur erschöpft. Vielleicht stand er unter Schock, weil diese Leute aus dem Nichts aufgetaucht sind? Natürlich konnte er nicht Nein sagen zu dem Abendessen mit ihnen, oder? Ich muss vielleicht aufhören, da so viel hineinzuinterpretieren.«

Elliot seufzt tief.

»Das sind eine Menge Vielleichts, Penny. Du hast da nichts falsch gemacht. Vergiss nicht, er hat *dich* zu dieser Tour eingeladen. Er hat gesagt, dass ihr in jeder Stadt Magical Mystery Days verbringen werdet. Er hat gesagt, es würde nicht stressig werden, weil es seine erste Tournee und das Team großartig ist. Er meinte, er hätte so viel geprobt, dass er zwischen den Auftritten nicht allzu viel üben müsste. Er wollte dich dabeihaben – es war nicht andersherum. Es ist völlig okay, enttäuscht zu sein.«

»Aber er hat nicht erkannt, wie viel zu tun sein würde mit der Presse ... Und dass Leute einfach zum Abendessen auftauchen, ist nicht seine Schuld. Es muss schwer für ihn sein, das alles zu tun.« Dann schüttele ich den Kopf. »Es kommt mir bloß so vor, dass ich ebenso gut nicht hier sein könnte ...«

»Das überzeugt mich nicht, P. Mir erscheint das alles ein bisschen unfair. Denk einfach immer daran, kein anderer Mann wird dich je so lieben wie ich.« Er wirft mir eine Kusshand zu und lacht.

»Auch wenn ich dich ebenso liebe, ist dir schon klar, dass mich das nicht wirklich beruhigt.«

»Oh, pscht! Mach einfach weiter mit den Dingen, die du tun wolltest, wenn du auf Reisen bist. GEH NACH DRAUSSEN, LADY. Und nimm deine Kamera mit.«

Er hat recht. Noah ist beschäftigt – es gibt nichts, was ich dagegen tun kann – aber statt mir selbst auf Skype leidzutun, sollte ich draußen etwas unternehmen und diese wunderschöne Stadt entdecken. »Ich werde einen Magical Mystery Day erleben«, erkläre ich, »und wenn ich ihn ganz alleine mache.«

»Das nenne ich Begeisterung«, sagt Elliot, aber aus irgendeinem Grund wirkt er nicht sehr begeistert. Ich schlage die Hände vors Gesicht. Und zwar so heftig, dass zu befürchten ist, mir werden davon rote Flecken zurückbleiben. Ich bin so egozentrisch – *mal wieder* –, dass ich Elliot noch nicht einmal gefragt habe, wie es *ihm* geht.

Nachdem ich mich in aller Form bei ihm entschuldigt habe, strahlt Elliot. »Bei mir läuft es großartig. Das Praktikum ist sensationell, auch wenn ich jeden Tag nach London pendeln muss. Ich kann es nicht erwarten, endlich dort zu leben. Ich bin ein Großstadtlichter- und Metropolen-Typ, definitiv!«

Er ist so glücklich, dass er auf seinem Stuhl fast auf und ab hopst – doch bei dem Gedanken, dass er Brighton verlässt, dreht es mir den Magen um. Eine weitere Erinnerung daran, wie sich die Dinge bald ändern werden, egal wie sehr ich mir wünsche, dass alles für immer so bleibt, wie es ist.

»Das ist fantastisch, Wiki!« Ich schaffe es, meine Traurigkeit zu verbergen, und lächle Elliot zu.

»Und mit Alex läuft es toll. Ich war mit ihm bei diesem Rugby-Spiel ... und habe es genossen!«

»Ach, nee! Das freut mich so für dich. Du wirst dich noch zu einem richtigen Sportfan entwickeln.«

Elliot verzieht das Gesicht. »Das glaube ich nicht. Aber Alex und ich haben auf YouTube Noahs Auftritt in Berlin gesehen. Es war so süß, wie er dich vor *Autumn Girl* vor allen Leuten erwähnt hat! Ich wünschte, ich könnte meinem Freund auch in aller Öffentlichkeit große, romantische Liebeserklärungen machen.«

»Elliot ...«

»Ich weiß, ich weiß. Ich beschwere mich nicht! Ich will, dass er sich erst dann vor allen zu mir bekennt, wenn er sich sicher ist. Ich hoffe nur, ich kann ihm dieses Selbstvertrauen geben. Das ist dumm, ich weiß.« Am liebsten möchte ich Elliot jetzt fest umarmen und ihm sagen, dass er sich um Alex nicht sorgen braucht – es wird alles gut werden. Sie sind wie füreinander geschaffen. So perfekt zusammen. »Also, wohin geht es als Nächstes, du Weltenbummlerin? Dir stehen wieder lange Stunden im Höllenbus bevor, nicht wahr?«

»Rom! Und, nein – wir fliegen.«

»Du glückliche *Signorina.*« Eine Gesprächspause entsteht und Elliot und ich blicken uns auf dem Bildschirm bloß an.

Das Grün seiner Augen wird durch den lilafarbenen Rand seiner Brille verstärkt, und sie beginnen, sich mit Tränen zu füllen. »Ich vermisse dich«, seufzt er.

Ich kann nicht verhindern, dass auch meine Augen feucht werden. »Ich vermisse dich genauso.«

Wir beide umarmen unsere Bildschirme, dann zählen wir bis drei und legen gleichzeitig auf.

KAPITEL 29

Überraschenderweise ist der Flug am späten Nachmittag von München nach Rom sogar ganz angenehm. Blake und die anderen Jungs sitzen weiter hinten im Flugzeug, sodass Noah und ich ein wenig Zeit für uns haben. In Mums Strickjacke gewickelt und an Noah gekuschelt, schaffe ich es, meine Flugangst in Schach zu halten, auch wenn ich beim Start nach Noahs Hand gegriffen habe. Während des Flugs sprechen wir über die Musikindustrie und diskutieren, wer wohl die größte Rockband aller Zeiten ist. Ich glaube nicht, dass Noah versteht, warum meine Wahl auf Journey fällt, aber ich kann es nicht ändern: Ich liebe *Don't Stop Believin'*. Er mag Pink Floyd und ist schockiert, dass ich die nicht kenne. Er gibt mir seine Kopfhörer und spielt mir *Wish You Were Here* auf seinem iPad vor. Ich gebe zu, mein Musikwissen weiter ausbauen zu müssen.

Als wir aus dem Flughafen treten, spüre ich eine warme Brise auf meinem Gesicht. So viele Leute haben mir erzählt, wie wunderschön Rom ist, und ich bin sehr aufgeregt, auf italienischem Boden zu stehen. Heute Abend gibt es keinen Auftritt, und der morgige Tag ist ganz frei, um mit Noah die Stadt zu entdecken. Meine Aufregung steigert sich noch mehr, als wir zum Hotel gefahren werden. Rom ist wirklich spektakulär, selbst hinter den getönten Scheiben des Busses.

Als wir schließlich im Hotel sind, wirft sich Noah auf mein Bett. »Weißt du, ich habe es heute genossen, einfach mit dir über alles und nichts zu reden.«

»Ich weiß, was du meinst. Das ist wie zu Beginn in New York, bevor irgendjemand etwas von Noah und Penny wusste.«

Als wir nebeneinanderliegen, nimmt er mein Gesicht in seine Hände und küsst mich. Es ist die Art von Kuss, der mich bis in mein Innerstes berührt, und ich fühle mich, als müsste ich als Nächstes eventuell vom Boden aufgekratzt werden, weil ich zu Gelee geworden bin. Noah küsst fantastisch. Nicht dass ich vorher schon so viele Küsse bekommen hätte, um das wirklich vergleichen zu können, aber Noah kommt mir einfach so reif und erwachsen vor. Mit ihm ist Küssen nicht peinlich oder unangenehm – sondern einfach perfekt.

Noah ist erschöpft, also bestellen wir etwas beim Zimmerservice und schauen einen Film, um zu entspannen. Es dauert nicht lange, und Noah schläft ein, sein Kopf liegt in meinem Schoß.

Als der Film zu Ende ist, bin ich versucht, Noah einfach weiterschlummern zu lassen, aber mein unter ihm eingeklemmter Arm ist eingeschlafen und kribbelt. Als ich mich bewege, um ihn zu befreien, wacht Noah auf.

»Oh, wie spät ist es?«, fragt er schlaftrunken. »Ist der

Film schon vorbei?« Er setzt sich auf, sein Haar klebt platt an einer Kopfseite. Ich muss lachen.

Er wirft mit einem Kissen nach mir, dann streckt er sich und gähnt. »Ich sehe dich morgen früh, Prinzessin Penny.«

Er springt vom Bett und geht zur Tür. Alle diese Zimmer gleichen sich irgendwie, und das aufregend Neue daran, in einem Hotel zu sein, nutzt sich schnell ab.

»Möchtest du nicht bei mir bleiben? Bitte! Wie in Berlin.« Ich lächele ihn süß an.

»Du kennst die Regeln, Penny. Diese Nacht war eine einmalige Sache. Deine Eltern wären nicht begeistert, wenn ich das täte – und Dean würde mich umbringen. Getrennte Schlafzimmer waren eine Bedingung, damit du mitkommen konntest.«

»Meine Eltern sind so nervig und altmodisch«, schnaube ich.

»Sie passen bloß gut auf ihr kleines Mädchen auf.«

»KLEIN? Ich bin bereits sechzehn! Ich wage mich ohne sie in fremde Länder –«

»Du wirst immer ihr kleines Mädchen bleiben, Penny. Und das weißt du auch. Wir sehen uns morgen früh um neun unten. Ich liebe dich.« Er wirft mir eine Kusshand zu und verschwindet.

Den Rest des Abends lenke ich mich ab. Ich nehme ein langes Vollbad, checke ein paar meiner Lieblingsfotografen auf Instagram, genauso wie die Hashtags zu Rom und ihre Empfehlungen für eine Stadterkundung. Ich denke darüber nach, einen Instagram-Account für Girl Online zu eröffnen – vielleicht ist ohne Wörter alles leichter? –, aber gerade noch rechtzeitig schrillen meine inneren Alarmglocken.

Nie mehr online, Penny …

Also mache ich stattdessen das Licht aus und schlüpfe unter die Decke. Meine Gedanken kreisen um Filter, Fotos und all die Köstlichkeiten, die Rom bereithält, und dann schlafe ich ein.

Am nächsten Morgen packe ich meine Kamera ein und gehe nach unten in die Lobby des Hotels. Noah ist nicht da. Ein beunruhigender Zweifel nagt an mir, und ich bete, dass sich die Situation in Berlin nicht wiederholt.

»Penny.« Noah taucht neben mir auf, allerdings sichtlich weniger begeistert als ich. Man könnte sogar sagen, er blickt finster drein. »Ich kann heute doch nicht. Dean will, dass ich einen Presseausflug mache, und jetzt ist die einzige Gelegenheit dazu.«

Ich versuche, ruhig zu bleiben, aber ich spüre die Wut in mir aufsteigen, und mein Gesicht brennt. »Okay«, schaffe ich durch zusammengebissene Zähne zu sagen.

»Es tut mir leid. Bist du sauer?« Er versucht, meine Hand zu ergreifen, aber ich ziehe sie ihm weg.

»Nein, wirklich, mir geht es gut«, erkläre ich. Ich spiele mit dem Riemen meiner Tasche und überlege verzweifelt, wie ich aus dieser Situation herauskomme, bevor ich wie eine Blase glühender Lava explodiere.

»Oh, na dann ist ja gut. Ich bin froh, dass du es so cool aufnimmst«, sagt Noah und lächelt mich an.

Doch da kann ich mich nicht mehr beherrschen und platze wie eine Leitung bei einem Wasserrohrbruch.

»NEIN, NOAH. MIR GEHT ES NICHT GUT. LOGISCH GEHT ES MIR NICHT GUT.«

»Aber du hast doch eben gesagt, dass –«

»MÄDCHEN SAGEN IMMER, ES GEHT IHNEN GUT, ABER DU SOLLTEST IN DER LAGE SEIN, ZU ERKENNEN, DASS ES MIR NICHT GUT GEHT. SO MACHEN DAS NÄMLICH FREUNDE! Und weißt du, was sie noch machen? Sie lassen ihre Freundinnen nicht bei jeder sich bietenden Gelegenheit im Stich.« Meine Stimme klingt schrill und piepsig zugleich, aber ich kann trotzdem nicht aufhören. »Ja, das hier ist jetzt eine Riesensache und vielleicht erschreckend für dich, aber für mich ist es auch eine Riesensache und erschreckend. Ich opfere einen großen Teil meiner Sommerferien, um hier bei dir zu sein, weil du gesagt hast, wir würden Zeit haben, diese Sache miteinander zu erleben, Noah. Du hast es mir sogar versprochen. Ich springe hier für dich durch brennende Reifen und das ist anstrengend. Ich fühle mich wie ein Stück deines Equipments, das nur von einem Veranstaltungsort zum nächsten geschleppt wird.«

An dieser Stelle klappt Noahs Kiefer runter und jeder in der Lobby hat sich inzwischen zu uns umgedreht.

Ich versuche, meine Stimme zu mäßigen, aber meine Wut kommt immer noch genauso laut aus meinem Mund. »Ich bin *kein* Teil deines Equipments, Noah. Ich bin hier, und ich will das gemeinsam mit dir erleben, und ich will wenigstens *einen* Tag mit dir, an dem wir die eine Sache machen können, von der du gesagt hast, dass wir sie machen würden.« Nach Luft ringend stehe ich da und warte auf eine Antwort von Noah, aber stattdessen dreht er sich einfach um und verlässt das Hotel.

Meine Füße sind wie am Boden festgeklebt, und ich spüre, wie mir eine dicke Träne über die Wange rinnt, als ich sehe, wie Noah in ein Taxi springt und wegfährt. Neugierige Blicke beobachten mich aus jeder Ecke der Lobby. Doch ohne genauer hinzusehen, recke ich meinen Kopf und stolziere zum Fahrstuhl. Als sich seine Türen vor mir öffnen, gehe ich selbstbewusst hinein. Dann stehe ich darin, sehe noch, wie die Türen sich schließen, und dann … Dann breche ich in schier unkontrollierbares Weinen aus: Rotz, rotes Gesicht, bebende Brust und alles.

30. Juni

Das Unvermeidliche: Unser erster richtiger Krach

Ich hasse es zu streiten.
(Nein, tue ich nicht.)
Doch – tue ich wirklich. Wirklich!
Ich scheue keine Mühe, wenn es darum geht, Konflikten aus dem Weg zu gehen. Milkshakegate war das erste Mal seit Jahren, dass ich lautstark für mich selbst eingetreten bin. Und auch wenn es sich damals sehr gut angefühlt hat, bin ich trotzdem kein Freund von Streits.
Wenn ich böse werde, zerfalle ich in Stücke. Ich weine.
Und mit Brooklyn Boy streiten?
Das ist praktisch undenkbar!
Wie kann ich mit jemand streiten, den ich so sehr liebe?
Seit wir richtig zusammen sind, sind wir ausschließlich glücklich und sorglos miteinander gewesen.
Ich denke, deshalb war es unvermeidlich, dass unser sanft dahinsegelndes Boot eines Tages auf ein Riff laufen würde.
Heute war dieser Tag.
Stellt euch eine luxuriöse und besonders prachtvolle Hotelhalle in Rom vor: hohe Marmorsäulen und eine Kuppeldecke mit wunderschönen Fresken. Stellt euch die Akustik vor, die das Ganze mit sich bringt. Und jetzt

denkt euch noch eine wütende ein Meter achtundsechzig große Sechzehnjährige mit kastanienbraunen Haaren und ihren coolen, lässigen Rock-Gott-Freund, der charmant aussieht und wie immer leger gekleidet ist, dazu.

Nun stellt euch meine erhobene Stimme vor, die von den Wänden zurückhallt, sodass die Leute in der gesamten Lobby sie hören können. Ich brauche mir das nicht vorzustellen – *ich erinnere mich daran.* Zu diesem Zeitpunkt war mir jedoch der Aufruhr, den ich da machte, egal. Aber gerade dämmert es mir, dass ich irgendwann wieder nach unten und durch diese Halle gehen muss, um das Hotel zu verlassen. Mega-Schauer.

Meine Eltern streiten kaum. Gelegentlich höre ich meinen Bruder mit seiner Freundin zanken, aber da geht es nur um wirklich blöde Dinge, wie »Nein, ich habe gesagt, ich würde dich NACH dem Fußballspiel anrufen«. Ich finde, solche Dinge sind eher Missverständnisse, doch was gerade zwischen mir und Brooklyn Boy vorgefallen ist, war eine riesige Stufe höher als das. Andererseits, kann man es eigentlich tatsächlich Streit nennen, wenn nur einer der Beteiligten rumschreit? Ich meine, der einzige Beitrag von BB bestand darin, heftig zu blinzeln. War ich vielleicht lächerlich?

Alles, was ich weiß, ist, dass Streits manchmal sein müssen, damit die Dinge wieder in Ordnung kommen, und als reife, verantwortungsbewusste Erwachsene, die ich ja bin, werde ich dafür sorgen, *dass* die Dinge wieder in Ordnung kommen. Zeigt mir ein Paar, das nicht über einen einfachen Krach hinweggekommen ist. Das gibt es eigentlich nicht. (Wiki, ich sehe dich.)

Also, für künftige Gelegenheiten hier eine Liste von Dingen, die man bei einem Streit beachten sollte und die ich heute gelernt habe:

1. Streite nie in der Lobby eines Hotels – such dir den passenden Moment und eine geeignete Location aus. Nicht jeder braucht die Ursachen deiner Wut im Detail zu erfahren.
2. Denk dran, dass deine Stimme wahrscheinlich ein wenig lauter klingt, als du es in deinem Kopf hörst.
3. Verharmlose nicht, wie genervt du bist, und behaupte nicht, dass es dir gut geht. Nicht jeder kann Gedanken lesen.
4. Versuche, cool, ruhig und gefasst zu sein. Die Betonung liegt auf *Versuche*, denn vielleicht bist du kurz davor zu explodieren.
5. Wenn dein Freund dich nach deinem Ausbruch ohne ein Wort stehen lässt, bleib nicht zu lange an Ort und Stelle wie einbetoniert stehen. Du wirst dir sonst vorkommen wie ein Idiot und auch so aussehen.
6. Wenn du danach im Fahrstuhl stehst und Rotz und Wasser heulst, denk daran, dass jemand anderes auf einer der Etagen nach oben zusteigen kann. Denn dafür sind Fahrstühle da.
7. Dann zu behaupten, dass du schlimmen Heuschnupfen hast, lässt dich erst recht dumm dastehen. Es ist ziemlich offensichtlich, dass du weinst, also solltest du es akzeptieren und das Taschentuch annehmen, das dir ein Italiener mittleren Alters anbietet.
8. Wenn du einen großen Abgang machst, vergewissere dich, dass du deinen Zimmerschlüssel hast. Nach

alldem wird es lächerlich aussehen, wenn du wieder nach unten an die Rezeption zurückmusst, um einen Ersatzschlüssel ausgehändigt zu bekommen.

9. Wenn du dann allein in deinem Zimmer sitzt, denk nicht ein einziges Mal über die Szene nach.
10. Iss in einem heißen, dampfenden Badezimmer kein Eis – das ist nicht leicht, besonders wenn es mit Lichtgeschwindigkeit schmilzt. Ich bin der Meinung, Salzstangen sind die bessere Alternative.

Dabei will ich es fürs Erste belassen. Es ist zu peinlich, um darüber noch mehr zu schreiben, und nun, da ich das alles schwarz auf weiß vor mir sehe, weiß ich nur zu genau, ich muss mich für meinen viel zu öffentlichen Ausbruch entschuldigen.

Denn in jeder Beziehung gibt es Herausforderungen, die man gemeinsam zu meistern hat. Das Wichtigste ist, stark genug zu sein und zu wissen, dass ein Streit (und sogar ein megagroßer) nicht das Ende bedeuten muss.

Girl Offline … nie mehr online xxx

KAPITEL 30

Nachdem ich mein Blog-Post veröffentlicht habe, klappe ich den Laptop zu und habe das Gefühl, eine Riesenlast sei von meinen Schultern genommen. Es hat schon seinen Grund, warum ich es liebe zu schreiben und meine kleine (private) Ecke des Internets mit Grübeleien und Ratschlägen zu füllen: weil es so eine therapeutische Wirkung hat. Wenn ich Noah das nächste Mal sehe, werde ich mich für mein Verhalten in der Hotellobby entschuldigen, und ich bin zuversichtlich, dass er sich auch bei mir entschuldigen wird. Wir werden das gemeinsam hinkriegen.

Ich schaue aus dem kleinen Fenster neben meinem Bett und entdecke die vielen Menschen, die da unten im strahlenden Sonnenschein vorbeilaufen.

Ich bin in Rom.

Rom.

Eine Stadt, die zu besuchen ich mir immer erträumt habe. Die Heimatstadt von Michelangelo, Raphael und Sophia Loren! Ich kann hier rumsitzen und für den Rest des Tages über unseren Streit grübeln. Oder ich kann das Beste aus Rom machen und den Kopf freikriegen – selbst wenn ich das allein tun muss. Ich habe schon Elliots Stimme im Hinterkopf, der schreit, ich soll losziehen und die Stadt erkunden. Diesmal werde ich auf ihn hören.

Ich rolle vom Bett und schleppe mich vor den Spiegel. Ich bin in mitleiderregendem Zustand. Mit einem Papiertuch wische ich mir die Schminke unter den Augen ab, dann durchzuckt mich ein Ozean-Stark-Moment voller Selbstvertrauen. *Es gibt nichts, was eine überdimensionale Sonnenbrille nicht verbergen könnte,* sage ich mir. Dann drehe ich meine Haare nachlässig zu einem Knoten auf, schnappe mir meine Tasche (diesmal passe ich auf, dass mein Zimmerschlüssel drin ist) und rausche zur Tür hinaus, bevor ich es mir noch mal anders überlegen kann. Draußen laufe ich an Larry vorbei.

»Penny? Wo willst du denn hin?« Er verzieht besorgt das Gesicht.

»Raus, Larry. Ich gehe raus. Wenn ich noch länger in meinem Hotelzimmer sitze und die Wände anstarre, werde ich verrückt.«

»Lass mich dich begleiten. Was, wenn du dich verläufst? Hast du einen Stadtplan?«

Einen Stadtplan? Daran hatte ich überhaupt nicht gedacht. Meine innere Ozean Stark zögert verunsichert, aber ich sage ihr, sie soll sich zusammenreißen. Ich schüttele den Kopf. »Ehrlich, ich werde schon klarkommen. Wenn ich mich verlaufe, kann ich dich ja anrufen oder in ein Taxi steigen und mich hierherbringen lassen. Ich bin doch schon groß, Larry.« Ich lächele ihn an und gehe weiter den Flur entlang.

»Nimm wenigstens das hier mit«, ruft Larry mir nach

und holt einen ramponierten Romführer aus seiner Jackentasche. Als ich daraufhin fragend die Augenbrauen hochziehe, zuckt er mit den Schultern und brummt: »Ich bin eben gern vorbereitet. Mach's dir nett, ja? Mein Vorschlag lautet, so viel Pizza und Gelato zu essen, wie du nur kannst. Es gibt kein Problem, das Kohlenhydrate und Zucker nicht lösen könnten.«

Unter der riesigen Kuppel des Pantheons schicke ich Larry in Gedanken ein geflüstertes Dankeschön für seinen Reiseführer. Ohne den hätte ich keine der Sehenswürdigkeiten gefunden. Dabei ist Rom atemberaubend schön. Hinter jeder Ecke scheint sich irgendwas Magisches zu befinden. Kaum habe ich das Hotel verlassen, könnte ich mir die Kamera auch gleich ins Gesicht kleben. Ich wandere über Kopfsteinpflasterstraßen und glaube, die richtige Richtung einzuschlagen. Als ich zum dritten Mal beim selben Brunnen rauskomme, beschließe ich, auf meinen Stolz zu pfeifen und Larrys Reiseführer zu benutzen. So finde ich schließlich auch den Weg zum Pantheon. Es ist voller Touristen, aber uns alle erfasst beim Betreten dieses riesigen Bauwerks, das wie eine Oase der Ruhe in dem Gewimmel auf den Straßen rundherum ist, die gleiche heilige Ehrfurcht.

Vom Pantheon nehme ich den Touristenpfad zum Kolosseum. Auf einer Bank im Park davor esse ich ein riesiges Stück Pizza. Das Ganze ist so unwirklich: Ich fühle mich wie in den Seiten eines Geschichtsbuchs oder vielleicht in einer Fernsehsendung. Ich versuche, mir vorzustellen, wie es gewesen sein muss, das Kolosseum als

Zuschauer zu betreten und die Gladiatoren in die Arena kommen zu sehen oder vielleicht die dramatische Nachstellung einer Seeschlacht. Da dürfte es ein bisschen anders zugegangen sein als bei den Konzerten, die ich bisher besucht habe. Obwohl, einige der Fans bei Noahs Auftritten benehmen sich so fanatisch, dass sie eventuell tatsächlich auf sein Blut aus sind.

Die Illusion ist auf einen Schlag weg, als ich von einer Horde Italienerinnen in ihrem schönsten Sonntagsstaat umgeben bin. Während sie auf Italienisch durcheinanderschnattern und wild gestikulieren, versuche ich, den Grund ihrer Aufregung zu entdecken. Dann sehe ich sie: eine wunderschöne Braut, die mit dem Kolosseum im Hintergrund fotografiert wird. Das ist ja mal ein episches Hochzeitsbild.

Der Bräutigam kommt ins Bild, und beide sehen so glücklich aus, wie sie sich an den Händen halten und für den Fotografen posieren. Ich mache heimlich auch rasch ein Foto, und sei es nur, um es Mum zu zeigen. Bei Hochzeiten muss ich immer an sie denken. Sie fände es herrlich, diese beiden vor einer so großartigen und dramatischen Kulisse zu sehen. Als Nächstes eilt eine Gruppe von Brautjungfern über den Rasen. Alle in langen, pinkfarbenen Kleidern. Sie sind viel auffälliger als die eher traditionellen Brautjungfernkleider, die ich aus England kenne. Auch das ist etwas, das Mum gefallen würde.

Ich merke, wie ich lächele, als ich an das Fotoalbum von Mums und Dads Hochzeit denke. Mum hatte gerade ihre Schauspielkarriere aufgegeben, um sich der Hochzeitsplanung zu verschreiben. Da war es selbstverständlich, dass sie die extravaganteste Hochzeit aller Zeiten feierten. Das von ihnen ausgesuchte Thema war Royal Wedding, was Ende der Achtzigerjahre übertriebenen Prinzessin-Diana-Stil bedeutete – nicht schick und zurückhaltend wie bei Kate Middleton. Unvorstellbar, dass Princess Diana vom Hintern ihrer Schwester ausgestochen worden wäre! Jedes Mal wenn ich ein Foto von Mums Kleid sehe, muss ich kichern. Eigentlich bestand es nur aus Bergen über Bergen von cremefarbenem Satin, besetzt mit haufenweise winzigen Perlen und versehen mit den riesigsten Schulterpolstern, die ich je gesehen habe. Einzeln waren sie fast so groß wie ihr Kopf. Vermutlich kam sie den Mittelgang entlang wie ein riesiger Marshmallow.

Mum erzählt mir immer, dass die Gäste genauso extravagant gekleidet waren. Alle Frauen trugen schultergepolsterte Kostüme mit dazu passenden Hüten. Alle zehn (jawohl, zehn!) Brautjungfern hatten an ihren Kleidern ebenfalls Puffärmel, dazu weiße Handschuhe und frische Dauerwellen. Eigentlich bin ich ziemlich sauer, dass ich ihre Hochzeit verpasst habe, auch wenn ich mich damals noch auf der Himmelswiese befand.

Gute Arbeit war, dass ich alle drei ihrer Ehegelübde-Erneuerungen sicher in meinem Gedächtnis verwahrt habe und ihr dreißigster Hochzeitstag demnächst ansteht. Denn in der Familie Porter ist jede Begründung für eine Riesenfestivität willkommen.

Kaum ist die römische Hochzeitsgesellschaft von dannen gezogen, ist auch schon die nächste zur Stelle. Das geht wie auf einem Hochzeitsfoto-Fließband! Während ich zusehe, wie jedes Brautpaar Aufstellung vor dem

Kolosseum nimmt, muss ich daran denken, wie mein Hochzeitstag wohl sein wird. Mum wird sich ins Zeug legen und daraus die aufregendste Hochzeit machen, die sie je geplant hat. So viel ist sicher.

Meine Lieblingsblumen, also Orchideen, werden überall sein.

Elliot wird meine männliche Brautjungfer abgeben.

Mum und Dad werden mich sicher gemeinsam zum Altar begleiten, links und rechts von mir.

Aber würde Noah derjenige sein, der mich am Ende des Mittelgangs erwartet?

Vor einer Woche hätte ich noch Ja gesagt, aber jetzt bin ich mir da nicht mehr so sicher.

Eine Welle der Traurigkeit erfasst mich, als ich mich wieder an unseren Streit erinnere. Ich fühle mich hin- und hergerissen zwischen schlechtem Gewissen und Wut. Ich weiß einfach nicht, was ich davon halten soll. Tränen steigen mir in die Augen, und ich merke, wie ich rot werde. Ich bin einfach so durcheinander.

Genau um das zu vermeiden, habe ich das Hotel verlassen. Ich stehe entschlossen auf und erschrecke dabei einen Schwarm Tauben, die sich in der Nähe meiner Füße niedergelassen hatten. Einer der Vögel kommt einer der Bräute gefährlich nah und lässt einen Riesenklecks in Richtung ihres strahlend weißen Kleids fallen.

»Achtung!«, schreie ich, auch wenn ich mir nicht sicher bin, ob die italienische Braut mich versteht. Aber ihr Bräutigam begreift und wirft sich kavaliersmäßig dazwischen, um sie vor der Taubenkacke zu beschützen. So schnell ich kann, eile ich davon.

Die Schlange für den Eintritt ins Kolosseum erstreckt sich Hunderte von Meter, sodass ich beschließe, auf die nähere Betrachtung der Arena zu verzichten. Trotzdem empfinde ich Mitleid mit den armen Gladiatoren. Letztes Jahr hatte ich mich wie in eine moderne Form des Kolosseums geworfen gefühlt, wo jeder Internetbesucher seinen Daumen nach oben oder unten recken konnte, um über mein Schicksal zu entscheiden. War ich für Noah gut genug?

Im Moment bekäme ich wohl abwärtsgerichtete Daumen und würde mit Sicherheit den Löwen zum Fraß vorgeworfen.

Die Vorstellung lässt mich erschauern. Ich beschließe, noch eine berühmte Sehenswürdigkeit zu besuchen, bevor ich ins Hotel zurückmuss: den Trevi-Brunnen. Irgendwie muss ich ihn auf meinem Spaziergang zum Pantheon verpasst haben. Ich suche im Reiseführer nach dem richtigen Weg und mache noch schnell ein Selfie vor dem Kolosseum, das ich Elliot schicken kann, um zu beweisen, dass ich tatsächlich beim Sightseeing war.

Als ich endlich am Brunnen ankomme, bleibt mir vor Staunen der Mund offen stehen. Und zwar nicht, weil er so atemberaubend schön ist (und das ist er), sondern weil dort so viel los ist. Wie Sardinen stehen die Leute dicht gedrängt im Halbkreis und versuchen alle, das perfekte Foto zu machen. Ich denke, dass es am besten ist, noch ein bisschen zu warten, aber gleichzeitig möchte ich auch mein Foto und dann gehen. Schließlich gelingt es mir, ein bisschen näher an die Vorderseite des Brunnens zu kommen, meine Kamera zu zücken und ein Foto zu machen. Doch plötzlich wird mir überdeutlich bewusst, dass die Sonne auf mich herunterbrennt und überall Menschen sind. Ich fange an zu schwitzen. Langsam bewege ich mich vom Brunnen weg und versuche, die Beklemmung abzuschütteln, aber es gelingt mir nicht. Ich fühle mich an der hellen Steinmauer wie in einer Falle, und alles, was ich sehen kann, wenn ich mich umblicke, sind die Gesichter anderer Menschen.

Mein Herz hämmert so heftig, dass es mir vorkommt, als müsste man es von außen sehen können. Meine Kehle wird immer enger und ich kriege nicht mehr richtig Luft. Mit gesenktem Kopf renne ich vom Brunnen weg, stoße jeden, der mir in die Quere kommt, mit meiner Kamera beiseite und fotografiere die ganze Zeit weiter. Wundersamerweise finde ich in der Nähe eine Bank, auf der niemand sitzt, lege mich darauf und starre in den Himmel. Ich kann kaum eine Wolke sehen, aber ich konzentriere mich darauf, noch den schwächsten weißen Hauch als Wolke zu zählen. Ich konzentriere mich auf meine Atmung, hole tief Luft und atme ganz langsam wieder aus. In diesem Zustand ist mir egal, ob jemand mich sieht. Ich muss mich einfach nur beruhigen.

Als mein Atem wieder normal geht, schaue ich mir die Fotos an, die ich beim Rennen durch die Menge gemacht habe, und lösche sie, um Platz auf der Speicherkarte zu schaffen. Aber dann fällt mir ein Gesicht auf: ein Mädchen mit einem leuchtend roten Schal. Ihr dunkles Haar ist zu einem perfekten kinnlangen Bob frisiert, aber ihre Miene hat etwas Vertrautes. Ich zoome sie näher heran, aber das winzige Display lässt nicht viel erkennen.

Ich schaue hoch und suche die Menge nach diesem Mädchen ab. Als ich sie entdecke, geht sie bereits mit großen Schritten vom Brunnen weg, dabei flattert der Schal wie eine Fahne hinter ihr her. *Das kann doch nicht sein ... oder doch?*

Ich springe von der Bank auf und renne los, um sie einzuholen. Als ich nah genug bin, strecke ich die Hand aus und berühre ihren Arm.

»Leah?«, sage ich. »Bist du das?«

KAPITEL 31

Als sie sich umdreht, sehe ich einen Moment lang Panik in Leahs Gesicht. Ein Mann hinter mir brüllt: »Hey, bleiben Sie sofort stehen!«

Ihr panischer Ausdruck wird zu einem warmen Lächeln, als sie mich erkennt. »Penny! Gott sei Dank, du bist das.« Sie schaut über meine Schulter zu dem Mann hinter mir. »Ist okay, Callum, bleib stehen – es ist bloß Penny Porter, die Freundin von Noah Flynn.«

Sie zieht mich zu einer Bank in der Nähe und wir setzen uns. Ihr Bodyguard steht direkt neben uns. Leah blickt zu ihm hoch. »Alles gut, Callum. Du kannst dir was zu trinken holen oder so. Mir geht es gut mit Penny.«

Er zögert einen Augenblick, schaut von Leah zu mir und wieder zurück, dann nickt er.

»Ich habe dich fast nicht erkannt«, sage ich, als er fort ist.

»Na, darum geht es ja, wenn man sich tarnt, Dummerchen. Du hast aber gute Augen!« Sie lehnt sich auf der Bank zurück, sodass ihr Gesicht vollständig von der Sonne angestrahlt wird. Sie trägt eine Perücke und hat ihre langhaarige, blonde Hollywood-Frisur unter einem brünetten kinnlangen Bob versteckt. Sie trägt grell pinkfarbenen Lippenstift, der über ihre Lippen hinausgemalt ist und ihren natürlichen Schmollmund verändert. Komplettiert wird der Look durch eine billige Sonnenbrille, wie man sie in einem 1-Euro-Laden kaufen kann. Sie ist fast nicht als der Popstar zu identifizieren, den ich kenne. Aber eben nur fast.

»Ist Rom nicht fantastisch?«, sprudelt es aus ihr heraus. »Hast du schon das Gelato probiert? Im Ernst, es ist anders als alles andere auf der Welt. Pinkberry in Los Angeles kann da nicht mithalten. Ich gebe nicht oft dem Verlangen nach Süßigkeiten nach, aber bei Gelato werde ich immer schwach.«

Ich schüttele den Kopf. »Bis jetzt noch nicht. Um ehrlich zu sein, weiß ich nicht so genau, wohin ich gehe. Die meiste Zeit folge ich den anderen Touristen oder versuche mit mäßigem Erfolg, mich an der Karte in diesem abgenutzten Reiseführer zu orientieren.« Wir lachen beide und es fühlt sich merkwürdig normal und ziemlich nett an.

»Okay, also dann folge mir«, sagt Leah. »Ich kenne die absolut *beste* Gelateria und die wirst du in keinem Reiseführer finden.«

Ich kann mir schon Toms Gesicht vorstellen, wenn ich ihm erzähle, dass mich in Rom Leah Brown gerettet und zum Eisessen ausgeführt hat. Er mag total auf Dubstep und Electronica stehen, aber ich habe ihn mehr als einmal dabei erwischt, wie er verträumt Bilder von Leah Brown betrachtete. »Und wenn wir schnell sind, kann ich außerdem Callum abschütteln.« Sie zwinkert mir zu, nimmt meine Hand und führt mich durch die engen Gassen Roms.

Es ist verrückt, hier mit Leah herumzuspazieren. Natürlich sieht sie nicht aus wie Leah, doch da ist immer noch etwas in ihrer selbstbewussten und gelassenen Haltung, das eindeutig die Körpersprache von Leah Brown spricht. Das ist eben kein Look, den sie so einfach ablegen kann.

Schließlich erreichen wir einen großen Platz und ich jauchze vor Freude. Überall sitzen Straßenkünstler mit ihren Staffeleien, Maler verkaufen ihre Werke und zeichnen Portraits von Passanten. An den Enden des Platzes stehen Brunnen und riesige Säulen, die in den Himmel ragen. Das ist Postkarten-Rom.

»Die Piazza Navona«, erklärt Leah kichernd wegen meines verblüfften Gesichtsausdrucks. »Los komm, hier gibt es das Gelato.« Sie zieht mich in einen winzigen Laden, der vollkommen anders aussieht als alle anderen Eisdielen, die ich je gesehen habe. Statt großer, weicher Berge von Eiscreme, befindet sich das Gelato in runden Metallbehältern, die fast bis auf den Boden leer gekratzt sind – ein sicheres Zeichen von Beliebtheit.

»Das hier ist zum Unfallen. Es ist Pistazie«, sagt Leah und deutet auf einen der runden Behälter. »Definitiv eine Lieblingssorte von mir.« Sie bestellt eine Portion davon in einem Becher. Als ihr die unwirsche Bedienung ihre Bestellung reicht, befördert sie mit ihrem kleinen Plastiklöffel sofort eine große Ladung davon in ihren Mund und gibt zufriedene Laute von sich. »Hmmmmm. Der Trick ist, ein Pistazieneis zu finden, das nicht allzu grün ist. Denn das bedeutet, dass es aus echten Zutaten hergestellt wird – nichts Künstliches. Was möchtest du?«

»Oh, *gelato alla fragola*«, wage ich, halb zu Leah und halb zu dem Mann hinter dem Verkaufstresen, den bescheidenen Versuch, Italienisch zu sprechen. Mit dem Gelato in der Hand gehen wir zurück auf den Platz, setzen uns auf den Rand eines der Brunnen und beobachten die vorüberflanierenden Menschen und die Künstler bei ihrer Arbeit. Es ist erstaunlich, dass niemand Leah erkennt. Doch dann stelle ich fest, dass etwas an ihr wirklich anders ist als sonst: Sie wirkt so entspannt.

»Darf ich ein Foto von dir machen?«, frage ich ein wenig überraschend.

Leah blickt mich stirnrunzelnd und verwundert an.

»Ich werde es nirgendwo veröffentlichen«, füge ich rasch hinzu. »Du wirkst bloß so hübsch und entspannt, und die Sonne fällt so toll auf die alten Gebäude – das Licht ist einfach perfekt.«

Zu meiner Erleichterung lächelt sie. »Klar.«

Ich stelle mein Gelato ab und gehe ein paar Schritte zurück. Auf beiden Seiten von ihr befinden sich Leute, die mit sich selbst beschäftigt sind, aber das Licht trifft Leah so ausgezeichnet, dass es aussieht, als wäre sie von einem warmen, goldenen Feuerschein umgeben. Als wäre es ihre Aura.

Ich kann verstehen, warum mein Bruder und so viele andere von ihr so hingerissen sind. Sie ist wunderschön. Hinter ihr, mitten im Brunnen, steht eine kunstvolle Statue, rundherum Figuren, die Wasser speien. *Überleg dir eine alternative Perspektive*, denke ich und erinnere mich an meine Abschlussarbeit. Leah, die normalerweise mehr mit der Statue gemeinsam hätte – nämlich das Kunstvolle und Unnahbare, etwas, zu dem aufgeschaut und das bewundert wird, das aber nicht Teil des wahren Lebens ist –, sitzt auf einmal mitten drin, wie ein ganz normaler Mensch.

Ich schaue mir das Foto auf dem Display an und bin erfreut über den Effekt. Ich schieße noch einige weitere und Leahs natürliches Strahlen und ihr angeborenes Talent zu posieren entfalten sich mit ganzer Kraft. Ich zeige Leah ein paar der Vorschaubilder auf dem Bildschirm der Kamera, aber ich kann jetzt schon sagen, dass sie größer noch viel besser aussehen werden. Leah gibt einen bewundernden Laut von sich.

»Würdest du von deinen Bildern Abzüge verkaufen?« Leah deutet in Richtung der Stände der Künstler, während ich meine Kamera wieder wegpacke.

»Oh, ich weiß nicht. Ich bin nicht sicher, ob sie gut genug sind.«

»Mach dich nicht lächerlich – ernsthaft, du bist begabt. Ist es das, was du werden willst, wenn du mit der Schule fertig bist? Fotografin?«

Ich zucke mit den Schultern. »Ich weiß es bis jetzt noch nicht wirklich. Wahrscheinlich hängt das von meinen GCSE-Abschlussnoten ab und davon, wie ich mich auf dem College so anstelle. Ich bin einfach nicht sicher, ob das ein richtiger Beruf ist. Ich hatte immer gedacht, in diesem Alter wüsste ich schon, was ich mal machen will.«

»Was zum Himmel ist GCSE?«, fragt sie. »Ein Examen oder so was in Großbritannien?«

»Ja ... Und es ist ganz schön wichtig.«

»Also, ein Examen ist ein Examen, aber dein Talent bleibt für immer! Und selbstverständlich ist Fotografin ein Beruf. Bestimmt bewunderst du auch einige berühmte Fotografen, oder? Alles ist möglich, wenn du nur wirklich an dich glaubst, so abgedroschen das auch klingen mag. Ich glaube, das ist sogar eine Liedzeile von mir, aber ich singe das aus gutem Grund.« Sie lacht über sich selbst. »Deine Ziele müssen höhergesteckt sein, als du glaubst, es schaffen zu können.«

Leah widmet sich wieder ihrem Gelato, und wir schweigen beide, während ich darüber nachdenke, was sie gerade gesagt hat. Sie hat recht: Ich werde niemals vorankommen, wenn ich es nicht endlich versuche. Und ich werde mich richtig reinhängen müssen, wenn ich erfolgreich sein will.

»Leah? Kurze Frage.« Ich habe mein Gelato aufgegessen und wische mir mit einer Serviette die Finger ab. »Wie kommst du damit klar, so unglaublich berühmt zu sein?« Um mich davon abzulenken, dass ich ihr so eine direkte Frage stelle, lache ich leise.

Leah lacht mit mir, aber ich nehme dahinter eine gewisse Ernsthaftigkeit, fast eine gewisse Schwere wahr. »Natürlich ist das etwas, woran man sich gewöhnen muss. Deshalb – schau, ich hoffe, du verstehst mich richtig –, deshalb mache ich mir auch Sorgen um dich und Noah. Die Musikindustrie kaut dich durch und spuckt dich wieder aus, wenn du nicht vorbereitet bist, besonders wenn du in der zweiten Reihe stehst. Sie blickt mich stirnrunzelnd und betrübt an. »Ich gehe davon aus, dass du deshalb auch allein hier unterwegs bist?«

Ich nicke. »Wir hatten diesen Riesenkrach –«

»In der Lobby? Ja, habe ich gehört.«

»Hast du?« Ich will, dass der Brunnen mich sofort vollständig verschluckt.

»Also, ich habe nicht den Streit mitangehört, aber ich habe *davon* gehört. So etwas spricht sich schnell rum, glaube ich. Ich möchte nicht, dass du dich unwohl fühlst, Penny. Ganz ehrlich, ich will nicht, dass du von diesem irren Wirbelwind eingesaugt wirst. Du bist wirklich ein großartiges Mädchen mit einem so echten, individuellen Talent, und es passiert so leicht, sich in alldem hier zu verlieren. Ehe du dich versiehst, folgst du dem Traum eines anderen, aber nicht deinem eigenen.«

Ich denke an die Tour bis jetzt und wie ich mich nach jeder Station immer weniger inspiriert gefühlt habe, *ich* wurde immer weniger und immer mehr zu einem Teil des Equipments. Wie konnte ich nur mit dem Etikett »Noahs Freundin« zufrieden sein? Nun war ich mir nicht mehr sicher, ob das genug ist. Welches Etikett aber wollte *ich* denn?

»Ich weiß, was du meinst«, sage ich und versuche, meine Stimme so selbstbewusst klingen zu lassen wie möglich. »Aber ich denke, Noah ist da anders. Oder eigentlich, dass er sich anders entwickeln wird. Momentan ist alles neu und aufregend für ihn, aber ich glaube ganz fest daran, dass er immer noch der gleiche Junge ist, den ich Weihnachten kennengelernt habe.«

»Da hast du recht. Noah ist großartig, Penny. Ernsthaft, ich meine das einhundertprozentig. Aber kein Kerl ist es wert, für ihn sein eigenes Leben zu ändern. Einer meiner Exfreunde erklärte mir stets, dass das mit dem Singen bei mir nie was würde, und ich habe ihm geglaubt. Er arbeitete in Manhattan als sehr erfolgreicher Börsenmakler, und ich lebte bei ihm, kümmerte mich darum, dass jeden Abend das Essen auf dem Tisch stand, wenn er nach Hause kam. Eines Tages stellte ich fest, ich lebe seinen Traum, jedoch nicht meinen. Ich war unglücklich – nicht zwangsläufig mit meiner Beziehung, aber mit dem Weg, den ich eingeschlagen hatte. Ich entschied, zurück nach Los Angeles zu ziehen und hart für meine Musik zu arbeiten. Mein Freund verließ mich und ich wurde eine erfolgreiche Pop-Künstlerin mit zwei Platin-Alben. Manchmal musst du nur auf dich hören. Das zahlt sich echt aus, wenn du es nur stark genug willst.«

Ehrfürchtig betrachte ich die Frau, die neben mir sitzt. Ich hatte keine Ahnung, dass Leah in ihrem Leben irgendwelche Krisen durchlitten oder Hürden zu bewältigen hatte. Ich denke, man sieht bloß die glänzenden Seiten des Ruhms, aber jeder hat mit seinen eigenen Dämonen zu kämpfen.

Die Sonne geht schon unter, als wir zurück zum Hotel bummeln und darüber plaudern, wie Leah berühmt wurde.

Auf einmal holt uns Callum ein. Er hat ein rotes Gesicht, so als sei er gerannt. Er sieht Leah verärgert an, kann ihr aber nicht lange böse sein, denn sie witzelt: »Du kannst mich immer finden. Folge einfach dem Gelato!«

Zurück in meinem Hotelzimmer, beschließe ich, gleich ein Blog-Post zu schreiben. Darüber, wie ich die Situation mit Noah empfinde und über mein Gespräch mit Leah. Dazu brauche ich weitere Meinungen. Meine Finger huschen über die Tastatur, während ich versuche, all die Gedanken zu vermitteln, die mir im Kopf herumschwirren.

30. Juni

Das Leben … Und andere große, wichtige Dinge

Okay, Leute, nach dem Posting von heute Morgen, habe ich den allertollsten Tag in Rom verlebt – aber davon möchte ich jetzt gar nicht erzählen.
Denn jetzt ist der Zeitpunkt für die großen Fragen des Lebens.
Eine, von der ich überzeugt bin, dass sie sich jedes Mädchen in meinem Alter regelmäßig selbst stellt, und eine, von der ich feststelle, dass ich sie mir immer öfter stelle. Muss ich *jetzt* schon wissen, was ich werden will, wenn ich die Schule verlasse? Im kommenden Jahr werde ich siebzehn, und in ein paar Wochen beginne ich mit meinem letzten Schuljahr … und ich fühle mich verloren.
Als ich ein kleines Mädchen war, wollte ich später mit einem Eiswagen durch die Gegend fahren, weil ich wusste, wie viel Freude das anderen bringt. Nun, wo ich älter bin, möchte ich immer noch Spaß verbreiten, allerdings nicht in Form von Eiscreme (sehen wir der Sache klar ins Auge: Eiscreme macht nichtsdestotrotz jeden froh, vor allem italienisches Gelato … Aber davon später mehr).

Irgendjemand hat mir mal erklärt, wenn man den Beruf, den man macht, liebt, dann muss man nicht einen einzigen Tag im Leben arbeiten. Es wird vielleicht eine Weile dauern, diesen Job zu finden, doch letztendlich muss man das, was man tut, unbedingt lieben.
Ich glaube, darum empfinde ich das alles auch als so überwältigend schwierig.
Ich weiß, was ich liebe – meine Kamera –, und ich weiß auch, meine Fotos bereiten Menschen viel Freude. Aber wie kann daraus ein richtiger Beruf werden?
Zurzeit fühle ich mich, als sei ich im Rückstrom der Brandung gefangen. Alle meine Freunde machen etwas, das ihre Begabungen voranbringt, und auch wenn ich genau da bin, wo ich sein will – in der Nähe von Brooklyn Boy –, fühle ich mich unweigerlich, als sei ich von meinem Talent und meiner Identität abgeschnitten.
Heute Nachmittag hat eine sehr einflussreiche Person mir die Augen weit dafür geöffnet, wie wichtig es ist, im Leben einen eigenen Weg einzuschlagen. Ja, vielleicht begleiten einen Menschen auf diesem Weg, aber man muss sich immer vergegenwärtigen, dass es der eigene ist und dieser in jede Richtung führen kann, die man sich selbst aussucht.

Girl Offline ... nie mehr online xxx

KAPITEL 32

Nachdem ich mein Blog-Post geschrieben habe, strecke ich mich auf dem Bett aus. Seit unserem Streit habe ich immer noch nichts von Noah gehört. Also hatte ich auch keine Gelegenheit, mich zu entschuldigen. Wenn ich mein Handy noch öfter checke als ohnehin schon, fürchte ich, Blasen zu bekommen. Gerade als ich mir vorstelle, was Elliot jetzt zu Hause wohl macht, summt das Telefon neben meinem Kopf. Ich setzte mich ruckartig auf und schnappe es mir, als wäre es Willy Wonkas Goldene Eintrittskarte aus *Charlie und die Schokoladenfabrik*. Ein Ticket, das mir Noahs umfassende Verzeihung für meinen peinlichen Ausbruch gibt, damit wir wieder bis über beide Ohren verliebt sein können.

Aber die Nachricht ist nicht von Noah, sondern von Leah.

Hey Penny. Ich wollte mich nur für heute Nachmittag bedanken. Es war toll, ein bisschen Freizeit zu haben und sie mit dir zu verbringen. Bitte erwähne meine Verkleidung noch niemand gegenüber. Ich möchte nicht, dass zu viele Leute darüber Bescheid wissen. Und vor allem möchte ich nicht, dass du wegen irgendwas, über das wir gesprochen haben, unglücklich bist. Versteh es einfach als Fürsorge von einer Schwester für die andere. Kisses, L

Ich lächele mein Handy an und fühle mich von der Nachricht irgendwie getröstet. Weniger allein in diesem verrückten Wirbelsturm. Wie schön zu wissen, dass ich ihr vertrauen kann.

Die Bilder, die ich von ihr gemacht habe, sind inzwischen schon auf meinen Laptop runtergeladen, und auf einem davon sieht Leah geradezu magisch aus. Fast wie eine römische Statue. Einfach perfekt. Selbst die Verkleidung kann nicht verbergen, wie anziehend und hübsch sie ist. Ich schicke ihr dieses Lieblingsfoto zusammen mit einer Nachricht.

Danke dir für heute x

Da klopft es an meine Zimmertür. Ich lasse mein Handy aufs Bett fallen und rufe: »Ich habe heute Abend keinen Zimmerservice bestellt! Falsches Zimmer.«

»Tut mir leid, aber ich habe auch nichts zu essen dabei.« Diese Stimme kenne ich nur zu gut. Dieses leicht heisere, schleppende Amerikanisch mit einer Spur Charme kann nur von einem einzigen Menschen kommen.

»Noah?« Erstaunt öffne ich die Tür und finde ihn am Türrahmen lehnend vor. Er schaut missmutig und traurig drein und erschöpfter, als ich ihn je gesehen habe. Aber als er mich erblickt, schleicht sich ein zaghaftes Lächeln auf sein Gesicht, und seine Augen leuchten ein bisschen. Er trägt Shorts und dazu einen schlabberigen Häkelpulli, an den Füßen seine alten, zerfetzten Chucks. Eine Beanie hält ihm die Haare aus dem Gesicht, und um den Hals trägt er eine Kette, die ihm fast bis zum Bauch reicht. Er sieht atemberaubend aus, aber auf seine geradezu ärgerlich mühelose Art.

»Kann ich reinkommen?«, fragt er und schiebt sich eine lose Strähne unter die Mütze.

Ich zucke mit den Schultern und mache die Tür ein bisschen weiter auf. »Ja, klar.«

Er kommt rein, lässt sich auf mein Bett plumpsen und denkt sich offenbar nichts dabei, als er seine schmutzigen Sneakers auf meine Bettdecke legt und die Beine übereinanderschlägt. »Penny, ich –«

»Noah, bitte. Lass mich erst etwas sagen. Es tut mir echt leid. Ehrlich. Ich hätte das alles nicht sagen sollen. Das war unreif, und ich weiß, dass du Wichtigeres zu tun hast, als mich zu unterhalten, als wäre ich deine kleine Schwester. Ich habe mich einfach nur ein bisschen vernachlässigt gefühlt. Eigentlich weiß ich auch, dass es bessere Wege gibt, um dir das mitzuteilen, aber es ist einfach alles hochgekocht, und ich bin explodiert. Es tut mir leid, dass das so in der Öffentlichkeit passiert ist. Und dass es so peinlich war, und es tut mir leid, dass –«

»Stopp.« Noah legt einen Finger auf meine Lippen. »Du redest ja wie ein Wasserfall!« Er lächelt. »Penny –«, er hält jetzt meine Hände und schaut vom Bett aus zu mir auf, denn ich stehe direkt vor ihm, »– ich liebe dich. Ich liebe dich, wenn du glücklich bist. Ich liebe dich, wenn du mir einen Smoothie drüberkippst. Ich liebe dich, wenn du traurig bist. Ich liebe dich, wenn du Milchshakes schlürfst. Ich liebe dich, wenn du mehr Pizza isst, als ich es jemals einem Menschen zutrauen würde. Ich liebe dich, wenn du um acht Uhr abends einschläfst. Ich liebe dich, wenn du ängstlich bist. Ich liebe dich, wenn du wegen irgendwas so aufgeregt bist wie ein Kind. Und ich liebe dich, wenn du wütend bist.«

Ich merke, wie mir eine Träne ins rechte Auge steigt, und versuche mit aller Macht, sie zurückzuhalten. Ich bin mir fast sicher, dass sie gleich losrollt.

»Ich will nicht mit dir streiten. Ich will, dass wir uns wieder vertragen, weißt du?«

»Ich auch. Es tut mir alles so leid. Ich –«

»Hör auf, dich zu entschuldigen! Wir vertragen uns wieder«, unterbricht er mich. »Jetzt wollen wir das alles hinter uns lassen und nach vorne schauen. Ich wünschte, ich könnte hierbleiben und heute Abend mit dir einen Film schauen oder zusammen ausgehen, aber Dean und ich haben noch ein Essen in einem Restaurant mit jemand von einer wirklich riesigen Tageszeitung. Ich wollte nur noch mal vorbeischauen, bevor ich gehe, um sicher zu sein, dass wir uns wieder vertragen.«

Ich nicke und lasse mich in seine Arme ziehen. Es dauert viel zu kurz – wie Millisekunden. Bevor ich es mich versehe, löst er sich schon wieder von mir. »Ich habe dir das hier mitgebracht.« Er geht auf den Flur hinaus und kommt mit einem großen Weidenkorb zurück. »Ich weiß, es ist nicht das Gleiche, wie mich hier zu haben, aber ich hoffe, es macht dir die Sache ein bisschen leichter. Dabei weiß ich, dass bis jetzt nichts von alledem leicht für dich war.«

Ich nehme ihm den Korb ab und stelle ihn aufs Bett.

»Betrachte es als Noah-Ersatz-Geschenk«, sagt er mit einem wehmütigen Lächeln. »Jetzt gehe ich mal besser und versuche, mich für das Abendessen nachher vorzeigbar zu machen.« Er beugt sich herab und küsst mich noch einmal auf den Mund, bevor er geht.

Diese Ansicht von ihm mag ich nicht: seine Rückseite, wenn er von mir fortgeht.

Ich wende mich dem Korb zu, der mit etwas zugedeckt ist, das ich erkenne: Noahs Lieblings-Hoodie. Ich ziehe ihn sofort über mein T-Shirt, ziehe den Kragen ein bisschen hoch und atme den Duft seines Aftershaves.

Danach rolle ich die Ärmel hoch, die mir viel zu lang sind, und schaue in den Korb. Darin liegt eine DVD, auf deren Hülle jemand SCHAU MICH geschrieben hat. Außerdem ist da noch ein Sortiment köstlich aussehender Pastetchen, gefüllt mit einer luftigen weißen Creme.

Ich lege die DVD sofort in den Player des Fernsehers in meinem Zimmer und setze mich davor aufs Bett.

Sofort erscheint ein Bild von Noah auf dem Bildschirm. Er trägt dieselben Klamotten wie vorhin, also muss er das wohl heute aufgenommen haben.

»Liebe Penny«, sagt der Noah auf dem Bildschirm, »ich weiß, dass ich dich wütend gemacht habe. Ich weiß, dass ich dich traurig gemacht habe. Das sind zwei Gefühle, von denen ich nicht möchte, dass sie dir zu mir einfallen.

Mir fällt keine andere Methode mehr ein, um dir zu sagen, wie leid es mir tut, aber ich hoffe, du weißt, wie aufrichtig ich das meine.

Hoffentlich sitzt du jetzt in meinen Hoodie gekuschelt da und isst gleich einen von den kleinen Kuchen in der Schachtel. Ich habe mich an der Rezeption erkundigt und anscheinend heißen sie *maritozzi* und sind das romantischste Gebäck Italiens.

Ich weiß, dass du dir jetzt denkst, dieses Video ist trotzdem kein echter Ersatz für mich. Und du hast recht: Das ist es nicht. Ich wünschte, ich müsste jetzt nicht in die Kamera sprechen. Ich wünschte, ich wäre bei dir und wir könnten einen romantischen Spaziergang durch Rom machen ... aber mir ist inzwischen klar geworden, wie wenig ich über das Leben auf Tour wusste. Wie wenig ich auch von dieser Karriere wusste und weiß, die mir irgendwie gerade passiert. Ich bin im Grunde genommen im Moment nur ein großer, unwissender Dummkopf, der dauernd Versprechen gibt, die er nicht halten kann.

Penny, es gibt jedoch ein paar Dinge, die ich weiß. Ich weiß, dass ich es liebe, Musik zu machen, und ich weiß, dass ich dich liebe. Diese beiden Gewissheiten müssen reichen, um mich alles Erdenkliche durchstehen zu lassen.

Und nur für den Fall, dass du angefangen haben solltest, an Punkt zwei zu zweifeln, habe ich diese kleine Collage nur für dich zusammengestellt. Du bist mein Plot Point, Penny. Aber ich möchte, dass du in jeder Szene meines Lebens die weibliche Hauptrolle spielst. Ich hoffe, das kannst du daran erkennen.«

Was dann folgt, bringt mich richtig zum Heulen. Es ist eine Filmmontage aus einigen meiner Lieblingsmomenten unserer gemeinsamen Zeit: der große orangefarbene Mond, den Noah mir in New York gezeigt hat; Geschenkeauspacken am Weihnachtsmorgen mit Bella in Sadie Lees Wohnzimmer; mein sechzehnter Geburtstag zu Ostern, als Noah meine Familie nach Cornwall begleitet hat; Schnipsel unserer Skype-Unterhaltungen, die er aufgenommen hat; dazu noch Bildmaterial, dessen Aufnahme ich nicht mal mitbekommen hatte, zum Beispiel als ich Noah zum ersten Mal auf der Bühne sah.

Die Bilder sind unterlegt mit *Autumn Girl*, aber dann wird daraus eine neue Version des Songs, die ich noch nie zuvor gehört habe. Sie ist bewegend und wunderschön – nur Noahs Stimme und eine Gitarre, so wie ich ihn am liebsten höre. Die Worte pflanzen Samen in mein Herz, von denen ich weiß, sie werden weiterwachsen, solange mein Herz schlägt.

Forever girl,
You changed my world.
You are the one,
I know for sure
That we will be together
forever, girl.

KAPITEL 33

Ein Blinken fällt mir ins Auge, dann merke ich, dass es von meinem Telefon kommt, das stummgeschaltet auf dem Nachttisch liegt. Ich recke mich danach und bin in Gedanken noch bei dem Gespräch, das ich vorhin mit Noah geführt habe. Ich entsperre das Telefon und sehe auf dem Display, dass ich elf ungelesene Nachrichten von Elliot bekommen habe. Mir wird ganz flau. Elliot schickt nie so viele Nachrichten. Da muss etwas wirklich Schlimmes passiert sein. So schnell es geht, öffne ich sie nacheinander.

PENNY

PENNY, BITTE RUF MICH AN

WO BIST DU?

ICH BRAUCHE DICH

PENNY, BITTE RUF MICH AN!

PENNY

AUF EINER SKALA VON 1 BIS
DRINGEND SIND WIR BEI CA. 100

ICH BIN AUF SKYPE

PENNY

ICH WARTE

BITTE, PENNY, ich hoffe, du meldest dich
bald

Ich antworte ihm sofort.

ICH BIN HIER! Tut mir so leid. Bist du
noch auf Skype?

Ich warte seine Antwort nicht ab, sondern klappe gleich meinen Laptop auf und skype ihn an. Es wählt eine gefühlte Ewigkeit lang und meine Befürchtungen werden immer schlimmer. Ich verspüre schon eine regelrechte Panik, die Erleichterung Platz macht, als ich Elliots Gesicht auf dem Bildschirm sehe.

»Penny, NA ENDLICH!«

Ich kann Elliots Miene nicht wirklich deuten, während er mich über den Rand seiner eckigen Brille hinweg anfunkelt. Diesen Ausdruck kenne ich von Elliot gar nicht.

»Elliot, falls du mich mit elf verzweifelten Nachrichten in Panik versetzt hast, nur um mich dafür zu tadeln, dass ich auf dieser Tour noch nicht genug Sightseeing gemacht habe, dann ist das echt nicht witzig. Ich hab mir richtig Sorgen gemacht.« Ich beginne sein Gesicht nach irgendeinem kleinen Anzeichen von Humor abzusuchen und warte darauf, dass er locker wird und lacht, aber das passiert nicht.

»Penny, wie hieß dieser Stalker, über den du dir Gedanken gemacht hast?«

Ich habe das Gefühl, mir bleibt gleich das Herz stehen.

»Du meinst DieGanzeWahrheit?«, frage ich und hoffe noch, dass es nicht wahr ist.

Elliots Gesicht verfällt.

»Was denn? Wieso fragst du?«

»Ich glaube nicht, dass das ein Fan ist«, sagt Elliot und sieht wirklich elend aus. »Außer ein *sehr* entschlossener.«

Ich greife mir an die Schläfen und rechne mit dem Schlimmsten. »Was ist passiert?«

Elliot seufzt. »Auf der Zugfahrt zurück vom Shooting für das Magazin bekam ich diese seltsame Mail von einer unbekannten E-Mail-Adresse. Ich habe sie dir weitergeleitet.« Er legt die Hände an seinen Kopf und verharrt in dieser Haltung.

Schnell öffne ich meine E-Mails in einem Fenster und sehe auch schon, dass Elliot mir eine Nachricht von DieGanzeWahrheit weitergeleitet hat. Ich will sie nicht mal aufmachen, aber ich muss ja wissen, was Elliot so erschreckt hat.

Von: DieGanzeWahrheit
An: Elliot Wentworth
Betreff: LIES MICH

Entweder macht Penny mit Noah Schluss oder das hier geht viral ins Netz.
Attachment: image1052.jpg

Ich klicke auf das angehängte Bild und mir wird noch elender zumute. Es ist das Foto von Alex und Elliot, wie sie sich auf dem Balkon während Noahs Konzert küssen. Ein wirklich schönes Foto, und ich möchte fast lächeln, weil die beiden darauf so süß rüberkommen. Sie sind eindeutig verliebt, stehen im Licht, das von der Bühne auf sie fällt, und umgeben von den ganzen anderen Leuten, die alle begeistert auf Noah schauen. Fast so, als wären sie in diesem einen Moment nur sie beide in ihrer eigenen Welt.

Aber da Alex sich vor seinen Freunden und seiner Familie noch nicht geoutet hat, könnte ein Bild wie dieses ... es könnte seine ganze Existenz ins Wanken bringen.

»Du hast dieses Foto gemacht, nicht wahr? Auf dem Konzert in Brighton?« Er verschränkt die Hände und legt sie auf seine Knie.

»Das habe ich, aber –«

»Aber du hast nicht daran gedacht, mir davon zu erzählen, dass es sich auf deinem Handy befand, als das gestohlen wurde. Und jetzt droht jemand, es zu veröffentlichen! Alex wird außer sich darüber sein, dass man uns auf solche Weise erpressen kann. Und natürlich hast du nicht gedacht, es gäbe irgendwas Diskreditierendes auf deinem Telefon, weil du an mich und meine Beziehung überhaupt nicht gedacht hast.«

So habe ich Elliot noch nie erlebt. Er ist wütend und traurig und frustriert zugleich.

Aber ich bin auch wütend. »Okay, es tut mir leid. Ich habe nicht richtig nachgedacht, nachdem es passiert ist. Elliot, ich fühle mich schrecklich, weil du da reingezogen wurdest. Ich wusste nicht genau, welche Absichten dieser Mensch verfolgte, aber jetzt sind sie wohl ziemlich deutlich. Penny macht mit Noah Schluss. Jemand will uns auseinanderbringen. Um jeden Preis.«

»Penny, ich weiß nicht, was ich machen soll! Ich muss es Alex sagen. Wenn das die Runde macht ...« Elliot seufzt tief. Er klingt besiegt. Als hätte jemand ihm alle Kraft geraubt. »Du weißt doch, wie er das mit uns sieht, Penny. Er ist noch nicht selbstbewusst genug fürs Coming-out gegenüber seinen Freunden und seiner Familie. Selbst wenn wir nicht in Brighton sind und um uns herum kein Mensch, hält er kaum mal meine Hand. Dieses Konzert war einer der besten Augenblicke unserer ganzen Beziehung. Und euer Haus ist unser sicherer Hafen. Wenn er jetzt glaubt, wir wären nicht mal in deiner Nähe sicher ... das wird ihn so fertigmachen.«

Ich sehe Alex vor mir. Total entsetzt allein von der bloßen Existenz dieses Fotos. Ganz zu schweigen davon, dass es sich in falschen Händen befindet. Auch wenn diese Sorte Bilder für viele Leute keine große Sache wäre, für Alex wird es ein sehr großer Schritt sein – einer, zu dem er definitiv noch nicht bereit ist.

Trotzdem weiß ich auch, dass Elliot sich insgeheim wünscht, er könnte die Aufnahme als sein Profilbild verwenden. So glücklich habe ich ihn noch nie gesehen. Das Einzige, was Elliot so traurig macht, ist, dass er seine Gefühle nicht so ausdrücken kann, wie er das möchte. Liebend gern würde er Händchen halten und im Sommer im Park auf einer Picknickdecke kuscheln können. Aber noch ist Alex nun mal nicht so weit.

»Ich weiß nicht, was ich sagen soll, Elliot. Es tut mir so leid, dass ich das Foto gemacht habe und dass man es von meinem Handy gestohlen hat. Da muss jemand genug Zeit gehabt haben, um die letzten Fotos, die ich gemacht hatte, runterzuladen, bevor ich meine Passwörter und alles geändert habe. Aber woher weiß derjenige überhaupt, dass es für Alex so schlimm wäre?«

Mir wird schnell klar, dass DieGanzeWahrheit nicht irgendein verrückter Fan ist. Aber wie groß ist die Wahrscheinlichkeit, dass mein Handy jemand in die Hände fällt, der mich kennt und solche Absichten hat? Es war doch Zufall, dass es mir überhaupt runtergefallen ist.

Ich zermartere mir den Kopf nach irgendwelchen Indizien, wer das sein könnte. Vielleicht Megan? War es am Ende kein Zufall, dass sie mich in der Menge fand, ausgerechnet nachdem ich gerade mein Handy verloren hatte? Sie dürfte über das Foto von Elliot und Alex gestaunt haben, weil ja keiner wusste, dass sie zusammen waren. Könnte sie immer noch wütend auf mich sein und neidisch auf meine Beziehung mit Noah? Eher nicht, vor allem nach unserem Gespräch nach dem Konzert. Das erscheint mir alles zu abwegig.

»Ich dachte, du würdest das verstehen, Penny. Schon allein so ein Foto zu machen, würde Alex immer ängstlich machen.« Elliot sieht verunsichert aus.

»Ich weiß. Es tut mir leid, E. Aber du weißt doch, wie ich bin – ich fotografiere alles. Ich dachte doch nicht, dass jemand es sehen würde. Und ich hätte es niemals irgendwo gepostet, ohne dich vorher zu fragen.« Ich versuche noch eine Weile, Elliot zu beruhigen, aber er bleibt niedergeschlagen und distanziert. »Ich kann nach Hause kommen, wenn du das möchtest. Und versuchen, die Sache einzurenken.«

»Nein, nein. Ist schon okay, Pen. Ich werde damit fertig. Und was immer du tust, lass nicht zu, dass es zwischen dir und Noah steht. – Das ist doch bloß irgendein bescheuerter Fiesling. Ich rufe jetzt besser mal Alex an und setze ihn ins Bild ...« Er beendet die Unterhaltung und winkt zum Abschied noch mal traurig in die Kamera.

Ein paar Augenblicke lang starre ich auf den leeren Bildschirm und bin vor lauter Unentschlossenheit wie gelähmt. Aber Elliot hat recht: Das ist nur irgendein Fiesling, der uns nichts kaputtmachen kann. Ich komme aber auch zu dem Schluss, dass ich dem hier allein nicht mehr gewachsen bin.

Ich öffne noch mal meine E-Mails und schreibe eine Nachricht an alle meine engsten Freunde und Verwandten. Darin warne ich sie vor dem Fiesling und potenziellen Stalker. Ich lasse sie auch wissen, dass ich alle Beweise zusammentrage, um damit zur Polizei zu gehen. Sollte es wirklich Megan oder jemand anders sein, der mich kennt, erfährt der- oder diejenige dadurch auch, dass ich es ernst meine.

Ich bin Ozean Stark. Und kein Fiesling wird meinen Freunden drohen oder mich davon abhalten, meinen Traum zu verwirklichen.

KAPITEL 34

Ich habe gerade fertig gepackt und bin bereit, Rom zu verlassen, da überkommt mich eine Welle von Wehmut. Obwohl ich gestern ein wenig auf Entdeckungsreise war, spüre ich, dass ich nur an der Oberfläche dieser fantastischen Stadt gekratzt habe. Ich schaue aus dem Fenster und gelobe feierlich wiederzukommen.

Es wird hektisch an die Zimmertür geklopft, und für einen Augenblick überlege ich, ob ich nicht doch zu spät dran bin – aber es ist immer noch genug Zeit.

»Penny? Bist du da drin?«

»Ich komme!« Ich öffne Noah die Tür. Er trägt seinen Rucksack über der Schulter, und daran hängt ein kleiner Anhänger, auf den Dean detaillierte Angaben gekritzelt hat. Noah ist so daran gewöhnt, von einem Ort zum anderen gebracht zu werden, dass er sonst nicht weiß, wo er an jeder einzelnen Station übernachtet oder zu welcher Zeit seine Flüge gehen. Dean behält den Überblick über die Organisation seines Lebens.

»Ich habe heute Morgen deine E-Mail gesehen – hat dieser Wahnsinnige tatsächlich wieder zugeschlagen?«

Ich nicke. »Diesmal bei Elliot.«

»Ich kann es nicht fassen! Gute Idee, all die Vorfälle zu notieren – wir können alles Dean geben, und er kann sich zusammen mit der Polizei um die Angelegenheit kümmern.«

»Das klingt gut«, antworte ich und bin beruhigt, die Last teilen zu können.

»Nun, *ma cherie*, bist du reisebereit?«

»Nach Paris?« Ich verziehe das Gesicht und versuche, kultiviert und pariserisch zu wirken. »*Mais oui!* Ich war noch nie so bereit!«

Als wir in Paris landen, bin ich so aufgeregt, dass ich am liebsten herumlaufen möchte wie ein Kind in Disney World. Auf der Fahrt vom Flughafen ins Hotel glotze ich bei all den Sehenswürdigkeiten, an denen wir vorbeikommen, wie ein Fisch im Aquarium.

Meine Mum liebt Paris schon immer – vor allem, weil sie, wann immer sie hier ist, glaubt, sie lebe in dem Film *Die fabelhafte Welt der Amélie*. Paris ist ihr Lieblingsort auf der ganzen Welt, und mit achtzehn, als junge, aufstrebende Schauspielerin ist sie für ein paar Monate von zu Hause ausgerissen, um im Quartier Latin ein Künstlerleben zu führen. Heute haben sie und Dad die spezielle Abmachung, immer mal wieder für kurze Abstecher hierherzureisen, und endlich kann ich verstehen, warum sie das so mögen.

Ich bin in der Stadt der Liebe mit dem Jungen, den ich liebe. Kann es noch perfekter sein?

»Paris wird das Größte sein, Penny. Heute Abend werden alle Top-Musikredakteure bei meinem Auftritt sein und die Show beurteilen. Wir werden noch besser und leidenschaftlicher spielen müssen denn je«, erklärt Noah, als wir vor dem Hotel aus dem Bus steigen. Es handelt sich um das prachtvollste Hotel, in dem wir bisher abgestiegen sind, mit Kofferträgern, die unser Gepäck einsammeln und eine breite Treppe hinaufschleppen. Genauso habe ich mir unser Pariser Hotel vorgestellt, ich weiß jetzt schon, dass es sehr romantisch werden wird. Ich wende mich Noah zu und sehe ihm in die Augen. Sein Gesichtsausdruck ist vor lauter Aufregung angespannt, und ich schenke ihm ein wirklich großes Lächeln mit allen Zähnen – die Art von Lächeln, das man sonst nur macht, wenn einen die Großeltern bitten, für ein Foto mit den Geschwistern zu posieren. Ich bin nicht sicher, ob es wirklich ein attraktives Lächeln ist, aber momentan ist mir das egal.

»Und danach: AFTER SHOW-PARTYYYYY!«, brüllt Blake von hinten und vollkommen unpassend in dieser prachtvollen und friedlichen Szenerie.

Noah dreht sich um und klatscht Blake ab. Heute ist der Abend, vor dem alle super angespannt sind: der Abend der größten After-Show-Party der Tour. Sie findet in einem angesagten Pariser Nachtclub statt – einer, in den ich normalerweise niemals reinkäme (nicht zuletzt, weil ich noch nicht volljährig bin), aber weil es eine private Veranstaltung ist, geht es in Ordnung. Ich war noch nie auf einer After-Show-Party – es sei denn, seinen besten Freund nach dem kompletten Desaster eines Schulballs der Mittelstufe zu treffen, um sich dann gemeinsam mit Pizza im Wert eines ganzen Monats Taschengeld vollzuschlagen, zählt auch.

Noah begleitet mich zu meinem Hotelzimmer und flitzt dann zur Konzerthalle – es sind nur noch wenige Stunden, bis ihr Auftritt beginnt. Ich hole tief Luft – das Hotelzimmer ist umwerfend mit seinem breiten Bett, das ein goldfarbenes, poliertes Kopfteil hat und über das eine karmesinrote Samtdecke gebreitet ist. Fenstertüren führen auf einen kleinen Balkon, von dem ich *gerade noch* die Spitze des Eiffelturms erkennen kann. Alles ist perfekt.

Ich habe noch ein paar Stunden, bis ich zum Konzert gehe, also nutze ich die Gelegenheit, den gesamten Inhalt meines Koffers auf dem Bett auszuleeren. Heute unterscheidet sich von all den anderen Abenden, denn heute werden eine Menge Leute mich an Noahs Seite sehen.

Das Problem ist, ich habe keine Ahnung, was ich zu einer After-Show-Party anziehen soll. Und es handelt sich nicht um irgendeine olle After-Show-Party, sondern um eine, wo jeder, der cool ist, sein wird: alle Jungs von The Sketch, deren Freundinnen (under cover oder auch nicht) und ihr Management, Leah Brown und ihre Entourage, Noah und die anderen Bandmitglieder sowie jedes einzelne Mitglied der Crew dieser Tournee. Wahrscheinlich werden sogar Presse und Paparazzi die Straßen säumen – ganz zu schweigen von all den Fans.

Ich starre mich selbst in dem bodenlangen Spiegel an. Sein kunstvoll vergoldeter Rahmen passt ausgezeichnet zum Gold am Kopfteil des Bettes. Das ist die Art von Rahmen, von dem ich mir vorstellen kann, dass bereits Marie Antoinette hineingeschaut hat. Aber ich hoffe, dass heute – anders als bei ihr – nicht die Nacht vor meiner Exekution ist. In der riesigen Strickjacke meiner Mum und meinen Leggings fühle ich mich alles andere als pariserisch chic. Um ehrlich zu sein, keines meiner Kleidungsstücke fühlt sich so an. Heute ist nicht der richtige Zeitpunkt, um ein Kleidchen wie zum Tee zu tragen. Alles, was ich besitze, wirkt kindlich und sehr uncool.

Ich weiß, Noah liebt mich trotzdem, aber heute will ich mich nicht fühlen wie ein sechzehnjähriges Mädchen, das eigentlich nicht mit ihrem berühmten Freund in coolen Bars rumhängen sollte. Ich will mich sexy und cool fühlen. Vielleicht kann Make-up das Problem lösen, doch genau genommen bin ich darin noch nie so eine Expertin gewesen wie Megan oder einige andere meiner Freundinnen.

Ich greife mir meinen Beutel mit dem Make-up und setze mich im Schneidersitz vor den großen Spiegel. Ich hole meinen schwarzen Eyeliner hervor, schmiere davon etwas mehr als sonst um meine Augen und versuche, mir falsche Wimpern anzukleben. Nachdem ich gut zwanzig Minuten mit zwei Packungen Wimpern gekämpft habe, gebe ich schließlich auf und versuche, noch mehr Eyeliner aufzutragen, um alles wieder auszugleichen. Ich bin mir nicht sicher, ob das wirklich hinhaut.

Als Nächstes, das weiß ich, muss ich meinen blassen Teint in Angriff nehmen. Ich beginne festzustellen, dass ich mehr nach Gothic ausschaue, als ich beabsichtigt hatte. Was würde wohl eine Make-up-Stylistin wie Kendra sagen? Würde sie roten Lippenstift empfehlen? Oder roten Lippenstift bei so viel Eyeliner eher vermeiden? Es sind Zeiten wie diese, wo ich mir tatsächlich Megan als Unterstützung vorstellen könnte, und ich hätte nicht gedacht, dass mir dieser Wunsch jemals in den Sinn kommen würde. Dann aber fällt mir noch jemand anders ein.

»Hallo, Leah. Ich bin's, Penny ... Hm, ich mache gerade mein Make-up für heute Abend und ich frage mich ... geht orangeroter Lippenstift zu Smokey Eyes oder eher pink –«

Ich kann nicht weitersprechen, weil Leah mich unterbricht.

»LEG SOFORT DEN LIPPENSTIFT WEG, SÜSSE. Welche Zimmernummer hast du? Ich bin schon auf dem Weg.«

KAPITEL 35

Zusammen mit Leah Brown durch Paris chauffiert zu werden, ist bisher einer meiner Höhepunkte auf dieser Reise. Nachdem ich mir die kläglich aussehenden falschen Wimpern abgezupft und die dicke Schicht Eyeliner wieder abgewischt habe, besteht Leah darauf, mit mir loszuziehen, um mir beim Zurechtmachen zu helfen. Unsere erste Station ist der Superstore für Make-up namens Sephora. Dort drückt sie mir ein Produkt nach dem anderen in die Hand, das ich folgsam in mein Körbchen lege.

»Leah, mit der Hälfte dieser Sachen weiß ich gar nichts anzufangen. Ich meine, ich kann natürlich raten ...« Ich drehe eine Packung kupferfarbener Transfer-Tattoos um, und mir wird klar, dass ich wirklich überhaupt keinen Schimmer habe. »Wann sind denn solche Klebe-Tattoos wieder in Mode gekommen und wo klebt man sich die hin?«

Leah nimmt mir die Packung aus der Hand und legt sie in den Korb zurück. »Penny, du klebst dir die doch nicht selbst auf. Ich schicke dir meine Visagistin und meinen Hairstylist, die kommen und helfen dir. Und diese Tattoos sind schon seit einer ganzen Weile in, Pen. Liest du denn kein *Glamour*?« Während wir so durch den Laden streifen, versuche ich, nicht zu beachten, dass alle anderen auf uns achten – oder besser gesagt: auf Leah. Ich glaube, vor den Schaufenstern hat sich schon eine Menschenmenge gebildet, und die Verkäuferinnen blockieren offenbar den Eingang, damit niemand mehr reinkommt.

»Tja, natürlich liebe ich *Glamour*. Ist meine Lieblingszeitschrift.« Ich lächle zaghaft und hoffe, dass sie meiner wackeligen Stimme nicht anhört, dass ich lüge.

»Na, Gott sei Dank, fast wäre ich drauf reingefallen.« Sie lacht und stupst mich freundlich an, während sie etwas in meinen Korb wirft, das »Bronzing Dry Oil« heißt.

Als der Korb fast mit Beauty-Produkten überquillt, von deren Existenz ich nicht mal wusste, trägt Leah ihn zur Kasse, wo das Mädchen hinter der Theke alles einscannt. Am Ende beläuft sich die Rechnung auf gute tausend Euro und mir fällt fast die Kinnlade runter.

»Leah, danke, dass du mir so hilfst, aber ich kann mir das alles nicht leisten ...« Ich will die Sachen gerade wieder nehmen und zurück in die Regale stellen, als Leah mich am Arm fasst.

»Ihr Briten seid immer so höflich. Das ist süß.« Sie zückt eine schwarze Kreditkarte und die Verkäuferin zieht sie durch ihre Maschine.

»Danke sehr«, sagt Leah und greift nach unseren Einkäufen, die jetzt alle in zwei riesigen Papiertüten, oben mit schwarz-weißem Band zugebunden, verstaut sind.

»*Bonne journée.* Ich liebe übrigens Ihre Musik«, sagt das Mädchen mit einem umwerfenden französischen Akzent.

Ich würde so gern auch so sexy klingen. Vielleicht sollte ich an meinem Akzent arbeiten und Noah damit aus der Fassung bringen. Ich versuche es mit einem *Au revoir*, aber die Verkäuferin sieht mich dermaßen befremdet an, dass das nur heißen kann, ich sollte besser nie wieder versuchen, Französisch zu sprechen.

Wir springen wieder ins Auto, und Leah gibt dem Fahrer Instruktionen, wo es als Nächstes hingeht. Er biegt auf einen breiten Boulevard, den Geschäfte mit lauter Namen säumen, die ich nur aus Mums Modemagazinen kenne. Jeder Laden scheint zu versuchen, den nächsten mit seiner Schaufensterdekoration auszustechen: in diverse Positionen verdrehte Schaufensterpuppen und überall leuchtend bunte Blumen *en masse*. Ich schwöre, ein Kleid zu sehen, das komplett aus Gebäck gemacht ist. Nach den Frauen zu urteilen, die diese Geschäfte betreten und verlassen, ist das aber auch schon das, was einem Cupcake in dieser Gegend am nächsten kommt.

Als der Wagen vor einer dieser schicken Boutiquen langsamer wird, wird mir klar, dass Leah vorhat, noch viel mehr Geld für mich auszugeben, und ich werde unweigerlich verlegen. »Leah, das ist ja echt nett von dir. Ich wünschte, ich könnte dir das zurückzahlen.«

Sie legt eine Hand auf meine. »Penny, bitte lass mich das machen. Es gefällt mir, dass ich es kann – ich komme nicht oft dazu, mit meinen Freundinnen shoppen zu gehen, und ich brauchte sowieso mal Ausgang und ein bisschen Spaß. Was gäbe es da Besseres, als mit dir loszuziehen und das für dich zu tun? Ich habe doch alles, was ich brauche, und noch mehr. Also sei still und genieß es.« Sie öffnet die Autotür, nimmt mich wieder bei der Hand und zieht mich raus auf den Bürgersteig.

Wir laufen in den nächsten Laden, und als ich die Straße entlangschaue, stürmt eine Bande Paparazzi auf uns zu. Als wir im Laden in Sicherheit sind, illuminiert ein Blitzlichtgewitter das Schaufenster.

»Wow, Leah, kein Wunder, dass du manchmal verkleidet rumläufst!«, sage ich.

»Das kannst du laut sagen«, meint sie und verdreht die Augen. Sie geht schnurstracks auf die edlen Kleiderständer zu und beginnt, Kleider für mich auszusuchen, die sie von einer Verkäuferin für mich zu einer Garderobe bringen lässt. Nach einer Weile probiere ich Kleider an, die teurer sind als manche Budgets, mit denen Mum ganze Hochzeiten ausrichtet. Einmal stolpere ich auf sündhaft hohen Designer-Stilettos und in einem knallpinkfarbenen Cocktailkleid aus der Umkleide – und habe das Gefühl, ein Windstoß könnte mich umpusten.

»Ich weiß nicht. Ich komme mir irgendwie albern vor.« Ich schaue auf meine Hüften und dünnen Beine hinunter und schneide eine Grimasse.

»Penny, du hast eine zum Sterben schöne Figur«, sagt Leah. »Mit Kurven an genau den richtigen Stellen. GENIESS SIE.«

»Ich mache mir ja auch keine Sorgen um meine Figur, aber in diesen Schuhen bin ich eine Gefahr für alle in meiner Umgebung!«

»*Mademoiselle?* Vielleicht möchten Sie etwas *un peu plus*

elegant anprobieren?« Der kleine Pariser, der den Laden leitet, ist von Kopf bis Fuß gekleidet, als würde er gleich der Queen begegnen. »Etwas eher … Raffiniertes?« Dann reicht er mir ein kurzes ärmelloses Kleid aus schwarzem Satin mit einer großen Satinschleife an der Taille und Spitzeneinsatz am Rücken und bis zum Po hinunter.

Es kommt mir vor, als würde dieser Mann mir ein Neugeborenes in den Arm legen. Ich weiß nicht, wie ich das Kleid halten soll, wie ich es finden soll, wie es an mir aussehen wird, aber ich nehme es trotzdem mit in die Umkleide. Nachdem ich eine Weile mit selbstklebendem BH und solchem Unsinn gerungen habe, verlasse ich die Umkleide endlich wieder. Ich werde mit erstauntem Schweigen und dann einer Woge von Applaus empfangen. Sogar Callum, Leahs Bodyguard, klatscht heftig.

»Oh, Penny, du siehst absolut wundervoll aus! Mit einem Kleinen Schwarzen liegt man einfach immer richtig.«

Ich ziehe noch ein Paar etwas flachere schwarze Stilettos dazu an (nur zehn Zentimeter hoch, statt der fünfzehn vorhin). Dann betrachte ich mich selbst im Spiegel – und bin zur Abwechslung mal nicht entsetzt. Dabei habe ich mich noch nie im Leben glamourös gekleidet. Selbst wenn ich mich für Hochzeiten oder Abschlussbälle rausputzte, habe ich immer skurrile Vintage-Sachen den eleganten und coolen vorgezogen. Aber als ich jetzt in dieser Boutique stehe und mich in diesem Outfit sehe, fühle ich mich zum ersten Mal erwachsen. In diesem Kleid sehe ich aus, als würde ich an Noahs Seite gehören.

»*Mon Dieu!*«, ruft Leah in nicht überraschend perfektem Französisch. Dann blickt sie allerdings erschrocken auf ihre Armbanduhr. »Wie die Zeit vergeht! Ich muss zurück zur Konzerthalle, sonst reißt mir mein Manager den Kopf ab. Jacques, könnten Sie das Kleid gebügelt bis heute Abend ins Hotel schicken? Penny, wie oft hast du das Konzert jetzt schon gesehen?«

»Oh, ich glaube, so ungefähr viermal.«

»Also, falls du es aushältst, eine Vorstellung ausfallen zu lassen, tu es. Lass meine Make-up- und Haar-Leute ihren Zauber wirken und dann zieh dieses Kleid an. Ich komme dich nach dem Auftritt abholen, dann können wir gemeinsam auf die After-Show-Party gehen. Du wirst sie alle umhauen.«

Ich kann nicht anders: Schwungvoll falle ich Leah um den Hals und drücke sie heftig. »Danke, danke!«

»Ach, Süße, sehr, sehr gern! Jetzt pass aber auf das Kleid auf. Ich will nicht, dass ihm oder dir bis heute Abend irgendwas zustößt. Und das ist keine Bitte – das ist ein Befehl!«

KAPITEL 36

Für die Zeit nach meiner Rückkehr ins Hotel habe ich strikte Anweisungen von Leah: ein Bad nehmen, mich sauber schrubben, Beine rasieren und auf ihr Glamour-Kommando warten. Mich nicht mehr um meinen »Auftritt« backstage sorgen zu müssen, nimmt mir eine riesige Last von den Schultern, und die Wanne mit den Klauenfüßen in meinem wunderschönen Badezimmer ist das reinste Vergnügen. Ich drehe an den goldenen Wasserhähnen und heißes Wasser sprudelt hervor. Ich gebe eine hübsche Badekugel hinein, die ich bei der Ausbeute von Sephora entdeckt habe, und beobachte, wie Rosenöl das Badewasser zart pink färbt.

Solange sich die Wanne noch mit heiß dampfendem Wasser füllt, schreibe ich Noah.

> Hey, mach dir keine Sorgen, aber ich habe heute Abend das Bedürfnis, ein wenig zu entspannen. Darum denke ich, ich bleibe bis zur Party im Hotel, statt schon zu deinem Auftritt zu kommen. Ist das okay?
> xx

Beinahe sofort erhalte ich eine beunruhigte Antwort.

Bist du sicher? Ist alles okay? Möchtest du, dass ich dir Larry mit Hühnersuppe oder irgendwas anderem vorbeischicke? Du weißt, ich wäre gerade viel lieber bei dir als hier!

Ich weiß. Es geht mir gut, ehrlich. Bin nicht krank, möchte bloß entspannen. Ich seh dich später xx

Das will ich dir auch raten – denn ich gehe nicht allein auf die After-Show-Party.

Liebe dich xx

Liebe dich auch

Ein Bad ist jetzt genau das Richtige, um den Kopf freizubekommen. Ich lege mich zurück, lasse das weiche Wasser über meine Haut laufen und durch meine Finger rinnen. Sosehr ich das hier genieße, habe ich doch auch Heimweh. So zu leben, das wäre auf die Dauer nichts für mich – von Ort zu Ort hetzen und kaum Zeit haben, um an Rosen zu riechen oder, in meinem Fall, die Sehenswürdigkeiten zu sehen und das jeweils typische Essen zu probieren. Ich weiß, nur ein Wort von mir und Noah würde mich für immer mitnehmen. Ich könnte an seiner Seite sein und ein Luxusleben führen. Die Shopping-

Orgie mit Leah könnte zur Regel werden und kein Jahrhundertereignis bleiben. Die schwarze Kreditkarte könnte *meine* sein. Ich könnte mit Kendra und Selene abhängen und mich die ganze Zeit darauf konzentrieren, glamourös zu wirken.

Megan würde alles dafür tun, an meiner Stelle zu sein. Und, verdammt, Elliot wohl auch, wenn das hieße, er könnte sich all die Klamotten und Hüte kaufen, die er will. Aber würde *ich* dabei noch ich selbst bleiben?

Ich liege in der Badewanne, bis meine Fingerspitzen wie Backpflaumen aussehen. Ich glaube nicht, dass Leah das gut fände. Also schlüpfe ich in den kuscheligsten, weichsten weißen Bademantel der Welt und wickele mein Haar zum Trocknen in ein Handtuch. Als ich die Tür zurück zum Schlafzimmer öffne, ringe ich nach Luft. Auf dem Tisch steht ein traumhaft schöner Rosenstrauß. Jemand vom Hotel muss ihn gebracht haben, während ich im Bad war.

Ich lese, was auf der kleinen Karte steht, die in den Blumen steckt: DU BIST IMMER IN MEINEM HERZEN, MEIN FOREVER GIRL. N.

Über diese Zeilen von Noah muss ich lächeln. Ich kann es gar nicht fassen, auch nur eine Sekunde daran gezweifelt zu haben, dass wir zusammengehören. Natürlich tun wir das. Welche Hindernisse auch immer sich uns in Zukunft noch in den Weg stellen werden, Noah und ich werden sie überwinden.

Ich weiß, wir schaffen das.

Es klopft an der Zimmertür, und ich frage mich, ob Noah noch mehr Überraschungen für mich hat. Ich öffne die Tür und stehe unerwartet fünf wild entschlossenen Frauen gegenüber, die alle die gleiche Frisur tragen, einen geglätteten, glänzenden Pferdeschwanz, und mit schwarzen Koffern unterschiedlicher Größe ausgerüstet sind. Eine von ihnen hat noch einen Haartrockner unter dem Arm. Das also ist Leahs Glam-Kommando.

Sie lassen mich Platz nehmen und inspizieren die Sephora-Tüten. Als Nächstes reißen sie die Produkte aus ihren Kartonverpackungen und tragen sie auf meinen Körper auf. Ich lerne mehr, als ich je gedacht hätte: darüber, ob Primer vor der Feuchtigkeitspflege kommt oder nicht (tut er nicht, sondern danach) und ob Abdeckcreme vor der Grundierung aufgetragen wird oder nicht (geht beides, aber die Frau, die mein Make-up macht, bevorzugt zuerst die Grundierung). Ich versuche, zumindest ein Auge die ganze Zeit über offen zu halten, um mir im Geiste zu notieren, was sie da gerade mit mir anstellen. So bleibt mir wenigstens die schwache Hoffnung, den Look demnächst selbst noch einmal nachzumachen.

Nach einer Weile dreht mir eine mit einem heißen Stab Locken ins Haar, eine andere pinselt mir derweil violetten Lidschatten auf die Lider, und eine dritte klebt das Transfer-Tattoo auf mein Handgelenk. Ich fühle mich eher wie eine Leinwand als wie ein Mensch. Diese Leute sind einfach Künstler bei ihrer Arbeit.

Als sie fertig sind, bittet mich eine der Frauen ohne Umschweife, meinen Bademantel auszuziehen. Ich klammere mich geradezu daran fest, aber als sie das Kleid hochhält und ich mich daran erinnere, wie wunderschön es aussah, als ich es im Laden anprobierte, gebe ich nach. Diese Leute haben wahrscheinlich schon eine Menge mehr Frauen in Unterwäsche gesehen als bloß mich!

Es stellt sich heraus, dass eine aus dem Team auch noch eine großartige Schneiderin ist. Im Laden dachte ich, das Kleid passe perfekt, aber sie steckt es ab und näht daran herum, bis es wie ein Handschuh sitzt. Ich halte mich an ihren Schultern fest, als ich in die Stilettos steige. Dann dreht sie mich im Kreis und begleitet mich zu dem bodenlangen Spiegel. Ich muss beinahe zweimal hinschauen zu dem Mädchen, das mich da aus dem Spiegel anblickt. Ihr Gesichtsausdruck ist vielleicht leer – oder vielleicht sollte ich eher sagen: verblüfft –, aber der gesamte Rest von ihr ist ... nun ja, umwerfend.

Die Stylistinnen klatschen sich hinter mir ab. Ich drehe mich um und umarme die Frau, die mir mit dem Kleid geholfen hat.

Mir fehlen die Worte. In meinem Kopf herrscht ein einziges Durcheinander. Das Gefühl, das ich in der Boutique hatte, als ich dieses Outfit zum ersten Mal anprobierte, war nichts gegen mein jetziges Empfinden. Ich habe mattes Bräunungsöl auf den Beinen, sodass sie im Licht schillern. Mein Haar ist voluminös und wunderschön gelockt – einfach perfekt. Der Lidschatten ist dunkelviolett und betont die Farbe meiner Augen, und die neuen, perfekt angebrachten falschen Wimpern sind so schön gebogen und hübsch, dass ich gar nicht aufhören kann, damit zu klimpern. Meine Lippen schimmern in einem zauberhaften Pink und ich trage ein tolles, verschlungenes, rosé-goldenes Feder-Transfer-Tattoo auf meinem Handgelenk.

Eine der Stylistinnen zaubert noch einen kleinen schwarzen Filzhut hervor, platziert ihn sanft auf meinem Kopf und damit fühlt sich das Outfit komplett an. Ich glaube, ich habe mich noch nie im Leben so cool gefunden, nicht mal, wenn Elliot mich aufgebrezelt hat, und er kennt sich in seinem Metier wirklich aus. Ich bekomme noch einen Spritzer Chanel-Parfum und dann grinsen alle um mich herum.

Endlich finde ich meine Sprache wieder. »Danke, danke, ich danke euch!«

Wieder klopft es an die Tür und Leah kommt herein. Sie sieht leicht derangiert aus – aber immer noch umwerfend. Ich glaube, ich wäre auch etwas gestresst, wenn ich direkt von der Bühne käme. Als sie mich erblickt, ringt sie hörbar nach Luft. »Oh. Mein. Gott. Habe ich dir nicht gesagt, dass diese Ladies die Besten ihres Fachs sind? Penny Porter, du siehst absolut wundervoll aus. Noah ist der glücklichste Kerl, den ich kenne. Du wirst ihn *umhauen*.«

»Ich fühle mich fantastisch. Danke vielmals, Leah.« Ich umarme sie stürmisch, und wahrscheinlich drücke ich sie ein bisschen zu fest, aber das ist mir egal.

»Sehr gern geschehen. Und jetzt, meine Damen, müsst ihr mich noch in Ordnung bringen! Ich bin total fertig und bei der After Show-Party will ich unglaublich aussehen.«

Doch inmitten meiner momentanen gigantischen Glücksgefühle schwirrt mir eine Frage im Kopf herum:

Wie kann ich nur mein eigenes Glam-Kommando bekommen, das mich jeden Morgen so aufhübscht? Aber dann beschließe ich, selbst wenn es diese Penny Porter nur für eine Nacht gibt, nimmt sie sich vor, heute die beste Party ihres Lebens zu feiern.

KAPITEL 37

Nervös stöckele ich auf den Eingang des Nachtclubs zu, wo die After-Show-Party stattfindet, und klammere mich dabei wie eine Ertrinkende an Leah. Wahrscheinlich denkt sie sich, ich würde inzwischen ein bisschen zu anhänglich, aber ich weiß, wenn ich sie jetzt loslasse oder auch nur meinen Griff etwas lockere, werde ich wahrscheinlich hinfallen. So schön das Kopfsteinpflaster Paris auch zu Gesicht stehen mag, es ist in zehn Zentimeter hohen Stilettos echt eine Herausforderung! Und ich bin entschlossen, den heutigen Abend nicht damit zu beginnen, dass ich auf die Nase falle.

Im Moment bin ich der Inbegriff von Eleganz. Die tollpatschige Penny hat sich auf ihr Hotelzimmer zurückgezogen und bleibt heute Abend einfach mal im Bett. Die Penny mit Pariser Chic dagegen geht aus und ist zwar wahrscheinlich nicht das coolste Mädchen auf der Party (den Titel beansprucht immer noch Leah für sich), aber zumindest hat sie gute Chancen, sich zugehörig zu fühlen. Vielleicht sieht das auch ihr Boyfriend so.

Wir werden sofort an den Türstehern vorbei zum Eingang geleitet, während Callum sein Jackett hochhält, um

Leah gegen die Blitzlichter aufdringlicher Paparazzi abzuschirmen. Ich fange an, mich zu fragen, ob die viele Mühe sich überhaupt gelohnt hat, so dunkel und düster, wie es da drinnen ist.

Leah entdeckt Noah als Erste, und zwar in einer VIP-Lounge. Zum Glück ist das Licht dort ein wenig heller – vermutlich, damit besser zu sehen ist, welche Promis zugegen sind. Leah gibt mir einen kleinen Schubser in seine Richtung. »Nur zu. Das ist dein großer Auftritt. Ich muss mal meinen Manager suchen gehen.«

Ein letztes Mal drücke ich ihre Hand. »Vielen, vielen Dank für alles heute, Leah.«

»Ganz ehrlich, reden wir nicht mehr davon. Jetzt geh und zeig ihm, was er bisher noch nicht gesehen hat.« Sie zwinkert mir zu und ich hole tief Luft.

Noah sitzt in der Mitte der Lounge, seine Bandkollegen und Freunde im Halbkreis um ihn herum. Ich zwinge mich, meine geballten Fäuste aufzumachen und gehe nervös auf ihn zu. Ruckartig bleibe ich stehen, als ein Kellner ein Riesentablett mit Champagnerflöten vorbeiträgt, die bis zum Rand mit einer hellen, sprudelnden Flüssigkeit gefüllt sind. Ich schnappe kurz nach Luft, aber nichts schwappt über.

Mein kleiner spitzer Schreckensschrei muss jedoch laut genug gewesen sein, um die Aufmerksamkeit auf mich zu lenken. Dann kommt der Moment, auf den ich gewartet habe. Es ist genau wie im Kino, bei einer Szene in Zeitlupe. Noah schaut von seinem Glas auf und direkt in meine Augen. Ich sehe, wie er vor Staunen den Mund nicht mehr zukriegt, und seinen Bandkollegen geht's genauso. Sie sehen aus wie ein Schwarm Fische, wie sie da zusammensitzen. Mit gebannten Gesichtern, wortlos und nur ungläubig schauend.

»Penny … HEILIGER STROHSACK. Ich … wie – du aussiehst –« Noah springt auf, um mich zu begrüßen. Er fasst mich an den Ellbogen und mustert mich von oben bis unten. »Du siehst absolut atemberaubend aus«, beendet er endlich seinen Satz.

Dann küsst er mich so leidenschaftlich, als hätten wir uns monatelang nicht gesehen. Es fühlt sich absolut elektrisierend an. Alle Härchen an meinem Körper stehen zu Berge, und ich bekomme eine solche Gänsehaut, als wäre die Temperatur auf einen Schlag um ein paar Grad gefallen.

»Ich hab dich vermisst«, sagt er. »Ich war schon besorgt, als du geschrieben hast, du kommst nicht zum Konzert.«

»Heine Sorge. Mir ging es gut! Höchstens habe ich mich ein wenig vor Leahs Glam-Kommando gefürchtet!«

»Leah hat das alles möglich gemacht? Richte ihr mein Dankeschön aus!« Dann legt er seinen Arm ganz fest um mich und gemeinsam gehen wir zurück zu der Lounge. Ich setze mich neben ihn und er stellt mich jedem als »meine Freundin Penny« vor. Sogar den Sony-Managern, die ich ja noch vom letzten Mal kannte.

Ich tue mein Bestes, um höflich Hände zu schütteln und Begrüßungen auszutauschen, aber ich bekomme das superbreite Grinsen nicht aus meinem Gesicht. Es fühlt sich an, als würde das der beste Abend aller Zeiten.

»Also, Penny, ich möchte dir nur sagen, dass wir von

deinem Boyfriend schwer beeindruckt sind«, sagt die Sony-Dame lächelnd. Es klingt noch irgendwie irritierend, wie sie das Wort »Boyfriend« ausspricht – als würde sie mit einem Kind reden. Ich beiße die Zähne zusammen und lächle zurück. So wie Noah den Arm um meine Taille legt und mich an sich drückt, als hätte er Angst, mich zu verlieren – das ist definitiv nicht kindlich.

»Ich denke auch, dass er ziemlich gut ist«, erwidere ich, weil ich nicht weiß, was ich darauf sagen soll.

»Du solltest Penny die gute Neuigkeit mitteilen«, fährt die Musikmanagerin fort und sieht Noah auffordernd an.

Noah rutscht ein wenig auf seinem Sessel herum und verschränkt dann die Finger seiner freien Hand mit meinen. »Ah, ja, stimmt.« Er sieht mir direkt in die Augen. »The Sketch und alle anderen sind echt zufrieden damit, wie die Tour läuft ... mit der Dynamik, weißt du? Es funktioniert einfach für uns alle. Deshalb möchten sie, dass ich weiter mit von der Partie bin. Auch nach Europa – auf ihrer Welttournee. Dubai, Japan, Australien ... in den nächsten drei Monaten.«

Ich kann in seinen leuchtenden Augen sehen, wie sehr er sich darauf freut, und falle ihm um den Hals. »Noah, das ist fantastisch!« Ich freue mich wirklich für ihn. Damit wird noch mal ein Traum von ihm wahr.

»Das ist aber noch nicht alles«, sagt er mit hoffnungsvollem Blick. »Ich möchte, dass du mich begleitest.«

KAPITEL 38

Er möchte, dass ich mitkomme? Sofort tauchen alle möglichen Fragen in meinem Kopf auf, wie die Maulwürfe in dem »Hau-einen-Maulwurf«-Spiel am Pier. *Was wäre dann mit meinem Abitur? Meinen Eltern? Meinem Leben?* Ich wische sie alle beiseite. Das ist Noahs großer Augenblick.

Zum Glück muss ich nicht sofort darauf antworten, weil ein mitreißender Song beginnt und alle aufspringen, um zu tanzen. Noah und ich werden einfach mitgezogen. Danach zu urteilen, wie ausgelassen er herumspringt, scheint Noah sich keine Sorgen zu machen, weil ich mich nicht gleich dazu geäußert habe. Also beschließe auch ich, meine Aufmachung zu genießen und mich zu amüsieren.

Als die Nacht zu Ende geht, glaube ich, Füße so groß wie ein Elefant zu besitzen. Die Stilettoabsätze waren wirklich die größte Herausforderung an diesem Abend. Zum Glück brechen wir bald alle zusammen in Richtung Hotel auf. Noah trägt mich sogar Huckepack vom Taxi zur Hotellobby.

Von seinem Rücken aus schaue ich hinauf und erblicke die Spitze des Eiffelturms. Sie ist mit blinkenden Lichtern versehen, die mich an die Lichterketten erinnern, die

Noah in Sadie Lees Hobbyraum in New York für mich aufgehängt hatte.

»Schau mal da«, flüstere ich in sein Ohr.

Noah legt den Kopf in den Nacken und setzt mich ruckartig ab, als er den Eiffelturm wahrnimmt.

»Meine Füße! Meine wehen Füße!«, protestiere ich.

»Das ist es gar nicht«, sagt er und ergreift meine Hand, »ich habe gerade eine Idee. Wir hatten doch noch keinen Magical Mystery Day. Warum machen wir keine Magical Mystery Night? Lass uns jetzt sofort den Eiffelturm aus der Nähe anschauen. Danach können wir in dieses vierundzwanzig Stunden geöffnete Restaurant gehen, von dem Larry mir erzählt hat, und die Sonne über dem Louvre aufgehen sehen …«

Nur Augenblicke vorher hatte ich mich so müde gefühlt, als könnte ich tausend Nächte schlafen, doch jetzt bin ich hellwach. Vorfreude erfasst mich vom Kopf bis zu den Zehenspitzen. »Das klingt perfekt«, sage ich.

»Komm, gehen wir, bevor uns jemand sieht«, sagt er.

»Ähm …« Ich schaue auf meine Füße hinunter. »Ich glaube nicht, dass ich in diesen Schuhen noch irgendwohin laufen kann.«

Noah lacht. »Okay, es dauert nur eine Minute – gib mir deinen Zimmerschlüssel und warte hier.«

»Kannst du auch meine Handtasche mitbringen? Da ist die Kamera drin.«

»Alles, was du willst.«

Die anderen haben sich schon in die Hotelbar begeben oder stehen noch bei den Aufzügen. Noah führt mich zu einem der Sessel in der Lobby. Ich gebe ihm meinen

Schlüssel und die Stilettos. »Bin gleich wieder da!« Damit läuft er los.

Es dauert wirklich nur ein paar Minuten, da ist er mit meinen geliebten Chucks in der Hand zurück. Mit einer Mischung aus Erleichterung und Vergnügen schlüpfe ich hinein.

»Penny Porter, so siehst du sogar noch süßer aus«, erklärt Noah, während er mein neues Styling bewundert und mich aus dem Sessel hochzieht. Er gibt mir auch meine Tasche, die ich mir gleich über die Schulter hänge. Der Zimmerschlüssel kommt wieder in die Tasche meines Kleids.

Als wir Hand in Hand über die Straße laufen, verschwinden die Schmerzen in meinen Füßen sofort. Der Eiffelturm zieht uns an wie ein Magnet.

»Noah? Hey, Noah, warte mal!« Der Bann ist gebrochen, als Dean uns vom Hoteleingang nachruft.

Ich will nicht stehen bleiben. Ich möchte weiter die Straße hinunterlaufen und spüre das Zögern in Noahs Hand. Aber schließlich bleibt er doch stehen und dreht sich um.

»Jaa?«, ruft er widerwillig zurück.

Dean eilt auf uns zu. »Ich habe dir doch gesagt, dass ich noch deine Zustimmung zu ein paar Fotos und Designelementen für die Welttournee brauche. Das muss heute noch passieren, sonst klappt das mit dem Druck nicht mehr.«

»Dein Ernst? Kann das nicht bis morgen warten?«

Dean schaut ihn nur an, bis Noah den Kopf hängen lässt.

Ich ziehe an seiner Hand. »Moment mal, kannst du das

nicht einfach absegnen, Dean? Noah muss sich doch nicht alles im Detail anschauen.«

Dean knurrt missbilligend. »Noah segnet alles persönlich ab, was seine Fans zu sehen bekommen. Stimmt's, Noah?«

»Dean hat recht«, sagt Noah matt. »Besser, ich gehe zurück und schaue die Fotos durch. Die werden überall verwendet werden – das ganze Design und der Look müssen stimmen. Da will ich niemand enttäuschen.«

Ich muss fast laut lachen.

»Ich meine … ich weiß, dass ich dich hängen lasse, Penny. Aber –«

»Verstehe«, falle ich ihm ins Wort. Wobei ich mir aber gleichzeitig denke: *Ich gebe mir echt größte Mühe, dich zu verstehen, Noah. Größte Mühe.* Dann muss ich fast schon wieder lachen bei der Vorstellung, dass wir nicht mal mitten in der Nacht Zeit für einander haben. Habe ich mich tatsächlich dafür entschieden?

Wir gehen zum Hotel zurück. In deutlich langsamerem Tempo. Nach dem Adrenalinschub von vorhin erfasst mich die Müdigkeit jetzt wieder wie ein Güterzug.

»Lass uns dort reden«, sagt Dean und geht mit großen Schritten durch die Lobby in Richtung Hotelbar.

»Ich glaube, ich gehe direkt in mein Zimmer«, sage ich.

»Sollen wir es morgen noch mal versuchen?«, fragt Noah mit leiser Stimme.

Ich nicke nur.

Dann lässt seine Hand meine los. Ich bleibe allein vor den Aufzügen zurück und sehe Noah fortgehen.

KAPITEL 39

Ich lehne mich gegen die Wand zwischen den beiden Aufzügen und versuche, meine Enttäuschung zu zerstreuen, damit ich nicht den Rest der Nacht wach liege und darüber grüble, was gerade passiert ist. Ich werde nicht mal Elliot per E-Mail davon berichten. Lieber tue ich so, als habe der Abend damit geendet, als wir das erste Mal ins Hotel zurückkamen. Bis dahin war schließlich alles perfekt.

»Warum ziehst du denn so ein Gesicht?«

Blakes laute Stimme an meinem Ohr lässt mich zusammenfahren. Er ist betrunken und schwankt leicht, während er versucht, seine Augen auf mich zu fokussieren.

»Ach, weißt du … diese Aufzüge brauchen immer ewig.« Ich weiche einen Schritt zurück. »Hattest du Spaß auf der Party?«, frage ich zaghaft.

»Die Party hat gerockt!« Er taumelt, als er versucht, in der Luft direkt vor uns Schlagzeug zu spielen und auf ein imaginäres Becken zu hauen. »Ba-duum tisch!«, schreit er.

Die Aufzugtür öffnet sich, er richtet sich auf und

hakt sich bei mir unter. »Na komm, Penny-Maus, gehen wir!«

Ich folge ihm, aber seine Freundlichkeit ist mir ein wenig suspekt. Der Lift ist total modern und dem Nachthimmel nachempfunden. An den Wänden und der Decke funkeln Sterne und Planeten. Ruhige Musik ertönt.

»Du siehst übrigens heute Abend so was von scharf aus.« Er versucht, meine Hand zu halten, und mir wird schnell klar, dass das kein erstrebenswertes Szenario ist. Ich ziehe meine Hand weg, aber er packt sie wieder.

»Blake, du bist sehr betrunken. Lass uns dich mal lieber in dein Zimmer bringen, ja?« Ich bekomme langsam Panik, habe aber keine Ahnung, was in seinem Kopf vorgeht. »In welche Etage musst du denn?«

»Inniachte«, nuschelt er. Wenn Noah wüsste, dass Blake versucht hat, meine Hand zu halten, wäre er außer sich. Blake ist sein ältester Freund. Ich mag vielleicht nicht gerade gut mit ihm auskommen, aber ich respektiere, dass er für Noah wie ein Bruder ist. Und mir ist schon jetzt klar, dass ich das hier Noah gegenüber nicht erwähnen werde. Blake ist betrunken und doof, aber das ist es nicht wert, eine Freundschaft zu ruinieren.

Der Lift bewegt sich quälend langsam, doch endlich sind wir im achten Stock angekommen. Blake zeigt eine Zimmertür am Ende des Flurs, und ich folge ihm in sicherem Abstand, nur um mich zu vergewissern, dass er wirklich in sein Zimmer geht. Als wir schon fast bei der Tür sind, dreht er sich um und lächelt zuckersüß. »Danke, Penny. Tut mir leid, dass ich manchmal so ein

Scheißkerl bin. Ich mag dich echt. Du bist toll.« Die Stille wird peinlich, als er mich einfach nur anstarrt.

»Danke, Blake. Das bedeutet mir –«

Ich habe den Satz noch nicht zu Ende gesprochen, als er mich an sich zieht und – bevor ich weiß, wie mir geschieht – sein Gesicht immer näher kommt. Ich reiße den Kopf zur Seite, bevor er seine Lippen auf meinen Mund pressen kann, aber er erwischt noch meine Wange. »BLAKE! Lass mich los! Was machst du da?«

Er versucht es gleich noch mal. Ich lasse mich einfach fallen, als er sich über mich beugt, sodass er mit dem Kopf gegen die Tür knallt. Ich nutze das Durcheinander und krieche von ihm weg. In einer Sekunde hat sich mein herrlicher Abend ins Gegenteil verkehrt. Der Versuch, meine Hand zu halten, war eine Sache. Ich wäre bereit gewesen, darüber hinwegzusehen – aber das hier ist unverzeihlich. Wie kann er es wagen, mir das anzutun ... oder Noah!

Er reibt sich die Stirn. »Jetzt komm ... ich weiß doch, dass du auf mich stehst.« Er streckt die Hand aus und will mich wohl wieder in die Nähe der Tür locken.

Ich rühre mich nicht, denn er steht genau zwischen mir und meinem einzigen Fluchtweg: dem Aufzug.

»Nein. Nein, ich stehe echt nicht auf dich. Das steht nicht mal zur Debatte.«

»Tja, Noah hat doch keine Zeit für dich, da könntest du sie doch mit jemand verbringen, der welche hat.«

Irgendwie bringe ich die Kraft auf, die ich brauche, um ihn beiseitezustoßen und den Flur entlang bis zum Lift zu rennen. Ich höre ihn noch mir hinterherrufen: »Penny, warte! Tut mir leid!« Aber ich nehme mir nicht die Zeit, ihn anzuhören. Ich warte noch nicht mal auf den Lift, sondern stürme direkt ins Treppenhaus. Meine Kamera habe ich nicht mehr – sie liegt in meiner Tasche auf dem Flur, aber das ist mir egal.

Ich laufe, bis ich bei meinem Zimmer bin. Zum Glück habe ich den Schlüssel dabei und ihn nicht in meine Tasche gepackt. Ich knalle die Tür zu und lege sogar die Kette vor, während mein Herz wie wild hämmert. Als ich mich mit dem Rücken gegen die Wand lehne, laufen mir Tränen übers Gesicht.

Mein perfekter Abend ist offiziell ruiniert.

KAPITEL 40

Das werde ich Blake nicht durchgehen lassen. Ich richte mich auf, wische mir die verschmierte Mascara unter den Augen weg und versuche, mein entschlossenstes Ozean-Stark-Gesicht aufzusetzen. Dann mache ich mich schnurstracks auf den Weg in die Hotelbar, um Noah zu suchen und ihm genau zu erzählen, was gerade passiert ist. Allerdings erfahre ich vom Barmann, dass er und Dean nach oben gegangen sind.

Ich nehme wieder die Treppe, weil ich, wenn es nicht sein muss, in keinem engen Raum sein will. Als ich mich Noahs Zimmer nähere, merke ich, dass die Tür nur angelehnt ist. Ich kann nur Noahs Hinterkopf sehen, aber schon der Anblick seiner strubbeligen dunklen Haare bewirkt, dass ich mich besser fühle. Ich will gerade reingehen, als ich Deans Stimme höre, die mich innehalten lässt.

»Weißt du, Noah, du hättest das wirklich zuerst mit mir besprechen sollen. Das ist einfach nicht das Image, das wir von dir vermitteln wollen. Und jetzt noch das ... sie ist einfach so jung.«

Er redet über mich. Das ist mir klar. Ich warte, dass

Noah mich verteidigt, doch das tut er nicht. Stattdessen herrscht ohrenbetäubende Stille. Mein Blut wird kalt, meine Finger verwandeln sich in Eis. Meine schlimmsten Befürchtungen scheinen wahr zu werden.

Noah Flynn wäre ohne mich besser dran.

Genau dieser Gedanke ist mir schon oft durch den Kopf gegangen, aber dieses Gefühl laut ausgesprochen zu hören, das ist wirklich grauenhaft. Wieder laufen mir Tränen über die Wangen, doch da höre ich eine weitere Stimme im Zimmer, die mein Blut von eiskalt in kochend heiß verwandelt. Es ist Blake.

»Tut mir leid, Kumpel. Ich wusste auch nicht, was ich machen sollte. Sie ist einfach an meiner Zimmertür aufgetaucht.«

Ich schnappe laut nach Luft und Noah fährt herum. Aber ich ertrage das jetzt nicht. Meine Ozean-Stark-Courage hat sich in nichts aufgelöst. Ich drehe mich um und gehe den Flur entlang.

»PENNY! Wie lange bist du schon dort gestanden?« Noah kommt mir nachgelaufen.

»Lange genug, um zu hören, worüber ihr geredet habt!« Ich versuche, mir die Tränen abzuwischen, bevor er sie sehen kann, aber zu spät. Mein ganzes Gesicht fühlt sich an, als würde es brennen. Und meine Tränendrüsen geben ihr Bestes, um zu löschen.

»Penny, bitte, können wir reden? Bleib doch mal stehen.« Noah versucht, mich am Arm festzuhalten, aber ich renne weiter den Flur hinunter und ins Treppenhaus. Ich werde mich kein zweites Mal vor aller Ohren streiten. Ich stürze die Treppe zu meinem Zimmer hinauf, Noah folgt mir.

Als ich endlich in meinem Zimmer bin, versuche ich verzweifelt, die Wut in den Griff zu kriegen, die mich daran hindert, klar zu denken oder verständlich zu sprechen.

Noah steht vor mir.

»Penny, Dean macht einfach nur seinen Job als Manager. Du weißt doch, wie diese Dinge im Musik-Business laufen. Das sind lauter Irre, die glauben, sie wüssten, was das Beste ist…« Er fährt sich mit den Händen durch die Haare und beginnt, auf und ab zu gehen. Er ist nervös, aber diesmal kann ich nicht diejenige sein, die ihn beruhigt – weil *ich* jetzt mal Trost und Zuspruch brauche.

»Du glaubst, ich bin auf Dean so wütend?«, sage ich und erhasche einen Blick auf mein eigenes zorniges Gesicht im Spiegel. Plötzlich wirkt meine ganze glamouröse Aufmachung wie ein Schwindel. Ich habe so viel geweint, dass meine falschen Wimpern nur noch lose an den Lidern hängen. Ich reiße sie ab und schleudere sie in den Papierkorb. Aber natürlich treffe ich nicht, sodass sie wie zertretene Spinnen auf dem Teppich liegen bleiben. Hastig ziehe ich mir meinen Rolling-Stones-Hoodie über den Kopf und zerre meine Haare zu einem Riesenknoten zusammen, den Elliot und ich immer »Die Ananas« nennen.

»Ich verspreche dir, dass er es nicht böse gemeint hat.« Noah sieht mich flehend an.

Zum ersten Mal seit sehr langer Zeit sehe ich ihn an und möchte ihn nicht sofort anspringen und zu Tode knutschen.

»Noah, ich hab's kapiert. Es ist in dieser Branche nicht cool, eine Freundin zu haben, vor allem nicht, wenn du erst am Anfang stehst und der Bildschirmschoner auf den Laptops und das Hintergrundbild auf den Handys der Mädchen bist. Aber hast du auch kapiert, wie hart das für mich ist? Glaubst du, ich habe nicht bemerkt, wie frostig diese Sony-Leute zu mir waren? Und du hast mich Dean gegenüber noch nicht mal in Schutz genommen. Ich bin dir peinlich.« An dieser Stelle merke ich, wie ich zu beben beginne. Meine Hände zittern. Ich glaube, das ist die ernsteste Unterhaltung, die Noah und ich je geführt haben. Er starrt mich genauso ausdruckslos an wie damals in der Hotellobby in Rom. Nur dass ich ihn damals angeschrien habe. Aber jetzt schreie ich nicht.

Es macht mich rasend, dass ich Noah erlaubt habe, mich vom eigentlichen Anlass meiner Wut abzulenken: Blake. Ich zittere noch heftiger. Was für eine Story mag er Noah und Dean erzählt haben?

»Penny, du zitterst ja! Hast du ... eine Panikattacke?«

Noahs Vermutung trifft es genau. Ich habe gerade eine Panikattacke.

Mein Atem geht schneller, als könnte ich nicht genug Luft in meine Lungen bekommen. Mein Herz fühlt sich an, als würde es durch meinen Brustkorb bis nach außen schlagen. Und mir ist heiß. So heiß, dass es sich anfühlt, als müsste ich ersticken. Meine Handflächen sind schweißnass. Meine Fußsohlen prickeln, als würde ich auf Nadeln stehen.

Noah versucht, mich anzusprechen – ich sehe seinen sich bewegenden Mund –, aber ich kann mich nicht auf ihn konzentrieren. Stattdessen kann ich nur daran denken, kalte, frische Luft einzuatmen. Ich stürze ans Fenster. Es ist alt, und die Griffe lassen sich nicht bewegen, obwohl ich den Eindruck habe, mit aller Kraft daran zu rütteln.

Ich stemme mich ein letztes Mal mit meiner Schulter dagegen, als mir plötzlich auch noch übel wird. Ich will ins Bad, aber das werde ich eindeutig nicht mehr schaffen. Der Papierkorb neben der Garderobe ist das zweitbeste Ziel.

Ich kriege nichts mehr mit, bis Noah die Arme um meine Schultern legt und mich zum Bett zurück führt. Jetzt weht eine frische Brise ins Zimmer, und ich merke, wie ich mich langsam entspanne. Noah muss das Fenster geöffnet haben, während ich den Kopf in den Papierkorb hielt. Normalerweise wäre mir das furchtbar peinlich, doch jetzt kümmert es mich nicht.

Noah bringt mir einen feuchten Waschlappen, mit dem er mir die Stirn und den Nacken abtupft. Mein Körper zittert noch immer, und meine Innereien sind vom Erbrechen noch in Aufruhr, aber mein Puls und meine Atmung beruhigen sich langsam. Noah sitzt bei mir und hält mich nur im Arm, bis ich wieder ein bisschen zu Kräften gekommen bin.

»Brauchst du irgendwas?«, fragt er mit sanfter Stimme.

»Vielleicht Wasser.«

Er nickt und füllt im Badezimmer ein Glas. Ich nehme ein paar Schlucke und versuche, meine Fassung zurückzugewinnen, aber ich weiß, dass die Panik erst ganz verschwinden wird, nachdem ich Noah alles erzählt habe.

»Noah, es war nicht nur wegen Dean ...«, sage ich und nehme noch einen Schluck. Noah setzt sich wieder neben mich und streicht mir über den Rücken. Ich hole tief Luft. »Blake hat versucht, mich zu küssen. Er war total betrunken, und ich wollte nur dafür sorgen, dass er zu seinem Zimmer findet, aber dann hat er sich auf mich gestürzt, um mich zu küssen. Ich konnte ihm davonlaufen, aber es war schrecklich, Noah.« Ich suche in seinem Gesicht nach einem Anzeichen von Entsetzen oder Wut. Doch da ist nichts.

Stattdessen rückt Noah ein Stück von mir ab, nimmt seine Hände von meinem Rücken und legt sie in seinen Schoß.

»Blake hat gesagt, dass du das vielleicht behaupten wirst.«

Ich verschlucke mich fast an meinem nächsten Atemzug. »Was?«, stoße ich mühsam hervor.

»Er hat mir erzählt, was passiert ist. Dass du an seiner Zimmertür aufgetaucht bist und gesagt hast, ich würde dich nicht mehr wollen, und dann versucht hast, ihn zu küssen. Er sagte, er hätte dich auf freundliche Art abweisen wollen, aber du seist davongerannt.«

»Nein ... was? Das ist totaler Unsinn!«

»Mein Gott, Penny – ich weiß, dass es nicht leicht war, aber Blake ist mein Freund. Konntest du dir nicht denken, dass er sofort zu mir kommen würde? Ist das eine Art Hilferuf? Dean meinte, so was könnte passieren ... Aber ich habe dich immer gegen ihn verteidigt. Ich sagte, so was würdest du nie machen. Aber da lag ich wohl daneben.«

Dann tut Noah etwas, das er noch nie gemacht hat: Er schreit mich an. »Gib's auf, Penny! Blake hat mir gesagt, was passiert ist, und ich glaube ihm, was auch passiert. Warum kannst du nicht einfach ehrlich sein und sagen, dass du es getan hast, um meine Aufmerksamkeit zu kriegen? Ich weiß, dass ich nicht für dich da war, aber ich erwarte, dass wir wenigstens ehrlich miteinander sind. Ich könnte dir verzeihen, wenn du zugibst, dass es ein Fehler war, aber ich werde dir nie vergeben, wenn du weiterhin Lügen erfindest. Schon gar nicht über meinen besten Freund. Wie alt bist du eigentlich?«

Ich starre ihn voller Abscheu und Zorn an. Es kommt mir nicht vor, als würde ich Noah ansehen, diesen so wahnsinnig talentierten Musiker mit dem umwerfendsten Lächeln, den romantischsten Ideen und schönsten Gedanken. Ich habe nur den Eindruck, einen normalen, arroganten achtzehnjährigen Jungen vor mir zu haben.

Zunächst bin ich sprachlos. Warum vergeude ich überhaupt meinen Atem für das hier? Ich weiß, was passiert ist, aber mein Freund – der Mensch, der auf mich achtgeben und mir vertrauen sollte – weigert sich, mir zu glauben.

»Verschwinde, Noah. Wenn du so schlecht von mir denkst, kann ich mich wirklich nicht weiter damit abgeben. Das ist Zeitverschwendung. Ich habe dir erzählt, was passiert ist. Wenn du mir nicht glaubst ... dann weiß ich auch nicht, was ich noch tun soll.«

Noah steht abrupt auf. »Dean hat mich davor gewarnt, dass der Tour-Alltag Menschen verändert. Mir war nur nicht klar, dass er dich damit gemeint hat.« Er funkelt mich an, den Mund von Wut verzerrt.

Ich möchte fast lachen, weil das ausgerechnet aus seinem Mund so lächerlich klingt.

»Nein, Noah. Das stimmt nicht im Geringsten. Es ist sogar von Grund auf falsch.« Ich hole tief Luft. »Ich kann das nicht mehr. Ich kann nicht mit jemand zusammen sein, der so von mir denkt, der mit mir nur spielt und der mir in einer so wichtigen Sache nicht glaubt. Ich dachte, dich zu kennen, aber anscheinend war das nicht der Fall. Ich weiß einfach nicht, wie das noch funktionieren soll.«

Ich kann selbst kaum glauben, dass ich das gerade gesagt habe. Ich bin mir auch nicht sicher, ob Noah das kann. Er dreht sich um, verlässt mein Hotelzimmer und knallt die Tür hinter sich zu.

KAPITEL 41

Sofort nachdem Noah fort ist, nehme ich mein Handy und rufe Elliot an. Selbst die teuren Telefongebühren interessieren mich nicht. Nach ein paarmal Läuten, nimmt er ab.

»Hallo?« Sofort kann ich spüren, dass etwas nicht in Ordnung ist. Er klingt leise und so weit weg – aber dann fällt mir ein, dass es fast zwei Uhr in der Nacht ist und ich ihn wahrscheinlich geweckt habe.

»Sorry, dass ich so spät anrufe«, sage ich. Ich versuche, meine Stimme so normal wie möglich klingen zu lassen, auch wenn es sich so anfühlt, als hätte ich die ganze vergangene Stunde nichts anderes getan als geweint und gestritten.

»Ist schon okay«, erklärt Elliot. »Ich war noch wach.« Er wirkt immer noch kühl und distanziert.

»Warst du?«

»*What's up?*«

»Oben? Der Himmel natürlich«, antworte ich in dem schwachen Versuch, einen Witz zu machen. Es ist die Art Scherz, bei der Elliot normalerweise wenigstens kichern würde, aber er gibt keinen Laut von sich. Ich nehme an, keiner von uns beiden ist in der Stimmung für so was.

»Elliot, ich glaube, Noah und ich haben vielleicht gerade Schluss gemacht.« Ich sitze da und spiele mit meinen Haaren herum, während ich nur gespenstische Stille höre. Das Einzige, das mich sicher sein lässt, dass die Telefonverbindung immer noch steht, ist die Tatsache, dass Elliots Powerballaden-Playlist im Hintergrund zu hören ist. Gerade singt Bon Jovi *Always* und ich fühle mich elend. Ich kann nicht mehr leise weinen und beginne, laut ins Telefon zu schluchzen.

Elliot atmet am anderen Ende der Leitung tief ein. »Nie im Leben!«

Ich gebe einen bekräftigenden Laut von mir und dann scheint bei Elliot der Groschen gefallen. »Aber ... aber warum? Was um Himmels willen ist passiert? Was hat er jetzt wieder angestellt?« Elliot begibt sich umgehend in den beschützenden Bester-Freund-Modus. *Das* ist der Elliot, den ich nun brauche.

»Sein widerlicher bester Freund hat versucht, mich zu küssen, und als ich zu Noah gegangen bin, um ihm davon zu erzählen, habe ich ein Gespräch zwischen ihm und Dean belauscht, bei dem es darum ging, dass Noah besser keine Freundin haben sollte. Dann hat Blake gelogen und behauptet, *ich* hätte *ihn* angemacht. Und rat mal, wem Noah geglaubt hat! Er sagte, ich hätte das getan, um seine Aufmerksamkeit zu erregen, und dass Blake so etwas nie machen würde. Ich stehe unter Schock. Und ich bin so einsam.«

Ich sehe mich im Spiegel gegenüber. Es ist der gleiche

Spiegel, in dem ich mich heute am früheren Abend betrachtet und gedacht habe: *Wow, Penny, du bist ein heißes Gerät.* Nun ist alles, was ich denken kann: *Wow, Penny, was für eine riesige Schande.* Schwarze Mascara und Eyeliner rinnen mir die Wangen herunter, mein wunderschönes schwarzes Seidensatin-Kleid lugt unter meinem lumpigen, alten Hoodie hervor, und meine Ananas wirkt auch nicht mehr besonders frisch.

»Ich kann nicht fassen, dass Noah dir nicht geglaubt hat ... Bist du okay? Soll ich jemanden schicken, der diesen Blake-Typen vermöbelt?«

Ich kichere unter Tränen. »Vielleicht können du und Alex zusammen es mit ihm aufnehmen?«

»Nun, das ist ein irres Timing«, sagt Elliot und macht eine lange Pause. »Ich wollte eigentlich warten, bis du wieder zu Hause bist, um es dir zu erzählen, aber ... Alex und ich haben uns auch getrennt.«

Nun verstehe ich auch, warum er diese Playlist spielt. »Oh, nein, Elliot ... Was ist passiert? – Es tut mir so leid.« Ich bin echt schockiert. Ganz ehrlich, ich hätte nie gedacht, dass ich diese Worte jemals aus Elliots Mund hören würde. Die Entfernung zwischen uns scheint gerade unendlich groß zu sein. Am liebsten möchte ich ihn durchs Telefon ewig lang umarmen. Dann macht es plötzlich klick bei mir. »Oh, mein Gott! War es wegen des Fotos?«

»Das war der Auslöser, aber da war noch viel mehr im Argen. Das muss ich dir persönlich erzählen. Am Telefon geht das nicht. Ich wünschte, wir könnten uns genau jetzt sehen.« Elliot seufzt, während Whitney Houston im Hintergrund aus seinem Laptop schallt.

»Ich auch. Ich glaube, ich habe mir dich noch nie so sehr auf die andere Seite der Zimmerwand gewünscht. Ich könnte einfach klopfen und du kämst sofort rüber.«

Wir erzählen uns noch mehr davon, wie sehr wir einander vermissen, und spielen durch, was wir tun könnten, wenn wir jetzt zusammen wären. Elliot sagt sogar, dass er so weit gehen würde, mir eine Schachtel mit zwanzig Chicken McNuggets von McDonald's zu bringen, und da weiß ich, er versteht, wie ernst die Lage ist. Er hasst McDonald's nämlich und meidet es strikt – außer in schlimmen Notfällen.

Ich seufze, während ich aus dem Fenster schaue. Der Eiffelturm, der noch vor wenigen Stunden so romantisch und wunderschön schien, ist nur noch eine gewaltige Erinnerung daran, wie weit weg ich von zu Hause bin. Ich möchte genau jetzt daheim sein, Toms Dubstep-Musik durch den Boden wummern und Mum falsche Texte zu Popsongs im Radio singen hören, genauso wie Dads blöde Witze über alles.

»Oh, Elliot, was soll ich bloß tun?«, frage ich und fühle mich komplett verloren.

Doch überraschenderweise ringt Elliot in diesem Moment aufgeregt nach Luft, und ich bin mir fast sicher, ihn in die Hände klatschen zu hören. Außerdem höre ich, wie er wild auf die Tasten seines Computers einhämmert. »Penny, ich habe eine Idee. Sie ist ein bisschen verrückt, aber du musst mir einfach vertrauen. Sei mit all deinen Sachen morgen früh um halb zehn am Bahnhof Gare du Nord. Ich werde dafür sorgen, dass du nach Hause kommst.«

Mein Herz schlägt mir bis zum Hals. »Wiki, in letzter Zeit bin ich ganz schön oft hängen gelassen worden. Bitte sag nichts, was du nicht so meinst.«

»Lady Penelope, wann habe ich Euch je im Stich gelassen? Du kannst mir vertrauen.«

Und, natürlich hat Elliot recht: Er hat mich noch nie im Stich gelassen. Der Gedanke, nach Hause zu fahren, beruhigt mich so, dass es mir nicht einmal die Vorstellung etwas ausmacht, ganz allein im Zug sitzen zu müssen. Morgen kann ich schon in meinem eigenen Bett schlafen.

»Ich hab dich lieb, Elliot.«

»Ich dich auch, Penny. Denk dran: halb zehn morgen früh, Gare du Nord. Schreib es dir auf. Es gibt acht größere Bahnhöfe in Paris, und ich will nicht, dass du zu dem falschen fährst!«

»Verstanden, Wiki«, antworte ich und versuche, selbstsicherer zu klingen, als ich mich fühle. Doch Elliot ist wieder einmal gelungen, was ich keinem zugetraut hätte: Meine Stimmung ist ein winzig kleines Bisschen besser. Zumindest habe ich jetzt einen Plan: Ich fahre nach Hause.

KAPITEL 42

Als ich es endlich schaffe, ins Bett zu gehen, ist es 4 Uhr morgens vorbei. Die vier Stunden unruhigen Schlafs, die dann folgen, reichen kaum, um die dunklen Schatten unter meinen Augen verschwinden zu lassen.

Obwohl ich mich auf Zuhause freue, kann ich nicht anders, als dauernd mein Handy zu checken. Verzweifelt wünsche ich mir eine Nachricht von Noah, in der er mir mitteilt, dass es falsch war, mich der Lüge zu bezichtigen, und dass er keine Trennung möchte. Aber nichts passiert.

Also fege ich durch mein Zimmer und schmeiße rasch all meine Sachen in den Koffer. Mein Magen zieht sich zusammen, wenn ich daran denke, dass ich meine Handtasche mit der Kamera darin irgendwo vor Blakes Zimmer verloren habe. Aber darüber kann ich mir jetzt nicht auch noch Sorgen machen. Ich werde an der Rezeption nachfragen, ob jemand sie dort abgegeben hat. Auf meinem Telefon habe ich gesehen, dass es mit dem Taxi nur zehn Minuten bis zur Gare du Nord sind, also bleibt mir noch ein bisschen Zeit.

Ich setzte mich wieder aufs Bett und reiße ein Blatt von einem Notizblock ab. Noch nie habe ich einen Abschiedsbrief geschrieben, und nie hätte ich gedacht, dass ich Noah einen schreiben müsste. Ich weiß nicht recht, wie und wo ich anfangen soll. Mehrmals kritzle ich meine Gedanken hin, aber alles, was ich schreibe, klingt falsch. Die misslungenen Briefe knülle ich zusammen und werfe sie in Richtung Papierkorb (den ich inzwischen gründlich sauber gemacht hatte).

Endlich bin ich zufrieden mit meinem Brief.

Noah,

Ich weiß nicht, wo ich anfangen soll. Es gibt so vieles, das ich sagen möchte, aber eigentlich muss ich nur sagen, dass ich nach Hause gefahren bin. Es tut mir leid, dass all das passiert ist, aber ich habe das Gefühl, dir hier im Weg zu sein. Hoffentlich kannst du jetzt alles erleben, was der Ruhm zu bieten hat, ohne dass ich dir dabei zur Last falle. Ich kann nicht verschweigen, dass ich verletzt und traurig bin. Ich habe alles, was ich hatte, in diese Beziehung investiert, und du hast es mir alles zurück ins Gesicht geschleudert. Ich hoffe, eines Tages wirst du erkennen, dass ich dich nie belogen habe und immer nur wollte, dass du glücklich bist.
Du wirst immer mein Plot Point sein, aber vielleicht führen Plot Points ja auch immer zu ›The End‹?
Penny x

PS Bitte kontaktier mich nicht. Ich brauche ein bisschen Zeit, um den Kopf freizukriegen.

Ich lege den Brief neben mein Handy, das ich noch ein letztes Mal checke. Immer noch keine Nachricht von Noah. Wahrscheinlich bräuchte ich ihm gar nicht zu sagen, er soll mich in Ruhe lassen; höchstwahrscheinlich hat er das sowieso vor.

Ich schaue mich noch mal im Zimmer um, dann zerre ich meinen Koffer auf den Flur. Das ist kein leichtes Unterfangen – zum ersten Mal muss ich meinen Koffer allein schleppen. Und ich habe eine Menge Souvenirs dabei, darunter mindestens zwanzig kleine Fläschchen mit Shampoo und Bodylotion aus allen Hotels.

Als ich unten in die Lobby komme, höre ich meinen Namen. »Penny?«

Für einen Sekundenbruchteil macht mein Herz einen Sprung, weil ich denke, vielleicht ist das Noah. Vielleicht wird er sich entschuldigen. Ich drehe mich um und sehe eine schimmernde Glatze und ein fröhliches Lächeln.

»Larry!« Ich lächle zurück und hoffe, dass meine Sonnenbrille gute Arbeit leistet und meine geschwollenen Augen verbirgt.

»Ich habe dich schon gesucht. Ich dachte, du würdest das vielleicht wiederhaben wollen.« Er reicht mir meine Handtasche, in der auch meine Kamera ist. Ich kann nicht anders und schlinge meine Arme um seine Taille. Larry scheint der einzige Mensch auf dieser Tour gewesen zu sein, der immer auf mich aufgepasst hat. Mein Kopf reicht kaum an sein Kinn und er lacht glucksend.

»Danke, Larry«, schniefe ich und lasse ihn wieder los.

»Bin froh, dich erwischt zu haben. Aber wo soll's denn

hingehen? Soll ich dir damit helfen?« Er nimmt mir den Koffer ab und trägt ihn vors Hotelportal.

»Ehrlich gesagt … fahre ich nach Hause.« Ich schaue die Straße entlang und halte nach etwas Ausschau, das zumindest entfernt Ähnlichkeit mit einem Taxi hat und das ich herbeiwinken kann, damit es mich zum Bahnhof fährt.

Er runzelt die Stirn. »Aber –«

»Bitte frag nicht, Larry.« Ich spüre, wie meine Unterlippe zu zittern beginnt, aber ich weigere mich zu weinen. Das habe ich schon genug. Ich bete um ein Taxi. Eines scheint frei zu sein, aber es rauscht an mir vorbei und hält vor den Füßen einer lässig glamourösen Dame mit Pudel auf dem Arm. Ich sehe frustriert an meinem Button-down-Hemd und den Leggings herunter. Mir war nicht klar, dass man in Paris auch schon schick aussehen muss, damit auch nur ein Taxi anhält.

»Weiß Noah Bescheid?«, fragt Larry vorsichtig.

»Natürlich«, sage ich. Das ist nicht komplett gelogen – er wird Bescheid wissen, sobald er den Brief gelesen hat.

»Also, dann würde er bestimmt nicht wollen, dass du allein zum Bahnhof fährst. Lass mich dich wenigstens hinfahren.«

Vielleicht ist es ihm sogar egal, was mit mir passiert, denke ich, aber ich weiß, das ist kleinlich. Und eine Fahrgelegenheit kann doch nicht schaden. Larry deutet auf den Mercedes mit den getönten Scheiben, der fast direkt vor uns parkt, und ich schaue noch mal auf den Verkehr auf der Straße.

»Okay. Danke, Larry.« Es reicht schon, dass ich gerade

mit meinem Freund Schluss gemacht habe. Da wäre es wohl das Letzte, was mir noch fehlt, in Paris verloren zu gehen, noch dazu mit einem schweren Koffer. »Ich weiß das zu schätzen.«

Larry ist so nett, im Auto nur Small Talk mit mir zu machen und mir ausführlich von seinem Ausflug zu Notre Dame gestern zu erzählen. Als wir am Bahnhof angekommen sind, hilft er mir mit dem Koffer und wünscht mir viel Glück. Ich danke ihm für alles, was er auf dieser Reise für mich getan hat.

»Aber gerne, Penny. Und mach dir keine Sorgen – Noah wird schon wieder zur Besinnung kommen«, sagt er und zwinkert mir aufmunternd zu.

Ich lächle schwach und nicke. Dann drehe ich mich zu dem imposanten Bahnhofsportal um. Ich hole tief Luft und durchquere es so selbstbewusst, wie ich nur kann.

Als ich im Bahnhof stehe, bröckelt meine Fassade. Noch dazu wird mir klar, dass ich gar nicht genau weiß, was ich tun soll. Im Nachhinein denke ich, ich hätte Elliot nach ein paar mehr Details fragen sollen. Aber um vier Uhr morgens und nach einer der schlimmsten Nächte meines Lebens, habe ich eben nicht genau die richtigen Fragen gestellt. Ich schaue auf die Tafel mit den Abfahrtszeiten und sehe, dass der nächste Zug nach London erst um 11 Uhr 30 geht. Vielleicht wollte Elliot, dass mir reichlich Zeit blieb? Ich fange an, mich nach Schildern mit meinem Namen drauf umzusehen, aber vergebens.

Atmen, Penny, ermahne ich mich selbst. Was würde Wiki tun? Ich versuche, den scharfsinnigsten Teil meines

Verstandes zu benutzen, was mir schwerfällt, weil sich dieser Bereich meines Gehirns unter einer Wolke emotionalen Nebels zu verstecken scheint.

»*Excusez-moi?*« Ich sehe die zierliche Frau hinter der Glasscheibe des Fahrkartenschalters an und sie lächelt mich höflich an. Sie hat ein Puppengesicht und eine Brille mit kreisrunden Gläsern. Ihr roter Lippenstift ist ein bisschen über die Lippen hinaus gemalt. »*Parlez-vous anglais*?«, frage ich und hoffe, dass mein Französisch nicht zu schrecklich ist. Als sie nickt, strahle ich vor Erleichterung. »Ich muss nach England. Mein Name ist Penny Porter. Sie haben wohl nicht zufällig ein Ticket für mich?«

Die Dame schaut mich leicht irritiert an. »*Pardon?* Mein Englisch ist nicht sehr gut. Haben Sie eine Reservierung?«

»Ja! Vielleicht.« Ich gebe ihr meinen Pass. Sie lächelt, dreht sich zu ihrem Computer und tippt rasant etwas ein.

Dann runzelt sie die Stirn. »Ich sehe hier nichts für Sie.«

»Nein, tut mir leid. Ich dachte, mein Freund hätte eine Fahrkarte für mich gebucht. Elliot Wentworth?« Erst jetzt bemerke ich, wie theatralisch ich mit den Händen gestikuliere, und werde knallrot. Natürlich wird diese Dame nicht aufgrund meiner Gesten wissen, wer Elliot ist.

»*Mademoiselle?* Brauchen Sie ein neues Ticket?« Sie zeigt auf ihren Computer, dann auf einen Zug und strahlt, als hätte sie gerade im Lotto gewonnen.

Ich lächle genauso begeistert zurück und schüttele den Kopf. »Macht nichts. Ist schon gut. *Thank you. Merci.*«

Ich schleppe meinen knallrosa Koffer wieder zurück zur Tafel mit den Abfahrtszeiten. Was um alles in der Welt habe ich mir bloß dabei gedacht, allein nach Hause kommen zu wollen? Es spielt auch gar keine Rolle, ob Elliot irgendwelche Pläne für mich geschmiedet hat. Ich bin eindeutig eine absolute Niete, ein ständig drohendes Missgeschick. Ich setze mich auf meinen Koffer und rufe Elliot ab, um ihn zu fragen, was genau ich nun tun soll. Aber es meldet sich sofort die Mailbox. Ich murmele ins Telefon: »Nicht jetzt, Elliot, du absoluter –«

»Pen-Schatz! Da bist du ja!«

Ich fahre herum und sehe Elliot dastehen. Ich seiner karierten Hose und roten Loafers. Die braunen Haare sind perfekt gestylt und sein gestärktes weißes Hemd und die schwarze Fliege passen perfekt zu seiner Schildpattbrille. Ich laufe auf ihn zu, springe hoch und knote in einer hollywoodreifen Begrüßung die Beine um seine Taille.

»Okay, beruhige dich! Das hier ist ja nicht *Dirty Dancing*! Ich habe nicht die Statur für diese Art von Zuneigung«, sagt Elliot.

Er lässt mich fallen und ich lande mit Mühe auf meinen Füßen.

»Tut mir leid, aber ich freu mich so, dich zu sehen! Bist du wirklich hier? Hattest du das von Anfang an geplant?«

»Ja. Ungefähr eine Millisekunde lang habe ich überlegt, dich nur nach Hause zu bringen, aber dann dachte ich mir: *Wir werden nur traurige Loser mit gebrochenen Herzen sein. Möchte ich ein trauriger Loser in meinem Kinderzimmer in Brighton sein? Oder ein trauriger Loser in Paris?*

New York hat dich aus der Krise gerettet, also dachte ich, vielleicht kann Paris bei mir das Gleiche bewirken. Es kam mir vor wie Schicksal: Ich nahm mir ein paar Tage bei CHIC frei. Ich benutzte einfach die Kreditkarte, die Dad mir für Notfälle gegeben hat, um die Tickets zu bezahlen, und dann hatte ich gerade noch genug Zeit, um nach London zu rasen und den Eurostar heute Morgen zu erwischen. Ich habe NULL geschlafen. Aber jetzt brauche ich eine Dusche, denn ich fühle mich schon ganz widerlich.«

»Elliot, du bist der Beste! Was ist der Plan?«

»Ich habe ein Hotel im 15. Arrondissement gebucht.«

Ich liebe Elliot über die Maßen! »Was ist das denn?«, frage ich.

»Das ist ein Bezirk von Paris. – Wusstest du, dass es in Paris insgesamt zwanzig davon gibt?« Elliot nimmt mich am Arm, und wir verlassen den Bahnhof, um uns ein Taxi zu suchen.

Obwohl dumpfe Traurigkeit wie eine Regenwolke über mir schwebt, scheint es, als hätten sich doch ein paar der grauen Wolken gelichtet und als sei dieser große wunderschöne Regenbogen aufgetaucht, um ein bisschen von der Trübsal zu vertreiben. Ich fühle mich mit Elliot an meiner Seite ganz anders.

»Das wusste ich nicht! Elliot, du siehst übrigens fantastisch aus, wenn man bedenkt, dass du nicht geschlafen hast. Du solltest mal meine Augen hinter dieser Sonnenbrille sehen.«

Er hebt meine Brille an und mustert mich mit besorgter Miene.

»Sehr, sehr, eindrucksvoll«, sagt er und wendet den Blick nicht von mir.

»Die Brille? Ach was, die habe ich mir vor zwei Jahren bei Topshop gekauft.«

Er lacht und setzt mir die Brille wieder richtig auf. »Nein, diese sagenhaften Ringe unter deinen Augen, Daaaahling.« Elliot bricht in prustendes Gelächter aus und zieht mich zu einem Taxi. Ich schaffe immerhin ein kleines Kichern, als ich neben ihm auf die Rückbank hüpfe.

Das Taxi fährt gerade an, als ich einen Kopf mit verstrubbeltem braunem Haar und eine vertraute Silhouette erblicke. Ich könnte nicht sagen, ob ich schockiert bin oder ob unbestreitbare Freude mich erfasst.

»Anhalten!«, schreie ich.

KAPITEL 43

Bloß, dass es nicht Noah ist. Als der Typ sich umdreht, sieht er Noah nicht einmal ähnlich. Meine verzweifelte Fantasie hat mir nur einen Streich gespielt.

Der Taxifahrer brummt missbilligend, während ich mich zurück in den Sitz fallen lasse und Elliot sanft meine Hand tätschelt.

Glücklicherweise dauert die Fahrt nicht zu lang, aber als wir vor dem Hotel, das Elliot gebucht hat, ankommen, kann ich nicht anders, als an seiner Wahl zu zweifeln. Das Hotel ist weit entfernt von allen, in denen ich auf der Tournee abgestiegen bin – der Außenbereich ist schäbig, und die Wände sind voller Graffitis.

Elliot zuckt mit den Schultern. »Das ist alles, was ich last minute kriegen konnte. Auf TripAdvisor hat es trotzdem gute Bewertungen.«

Ich drücke Elliots Hand und wir betreten das Hotel. Allein schon die Tatsache, ihn hierzuhaben, ist mit Geld nicht aufzuwiegen, und ich wäre sogar froh, in einem Pappkarton zu übernachten, solange wir nur zusammen sind.

Auch wenn es noch früh am Tag ist, händigt uns der

Rezeptionist freundlicherweise schon den Zimmerschlüssel aus, und wir schleppen meinen Koffer drei Treppen hoch bis zu unserem Zimmer. Wir lachen uns dermaßen kaputt, während wir den schweren Koffer jede einzelne Stufe hochzerren, dass ich kaum noch Luft kriege. Die Kombination von Außer-Form-Sein (ich hätte definitiv nicht so viele Sportstunden schwänzen sollen) und unserem Gekicher gestaltet diese Aufgabe äußerst schwierig.

Der Außenbereich ist nicht das Einzige, das dieses Hotel von den anderen unterscheidet: Es ist auch noch viel beengter hier. Die beiden Betten in unserem Zimmer sind aneinandergerückt und die Fußenden berühren so ziemlich die Wand. Es gibt ein winziges Fenster, aber keine Hoffnung auf Aussicht auf den Eiffelturm – stattdessen werde ich vom Anblick einer Backsteinmauer und einer Feuerleiter begrüßt. Ein Graffiti auf der Mauer lautet: L'AMOUR EST MORT. Elliot übersetzt es mir: »Die Liebe ist tot.« Und ich weiß, wie sich die Person, die das geschrieben hat, fühlt. Im Badezimmer schwebt der Duschkopf quasi über der Toilette, und ich muss mich ein bisschen bücken, um darunterzupassen.

»Also, das erledigt zwei Fliegen mit einer Klappe«, meint Elliot lachend, nachdem er den Kopf durch die Badezimmertür gesteckt hat.

Erschöpft lassen wir uns auf die Betten fallen. Da ich ganz in meinen eigenen Kummer über Noahs und meine Trennung vertieft gewesen bin, habe ich noch nicht wirklich überlegt, wie sich eigentlich Elliot gerade fühlen muss. *Alexiot* gibt's nicht mehr, und es bricht mir das Herz, wo ich hier so liege und darüber nachdenke.

Ich greife nach Elliots Hand. »Wiki? Hast du das mit Alex kommen sehen? Habt ihr beiden viel gestritten?« Ich rolle mich auf den Bauch und stütze meinen Kopf in die Hände.

Elliot seufzt übertrieben lang und verschränkt die Hände über seinem Bauch.

»Du weißt, Alex hat sich noch nicht geoutet, und natürlich war mir das am Anfang egal. Ich würde ihn niemals unter Druck setzen, sich zu outen – er muss den Weg in seinem eigenen Tempo gehen. Aber, so dumm das auch klingt, dachte ich, dass wir diese Hürde mittlerweile gemeinsam übersprungen hätten. Dass vielleicht ich derjenige wäre, der ihn ändern und ihm das nötige Selbstvertrauen geben könnte ... Ich klinge wie in einem schlechten Film. Ich weiß, ich kann niemand je nach meinem Belieben ändern, aber, Penny, ich will auch nicht der Fußabstreifer sein. Das Foto, auf dem wir uns küssen, hat das Ganze nur verdeutlicht. Alex ist komplett ausgerastet und hat mich allen Ernstes gefragt, warum zur Hölle ich das jemals zulassen konnte. Er sagte«, Elliots Stimme klingt so dünn, dass sich mein Herz zusammenzieht, »er sagte, er wünschte, er hätte mich überhaupt niemals geküsst. Ich habe mich so geschämt.«

Ich schaue zu Elliot und er presst seine Augen wirklich fest zusammen. Dann öffnet er sie wieder, blinzelt, und zum ersten Mal klingt seine Stimme kräftiger. Er klingt jetzt wie sein Vater, was verrückt ist, denn sonst tut er das nie. »Es ist einfach traurig, in jemand so viel investiert zu haben und nicht zu spüren, dass dieser Einsatz wertgeschätzt wird. Also musste es eben enden.«

Elliott dreht sich um, und seinen Erklärungen zum Trotz glaube ich nicht, dass ich ihn jemals über irgendetwas so verärgert gesehen habe. Dabei weiß ich, wenn er etwas Trauriges zu bewältigen hat, schiebt er lieber den Gefühlsregler ganz nach unten, als aller Welt zu zeigen, wie verletzt er ist.

»Oh, Wiki, das ist schrecklich. Aber du musst verstehen, dass es nichts mit dir persönlich zu tun hat. Alex muss das ganz allein mit sich selbst ausmachen, und das ist wirklich grässlich für dich, denn alles, was du tun kannst, ist dasitzen und warten. Dabei hast du gar nichts falsch gemacht, als du wolltest, dass deine Beziehung und deine Gefühle respektiert werden. Alex kann dich doch nicht für alle Zeiten verstecken.« Ich schaue Elliot an und lächele ein wenig, nur um zu sehen, ob ich ihm ein bisschen Optimismus vermitteln kann.

Zu meiner Erleichterung lächelt Elliot zurück. »Ich weiß, Penny. Es ist bloß ... Ich mag ihn wirklich. So, wie wenn man jemand *wirklich* mag.« Er hebt die Augenbrauen.

»Wie wirklich *richtig* mögen?« Ich zucke mit den Augenbrauen und wir kichern ein kleines bisschen. Dann springt Elliot vom Bett.

»Wie wirklich richtig, *richtig* mögen. Schau uns an, Penny. Wir tun so, als wäre die Welt stehen geblieben. Wir ergehen uns in unserem Kummer und das ist sehr unattraktiv. Wir sind in Paris, und, um Himmels willen, wir sollten die Kerle vergessen und ausgehen und Spaß haben. Du magst vielleicht mit Noah keine Magical Mystery Days gefeiert haben, aber, verdammt, ganz sicher wirst du mit mir einen erleben.«

»Ooh, ich kenne da diesen großartigen Mode-Boulevard, den du *lieben* wirst«, sage ich und denke an meinen Tag mit Leah zurück. War das nicht erst gestern? Es fühlt sich an, als wäre es eine Million Jahre her. »Dort gibt es all die schicken Boutiquen –«

Elliot runzelt die Stirn. »Warte mal, wieso kennst du einen Mode-Boulevard?«

Ich werde rot. »Leah hat mich mitgenommen. Sie hat mich dort für die After-Show-Party gestern eingekleidet.« Ich hole mein Handy hervor, auch wenn es mich schmerzt, durch die gemeinsamen Bilder von Noah und mir zu scrollen, auf denen wir so glücklich wirken. Ich finde eins, das Leah gemacht hat, nachdem wir gerade das Hotel verlassen hatten und mein Haar, Make-up und Outfit total perfekt aussehen. Ich zeige es Elliot, dem die Kinnlade praktisch bis auf den Boden fällt.

»Oh, Penny, willst du mir erzählen, dass Noah dich *danach* aufgegeben hat? Süße, er ist ein Idiot.«

Ich packe das Handy wieder in meine Tasche. Meine Augen drohen schon wieder, sich mit Tränen zu füllen. »Ich denke, wenn ich gewusst hätte, wie man andauernd so aussieht, wäre ich ihm vielleicht gerecht geworden.«

»Oh, nein«, erwidert Elliot. »Das ist nicht die Penny, die ich kenne. Wenn er dich so nicht lieben kann –«, er deutet auf meine schlabberigen Leggings, T-Shirt und meine unordentliche Frisur, »dann verdient er dich auch nicht. Penny, du bist keine Prinzessin, du bist eine Königin. Und Königinnen verdienen heiße Schokolade und Croissants zum Frühstück. Also los.«

KAPITEL 44

Buttrig blättrige, im Mund schmelzende Croissants in samtige heiße Schokolade getaucht zum Frühstück sollten für jeden am Morgen nach einer Trennung Pflicht sein. Ich bin mir ziemlich sicher, dass die Bedienung so missbilligend guckt, weil wir danach auch noch ihre letzten sechs *pains au chocolat* zum Mitnehmen bestellen, aber das kümmert uns nicht.

Elliot gewinnt die Kellnerin dann aber doch noch mit seinem Französisch für sich, und es dauert nicht lange, da tauschen die beiden Vermutungen darüber aus, wo in Paris es wohl die besten Macarons gibt. Elliot klingt so cool. Ich gerate jedes Mal in Verzückung, wenn er Französisch spricht, was er natürlich schon bald nervig findet.

Nach dem Frühstück laufen wir die Straße mit den sehr teuren Geschäften entlang, die mir Leah gezeigt hat. Ich spüre, wie eine Welle von Kummer mich erfasst, als ich daran denke, wie viel Mühe ich mir gestern Abend für Noah gemacht habe, nur damit am Ende alles so schrecklich schiefging. Jedes Mal, wenn ich anfange, traurig dreinzusehen, packt Elliot die Tüte mit den verbliebenen *pains au chocolat* aus und fordert mich auf, davon abzubeißen, während er das Gleiche tut.

Das funktioniert – bis uns natürlich die *pains au chocolat* ausgehen. Dann begeben wir uns zum Mittagessen, und ich verputze den käsigsten *Croque monsieur* der Welt – und selbstverständlich auch noch ein riesiges Stück Apfeltarte. Wer behauptet, dass Essen nicht jedes Problem lösen kann? Essen und der beste Freund sind ganz offiziell die allerbeste Kombination.

Nach dem Mittagessen gehen wir zur Pont des Arts am Seine-Ufer, auch bekannt als Brücke der Liebesschlösser. Elliot ist entschlossen, ein Vorhängeschloss für uns zu besorgen, unsere Namen darauf zu schreiben und es an die Brücke zu hängen, wo es für immer eine kleine Hommage an unsere Freundschaft sein soll. Aber als wir dort ankommen, sehen wir, dass alle Vorhängeschlösser entfernt wurden. Wo sie bisher hingen, weist nun ein großes Schild darauf hin, keine Schlösser mehr dort anzubringen, weil ihr Gewicht die Brücke zerstören würde.

Elliot ist zwar enttäuscht, aber ich nicht. Ich glaube, ich mag mir meine Liebe nicht als Schloss vorstellen. Stattdessen betrachte ich sie lieber als eine Brücke. Wie die, auf der wir stehen. Etwas, das zwei Herzen miteinander verbindet, die sonst nicht zueinander finden würden. Die Liebesschlösser sind ein bisschen so wie die Probleme, die Noah und ich hatten: Jedes einzelne war klein, aber zusammen waren sie schwer genug, um uns in die Knie zu zwingen und schließlich zusammenbrechen zu lassen.

Obwohl die Liebesschlösser entfernt wurden, sind

Elliot und ich umringt von glücklichen Paaren, die auf dieser Brücke, die so lange ein Symbol für immerwährende Liebe war, Fotos von sich schießen. Ich wünschte, Elliot hätte mich nicht hierhin geführt. Das Letzte, das ich jetzt gebrauchen kann, sind Pärchen, die Kussmünder für ihre Handykameras machen.

»Na gut, also kein Schloss, aber wie wäre es mit einem romantischen Spaziergang an der Seine?« Elliot holt mich zurück in die Gegenwart, indem er mich am Arm rasch über die Brücke zieht.

»Wusstest du, dass in Paris mehr als dreißig Brücken über die Seine führen?«, sagt er und hakt sich bei mir unter.

»Das kann ich mir vorstellen«, antworte ich. Mir scheint, wir haben allein auf unserem kurzen Fußmarsch schon ein halbes Dutzend davon überquert. Ich lehne meinen Kopf an Elliots Schulter, und wir folgen dem Weg am Ufer des Flusses, beobachten, wie lange Boote, vollgepackt mit Touristen, ruhig an uns vorübergleiten.

»Schau! Schau!« Elliot deutet auf den Eiffelturm, der plötzlich vor uns auftaucht.

Obwohl ich sofort an Noah denken muss und daran, wie nah wir gestern einer Magical Mystery Night waren, kann ich nicht verbergen, dass ich überwältigt davon bin, wie majestätisch der nahe Eiffelturm ist. Mit seiner eisernen Spitze, die hoch in den klaren und blauen Himmel ragt. Er ist so einzigartig, dass mir das Herz bis zum Hals klopft, als ich zu ihm hinaufsehe. Elliot nimmt meine Hand, und wir beginnen zu rennen, weil wir so schnell wie möglich näher heranwollen.

Hunderte Touristen schwirren um uns herum, und wir sind gezwungen, langsamer zu werden und anzuhalten. Elliot pfeift anerkennend leise und ist sichtlich beeindruckt. Doch nun bleibt mein Herz aus einem anderen Grund kurz stehen: Eine Gruppe japanischer Touristen hat sich gerade weiterbewegt und den Blick freigegeben auf eine Reihe von Plakaten an einer Wand. Darauf ist Noahs Gesicht. Es sind die ersten Plakate, die ich von der Tour zu sehen bekomme: Sein Foto befindet sich unter einem von The Sketch; er hält seine Gitarre im Arm und lacht in die Kamera. Und auch wenn der Haupt-Act mehr Platz auf dem Plakat einnimmt, so ist es doch Noahs Gesicht, das für mich herausragt.

Er sieht so Rock-Gott-tastisch aus – nur dass er eben nicht mehr mein Rock-Gott ist. Gerade als ich spüre, wie ich einem Nervenzusammenbruch nahe bin, den nicht einmal ein noch so gut gemeinter Vorschlag meines schwulen besten Freunds aufhalten kann, höre ich aus irgendwelchen Lautsprechern in der Nähe *I Will Survive* dröhnen. Ich drehe mich um und sehe einen Typen mittleren Alters neben einem Gettoblaster singen und tanzen. An sich finde ich das furchtbar peinlich. Ich meine, wie viele Leute kennt man schon, die mitten in Paris zu einer Disco-Hymne der Siebziger abrocken würden? Die Absurdität des Ganzen sorgt dafür, dass ich gleichzeitig lachen und weinen möchte.

So viele widersprüchliche Gefühle toben in mir, und ich kann nicht sagen, welches ich zuerst rauslassen möchte, also wende ich mich zur Orientierung Elliot zu. Sein Gesichtsausdruck macht es mir etwas einfacher, denn er grinst so breit, dass ich fast seine Zahnfüllungen sehen kann. Dann streckt er mir seine Hand hin und fordert mich zum Tanz auf. Ich folge ihm, und ehe ich es mich versehe, tanzen wir mit diesem durchgeknallten Straßenmusiker wie absolute Idioten unter dem Eiffelturm und brüllen den Text von *I Will Survive* genauso laut wie er. Bald macht jeder um uns herum mit. Es ist fast, als hätten wir einen gigantischen Pariser Trennungs-Flashmob organisiert.

Ich fühle mich wie eine Irre, ich fühle mich verrückt, aber ich fühle mich auch frei. Und es ist das erste Mal seit sehr langer Zeit, dass ich mich wieder wie ich selbst fühle.

3. Juli

Songs gegen Herzschmerz

Kennt ihr den Tag, von dem ich dachte, er würde niemals kommen?
Der eine, den ich mir nicht mal in einer Million Jahren vorstellen konnte?
Es ist passiert.
Brooklyn Boy und ich sind nicht mehr zusammen.
Im Moment kann ich nicht mehr darüber schreiben.
Ich sage nur so viel: Liebeskummer ist nie leicht, aber es heißt ja, Musik heilt die Seele. Zusammen mit Wiki habe ich eine Liste der besten Liedern zusammengestellt, die einen auf der emotionalen Achterbahn, die jede Trennung ist, begleiten können.

1. ›Someone Like You‹ – Adele
2. ›Irreplaceable‹ – Beyoncé
3. ›We Are Never Ever Getting Back Together‹ – Taylor Swift
4. ›End of the Road‹ – Boyz II Men
5. ›I Will Survive‹ – Gloria Gaynor (mit freundlicher Unterstützung eines französischen Straßenmusikers, mit dem wir gestern gemeinsam dazu unter dem Eiffelturm getanzt haben)

6. ›Since U Been Gone‹ – Kelly Clarkson
7. ›Forget You‹ – CeeLo Green
8. ›Without You‹ – Harry Nilsson
9. ›I Will Always Love You‹ – Whitney Houston
10. ›You Could Be Happy‹ – Snow Patrol
11. ›The Scientist‹ – Coldplay
12. ›With or Without You‹ – U2
13. ›Survivor‹ – Destiny's Child
14. ›Single Ladies (Put a Ring on It)‹ – Beyoncé
15. ›Losing Grip‹ – Avril Lavigne

Diese Musikliste zu hören, kann den Schmerz heilen, oder sie lässt einen weinen oder beides auf einmal – in diesem Fall könnt ihr und euer bester Freund das Ganze mit einem Tanz-Wettbewerb zu *Single Ladies* von Beyoncé abschließen und dazu ausgelassen im winzigsten Hotelzimmer von Paris von einem Bett aufs andere springen.

Girl Offline … nie mehr online xxx

KAPITEL 45

Als der Eurostar die Gare du Nord mit dem Ziel England verlässt, lehne ich meinen Kopf an Elliots Schulter und sehe durchs Fenster Paris verschwinden. Es fühlt sich seltsam an, Noah zurückzulassen. Auf einer Reise, die wir gemeinsam begonnen haben und die nun mit unserer Trennung endet. So hat offenbar DieGanzeWahrheit erreicht, was sie wollte: Noah und Penny, das gibt's nicht mehr. In dieser ganzen Unternehmung steckte so viel Verheißung und Vorfreude. Aber es war wie ein rollender Zug, den ich nicht mehr unter Kontrolle hatte.

Jetzt, wo ich mich tatsächlich auf dem Heimweg befinde, kann ich nicht anders als bedauern, dass es keine letzte Umarmung, kein letztes Gespräch oder einen Abschiedskuss gab. Es kommt mir fast vor, als wäre Noah eines Morgens aufgewacht und hätte nicht mehr gewusst, wer ich bin oder dass ich je existiert habe.

»Woran denkst du?«, fragt Elliot. Als ich nicht antworte, rät er – und natürlich kennt er die richtige Antwort genau. »Hey, mach dir nicht zu viele Gedanken. Du hast Noah gebeten, dich nicht zu kontaktieren. Wenigstens respektiert er das.«

Ich gebe ein unverbindliches Brummen von mir und wickle mich noch ein bisschen fester in Mums Strickjacke. Ich kann es kaum erwarten, die Jacke durch ihre echte Umarmung zu ersetzen. Das brauche ich jetzt wirklich. Und definitiv sollte ich keinen Gedanken an die Tatsache verschwenden, dass dieser Zug gleich durch einen Tunnel unter einem riesengroßen wassergefüllten Kanal durchfährt.

Es geht nicht darum, dass ich Noah gebeten habe, sich nicht zu melden. Es geht darum, dass ich irgendwo mit irgendwem sein könnte und es ihm anscheinend egal ist. Ich könnte irgendwo in Paris in einem Hinterhof unter die Räder gekommen sein. Ich bin mir sicher, dass Larry Noah berichtet hat, dass er mich zum Bahnhof gebracht hat, aber er hätte wenigstens dazu Stellung beziehen können, dass ich gegangen bin, oder dazu, dass es aus war – irgendwie, aber nicht nur dieses große Nichts.

Ich muss dauernd an den einen Moment oben auf dem Waldorf Astoria zu Weihnachten in New York denken. Damals hat Noah mich zum ersten Mal geküsst, und ich weiß noch, dass ich dachte, nichts und niemand könnte je perfekter sein. Andere Erinnerungen kommen mir in den Sinn: Der erste Tag, den wir zusammen verbrachten, als er die Idee des Magical Mystery Day total ernst nahm und mich in das geheime italienische Restaurant ausführte, wo wir Spaghetti »schlürften« und über dieselben Dinge lachten. Man sagt zwar, es sei unmöglich, dass sich zwei Menschen so schnell ineinander verlieben, aber die Chemie zwischen uns war nicht zu übersehen. Es hat einfach ... klick gemacht.

Das war nie bloß eine beiläufige Angelegenheit. Natürlich habe ich versucht, mich cool zu benehmen, aber mein Herz schlug jedes Mal wie verrückt, sobald er ins Zimmer kam. Ich war sein Plot Point – es war unser Film, und wir haben unser beider Leben für immer verändert.

Ich spule in meinen Erinnerungen sogar noch weiter zurück. Dahin, als ich ihn das erste Mal im Scheinwerferlicht auf einer Bühne sah und er tat, als sei er der Hochzeitsmusiker. Er kam mir so verletzlich und geheimnisvoll vor. Damals war mir noch nicht klar, dass er ein so umwerfender, alberner, romantischer, perfekter Typ sein könnte. *Nein*, sage ich mir. *Nicht perfekt. Überhaupt nicht perfekt.* Wo ist das alles so schiefgelaufen? Wie konnten wir es so weit kommen lassen? Wohin ist der Noah, den ich eigentlich kennengelernt hatte, gegangen? Mir kommt es vor, als habe er auf jeder Etappe dieser Tour etwas abgelegt, das ich an ihm liebte, bis nur noch jemand übrig war, den ich nicht mehr kenne.

Während der Zug dahinfliegt und Elliot einschlummert, muss ich auch daran denken, dass das alles mein Fehler ist. Ich hätte wissen müssen, dass es so kommen würde. Ich habe mich Hals über Kopf in dieses Abenteuer gestürzt und gedacht, es würde wie im Film passieren. Der Musiker wird berühmt, verliebt sich in ein Mädchen und sie leben glücklich bis in alle Ewigkeit. Aber das hier ist eben kein Hollywood-Drehbuch. Es ist das echte Leben, und – *Eilmeldung!* – manchmal ist das echte Leben Mist.

Da brummt mein Handy und reißt mich aus meinen Gedanken. Es ist eine Nachricht von meiner Mum.

Penny Schatz, Dad und ich warten am Bahnhof St Pancras auf dich. Wir freuen uns so, dich zu sehen. Heute Abend gibt's dein Lieblingsessen – Dads Cottage Pie. Wir wollen auch zusammen Buddy der Weihnachtself anschauen, obwohl es Juli ist. Wenn du möchtest, ziehen wir dazu sogar unsere Weihnachtspullover an. ☺ xxx

Die Nachricht bringt mich zum Lächeln. Meine Eltern kennen die Details noch nicht – aber sie kennen mich gut genug, um sie sich zusammenreimen zu können. Anfangs versuchte ich, damit durchzukommen, dass ich nur sagte, die Tour habe sich nicht als das erwiesen, womit ich gerechnet hätte. Aber über Skype haben sie mich verhört wie eine Verdächtige.

Ich kam so weit, ihnen zu erklären, dass es mit Noah nicht zum Besten stünde, bevor meine Unterlippe zu zittern anfing. Sie merkten, dass mir noch nicht nach einer ausführlichen Frage-und-Antwort-Besprechung zumute war und alle weitere Fragen warten mussten, bis ich wieder wohlbehalten zu Hause war.

Ich liebe meine Eltern – sie sind so fürsorglich. Manchmal vielleicht sogar zu fürsorglich. Ich weiß schon jetzt, was sie alles tun werden: mir morgens, mittags und abends Cookies backen, mit mir in all meine Lieblingsgeschäfte gehen und sich richtig anstrengen, um mich wieder glücklich zu machen. Ich bin Elliot so dankbar, dass er mir durch den schlimmsten ersten Abend geholfen hat, indem er nach Paris gekommen ist. Ich glaube nämlich, wenn ich sofort nach Hause gefahren wäre, dann wäre ich unter dem Mitgefühl meiner Eltern vielleicht erst recht zusammengebrochen. Es ist ja nichts Schlechtes daran, geliebt zu werden – meine Eltern möchten mich ja nur glücklich sehen –, aber manchmal decken sie mich einfach auch mit zu viel Fürsorge zu.

Das Einzige, womit ich mich jetzt zudecken möchte, ist meine Bettdecke. In die will ich mich einwickeln (auch wenn mein Dachzimmer in der Sommerhitze die reinste Sauna ist) und mich so vor der ganzen Welt verstecken. Einfach in dem tiefen Pool meines Selbstmitleids baden. Ich möchte so viel Eiscreme essen, wie ich wiege (natürlich vor allem als Ausgleich zur hohen Raumtemperatur), und mich für eine Weile aus dem Alltag ausklinken.

Seufzend tippe ich rasch eine Antwort, bevor wir in den Tunnel einfahren (woran ich bewusst NICHT denke) und ich für eine Weile kein Signal habe.

Danke, Mum. Freue mich auch euch beide zu sehen. Bitte kein Weihnachtszeug. Aber Cottage Pie klingt gut xxx

Ich will meine liebste Zeit des Jahres nicht mit Traurigkeit verderben. Alle wissen, wie sehr ich Weihnachten liebe, aber im Moment fällt mir dazu nur Weihnachten bei Noah zu Hause ein, als ich ihm und Bella half, den Baum zu schmücken. Ich blättere durch meine Nachrichten und mein Finger schwebt über den Unterhaltungen mit Noah. Einerseits möchte ich sie alle durchgehen und das Gefühl noch mal durchleben. Die *Ichliebedichs* und *For-*

evers und die *Plot Points*, aber ich tue es nicht. Denn andererseits muss es sich wie der Beginn von etwas Neuem anfühlen, wenn ich aus diesem Zug steige, nicht wie das Ende.

Noah wird vermutlich gerade packen, um nach Norwegen aufzubrechen, und von dort aus weiter auf Welttournee. Unsere Leben kommen mir jetzt schon so verschieden vor. Noah hat einen Plan, nur mich verfolgt nach wie vor eine quälende Frage.

Was soll ich jetzt bloß machen?

KAPITEL 46

Neuigkeiten über Noah Flynn machen schnell die Runde. Sobald wir in den Bahnhof einfahren und ich endlich wieder Daten auf mein Handy bekomme, werde ich mit Nachrichten und Benachrichtigungen bombardiert.

»Wow, Penny, hast du das gesehen?« Elliot hält sein Telefon hoch, auf dem die Schlagzeile eines beliebten Online-Magazins zu lesen ist: NOAH FLYNN IST SINGLE. STELLT EUCH IN DIE SCHLANGE, MÄDELS, EUER GELIEBTER BROOKLYN BOY IST ENDLICH WIEDER AUF DEM MARKT.

Die PR-Maschinerie verliert anscheinend keine Zeit. Aber *wieder auf dem Markt*? Im Ernst jetzt? Wie irgendein billiges Sonderangebot? Ich dachte, ich könnte inzwischen mit den Medien umgehen. Nachdem ich auf die harte Tour gelernt hatte, dass die immer nur versuchen, mit ihren total verdrehten, übertriebenen und manchmal schlichtweg unwahren Schlagzeilen Aufmerksamkeit zu erregen. Diesmal jedoch haben sie absolut recht. Ich schätze, Noah Flynn *ist* Single. Ich hätte nur nicht geglaubt, dass er das so schnell so deutlich verkünden würde.

Mir kommt es vor, als ob jeder Mensch auf meiner Kontaktliste mir eine Beileidsbekundung schickt. Viel mehr als damals, als ich so durch den Dreck gezogen wurde. Vermutlich kann man für jemand, der den Laufpass bekommen hat, leichter Mitgefühl aufbringen. Ich scrolle durch die Nachrichten, die mich mal zum Lächeln, mal zum Zusammenzucken bringen.

Kira:
OMG! Penny, ich hab's gerade erfahren. Das ist SCHEISSE. Sag Bescheid, wenn du jemand sehen willst, dann bringe ich Süßigkeiten und meine Lieblings-Horrorfilme mit! Es gibt nichts Besseres als einen Film-Marathon mit »Insidious« und »Paranormal Activity« gegen Liebeskummer … xx

Amara:
BUHUU! Ich dachte, ihr würdet ewig zusammenbleiben. Kira hat gesagt, sie bringt Horror-Streifen … Ich sorge für Popcorn! Xo

Megan:
SAG, DASS ES NICHT WAHR IST!! xx

Ich habe sogar eine E-Mail von Pegasus Girl.

An: Girl Online
Von: Pegasus Girl
Betreff: Noah-Zeug

Hey Penny,
ich wollte dir nur sagen, dass ich an dich denke. Es tut mir leid, das von dir und Noah zu hören. Ich möchte, dass du weißt, ich bin immer für dich da, falls du reden willst. Ich weiß, zeitweise muss sich das anfühlen, als sei die ganze Welt gegen dich, aber ich möchte dir versichern, dass ich das, was du machst, liebe. Ich finde dich sehr talentiert und ausgesprochen tapfer. Ich hätte mich nie getraut, während der Tour einfach abzuspringen, und ich wette, das hättest du dir auch selbst nicht zugetraut. Aber wie auch immer, ich bin mir sicher, er wird wieder zur Vernunft kommen und dich im Sturm zurückerobern. Machen das am Ende nicht die meisten Jungs?
PG xx

Ich muss über ihre Nachricht lächeln. Wenn auch nur zaghaft. Ich glaube einfach nicht, dass Noah in absehbarer Zeit kommen und mich zurückerobern wird. Und ich glaube, das will ich auch gar nicht.

Ich starre immer noch auf mein Handy, als Elliot es mir aus der Hand nimmt. »Penny-Maus, deine Miene hat, während du auf dein Telefon geschaut hast, so oft gewechselt – das KANN NICHT gut für dich sein.«

»Du hast recht«, sage ich und versuche, ein gefasstes

Gesicht zu machen, bevor ich gleich meine Familie sehe. »Ich werde mich davon nicht runterziehen lassen.«

Sobald wir durch die Absperrung des Eurostar am Bahnhof St Pancras hindurch sind, falle ich meiner Mum in die Arme, und all meine guten Vorsätze sind nutzlos. Ich kann einfach nicht anders, als loszuheulen. Jetzt, wo ich mich offiziell wieder auf britischem Boden befinde, muss ich akzeptieren, dass es vorbei ist.

Wirklich und wahrhaftig vorbei.

KAPITEL 47

In der darauffolgenden Woche geht es mir statt schlecht noch schlechter. Ich verbringe viel zu viel Zeit damit, in meine Bettdecke gehüllt und mit gegen die Scheibe gelehntem Kopf am Fenster zu sitzen. Wenn in dieser Woche jemand von mir ein Foto gemacht hätte, müsste es wohl *Porträt eines unfassbar traurigen Mädchens* heißen.

Wie versprochen kommen die Zwillinge zu einem Horrorfilm-Marathon vorbei, aber ich bin so weggetreten, dass ich nicht einmal bei *Paranormal Activity* vor Schreck zusammenzucke. Und das ist für mich keine normale Reaktion – für gewöhnlich bin ich diejenige, die die Sofalehne umklammert, bis meine Knöchel weiß hervortreten, und beim Auftauchen eines Geists sofort das ganze Haus zusammenschreit. Sogar der bloß am Fenster rüttelnde Wind erschreckt mich dann zu Tode.

Von Noah höre ich nach wie vor nichts. Und obwohl ich mir selbst versprochen habe, es nicht zu tun, bin ich immer wieder online, um zu checken, ob er nicht auf Skype ist. Seine Beiträge auf Twitter, Instagram und in anderen sozialen Medien verfolge ich wie einer seiner besessenen Fans. Jeden Tag, nach der Arbeit bei *CHIC*, besucht mich Elliot. Mein Internet-Stalking ist so extrem, dass er von mir verlangt, täglich zu notieren, wie viele Stunden ich damit verbringe, zu schauen, ob Noah online ist.

Ein Tag, an dem ich fast zehn Stunden aufschreibe, ist ein schlechter Tag.

Ich ertappe mich dabei, mir Noahs Kernschmelze zu wünschen. Ich möchte übellaunige Tweets von ihm finden, als Zeichen dafür, wie schwer er ohne mich zurechtkommt. Auch wenn ich in Wahrheit weiß, wie unglaublich verschwiegen er in diesen Dingen ist, weshalb auch nirgendwo private Informationen über ihn auftauchen. Stattdessen sehe ich endlose Postings von seinen Tour-Terminen und gelegentlich ein Dankeschön an seine Fans für die große Unterstützung, als seine Welttournee startet.

Manchmal wünschte ich mir, ich wäre mehr wie Elliot. Seine Methode, um besser mit der Trennung von Alex fertigzuwerden, ist, ihn einfach komplett auszublenden – Alex' Nummer löschen, ihn in den sozialen Medien blockieren und den Secondhandladen meiden – und ansonsten normal weiterleben. Aber mir ist das nahezu unmöglich. Egal wann ich mein Zimmer verlasse, scheint irgendwo im Radio, im Auto oder im Supermarkt *Autumn Girl* zu laufen. Jetzt, wo ich nicht mehr mit ihm zusammen bin, ist es fast so, als wäre ich mehr denn je von Noah umgeben.

Auch wenn es nun schon länger als eine Woche her ist, seit wir aus Paris zurück sind, ist das der Grund, warum ich mich auf meinen kleinen Platz am Fenster zurückgezogen habe. Ich weiß, ich verschwende die letzten paar Wochen der Sommerferien als Zombie. Ich weiß, ich kann nicht jedes Radio auf diesem Planeten ausmachen, während ich versuche, über Noah hinwegzukommen. Ich weiß, ich sollte nicht alle dreißig Sekunden seinen Twitter-Account checken. Aber tagsüber und ohne die Ablenkung durch Elliot gibt es, außer dem gelegentlichen Kreischen der Möwen oder Dads Gebrüll bei irgendeinem Fußballspiel, einfach nichts, das mich aus meiner Lethargie herausholt.

Wessen Fehler ist das, Penny? Du warst es doch, die entschieden hat, ihrem Freund hinterherzuwackeln, statt deine eigenen Talente zu fördern.

Manchmal hasse ich meine innere Stimme.

12. Juli

Wie man aufhört, von jemand besessen zu sein

Wenn man durch die Höhen und Tiefen einer Trennung geht, entwickelt man sich nur allzu leicht zu einem modernen Sherlock Holmes.
Instagram, Twitter, Snapchat – heutzutage braucht es nur ein paar Klicks, um zu verfolgen, was andere Leute gerade tun, und ich bin mir nicht sicher, wie ich das finde. In unüberlegten Momenten sitzt man da und liest das alles bloß, um irgendwo einen belastenden Beweis zu finden, der wenigstens andeutet, der Ex lebt einfach weiter und interessiert sich nicht die Bohne mehr für einen. Aber mal ehrlich, können wir das wirklich anhand einer hundertvierzig Buchstaben langen Nachricht beurteilen?
Ich muss zugeben, es ist schwer. Einerseits will man es wissen, andererseits auch nicht. Denn es könnte dich sofort in eine Million winziger Stücke reißen.
Von jemand besessen zu sein, ist ungesund, das wissen wir alle.
Von jemand besessen zu sein, der ein aufstrebender, internationaler Rock-Gott ist, ähnelt einer Achterbahn

der Gefühle. Denn ich bin ja nicht Brooklyn Boys einziger Stalker: Hunderte von Tumblr-Accounts und Fan-Webseiten übernehmen die Arbeit für mich. Wenn ich wollte, könnte ich jede einzelne seiner Bewegungen verfolgen …

Es hat hier ein paar dunkle Tage gegeben, an denen ich mich selbst verloren und in mein Schneckenhaus zurückgezogen habe. Ich habe sogar begonnen, dem Twitter-Account von Brooklyn Boys Freund zu folgen, der allerdings bloß dauernd Scherz-Videos und manchmal pseudo-tiefgründige Tweets veröffentlicht, wie LIVE HARD, DIE YOUNG, und das fast immer in kreischenden Großbuchstaben. Ein neuer Tiefpunkt für mich.

Ich habe herausgefunden, der beste Weg, um damit aufzuhören, besessen von jemand zu sein, ist, jedes Radio in Sichtweite auszumachen, sich zu weigern ein Auto zu besteigen, bis der Fahrer, wer auch immer das sein mag, eine fröhliche CD eingelegt hat, und so weit als möglich die Finger vom Internet zu lassen.

In Wahrheit kann ich euch aber auch nicht sagen, wie man damit aufhört, von jemand besessen zu sein, denn es handelt sich um etwas, das ihr nur *selbst* tun könnt, und noch dazu nur dann, wenn der richtige Moment dafür gekommen ist. Alles, was ich euch raten kann, ist, stark zu sein, dem zwickenden Drang zu widerstehen, alles den ganzen Tag lang zu aktualisieren, Tag für Tag.

Girl Offline … nie mehr online xxx

KAPITEL 48

Ich verbanne meinen Laptop auf den Boden meines Wäschekorbs, um nicht andauernd reinzuschauen, und beschließe, mich damit abzulenken, dass ich endlich meinen Koffer auspacke. Er steht immer noch ungeöffnet in der Ecke. Ich fürchte mich zu sehr vor den Erinnerungen, die ich vielleicht neben meine Socken und die Unterwäsche gestopft habe. Ich hole tief Luft, mache den Reißverschluss auf und öffne den Koffer – aber sofort strömt mir eine Wolke dieses unverkennbaren Aftershaves entgegen: Noahs. Ich stoße den Koffer weg von mir, als hätte er Feuer gefangen. Absolut alles erinnert mich an Noah. Würde mittlerweile eventuell nur noch eine Hirntransplantation helfen?

Ich seufze und schaue aus dem Fenster. Wenigstens habe ich von meinem Fensterplatz aus einen großartigen Blick über die anderen pastellfarben gestrichenen Reihenhäuser und in der Ferne kann ich sogar die weißen Kämme der Wellen auf dem Meer erkennen. Normalerweise hätte ich jetzt vielleicht meine Kamera genommen, um ein Foto davon zu schießen, aber heute nicht.

»Alles in Ordnung, Pen?« Tom erscheint in meiner

Zimmertür und ich schrecke zusammen. Ich war so mit meiner Selbstmitleidsorgie beschäftigt, dass ich nicht einmal das Knacken der dritten Stufe von oben auf der Treppe gehört habe, das mich für gewöhnlich rechtzeitig warnt, dass gleich jemand in mein Zimmer kommt.

Tom tritt ein, steigt über die schmutzige Wäsche, die überall auf dem Boden verteilt ist, und hockt sich ans Fußende meines Betts.

»Hey. Was gibt's?« Ich rutsche von meinem Platz am Fenster und setzte mich neben ihn.

»Dein begehbarer Kleiderschrank wirkt ein bisschen unorganisiert …« Er kickt eine zerknitterte Jeans beiseite.

»Ja, ich weiß, es ist ziemlich unordentlich hier. Ich bin bloß … ach, ich habe null Motivation, irgendwas zu tun. Heute habe ich mir zum ersten Mal seit einer Woche die Haare gebürstet. Ich kann mich nicht einmal daran erinnern, wann ich sie zuletzt gewaschen habe.«

Tom verzieht leicht das Gesicht, während ich versuche, mit den Fingern durch mein verknotetes Haar zu fahren.

»Penny, du möchtest das vielleicht nicht hören, aber es geht nicht anders: Du musst aus diesem Trübsinn raus. Niemand ist das wert, und ich hasse es, dich so zu sehen.«

Ich blicke Tom an, erwarte eigentlich, dass er jetzt lacht oder erklärt, nur Spaß zu machen, oder etwas tut, das nicht so ernst wirkt, aber nichts passiert. »Es ist ja beinah so, als wärst du als eine andere Person von dieser Reise zurückgekehrt. Du musst wieder zu dir *selbst* finden. Ich meine, weißt du überhaupt, wo deine Kamera ist?«

»Natürlich weiß ich das!«, protestiere ich. »Sie ist …« Doch dann wandert mein Blick durch den Raum und ich kann sie nirgends entdecken.

»Natürlich nicht, weil ich sie nämlich weggenommen habe, nur um zu schauen, ob du das überhaupt merkst. Hast du nicht.« Er holt die Kamera hinter seinem Rücken hervor und legt sie zwischen uns. Und da liegt sie nun vorwurfsvoll.

Erinnerst du dich noch daran, als du mich gern benutzt hast?, sagt sie. Weißt du, wie viele Bilder von Noah du mit mir gemacht hast?

Ich möchte mich am liebsten übergeben und schiebe die Kamera beiseite.

»Behalt sie. Ich will sie nicht.«

»Was? Warum? Wegen Noah?«

Ich rolle mit den Augen. »Du kannst Gedanken lesen.«

Er nimmt die Kamera, legt sie mir mit Nachdruck in den Schoß und faltet meine Hände um sie. »Du bist eine Porter und Porters geben nicht einfach ihre Talente auf. Sie machen immer weiter, bis sie Erfolg haben. Ausgenommen, als Dad versucht hat, tauchen zu lernen – was ja in der Tat nicht so gut gelaufen ist …« Er lacht ein klein wenig. »Wenn du schon den Rest des Sommers verschwendest, dann doch zumindest, während du etwas tust, das du liebst.«

Ich spüre, wie sich mein ganzer Körper aufrichtet. Toms Worte brechen Stücke aus der Mauer, die ich so gerne in meinem Kopf errichtet hatte, um über Noah hinwegzukommen. Diese Mauer, und das wird mir erst in diesem Moment bewusst, habe ich bereits am allerersten

Tag der Tour angefangen um mich herumzubauen. Als es dort begann schiefzugehen.

Ich weine nicht gern vor Tom. Er ist stark und fürsorglich, aber auch sehr pragmatisch, und tief in mir drin wünschte ich, ich könnte etwas mehr wie er sein. Er sieht die Welt ganz anders als ich, und es gibt mir Kraft, ihn diese Dinge sagen zu hören.

»Also? Was meinst du?«

Ich lege die Kamera zurück aufs Bett und Tom seufzt prompt. Dann schaue ich mich in meinem Zimmer um und entdecke den Zeitschriftenausschnitt, den ich an die Wand geklebt habe - den, in dem ich als »Die Freundin von Noah Flynn« bezeichnet werde. Es gab eine Zeit, da machte mich dieser Zeitungsausschnitt stolz. Jetzt aber macht er mich vor allem ein bisschen wütend.

Tom hat recht: Ich verliere mich in alldem hier. Ich erlaube mir, mich absolut minderwertig zu fühlen, aber eigentlich gibt es auch Dinge, die ich gut kann. Ich nehme den Zeitschriftenartikel von der Wand und starre ihn für einige Augenblicke an, bevor ich ihn zusammenknülle und in den Papierkorb fallen lasse. Schweigend setze ich mich dann wieder auf mein Bett.

Tom beugt sich zu mir, legt einen Arm um meine Schultern und drückt mich fest. »Willkommen zurück, Penny. Die Welt wartet auf dich.«

»Danke, Tom. Du bist der Beste.«

Als Tom gegangen ist, meldet sich mein Handy, das auf dem Nachttisch liegt. Ich hoffe, es ist Elliot im Zug aus London mit einer humorvollen Zusammenfassung seines Tages.

Penny, ich habe gehört, was passiert ist. Es tut mir SO leid. Ich hoffe wirklich, du bist okay. Schau mal, vielleicht richtet dich das etwas auf: Ich habe ein Angebot für dich, das du vielleicht annehmen möchtest. Wirf einen Blick in deine E-Mails. Leah xx

Ich lege das Telefon weg, eile zu meinem Wäschekorb und grabe den Laptop aus. Ich rufe meine E-Mails ab, und, tatsächlich, da ist eine Nachricht von Leah.

Während ich sie lese, werden meine Augen immer größer.

Von: Leah Brown
An: Penny Porter
Betreff: Riesen-Neuigkeit

Liebe Penny,
ich hatte eigentlich gehofft, dich das persönlich fragen zu können, aber weil das nicht mehr möglich ist, muss eine E-Mail reichen! Das alles ist logischerweise ABSOLUT vertraulich, also bitte sag außer deiner engsten Familie niemand etwas davon.
Ich bin nicht mehr dazu gekommen, dir von meinem neuen Album zu erzählen. Ich habe entschieden, es *Life in Disguise* zu nennen. Ich habe eine Menge Songs darüber geschrieben, wie es ist, wenn man, um mit dem Ruhm klarzukommen, so viele Dinge tarnen oder verstecken muss – mein Liebesleben, meine Freunde und manchmal sogar meine Identität.

Für das Album-Cover haben wir mit François-Pierre Nouveau gearbeitet, aber ich war mit keinem der Bilder, die er gemacht hat, glücklich. Sie wirkten mir alle zu gestellt. Ich möchte aber, dass es natürlich aussieht. *Hell*. Echt.
Also hat mein Grafik-Team ein neues Cover entworfen – mit dem Foto, das du von mir in Rom gemacht hast, als ich mich verkleidet hatte. Erinnerst du dich? Ich liebe dieses Bild total; es ist einfach perfekt.
Und es ist sogar noch perfekter als Cover meines neuen Albums.
Aber warum wirfst du nicht selbst einen Blick darauf? Was meinst du, dürfte ich das Foto verwenden? Ich habe einen Vertrag angefügt – er beinhaltet sämtliche Einzelheiten zu dem Honorar, den Lizenzgebühren sowie andere Dinge.
Ich kann dir auch einen Anwalt empfehlen, wenn du möchtest, dass jemand sich das anschaut. Und, wenn du mit allem einverstanden bist, dann kannst du mir ja ein hochaufgelöstes Bild von dem Motiv schicken, und die Sache kann ihren Gang gehen!
Ich hoffe wirklich sehr, dass du das Foto auch so perfekt dafür findest. Du bist eine großartige Fotografin, Penny!
Ich vermisse dein Gesicht auf der Tour. Du kannst dich darauf verlassen, sobald ich wieder in Großbritannien bin, komme ich nach Brighton, um dich zu besuchen – und ich werde kein Nein als Antwort akzeptieren!
Deine Freundin
Leah xx

Meine Hand zittert, als ich auf den Anhang klicke, um ihn zu öffnen.

Da ist es. Mein Foto von Leah auf ihrem Album-Cover. AUF IHREM ALBUM-COVER. Die Grafiker haben den oberen Rand des Bilds beschnitten, damit nicht zu erkennen ist, dass es in Rom aufgenommen wurde – und auch wenn sie mit ihrem kurz geschnittenen Bob und dem grellen Lippenstift so anders aussieht als sonst, umgibt sie doch eine Aura, die eindeutig die von Leah ist. Unten, am Fuß des Covers, stehen in einer schönen Schrift die Wörter »LIFE IN DISGUISE« und Leahs Unterschrift mit ihrem Markenzeichen, dem Herzchen über dem »a«.

Es ist also wahr.

Toms Worte hallen in meinem Kopf wider: *Tu etwas, das du liebst.* Fotografie ist meine Leidenschaft. Ich kann diesen Traum verwirklichen.

Ich nehme mein Handy und antworte Leah mit sehr vielen Emojis, um auch nur annähernd die Mischung aus Aufregung, Stolz und Staunen zu beschreiben, die ich gerade empfinde.

Kaum habe ich auf »Senden« gedrückt, läutet mein Telefon schon wieder.

Aber es ist weder Leah noch Elliot.

Es ist Alex.

Penny, können wir uns treffen?

KAPITEL 49

Ich verabrede mich mit Alex für den nächsten Vormittag in der *Flour Pot Bakery* in den Brighton Lanes. Ich kann verstehen, warum er diese Konditorei ausgesucht hat: Sie ist der perfekte Ort, um ein ruhiges, vertrauliches Gespräch zu führen. Meine Finger kribbeln vor Aufregung. Ich bin mir nicht sicher, warum Alex mich sprechen will. Alle anderen Gefühle verdränge ich – nämlich die, die BETRUG schreien, weil ich Alex hinter Elliots Rücken treffe. Doch Alex hat mich darum gebeten, unsere Verabredung geheim zu halten, bis ich gehört habe, was er zu sagen hat.

Einerseits möchte ich Alex am liebsten erklären, wo er sich seine Bitte hinschieben kann, weil ich weiß, wie sehr er Elliot verletzt hat, doch andererseits bin ich auch neugierig. Im Lauf des letzten Jahres ist Alex auch ein Freund von mir geworden – ein guter Freund –, und er verdient es, zumindest angehört zu werden. Vielleicht gefällt mir nicht, was er sagt, aber ich schulde es ihm, wenigstens zuzuhören.

Ich betrete die Konditorei und sofort treffen sich unsere Blicke. Alex sitzt an einem kleinen Tisch, vor ihm ein Cappuccino.

Ich brauche all meine Selbstbeherrschung, um die Verblüffung, die mir wahrscheinlich sowieso ins Gesicht geschrieben steht, zu verbergen. Alex ist normalerweise der Typ Mann, der viel Aufwand für sein Äußeres betreibt. Elliot nannte ihn für gewöhnlich *adrett-chic*, auch wenn das nicht so ganz zu Alex' täglichem Job im Secondhandladen zu passen schien. Heute jedoch wirkt es, als würde ich einen Fremden treffen. Er sieht elend aus und seine Augen sind leer und traurig. Er trägt einen Hoodie, und ich möchte beschwören, dass der an den Ärmelbündchen Löcher hat. Sein Haar hat eindeutig seit Tagen keine Dusche gesehen – geschweige denn Shampoo –, und seine Wangen sind eingefallen. Sofort tut er mir leid. Ich habe in der vergangenen Woche selbst nicht viel besser ausgesehen, und sosehr ich Elliot zum Fressen gernhabe und er meine Nummer eins ist, kann ich doch erkennen, dass Alex das Ganze auch schwer mitnimmt.

»Danke, dass du gekommen bist, Penny«, beginnt er und räumt seinen Rucksack beiseite, damit ich mich setzen kann.

»Klar.« Ich lasse mich auf den Stuhl fallen und ein Moment peinlicher Stille entsteht. »Wie geht es dir? Es ist alles ein bisschen ... schwierig gewesen, nicht wahr?«

»Schwierig ist wohl ziemlich untertrieben.« Er seufzt verzweifelt und nimmt einen Schluck von seinem Cappuccino.

Ich beschließe, gleich auf den Punkt zu kommen – ich weiß, dass Alex über irgendetwas Bestimmtes sprechen möchte, und habe keine Lust, im Nebel zu stochern. »Also, worüber wolltest du mit mir reden?« Ich schaue ihn an, und es gelingt mir zu lächeln, sodass ich hoffe, er wird offen mit mir sprechen.

»Ich hab es verbockt, Penny. Das wissen wir beide. Elliot bedeutet mir alles, und ich habe alles weggeworfen, weil ich zu ängstlich war, mich meinen Gefühlen zu stellen, und mich viel zu sehr darum gekümmert habe, was andere vielleicht denken. Diese Beziehung war nicht einfach für mich – Elliot ist der erste Mann, mit dem ich je zusammen war.« Ich beobachte, wie er mit seinem Löffel im Milchschaum rührt. »Nachdem mit uns alles zu Ende war, habe ich meinen engen Freunden und meiner Familie gesagt, dass ich schwul bin.«

Mir stockt der Atem. »Echt? Ich weiß, was für ein großer Schritt das für dich gewesen sein muss. Wie ist es gelaufen?«

Ein kleines Lächeln zieht an einem seiner Mundwinkel und er zuckt mit den Achseln. »Ehrlich gesagt, weiß ich nicht, wovor ich eigentlich solche Angst hatte. Alle sind sehr hilfsbereit gewesen und haben sich für mich gefreut. Es hat sich herausgestellt, dass die einzige Person, vor der ich mich immer versteckt habe, ich selbst war.«

»Wow, Alex. Ich bin wirklich sehr stolz auf dich. Das ist großartig«, sage ich und meine jedes einzelne Wort auch so. Unglaublich, dass er das geschafft hat!

»Ja, aber nun hört mir die eine Person, der ich davon erzählen will, nicht mehr zu. Ich habe versucht, Elliot zu erreichen, aber er antwortet nicht auf meine Anrufe, Nachrichten oder E-Mails ...« Alex stützt seinen Kopf in die Hände und sieht mich hoffnungsvoll und verzweifelt zugleich an.

Es tut mir so leid für ihn. Elliot ist eben ein Alles-oder-nichts-Typ. Er möchte in Liebesdingen der Mit-beiden-Beinen-ins-tiefe-Ende-des-Wassers-Taucher sein, aber er kann genauso gnadenlos Menschen ausschließen. Er baut einfach eine Festung um seine Gefühle, die mindestens so uneinnehmbar wie Gibraltar ist.

»Elliot braucht ein bisschen Zeit … Er ist wie Elsa in *Die Eiskönigin.*« Ich lächele, aber Alex lächelt nicht zurück. Offensichtlich ist das gerade kein guter Zeitpunkt für Hinweise auf *Die Eiskönigin.* »Ich meine damit bloß, es braucht viel, damit er nachgibt. Er ist wirklich stur.«

»Glaubst du, ich weiß das nicht?«

»Ich weiß, er mag dich wirklich sehr, Alex. Ich habe ihn noch nie so glücklich gesehen wie mit dir und das meine ich ernst.«

Alex lehnt sich auf seinem Stuhl zurück. »Was muss passieren, damit er mir zuhört? Wenn er nicht auf meine Nachrichten und Anrufe reagiert, was kann ich tun? Ich will nicht einfach spontan bei ihm zu Hause auftauchen, denn dann schlägt er mir die Tür vor der Nase zu.« Alex seufzt dramatisch – fast so dramatisch wie Elliot es gern tut. »Ich muss etwas tun, das seine Aufmerksamkeit erregt.«

»Etwas Großes. Eine große Geste.«

»Etwas Episches.« Alex beugt sich vor und ergreift meine Hand. »Deshalb habe ich dich heute hierhergebeten, Penny. Wirst du mir helfen? Ich brauche dich an Bord, um die Hoffnung nicht zu verlieren, dass ich so was zustande bringen kann. Du bist seine beste Freundin und du kennst ihn besser als jeder andere Mensch.«

Vollkommen klar, dass Alex sein Verhalten von früher wirklich bereut, und ich weiß, Elliot ist über diese Beziehung ebenfalls noch nicht hinweg. Ich nicke. Ich werde Alex helfen. »Vielleicht kann ich ihn mit einem ›Überraschungstag‹ locken, sodass er denkt, er unternimmt etwas Tolles mit mir, doch stattdessen hast du eine Überraschung für ihn geplant?«

Alex sitzt jetzt kerzengerade, seine Augen sind riesengroß und quellen hervor wie bei einem Mops. Ich spüre, wie der Optimismus in ihm wächst, und bevor ich mich davon mitreißen lasse, muss ich noch eine Sache loswerden: »Was auch immer du am Ende tun wirst, Elliot muss erfahren, dass es dir ernst ist, mit ihm eine Beziehung zu führen, ganz offen vor allen Leuten.«

»Natürlich. Ich *will* mit ihm zusammen sein. Ich *will* der ganzen Welt zeigen, dass ich in Elliot Wentworth verliebt bin!« Er sagt das so laut, dass sich die anderen Gäste umdrehen und uns anstarren.

Ich lache. »Spar dir davon etwas für die Überraschung auf! Das ist so romantisch. Und jetzt denk mal scharf nach.«

»Also, ein paar Ideen habe ich schon …«

Eine weitere halbe Stunde sitzen Alex und ich noch zusammen und überdenken jeden einzelnen Aspekt von Elliots Überraschung. Es macht mir solchen Spaß zu sehen, wie entschlossen und leidenschaftlich Alex Elliot zurückgewinnen will. Am Ende haben wir eine Liste mit Dingen erstellt, die Elliots absolute Favourites sind, beispielsweise (aber natürlich nicht ausschließlich):

- Sonnenuntergänge;
- der Strand;
- Mode;
- Allgemeinwissen;
- Dinge, die glitzern.

»Es muss irgendeinen Weg geben, all dies miteinander zu verbinden«, meint Alex. »Je früher wir es schaffen, desto besser, denn ich glaube, ich kann nicht mehr viel länger warten.« Er legt seine Hände auf meine. »Auch wenn ... auch wenn er mich nicht zurückhaben will – was ich verdient hätte, ich weiß –, so will ich doch, dass er zumindest erfährt, was er für mich getan hat. Und dass er mich dazu gebracht hat, endlich ehrlich zu mir selbst zu sein.«

Das ist wahre Liebe: zugeben, dass man einen Fehler gemacht hat, und alles dafür tun, es wieder in Ordnung zu bringen. Sogar wenn Elliot ihn nicht zurückhaben will, versucht Alex es wenigstens. Und wenn auch nur die Hälfte von dem, was wir geplant haben, funktioniert, dann wird es wie im Film.

Ich muss unweigerlich an Noah denken.

Warum will er nichts in Ordnung bringen?

KAPITEL 50

Als ich die Bäckerei verlasse, gehe ich direkt zu »Für Immer und Ewig«, Mums Hochzeits-Laden in den Lanes. Ich muss sie um Rat wegen der Überraschung für Elliot fragen.

Mum ist für solche Gelegenheiten die beste Adresse. Sie ist eine echte Expertin, wenn es um große Feierlichkeiten und Planung geht (daher auch ihr Erfolg als Wedding-Planner), aber sie ist auch in den kleinen Dingen gut.

Mum und Dad sind in ihrem Umgang miteinander hoffnungslos romantisch. So kommt Dad oft mit einem Blumenstrauß nach Hause oder mit irgendeiner Karte, auf die er seine Liebe und Bewunderung für Mum geschrieben hat. Manchmal steht darauf auch ein Insiderjoke, den weder Tom noch ich verstehen. Mum sorgt dafür immer für Dads Lieblingssüßigkeiten aus der Konditorei zum Dessert und lässt ihm duftende Schaumbäder ein, die er insgeheim liebt.

Ihre extremen Bekundungen von Zuneigung in der Öffentlichkeit waren mir früher immer schrecklich peinlich, aber jetzt gehen sie mir richtig zu Herzen. Ich hoffe, mit wem auch immer ich letztlich zusammen bin, dass wir uns immer die Zeit für Romantik nehmen werden. Genau wie meine Eltern. Sie sind mein absolutes Beziehungsideal.

Ich hole tief Luft. Seit unserem Aufbruch nach Berlin habe ich den Laden nicht mehr betreten und jetzt bin ich richtig nervös. Ich nehme mir einen Moment, um mich zu beruhigen, dann gehe ich hinein.

Mum ist gerade mit der Beratung einer Braut fertig. Überall liegen Muster von Tüll und aufgefädelte Perlen herum und die Braut strahlt übers ganze Gesicht. »Ich finde all deine Ideen so wunderschön, Dahlia – ich kann gar nicht glauben, dass es nur noch ein paar Wochen bis dahin sind!«

»Die Zeit vergeht wie im Flug ...« Mum erblickt mich und hebt erstaunt die Augenbrauen. »Oh, Penny! Du bist das! Hast du Miss Young schon kennengelernt?«

Ich strecke ihr meine Hand hin. »Nett, Sie kennenzulernen.«

»Es muss so toll sein, dauernd umgeben von so vielen Symbolen von Liebe und Glück zu arbeiten!« Sie missachtet meine Hand und küsst mich stattdessen auf beide Wangen. Ich bin das von Bräuten gewöhnt – sie neigen dazu, ziemlich gefühlsbetont aufzutreten, und fassen einen auch gern an. Bevor ich auch nur Auf Wiedersehen sagen kann, ist sie schon zur Tür hinaus.

»Penny, wie schön, dich hier zu sehen!«, sagt Mum und umarmt mich fest.

Ich gebe es zu: Ich habe den Laden gemieden. Wahrscheinlich gibt es keinen Ort, den man frisch getrennt weniger gern aufsucht als so ein Hochzeitsparadies. Eben wegen dieser ganzen Symbole von Liebe und Glück ... Ja, das war nicht unbedingt das, was ich gebraucht habe.

Doch nun staune ich selbst. Denn ich habe nicht das Bedürfnis, mich zu übergeben. Vielleicht liegt es daran, dass ich jetzt einen Auftrag habe: Alexiot wieder zusammenbringen.

»Mein Schatz, war es nett bei deinem Treffen mit Alex? Geht es ihm gut? Das kann ich mir leider kaum vorstellen. Anfang der Woche ging er mal hier am Laden vorbei und sah schrecklich niedergeschlagen aus.« Mum rafft armweise Tüll zusammen. »Kannst du das Schild an der Tür umdrehen, Süße? Denn wenn jetzt wieder eine Braut reinkommt, haben wir keine Zeit für unseren Lunch! Ich weiß, hier irgendwo muss sie sein ...« Sie reißt einen der Schränke auf und fängt an, darin herumzusuchen.

Ich drehe das Schild an der Tür so um, dass von außen »Mittagspause« zu lesen ist, und setze mich in einen der Sessel. »Alex geht's gut. Also ... nein, ihm geht's nicht gut. Es macht ihn total fertig, weil sie Schluss gemacht haben. Aber ich bin stolz auf ihn – er hat mir von seinem Coming-out gegenüber seinen Eltern erzählt.«

»Ach wirklich, mein Schatz? Das sind ja wunderbare Neuigkeiten.«

»Sie sind wunderbar. Und er würde sie wirklich gern mit Elliot teilen, aber der nimmt seine Anrufe nicht entgegen. Alex weiß, dass er irgendwas Großes veranstalten muss – eine große Geste –, wenn er auch nur die Chance haben will, Elliot zurückzugewinnen. Also dachte ich mir, ich komme zu dir und bitte dich um Hilfe, weil du doch immer so viele großartige Ideen hast. – Was treibst du da eigentlich?« Ich sehe Mum mit dem Kopf in einen Korb mit Schuhen und Handtaschen tauchen.

»Ich kann zu Hause meine goldene Clutch nicht mehr finden, also dachte ich, vielleicht hat jemand sie hierher mitgenommen. Erinnerst du dich an sie? Dein Bruder hat sie mir zum fünfundvierzigsten Geburtstag geschenkt. Ich glaube, als ich sie das letzte Mal benutzte, habe ich einen Zehn-Pfund-Schein drin gelassen.« Ihre Beine ragen praktisch schon in die Luft, während sie Taschen und Schuhe hinauswirft und fieberhaft weitersucht.

»Natürlich ...«, sage ich und ziehe in meinem Sessel am Fenster befremdet die Augenbrauen hoch.

»Tja, man kann mich wohl mit Fug und Recht die Königin der großen Gesten nennen, also bist du bei mir richtig. Was genau hat er sich denn vorgestellt? AHA! DA IST SIE!« Sie richtet sich wieder auf. Ihre rotbraunen Locken sind alle auf eine Seite ihres Kopfes gefallen und ihr Gesicht ist dunkelrot. Sie legt die goldene Clutch auf die Ladentheke und setzt sich zu mir.

»Da bin ich mir nicht sicher. Er möchte, dass es romantisch ist. Er hat schon überlegt, mit ihm auf den Pier zu gehen oder so, aber Elliot ist kein großer Fan vom Pier – zu viele schlecht angezogene Menschen. Ich glaube, er möchte als Soundtrack für ihren großen Moment auch nicht das Klingeln der Zwei-Pence-Maschinen. Aber ich weiß einfach nicht, wo sonst man einen so tollen Meerblick bei Sonnenuntergang hat. Außerdem verfügt Alex nicht gerade über ein Riesenbudget ...«

Mum klatscht in die Hände und holt theatralisch tief Luft. »Ich weiß die perfekte Location! Wie wär's mit dem Musikpavillon? Ich habe schon viele Hochzeitszeremonien und Fotoshootings dort geplant und habe einen guten Kontakt dahin. Ich kann das für dich organisieren. Es gibt Meerblick und man ist trotzdem für sich. Alex kann für jeden beliebigen Soundtrack sorgen! Elliot wird es lieben.«

Das ist genau der Grund, warum meine Mum die perfekte Adresse war. Sie kennt alles und jeden, wenn es um die Planung von Festivitäten geht.

»Klingt umwerfend! Wir können alles Pinterest-perfekt dekorieren! Das wäre so großartig – danke, Mum.« Ich falle ihr um den Hals und küsse sie auf die Wange. »Meinst du, wir schaffen das bis nächsten Donnerstag?«

»Das ist schon ziemlich bald ... Lass mich mal sehen, was ich tun kann. Aber das ist schon ein großer Gefallen – vielleicht darf ich dich im Gegenzug auch um etwas bitten?«

»Natürlich! Was du willst!«

»Hilfst du mir morgen hier? Jenny fühlt sich immer noch nicht gut und samstags habe ich immer am meisten zu tun ...«

Ich zögere, aber nur einen Augenblick lang. »Klar, Mum. Das geht in Ordnung.«

Sie lächelt mich an. »Es ist so schön, dich wieder so zu sehen, Penny. Du scheinst wieder du selbst zu sein. Dein Dad und ich haben uns solche Sorgen um dich gemacht, seit ... seit du aus Paris zurück bist. Du weißt, wir beide mochten Noah sehr. Und du weißt ja, dass du jederzeit mit uns reden kannst, ja?« Sie nimmt mein Gesicht in ihre Hände und küsst mich auf die Nasenspitze.

»Ja, das weiß ich. Mir geht's auch wieder ganz gut. Erst mal natürlich nicht, aber wenn es nicht sein soll, dann kann ich es auch nicht erzwingen. Es war so schwer, und wenn es so schwer ist –«

»Dann ist es nicht das Richtige.«

»Dann ist es nicht das Richtige. Ich glaube, ich brauchte einfach ein bisschen Freiraum, um rauszufinden, was ich wirklich will, weißt du?« Ich lege meinen Kopf an ihre Schulter und sie umarmt mich.

»Du bist eine sehr starke junge Frau, P. Das musst du von mir haben ...«

Wir müssen beide lachen, und ich danke meinem Schicksal für so fantastische Eltern, die mich dermaßen unterstützen und, komme was wolle, zu mir stehen.

Dann schreibe ich Alex eine Nachricht.

Was hältst du vom Musikpavillon?!?!

Ich finde die Idee klasse!

Toll! Dann nächsten Donnerstag?

Du bist die Beste, P!
Alex x

Das einzige Puzzleteil, das mir jetzt noch fehlt, ist, dass ich ein Täuschungsmanöver brauche, um Elliot zur rechten Zeit an den rechten Ort zu kriegen.

Alex hat Mut bewiesen.

Jetzt bin ich an der Reihe.

»Mum, könntest du uns was zum Lunch holen, während ich eine E-Mail schreibe? Eine ziemlich wichtige.«

»Aber klar! Ich laufe eben zum Feinkostladen und hole uns Sandwiches. Baguette mit Aufschnitt und Rührei, wie immer?«

Ich nicke und beginne, auf meinem Handy eine Mail zu schreiben.

Von: Penny Porter
An: Miss Mills
Betreff: Fotoausstellung

Liebe Miss Mills,
danke für Ihre Nachricht bezüglich Noah. Tut mir leid, dass ich mich nicht schon früher gemeldet habe – aber die letzte Zeit habe ich quasi unter einem Stein verbracht. Jetzt habe ich jedoch das Gefühl, dass es mir schon viel besser geht. Wie läuft es mit der Schulausstellung? Ehrlich gesagt habe ich mich gefragt, ob es wohl schon zu spät ist, um mich daran zu beteiligen? Ich versuche, immer mutiger zu sein, und ich denke, das wäre vielleicht ein guter erster Schritt.
Ihre
Penny

Nachdem ich die E-Mail verschickt habe, öffne ich geistesabwesend meinen Twitter Feed. Mir sticht eine Schlagzeile ins Auge, die jemand, dem ich folge, retweetet hat.

Es geht darin um Noah, aber ich stelle mit Genugtuung fest, dass mein Herz sich nicht mehr so heftig zusammenzieht wie gestern noch.

HAT NOAH FLYNN SEIN SUMMER GIRL GEFUNDEN?

Mein Herz zieht sich vielleicht nicht mehr so heftig zusammen, aber meine Finger habe ich trotzdem nicht unter Kontrolle. Ich klicke also den Link an, der zum Artikel auf einer miesen Klatsch-Webseite namens *Starry Eyes* führt.

Dort ist ein dunkles, grobkörniges Foto von Noah und Blake zu sehen, auf dem sie einen Club irgendwo in Europa verlassen. Blake macht seine normale Pose mit in die Luft gereckter Faust. Noah geht dicht hinter ihm. Sein Gesicht ist zwar halb im Schatten, aber seine Mundwinkel zeigen nach unten, und er sieht aus, als würde er die Stirn runzeln. Neben den beiden laufen zwei Mädchen mit hellblonden Haaren. Eine sieht aus, als würde sie Noahs Hand halten, das könnte aber auch nur am Blickwinkel des Fotografen liegen.

Es fühlt sich seltsam an, dass Noah nicht so frisch und fröhlich aussieht, wie ich es mir vorgestellt hatte. Diese Mädchen auf dem Bild machen mich nicht wütend und schon gar nicht schrecklich traurig. – Ich empfinde nur Leere.

Der Artikel lautet:

> Wird der aufstrebende Superstar Noah Flynn eine neue Englische Rose finden, wenn er wieder auf britischem Boden ist? Kürzlich wurde bestätigt, dass er dieses Wochenende auf dem PARK PARTY Festival in London spielt. Noah Flynn ist bereit, die englische Hauptstadt zu rocken. Aber werden die glücklichen Mädels, die in Stockholm in Begleitung von ihm und seinen Bandkollegen gesehen wurden, mit von der Partie sein? Der ganze Gossip auf Starry Eyes ...

Ich beschließe, mir mehr davon zu ersparen, und schließe rasch das Browserfenster. Stattdessen öffne ich Pinterest und fange an, nach Ideen für die Deko des Musikpavillons zu suchen. Ich scrolle durch Fotos von unzähligen wunderschönen Hochzeiten und Verlobungen, aber nichts überzeugt mich wirklich. Alles sieht zwar hübsch aus, aber wenig individuell. Falls das für Elliot funktionieren soll, muss es ganz persönlich werden.

Mein Telefon meldet mir eine E-Mail. Sie kommt von Miss Mills.

> **Von:** Miss Mills
> **An:** Penny Porter
> **Betreff:** RE: Fotoausstellung
>
> Ich dachte schon, du würdest nie danach fragen!
> Natürlich kannst du deine Fotos noch in der Aus-

stellung zeigen. Es wäre mir eine Ehre. Gib sie in der Schule ab, sobald es geht.
Und ich habe es gemeint, wie ich es geschrieben habe, Penny: Ich bin stolz auf dich.
Miss Mills

Ich kann immer noch nicht glauben, dass ich es wirklich mache. Ich werde meine Fotografien endlich öffentlich ausstellen.

KAPITEL 51

Ich stehe bis zu den Knien in Tapete mit Leopardenmuster.

Es ist seit Langem mein erster Tag im »Für Immer und Ewig« – ich löse mein Versprechen bei Mum ein –, und ich bin mit meiner Lieblingsaufgabe beschäftigt: Dekorieren der Schaufenster. Es gibt links und rechts von der Tür jeweils ein riesiges Erkerfenster. Mum dekoriert sie mit immer neuen Themen, um Kundschaft anzulocken.

Letzte Woche war es das Thema Unterwasserwelt mit einem Meerjungfrauenkleid in Blau und vielen Muscheln, die von der Decke hingen, Sand auf dem Boden und einer Tiara mit den schönsten blauen und grünen Edelsteinen.

Diese Woche ist Safari angesagt. Für Mum etwas völlig Neues! Sie verdient definitiv Spitzenbewertungen für ihre Originalität. Das Kleid in der Mitte des Fensters ist aus Spitze und hat einen Unterrock mit dezentem Zebramuster. Hübsch, aber nicht unbedingt mein Geschmack.

Ich räume gerade eine große Muschel weg und ersetze sie durch einen riesigen Plüschleoparden (Mum hat ihn mal auf einem privaten Flohmarkt erstanden und jetzt endlich Verwendung für ihn), als Alex reinkommt.

»Penny – um Himmels willen, was ist das denn?« Alex fährt vor Schreck zusammen, als ich mich mit dem Leoparden unter dem Arm zu ihm umdrehe.

»Frag nicht. Das gehört zu unserem Safari-Thema diese Woche. Leider besitzt meine Mum keinen echten ausgestopften Leoparden, der dafür perfekt wäre.«

Er lacht und reicht mir die Hand, damit ich aus dem Schaufenster klettern kann. »Ich schaue nur vorbei, um die Pläne für Elliots Überraschung durchzugehen. Läuft alles?«

»Alles gut! Mum hat heute Morgen bestätigt bekommen, dass der Musikpavillon am Donnerstagabend zu haben ist, also geht alles nach Plan.«

»Er ahnt überhaupt nichts, oder? Und du schaffst es auch, ihn an diesem Abend zu beschäftigen? Die Sonne geht ja erst relativ spät unter, also musst du darauf achten, dass er nicht zu früh nach Hause will ...«

»Hör auf, dir Sorgen zu machen! Er ahnt null. Er denkt, er kommt mit mir zu der Fotoausstellung, um auf mich aufzupassen. Deshalb wird er mich auch nicht alleinlassen. Das wird definitiv die beste Überraschung, die er sich überhaupt vorstellen kann. Ich kann ihn um neun zum Musikpavillon bringen. Ich bin ja schon so aufgeregt. Das könnte Alexiot tatsächlich wieder zusammenbringen und dann ist die Welt wieder im Lot.«

»Das hoffe ich wirklich. Aber es besteht immer noch die Möglichkeit, dass er das alles furchtbar findet und nie mehr ein Wort mit mir reden will.«

Ich nehme Alex' Hand. »Wir werden versuchen, alles in unserer Macht Stehende zu tun, damit das nicht passiert.«

»Penny, genau das ist der Punkt – ich glaube, es fehlt noch etwas. Aber dafür müsste ich dich um einen Riesengefallen bitten, und ich habe das Gefühl, schon jetzt zu viel von dir zu verlangen.«

»Nein, bitte frag ruhig. Das ist im Moment das Wichtigste in deinem Leben, und wenn ich kann, will ich dir auf jede nur erdenkliche Weise helfen. Außer du bittest mich, eine Bank zu überfallen oder so, um einen Riesendiamanten zu bezahlen –«

»Nein, überhaupt nichts in dieser Richtung!« Er windet sich geradezu und strahlt mich dann mit seinem breitesten Grinsen an.

Jetzt fange auch ich an, ein wenig nervös zu werden. Was könnte Alex denn bloß von mir verlangen, das ihn in solche Verlegenheit stürzt? Ich hoffe sehr, er fragt mich nicht nach einem Aktfoto-Shooting mit ihnen beiden oder so was.

»Du weißt doch, dass *Elements* mein und Elliots Lied ist, oder? Ich wollte nur sichergehen, dass es für dich okay ist, wenn ich ihn über Lautsprecher beim Musikpavillon spiele. Ich weiß, wie du zu Noah stehst, und ich weiß, das könnte eine Menge aufgestauter Gefühle freisetzen, deshalb wollte ich nur sichergehen …«

Ich empfinde einfach nur große Erleichterung darüber, dass ich Alex nicht im Adamskostüm sehen muss. »Na klar, das ist in Ordnung.« Ich lächle, vor allem weil ich meine Erleichterung in Alex' Gesicht gespiegelt sehe. Es wird Elliot viel bedeuten, das weiß ich – schließlich war das der Song, bei dem ich sie auf dem Konzert damals fotografiert habe.

Elements bedeutet so vielen Leuten eine Menge. Ich habe Noah den Song oft auf der Bühne spielen gesehen und dabei genau wahrgenommen, welche Wirkung er immer auf das Publikum hatte. Es ist der perfekte Song für jeden, der gerade verliebt ist.

Ich seufze tief, und jetzt ist es an Alex zu versuchen, mich zu trösten. »Und was ist mit dir, Penny? Gibt es für dich und Noah keine Hoffnung?«

Ich zucke mit den Achseln. »Keine Ahnung, aber ich bezweifle es sehr. Wir haben seit der Trennung überhaupt nicht mehr miteinander gesprochen.«

»Nun, du wirst es nie erfahren, wenn du nicht wenigstens versuchst, mit ihm zu sprechen. Selbst wenn nichts daraus wird, brauchst du irgendwas Abschließendes.«

Natürlich hat er da recht. Ich werde irgendwann mit Noah reden müssen. Ich habe schon so lange versucht, die Realität auszublenden, aber wenn ich sehe, was Alex nun alles für Elliot tut, geht mir das schon zu Herzen. Wir mögen nicht mehr zusammen sein, aber vielleicht könnten wir Freunde bleiben?

Ob er überhaupt mit mir reden will? Er macht das ja sehr gut, wie er meinen letzten Wunsch, mich nicht zu kontaktieren, respektiert. Zu gut sogar. Vielleicht ist er sogar richtig sauer auf mich, weil ich gegangen bin. Glaubt er wohl immer noch, ich hätte mir das mit Blake ausgedacht? Das sind zu viele unbeantwortete Fragen, und ich bin mir nicht mal sicher, ob ich die Antworten darauf wissen will. Aber wenn es jemals eine Gelegenheit gab, um Mut zu beweisen und in den sauren Apfel zu beißen, indem ich mit Noah rede, dann jetzt. Bevor er zu seiner Welttournee aufbricht und meine Chance verstreicht – vielleicht für immer.

»Ich weiß. Kürzlich habe ich erfahren, dass er in London sein wird, also könnte ich Kontakt zu ihm aufnehmen, und vielleicht könnten wir uns treffen und zumindest reinen Tisch machen. Es ist ja schließlich nicht so, dass wir von Lieben auf Hassen umschalten müssen, oder?«

Alex beugt sich zu mir und küsst mich auf die Wange. »Du schaffst das, Penny. Ich glaube an dich.«

Als ich später wieder in meinem Zimmer sitze, schweben meine Finger über der Tastatur auf meinem Handy, während das Nachrichtenfeld leer bleibt. Warum finde ich die passenden Worte nicht? *Oh, hey, Noah, erinnerst du dich an mich? Das Mädchen, das dich während deiner Tour in Paris verlassen hat. Die, für die du damals diesen Song geschrieben hast …*

Ich vergrabe mein Gesicht im Kopfkissen und jaule frustriert auf. WARUM IST DAS SO SCHWER? Ich habe eine Wahnsinnsangst, dass die Wunden, die gerade erst begonnen haben zu heilen, seit ich Paris verlassen habe, alle wieder aufgerissen werden, sobald ich diese Nachricht losschicke. Und was, wenn Noah so reagiert wie Elliot und gar nicht antwortet? Aber ich kann die Sache ja auch nicht ewig ignorieren. Wenn ich es nicht versuche, werde ich es nie erfahren. Noah war – ist – so etwas Besonderes für mich. Und irgendwann müssen wir doch reden. Ich kann das nicht immer weiter rausschieben.

Noah, ich weiß, dass nun schon ein paar Wochen vergangen sind, und es ist mir schwergefallen, dich nicht zu kontaktieren. Ich habe gehört, dass du in London sein wirst, und da dachte ich, vielleicht könnten wir uns unterhalten. Vielleicht ist es zu viel verlangt, doch ich muss es wenigstens versuchen. Können wir Freunde sein? Penny x

Ich lege mein Telefon auf den Nachttisch und rechne fast damit, keine Antwort zu bekommen, als es sogleich blinkt. Die Nachricht ist von Noah.

Ich möchte auch mit dir reden. Komm und triff mich beim Festival morgen, wenn du kannst. Ich hinterlege ein Ticket für dich – und für eine Begleitung, damit du nicht allein kommen musst. Ich vermisse dich. N

Mein Herz setzt kurz aus, als ich den letzten Satz lese. *Er vermisst mich.* Hat er wirklich geduldig darauf gewartet, dass ich mich melde? Die Flut meiner Gefühle für Noah überwältigt mich, und ich merke, wie ich sofort rot werde.

Ich erinnere mich an den Moment, als wir wie total Verrückte getanzt haben, während The Sketch auftrat. Ich erinnere mich an seine Küsse auf meine Nasenspitze. An die Abende, wenn er mir aus seinem Zimmer schrieb, er wünsche sich, mit mir zu kuscheln. Und ich erinnere mich daran, wie er mir einen innigen Blick in die Kulissen zuwarf, als er *Autumn Girl* vor einer vollen Arena spielte.

Diese wunderbaren Erinnerungen, die ich versucht habe, auszusperren, verdrängen rasch die wütenden, frustrierten, die mir durch die vergangenen Wochen geholfen haben.

Ich bemühe mich, die glücklichen Erinnerungen wegzuschieben, weil ich weiß, wenn ich diese Gefühle zulasse, dann verliebe ich mich gleich Hals über Kopf wieder in ihn. Und was, wenn er nur noch mit mir befreundet sein will? Ich mache einen auf Elliot und will mich abschotten und nie mehr über meine Emotionen reden. Aber das verwirrt mich nur noch mehr, sodass ich am Ende überhaupt nicht weiß, was ich eigentlich will.

Ok, ich denke, das kann ich. P x

Ich drücke auf Senden. Im Verlauf des letzten Jahres habe ich eine Menge nervenaufreibender und alberner Dinge getan, aber aus irgendeinem Grund macht mich die Vorstellung, wieder mit Noah zu reden, nervöser als all das zusammen.

KAPITEL 52

Ich bin schon in aller Herrgottsfrühe wach und kann nicht glauben, dass ich wieder so weit bin – nicht schlafen, meinem Kopf keine Ruhe gönnen zu können.

Die ganze Nacht bin ich ein zappeliges, zittriges Nervenbündel gewesen. Unvorstellbar, dass ich heute wirklich Noah sehen werde. Es mag nur ein paar Wochen her sein, aber es fühlt sich an wie eine Ewigkeit. Ich bin so oft in meinem Zimmer auf und ab gegangen, dass Dad schon seinen Kopf zur Tür hereingesteckt hat, nur um zu schauen, ob ich vielleicht verrückt werde.

Außerdem habe ich meine Fingernägel total abgeknabbert, das aber aus einem anderen Grund. Noah hatte recht, als er vermutete, ich würde nicht – *könnte nicht* – allein zu dem Festival gehen. Mein erster Gedanke war natürlich, Elliot mitzunehmen, doch er hat schon seinen Eltern versprochen, mit ihnen eine Reise zu den historischen Sehenswürdigkeiten von Bath zu unternehmen (ein Versuch von ihnen, Elliot aufzumuntern).

Darüberhinaus hätte er viel zu viele Fragen gestellt, warum ich entschieden habe, dort hinzugehen und *jetzt* mit Noah zu sprechen, was letztlich Alex und seine Überraschung verraten hätte. Also ist es besser, Elliot überhaupt nicht zu fragen. Ein bisschen fühle ich mich, als würde ich ihn damit hintergehen, weil ich so listig hinter seinem Rücken arbeite, aber ich weiß ja, es ist alles für einen guten Zweck.

Dann habe ich versucht, Kira zu dem Festival einzuladen, doch sie geht bereits mit Amara hin. Sie haben ihre Tickets schon vor Monaten bestellt, weil sie riesige Fans von The Halo Pixies sind, einer A-cappella-Mädchenband aus Schweden, die ebenfalls dort auftreten werden. Als ich erfuhr, dass die Zwillinge auch dort sein würden, fühlte ich mich schon besser. Schließlich habe ich in den sauren Apfel gebissen und Megan eingeladen. Nachdem Noah und ich Schluss gemacht haben, hat sie mir ausschließlich süße Nachrichten geschickt. Außerdem will ich endlich das Geheimnis von DieGanzeWahrheit herausfinden. Seit Noah und ich uns getrennt haben, gab es keine neuen E-Mails oder Briefe, darum habe ich mich am Ende entschlossen, doch nicht zur Polizei zu gehen. Wenn ich einen ganzen Tag mit Megan verbringe, werde ich mich vielleicht selbst davon überzeugen können, dass sie nicht hinter all den fiesen Drohungen steckt.

Ich hoffe wirklich, sie tut es nicht – denn ich habe gerade wieder begonnen, daran zu glauben, dass die Megan, mit der ich aufgewachsen bin, doch zurückkehrt. Im September wird sie an ihrer Schauspielschule anfangen und ein Teil von mir wird sie sogar vermissen. Nicht vermissen werde ich ihre Art, mir dauernd ins Wort zu fallen oder bei jeder sich bietenden Gelegenheit im Mittelpunkt stehen zu wollen. Aber ich werde die kleinen

Dinge vermissen, wie dass sie immer nach dem Englisch-Unterricht auf mich gewartet hat, damit wir gemeinsam zum Mittagessen gehen konnten, und vermissen werde ich auch ihren sarkastischen Humor.

Jetzt sitzt sie auf dem Schreibtischstuhl in meinem Zimmer und schaut mich mit leicht besorgtem Gesichtsausdruck an.

»Penny, ich weiß, du hast gesagt, es geht dir gut, aber ich fange an zu glauben, dass du vielleicht flunkerst. Ich habe mitgezählt, wie oft du auf- und abgegangen bist, und ich bin bereits bei sechsundfünfzig. Das ist viel zu viel Fitnesstraining für einen Tag, vor allem wenn man sich gestresst und angespannt fühlt.« Sie betrachtet ihre Fingernägel und streicht über das kleine Gänseblümchen-Transfer-Tattoo auf ihrem Daumen.

»Megan, bist du dir sicher, dass ich okay aussehe? Nein, nicht *nur* okay. Sehe ich *wirklich* okay aus?« Ich begutachte mich in meinem bodenlangen Spiegel und stelle mich auf die Zehenspitzen.

»Solange du ganz normal stehst, siehst du großartig aus. Ich meine, es ist zwar nicht unbedingt das, was ich ausgewählt hätte ...«

Ich habe mich für ein mit hellroten Mohnblumen bedrucktes schwarzes Skater-Kleid und passende flache, schwarze Ankle-Boots entschieden – denn schließlich gehen wir ja auf ein Festival! Mein offenes Haar ist leicht verwuschelt und ich habe mir eine Piloten-Sonnenbrille auf den Kopf gesetzt.

»Woher hast du überhaupt all das Make-up? Das ist fantastisch!« Megan greift nach meinem Fläschchen

Grundierung von NARS und einer Palette mit goldfarbenem Bräunungspuder.

Es handelt sich um die Sachen, die mir Leah bei Sephora gekauft hat. »Oh ... eine Freundin hat mir geholfen, das auszusuchen. Um ehrlich zu sein, weiß ich von der Hälfte nicht einmal, was es ist.«

»Also, wenn du irgendetwas davon irgendwann einmal ein angemessenes Zuhause bieten möchtest –«

»Dann weiß ich, wo ich dich finde«, beende ich ihren Satz.

Als es Zeit ist, loszuziehen, hüpfen wir in ein Taxi, das uns schnurstracks zur Brighton Station bringt, wo wir Kira und Amara treffen. Wir kaufen uns bei Marks & Spencer noch ein paar Smoothies, dann steigen wir in den Zug nach London. Überraschenderweise gelingt es uns, Sitzplätze an einem Tisch zu ergattern. Es ist wirklich nett, wie in alten Zeiten mit allen dreien unterwegs zu sein. Freundinnen zu haben, mit denen ich einfach über ganz normale Dinge quatschen kann, ist einfach herrlich – wir sprechen über die Jungs aus der Schule, die Dramen im elften Schuljahr und was wir alle so tun werden, wo wir uns ja nun auf quasi ernsthaftes Erwachsenen-Territorium wagen.

»Glaubst du, Blake wird heute auch da sein?« Megan blickt mich quer über den Tisch an und macht ein merkwürdig anzügliches Gesicht.

»Hm ... als Noahs Drummer?« Allein Blakes Namen zu hören, bereitet mir schon Gänsehaut.

»Ja, er ist echt heiß. Vielleicht habe ich doch noch eine winzig kleine Chance, vor allem weil du mich ihm ja noch einmal vorstellen kannst.« Sie grinst und lacht dann.

»Ja, klar kann ich das, aber ... er ist kein guter Typ, Meg. Er ist eher der Bad Boy.«

»PENNY! Manchmal frage ich mich, ob du mich überhaupt kennst!« Wieder lacht sie, aber diesmal noch viel lauter. »Du weißt doch, ich liebe Bad Boys. Sie sind immer *viel* interessanter. Du stellst mich ihm doch noch einmal vor, oder?« Am Ende dieses Satzes ändert sich ein wenig ihr Tonfall, und ich befürchte, in ihr könnte wieder die alte, teuflische Megan erwachen.

»Nein, echt, Megan. Als wir in Paris waren, hat Blake mich belästigt. Er hat versucht, mich zu küssen, aber ich habe es geschafft, ihm zu entkommen, bevor es dazu kam.«

Ich erkenne die Verwirrung in Megans Gesicht – und eine leise Stimme in meinem Kopf sagt, das ist so, weil sie nicht verstehen kann, warum Blake auf jemand wie mich stehen sollte. Doch dann ergreift Kira das Wort. »Im Ernst? Das ist ja grässlich, Penny!«

»War das der Grund, warum Noah und du Schluss gemacht habt?«, fragt Megan.

»Sozusagen ...«, antworte ich.

»Ich kann nicht glauben, dass sich Noah von dir getrennt, aber diesen schmierigen Honk von einem Freund nicht abserviert hat«, sagt Megan. Sie hat sich offensichtlich entschieden, bezüglich Blake in den Mega-Bitch-Modus zu schalten, und ich könnte ihr nicht dankbarer dafür sein. »Noah entschuldigt sich besser heute bei dir. Du bist viel zu gut für ihn.«

»Das ist so was von wahr«, bestätigt Amara. »Kein Typ ist es wert, wenn er nicht zu dir steht!«

Ich kann nicht verhindern, dass ich knallrot werde. Noch nie war ich so froh, solche tollen Freundinnen an meiner Seite zu haben.

Über den Lautsprecher des Zuges meldet eine Stimme, dass wir in wenigen Minuten an der Londoner Victoria Station eintreffen werden.

»Ich bin so aufgeregt, da hinzugehen!«, meint Kira. »Dieses Festival soll fantastisch sein. Wann fahren wir eigentlich danach zurück?«

»Ich weiß noch nicht«, antwortet Amara, »aber The Halo Pixies treten nicht vor fünf Uhr auf.«

»Ich werde wahrscheinlich nicht den ganzen Tag dort bleiben, Leute. Ich werde bloß Noah suchen und dann wieder nach Hause fahren«, erkläre ich, während vor dem Zugfenster die Stadt an uns vorbeizieht. Ich weiß einfach, das Gespräch mit Noah wird genug für mich sein, um mich wieder in ein Erschöpfungskoma zu versetzen. »Ich glaube nicht, dass ich auf dem Festival sehr lange durchhalte. Ihr wisst doch, Menschenmassen sind nicht so wirklich mein Ding. Sollen wir uns, nachdem ich mit Noah gesprochen habe, um drei Uhr noch mal irgendwo treffen?« Ich blicke auf mein Handy. Das ist definitiv genug Zeit, um wieder weg zu sein, bevor Noah auf die Bühne geht.

»Klare Sache!«, sagt Kira breit lächelnd. »Vielleicht können wir uns zusammen noch ein paar Waffeln kaufen? Als ich das letzte Mal bei dem Festival war, gab es dort die allerbesten Sachen zu essen.«

»Ich habe gehört, die haben da sogar ein Pop-up von der Blow Dry Bar!«, ergänzt Megan. »Vielleicht sollten wir uns an deren Stand noch die Haare machen lassen, bevor wir die Jungs treffen?«

Ich greife mir in meine Locken, die seit Paris nicht allzu viel Pflege abbekommen haben. Sie haben definitiv nicht mehr den wundervollen Glanz, den Leah Browns Stylistinnen ihnen verliehen hatten. Aber ich werde meine Zeit jetzt nicht mit Beauty-Behandlungen verschwenden – ich will bloß Noah sprechen und dann wieder gehen.

Mein Handy meldet den Eingang einer Nachricht.

Die Tickets sind am Ost-Eingang für dich hinterlegt, auf deinen Namen. Sehe dich dann gleich – komm zum VIP-Bereich links von der Hauptbühne. Larry erwartet dich dort. N

Plötzlich erwacht der gesamte Schwarm von Schmetterlingen, die während der Zugfahrt in meinem Bauch geschlafen haben, zu einem einzigen Geflatter. Der Zug rollt in die Victoria Station ein, und ich bereite mich innerlich darauf vor, Noah gleich direkt gegenüberzustehen.

KAPITEL 53

Wir bleiben direkt vor dem Osttor des Hyde Park stehen und stellen uns an, um die Tickets für Megan und mich abzuholen. Sie sind tatsächlich hinterlegt, so wie Noah es geschrieben hat.

Als wir durch die Tore den Park betreten, staune ich, wie groß und wie voll er ist. Ich bin dankbar, dass Kira und Amara mich in ihre Mitte genommen und damit zu einem Penny-Sandwich gemacht haben, um mich gegen die Menschenmassen abzuschirmen.

Ich kann schon die Musik leise wummern hören, obwohl wir noch ziemlich weit von der Bühne entfernt sind. Imbisswägen und Buden, die T-Shirts der Bands und Federstirnbänder verkaufen, säumen zu beiden Seiten den Weg, der zur Hauptbühne führt. Es ist zu eng und chaotisch und hektisch, und im Grunde genommen herrscht genau die Atmosphäre, die ich immer scheue. Ich wünschte, Noah und ich hätten uns irgendwo außerhalb des Festivals treffen können. Warum bin ich nicht einfach zu seinem Hotel gekommen? Oder zum Flughafen? Oder sonst wohin?

Als wir uns der Hauptbühne nähern, steuern Kira und

Amara die Föhn-Bar an, aber Megan weicht nicht von meiner Seite.

»Weißt du, wo du hinmusst?« Megan sieht mich fragend an.

Ich hole mein Handy heraus. »Noah hat geschrieben, der VIP-Bereich wäre links von der Bühne und dass Larry uns dort finden sollte.«

Megan spielt mit ihrem Wasserfallzopf und versucht sicherzustellen, dass jede Strähne perfekt sitzt. »Wer ist denn Larry? Auch ein Bandmitglied?« Sie fischt eine Tube pinkfarbenen Lipgloss aus ihrer Tasche und trägt ihn zum einmillionsten Mal auf.

Ich lache. »Nein. Das da ist Larry.« Ich zeige auf Larry, der mit schweren, aber zielstrebigen Schritten auf uns zusteuert. Er pflügt durch die Menge, als wäre sein kahler Kopf der funkelnde Bug eines Schiffes, der die Wellen zerteilt. Er entdeckt mich und grinst übers ganze Gesicht. – Genau wie ich.

Megan will schon stehen bleiben, aber ich renne auf Larry zu und umarme ihn stürmisch.

»Penny! Wie schön, dich zu sehen.«

»Dich auch, Larry. Das ist meine Freundin Megan«, sage ich und deute auf sie, während sie vollkommen stumm bleibt. »Larry ist Noahs Security.«

»Ich bin froh, dass ich euch in dieser verrückten Menge gefunden habe. Kommt, ich habe strikte Anweisungen, dafür zu sorgen, dass ihr nicht verloren geht.«

Mit Larry, der uns voranläuft, fühle ich mich gleich viel sicherer. Er führt uns zu einem unbeschrifteten Zaun. Dort lümmelt ein Mann in einem Sessel. Es ist ein ziemlich unspektakulärer Eingang zum Backstage-Bereich, aber andererseits würde man wohl einen Tumult provozieren, wenn man ein beleuchtetes Schild mit der Aufschrift »HIER MUSIKER« anbringen würde.

Kaum haben wir den Eingang passiert, händigt Larry uns unsere Backstage-Pässe aus, und Megans Gesicht beginnt zu leuchten, als sie ihren betrachtet.

»Kommst du hier für eine Weile allein zurecht, Megan, während ich Noah treffen gehe?« Das ist eine dämliche Frage, denn sie ist fast schon abgezischt, bevor ich zu Ende gesprochen habe.

»Noah hat in etwa fünf Minuten Zeit«, sagt Larry.

Ich hole tief Luft.

»Bist du okay, Penny?« Larry betrachtet mich mit sorgenvoller Miene.

»Mir geht's gleich wieder gut, Larry«, sage ich und versuche, mutiger zu klingen, als ich mich fühle. »Ich muss das hier nur hinter mich bringen.«

Er nickt. »Ich bin froh, dass ich noch kurz mit dir reden kann. Ist das hier deins?« Er holt etwas aus seiner Tasche, und ich erkenne es sofort: mein Handy. Es steckt immer noch in der leuchtend pinkfarbenen Hülle mit den Sternen, die Noah mit wasserfestem Stift daraufgemalt hat.

»Oh mein Gott, wo hast du das gefunden?« Ich drehe es mehrmals in meiner Hand hin und her und starre es an wie ein fremdes Objekt.

»Das habe ich in Deans Zimmer gefunden.«

»In Deans Zimmer? Warum denn bei ihm?«

Larry nickt, und sein Gesicht wirkt ernster, als ich es je

gesehen habe. Er sieht mehr denn je nach einem Bodyguard aus. Das ist nicht der witzige, fröhliche Larry, den ich gewohnt bin.

»Denkst du, dass jemand es dort deponiert hat? Ein ... verrückter Fan oder so? Meine Fotos wurden von diesem Handy gestohlen – die, mit denen jemand mich und meine Freunde bedroht hat.«

»Ich weiß, Penny. Und ich glaube, Dean hatte es schon die ganze Zeit.«

»Oh«, sage ich nur mit schwacher Stimme. Wenn das stimmt, dann bedeutet es ...

Ich habe keine Zeit, darüber zu grübeln, denn ich höre Noah meinen Namen rufen. Ich möchte ihm sofort meine Theorie über das Handy erzählen. Aber als ich ihn das letzte Mal gesehen habe, habe ich ihm nur Vorwürfe gemacht und gestritten. Daher weiß ich, dass ich ihn jetzt erst einmal anhören muss. Ich schiebe das Telefon also in meine Tasche und nehme mir vor, dass ich später darauf zurückkommen werde.

Mein Herz rast. Das ist es: Alles, was ich mir in meinem Kopf vorgestellt und ausgemalt habe, wird jetzt gleich im echten Leben passieren. Aber ich muss ruhig und gelassen bleiben.

Er kommt auf uns zu, und am liebsten würde ich ihm entgegenrennen, so wie ich es bei Larry gemacht habe, und ihn umarmen, aber meine Füße sind wie angewurzelt. Seine anscheinend auch, denn er bleibt ein paar Schritte von mir entfernt stehen.

»Also, Kinder, dann lasse ich euch mal besser allein«, sagt Larry. »Aber, Penny, wenn ihr fertig seid, komm zu mir, dann sorge ich dafür, dass du wohlbehalten nach Hause kommst.«

»Danke, Larry. Du bist der Beste«, sage ich.

Noah lächelt mich an, aber auf eine zurückhaltende Art. »Hey. Sollen wir irgendwo hingehen, wo wir ein bisschen mehr Ruhe zum Reden haben? Im Moment ist niemand im Tourbus, also könnten wir da reingehen.«

Ich nicke. Noah wirkt wie eine gedämpfte Version seiner selbst. Er lächelt, aber es kommt mir vor, als wäre nicht viel Leben in seinen Augen, die doch normalerweise so strahlen und glitzern. Wir gehen in ein seltsames, unbehagliches Schweigen gehüllt zum Bus. Mir gefällt das nicht. Dass wir nicht miteinander reden können. Das passt überhaupt nicht zu uns. Ich hoffe, dass sich die Atmosphäre ändern wird, sobald wir im Bus sind.

Noah bietet mir einen Platz auf dem Sofa an – genau dort, wo ich zu Beginn der Tour neben Blake saß. Noah setzt sich neben mich und legt seine ausgestreckten Hände auf den kleinen Beistelltisch. Er schaut aus dem Fenster, hinter dem sich zufällig eine kleine Lücke im Zaun befindet, durch die man das Festivaltreiben sehen kann.

Er lächelt. »Tja …«

»Tja …« Ich lächle zurück. »Wie ist es dir ergangen?«

Noah schüttelt den Kopf. »Ich packe diesen ganzen Small Talk jetzt nicht. Ich möchte lieber gleich zur Sache kommen.«

Ich nicke.

»Also, dann wäre wohl meine erste Frage: Warum bist du auf diese Weise gegangen? Warum bist du nicht vorher zu mir gekommen und hast dich ordentlich verabschiedet?«

Ich merke, wie mein Hals eng wird, denn diese Unterhaltung ist verdammt schnell ernst geworden. Innerlich verfluche ich diese typisch amerikanische Direktheit, aber schließlich bin ich deshalb hergekommen. »Es war zu schwer, mich von Angesicht zu Angesicht von dir zu verabschieden. In deiner Gegenwart kann ich kaum wütend, frustriert oder traurig sein. Ich dachte, wir wären sowieso am Ende. Dass du mir vorgeworfen hast, in der Sache mit Blake zu lügen, das war so falsch, Noah. Allein die Tatsache, dass du es mir überhaupt zugetraut hast, dass ich mir so etwas ausdenke, nur um deine Aufmerksamkeit zu erregen ... ich war am Boden zerstört.«

Ich sehe ihm ins Gesicht, aber nicht so richtig in die Augen. *Reiß dich zusammen, Penny. Reiß dich zusammen.*

»Du hast recht, Penny: Das war falsch von mir. Ich hätte richtig mit dir reden und dich anhören sollen. Das ist auch einer der Gründe, warum ich dich gebeten habe, herzukommen, als du dich gemeldet hast. Und warum ich jemand gebeten habe, dazuzustoßen ...« Er schaut über meine Schulter und nickt einer Person zu, die hinter mir steht. Ich drehe ruckartig den Kopf, und es verschlägt mir den Atem, als ich Blake oben auf den Stufen im Bus stehen sehe.

»Hey, Penny«, sagt er, und seine Stimme klingt nicht mehr ganz so abfällig wie früher.

»Oh, äh ... hallo, Blake«, sage ich und verschränke die Arme vor meiner Brust.

»Sieh mal, als Noah erzählt hat, du würdest kommen,

da habe ich ihn gefragt, ob ich dich auch sehen könnte, weil ich mich für das an dem Abend in Paris entschuldigen möchte. Ehrlich. Ich weiß, dass es falsch war, und ich weiß, dass es für dich keinen Unterschied mehr macht, was ich sage, oder ändert, was ich getan habe, aber ich meine es so: Ich war betrunken und hab mich danebenbenommen.«

»Blake –«

»Warte – das ist noch nicht alles. Danach hab ich Panik gekriegt. Obwohl ich wusste, dass ich im Unrecht war, wollte ich nicht, dass Noah mich während der Tour rausschmeißt. Ich wollte weder meinen Job noch meinen Freund verlieren, also habe ich ihm erzählt, du hättest mich angemacht. Ich dachte, ihr beiden würdet damit schon fertig – ich hab einfach ... nicht nachgedacht.«

Ich bin vollkommen sprachlos und meine Kehle fühlt sich wie taub an. »Im Ernst?«

»Ich weiß, wie bescheuert das war.«

Ich habe Blake nie getraut, aber diesmal meine ich, dass er vielleicht die Wahrheit sagt. Trotzdem kann ich ihm nicht so leicht verzeihen.

Noah sucht meinen Blick. »Er hat mir die Wahrheit in Stockholm erzählt, als er betrunken war. Ehrlich, Penny, ich war so wütend ... aber nachdem er wieder nüchtern war, haben wir geredet. Viel geredet. Blake sieht jetzt, dass er ein echtes Problem hat. Deshalb fährt er auch nach Hause und nimmt es in Angriff.«

»Das stimmt«, sagt Blake. »Ich gehe nicht mit Noah auf Welttournee. Das Tourleben ist nichts für mich.«

Blake sieht mich einige Momente lang unverwandt

und mit bittendem Blick an. Ich weiß, er will, dass ich ihm irgendwie signalisiere, dass ich seine Entschuldigung annehme, doch das kann ich nicht. Ich schlucke schwer, bevor ich etwas sage. »Wow. Also dann hoffe ich, du bekommst die Hilfe, die du brauchst.«

Blake nickt. »Ich weiß, dass es noch ein weiter Weg ist, bis ihr mir beide verzeihen könntet, aber ... eines Tages vielleicht?« Er sieht so hoffnungsvoll aus, aber tief in meinem Inneren weiß ich, dass das noch nicht genügt. Der Schmerz ist einfach noch zu frisch.

»Um ehrlich zu sein, da bin ich mir nicht sicher. Was du getan hast, das hat mich wirklich verletzt, Blake. Aber ich weiß deine Entschuldigung zu schätzen.«

»Du hast jetzt gesagt, was du sagen wolltest. Jetzt kannst du gehen«, sagt Noah mit kalter, harter Stimme.

»Man sieht sich.«

Als er den Bus verlassen hat, drehe ich mich zu Noah zurück. »Wow ... damit hatte ich nicht gerechnet. Danke.« Noah tut mir richtig leid. Ich weiß, dass er seinen besten Freund vermissen wird – egal, was er getan hat. Und ich hoffe, dass Blake tatsächlich die nötige Hilfe bekommt, damit er die Beziehungen kitten kann, die er beschädigt hat.

»Jetzt bin ich wieder an der Reihe. Nachdem Blake mir das erzählt hatte, wollte ich mich sofort melden –«

»Warum hast du es nicht getan?« Ich schaue ihm in die Augen und spüre mein Herz heftig klopfen.

»Weil du mich gebeten hast, dich in Ruhe zu lassen ... und ich wusste, dass es um mehr ging als nur die Sache mit Blake.« Noah schüttelt sich sein lockiges braunes

Haar aus dem Gesicht und stützt den Kopf in die Hände. »Ich wollte dich nicht noch wütender machen oder die Situation verschlimmern. Aber sobald du mir geschrieben hattest, musste ich antworten. Es ist mir so schwergefallen, mich nicht bei dir zu melden, aber ich wollte deinen Wunsch respektieren. Ich habe es gehasst, dich auf Tour nicht dabeizuhaben.«

Noahs Worte sind wie Musik in meinen Ohren. Die ganzen Fragen, die mir permanent durch den Kopf gegangen waren – *hat er mich vermisst? Hat er mir geglaubt? Hat er nicht angerufen, weil er mich hasste?* – jetzt kenne ich die Antworten darauf. Ich spüre, wie ein Gefühl von Ruhe und Gelassenheit mich erfasst.

»Danke, dass du meinen Wunsch respektiert hast, aber es hat trotzdem wehgetan, nichts von dir zu hören. Ich schätze, ich dachte, du würdest es trotzdem versuchen. Aber letztlich war ich bis jetzt noch nicht bereit dafür.«

»Denkst du ... denkst du, es gibt irgendeine Möglichkeit für uns, das hinzukriegen?« Noah schaut mich an und mein Herz sehnt sich nach ihm. Aber mein Verstand bleibt skeptisch. »Ich weiß nicht, Noah. Was mit Blake passiert ist, war der Tropfen, der das Fass zum Überlaufen gebracht hat, aber es gab ja auch andere Sachen. Ich glaube, ich bin für dieses Herumreisen einfach nicht geschaffen. Ich muss immer noch rausfinden, was ich mit *meinem* Leben anfangen will, und ich glaube nicht, dass ich das kann, während ich nur hinter dir hertappe.« Es ist eine der härtesten Aussagen, die ich je von mir gegeben habe, aber ich fühle mich total erleichtert.

Noah seufzt. »Du bist das Beste, was mir je passiert ist,

Penny. Aber meine Musik ist meine Leidenschaft und mein Leben. Ich will nicht zwischen dir und ihr wählen müssen.«

Ich greife nach seiner Hand. »Nein, du musst definitiv nicht zwischen uns wählen. Ich habe dich auf der Bühne gesehen, Noah – dort bist du in deinem Element. Das solltest du niemals aufgeben. Aber du musst mir Zeit lassen. Zeit, damit ich einfach ... rausfinden kann, wer ich bin.«

Eine Pause entsteht und sie scheint eine Ewigkeit zu dauern. Doch die ganze Zeit hält er meine Hand fest. »Ich werde dich vermissen, Penny. Jeden Tag.«

»Ich dich auch«, sage ich.

Er hebt meine Hand an seine Lippen und küsst meine Knöchel. Ich muss all meine Willenskraft aufbringen, damit ich ihm nicht um den Hals falle und versichere, wir könnten in jedem Fall wieder zusammen sein. Doch ich weiß, dass es mir auf Tour immer noch schlecht gehen würde und Noah Zeit braucht, um seinen Erfolg zu verfestigen. Ich brauche diese Zeit, um mein eigenes Leben auf die Reihe zu kriegen.

»Was hat deine Meinung geändert?«, fragt er.

»Wie meinst du das?«

»Warum hast du dich gerade jetzt gemeldet? Nur weil ich nach Großbritannien gekommen bin? Ich wäre von überall hierhergeflogen, um dich zu sehen. – Ich möchte nur, dass du das weißt.«

Ich schüttele den Kopf. »Nein, das war es nicht. Es war wegen Alex. Ich habe dir das noch nicht erzählt, aber Elliot und Alex haben sich auch getrennt.«

»Das gibt's doch nicht!« Noah ist total verwundert. »Ich glaub's nicht. Die beiden haben doch perfekt zusammengepasst.«

»Das dachte ich auch. Aber die Drohung von DieGanzeWahrheit hat Alex total erschüttert und er ist quasi aus der Beziehung geflohen. Inzwischen hat er sich aber gegenüber seiner ganzen Familie geoutet und es ist so toll für ihn. Er möchte das mit Elliot teilen und ihn zurückgewinnen. Wir haben deshalb diese Überraschung für ihn am Donnerstagabend beim Musikpavillon in Brighton geplant. Da werden wir sogar einen deiner Songs spielen – du weißt doch, wie sehr sie *Elements* lieben.«

Noah drückt meine Hand und ich spüre die elektrische Spannung wie einen Funken zwischen uns. Aber bevor noch irgendetwas Feuer fangen kann, steht er vom Sofa auf. »Ich muss jetzt los, Penny. Mein Auftritt fängt gleich an. Aber bitte, bleib doch noch ein bisschen im Bus, wenn du nicht gleich wegmusst ... Ich würde dich gern nach dem Auftritt noch sehen.«

Ich schüttele den Kopf. »Ich muss auch los. Ich treffe mich mit meinen Freundinnen.«

»Dann ist das jetzt der Abschied?«, sagt Noah.

»Ich ... ich denke schon.«

Wir umarmen uns so, wie wir es in Paris hätten tun sollen. Seine Arme umschließen mich und ich umklammere seine Taille. Mein Gesicht drücke ich in seine Halsbeuge und atme dort seinen Duft ein. Die Umarmung dauert länger, als sie eigentlich sollte, weil keiner von uns loslassen will. Dann löst er sich doch von mir. Einen

Augenblick lang sind unsere Lippen sich so nah, dass es nur eine winzige Bewegung bräuchte, damit wir uns küssen könnten und die ganze Trennung vergessen wäre.

Doch stattdessen weichen wir weiter voneinander zurück und ich sehe ihn die Treppen hinunter und durch die Tür des Busses verschwinden.

KAPITEL 54

Ich kann mir momentan nicht vorstellen, den Bus zu verlassen, also nehme ich Noahs Vorschlag an, bleibe noch ein Weilchen und schaue mir alles um mich herum genau an. Ich will es in mich aufsaugen, denn es wird wohl das letzte Mal sein, dass ich es zu Gesicht bekomme.

Der Moschusduft vom Aftershave der Jungs hängt in der Luft, und unten an einem der Fenster entdecke ich eine ganze Reihe dieser kleinen Aufkleber, wie sie auf Äpfeln zu finden sind – Hinterlassenschaften einer hungrigen Crew. Xbox-Spiele liegen kreuz und quer auf dem Tisch verstreut und erinnern mich an Blake – aber ich bin froh, festzustellen, dass der Ekelanfall, der jeden meiner Gedanken an ihn bisher begleitet hat, nun ein bisschen weniger ausgeprägt ist. Ich schaue den Gang entlang zum hinteren Teil des Busses – zu sehen sind reihenweise leere Bierflaschen, und jemand hat angefangen, ein Mosaik aus den Deckeln der leeren Flaschen zu legen. Dann entdecke ich Noahs alten Hoodie. Schlapp hängt er an einem Kleiderhaken und die weißen Bänder der Kapuze sind ausgefranst und etwas grau. Das ist der Hoodie, den er mir um die Schultern gelegt hat, als wir im Dezember unser

Picknick auf dem Dach des Waldorf Astoria hatten. Derselbe, den er mir in den Korb in Rom gepackt hat.

Plötzlich erinnere ich mich ganz genau daran, wie sich das damals angefühlt hat, als er mir den Pulli umlegte, um mich warm zu halten. Ich fühlte mich so beschützt und sicher – ein Gefühl, das ich lange nicht mehr empfunden hatte, jedenfalls nicht seit dem Autounfall, der meine Panikattacken zum allerersten Mal ausgelöst hatte. Ich gehe zu dem Hoodie, drücke ihn fest an meine Brust und atme den schwachen Duft von Noahs Aftershave ein.

Keine Ahnung, ob ich glücklich oder traurig bin. Alles, was ich gerade denken kann, ist, wie sehr ich mir wünsche, dass Noah diesen Pulli wieder um mich legt, meine Hand hält und mir erklärt, dass alles wieder in Ordnung kommen wird, dass die Welttournee gestrichen ist und dass er einfach nur den Rest seines Lebens mit mir in Brighton verbringen wird, wo wir an irgendeinem Mittwochabend mit unserem Hundewelpen am Strand spazieren gehen und jeden Morgen gemeinsam Yoga auf dem Rasen im Garten machen werden.

Aber das ist nur ein Traum.

Während meine widersprüchlichen Gefühle miteinander kämpfen, bemerke ich, dass es etwas merkwürdig wirken könnte, wenn jemand hereinkommt und sieht, wie ich allein in Noahs Tourbus stehe und an seinem Hoodie schnüffle. Also hänge ich ihn zurück an den Haken und gehe zur Tür. Als ich draußen vor dem Bus Stimmen höre, bleibe ich abrupt stehen. Eine ist sehr laut und herrisch und es ist die Stimme von Dean.

Auf Zehenspitzen bewege ich mich vorwärts und spähe an der Treppe nach draußen. Dean lehnt lässig an der Bustür und unterhält sich angeregt mit zwei Männern, die Jacketts und bunte Chinos sowie Backstage-Pässe um den Hals tragen. In meinem Kopf meldet sich eine Stimme, die mir sagt, dass Lauschen eine ganz dumme Idee ist – besonders, da so was beim letzten Mal mit Tränen geendet hat. Doch dann höre ich Dean meinen Namen erwähnen und kann nicht anders, als zuzuhören.

»Noah und Penny haben Schluss gemacht, finito. Sieh mal, alles, was ich meine ist, Ella Parish wäre fantastisch für Noahs Karriere. Sie ist ein aufstrebendes Talent und sieht großartig aus. Die beiden als Paar würden einen Mediensturm auslösen.«

Wenn jemand in diesem Augenblick ein Foto von mir machen würde, sähe ich wohl aus wie eine dieser Figuren in einem Cartoon, bei der Dampf aus Ohren und Nase kommt und das Gesicht vor Wut knallrot wird.

»Ich meine, wenn es das ist, was Noah will, können wir natürlich bei Ella alle Räder in Bewegung setzen. Können wir möglichst bald mit Lorraine darüber sprechen, Collin?« Einer der beiden Jackett-Typen wendet sich dem anderen zu und lächelt dann wieder Dean an. Ich muss meine komplette Selbstbeherrschung aufbringen, um auch nur annähernd ruhig zu bleiben und nicht aus dem Bus zu stürmen, um mich zu treten und rumzuschreien, was das für ein schrecklicher Plan ist.

»Gut, dann ist das also abgemacht.« Dean streckt seine Hand aus und die beiden Männer schütteln sie. »Wir können ein paar Paparazzi organisieren, die sie in Australien ablichten. Vielleicht beim Händchenhalten am Strand?«

Ich kann das nicht mehr mit anhören. Noch eine Fake-Beziehung? Wie kann Dean nur glauben, das sei eine gute Idee? Noah wäre niemals damit einverstanden, dass Dean so etwas einfädelt, vor allem nach dem, was bei Leah passiert ist.

Dann fällt mir mein altes Handy ein, das in meiner Tasche liegt, und mein rot glühender Zorn kocht über. Plötzlich passen die Einzelheiten zusammen. Ist Dean die ganze Zeit für all das verantwortlich? Noah hatte man gesagt, dass Leah Browns Management auf der Fake-Beziehung bestanden hatte, aber wenn ich jetzt so darüber nachdenke, was hatte sie denn überhaupt davon? Es war doch Noah gewesen, der damals die PR benötigte. Es war Noahs Karriere, die Auftrieb brauchte. Und Dean ist derjenige, der *alle* Entscheidungen für Noahs Karriere trifft.

Das Gespräch draußen verstummt und ich höre Schritte auf der Treppe. Mein Herz schlägt mir bis zum Hals, und ich schaue schnell, wo ich mich verstecken kann, aber es ist zu spät. Dean kommt mit großen Schritten in den Bus und hat ein breites Grinsen im Gesicht.

Das Grinsen verschwindet, und er flucht laut und schlägt sich mit der Hand an die Brust, als er mich dastehen sieht. »Penny, was tust du denn hier? Ich habe beinah eine Herzattacke bekommen.« Er lächelt schwach. Wir beide stehen nur so da und starren uns gegenseitig an, bis er merkt, dass ich nicht zurücklächele.

Ich kann in seinem Gesicht erkennen, wie es ihm so langsam dämmert, und er erbleicht. Wut steigt in mir auf, wie Lava in einem Vulkan, dennoch kommt die ruhige Stimme von Ozean Stark aus meinem Mund.

»Bist du schon immer so ein Idiot gewesen, Dean?«

»Also hast du mich da draußen gehört? Du wirst mir damit aber nicht Noah durcheinanderbringen, oder, Penny?«

»*Ich* bringe was durcheinander? Sieht ganz so aus, als ob du das selbst schaffst! Ich meine, was genau führst du eigentlich im Schilde? Willst du, dass Noah erfolgreich ist, weil er so unfassbar talentiert ist, oder willst du alles außerhalb seiner Musikkarriere ruinieren, indem du immer wieder Fake-Beziehungen anzettelst und seine wahren zerstörst?«

Auf einmal fühle ich mich wie der stärkste Mensch auf diesem Planeten. Ich fühle mich groß, selbstsicher und mächtig. Ich bin laut, präzise und klar. Ich starre Dean an, während er das Gesicht verzieht und sein Selbstbewusstsein schrumpft. Er murmelt irgendetwas, und ich kann ihn nicht verstehen, darum hebe ich eine Augenbraue, und er wiederholt es noch einmal.

»Keine Ahnung, wovon du sprichst – du bist verrückt. Ich denke, du solltest jetzt schnell nach Hause laufen, zu Mummy und Daddy.« Er zuckt mit den Schultern, versucht, an mir vorbeizukommen, um zu holen, wofür er auch immer in den Bus gekommen ist.

Ich stelle mich ihm in den Weg. Er schaut mich an und abrupt ändert sich sein Gesichtsausdruck. Er wirkt nicht mehr schwach und erschreckt; er sieht böse aus. Ich bleibe bei meiner selbstsicheren Haltung und starre ihn weiter an, aber innerlich fürchte ich mich schrecklich.

»Geh mir aus dem Weg, Penny.«

»Nicht bevor du mir meine Fragen beantwortest.« Ich wühle in meiner Tasche und hole mein altes Handy hervor. »Du hattest es die ganze Zeit, nicht wahr? Larry hat es mir vorhin gegeben – er hat es in *deinem* Zimmer gefunden.«

»Und selbst wenn es so wäre?«

Ich schlucke heftig und versuche, die Nerven zu behalten. »Sei ehrlich: Bist du DieGanzeWahrheit?« Nun zittert meine Stimme. Er lacht, und zuerst denke ich, er wird abstreiten, irgendetwas damit zu tun zu haben, aber nichts dergleichen. Stattdessen klatscht er in die Hände.

»Richtig erkannt. Jemand hat damals dein Handy bei der Security abgegeben und irgendwie ist es dann bei mir gelandet. Ich hatte das Gefühl, es sei Weihnachten und Ostern an einem Tag. Denn ich dachte, nach ein paar von meinen Nachrichten wärst du so verschreckt, dass du sofort abhaust, aber ich muss dir meine Anerkennung aussprechen – du hast mehr Mut, als ich dir zugetraut habe.«

In meinem Kopf geht es nach wie vor drunter und drüber; ich kann in dem Ganzen keine Logik erkennen. »Aber ... warum? Warum bist du zu mir nach Hause gekommen und hast meine Eltern überredet, mich mit auf Tour gehen zu lassen, wenn du mich gar nicht dabeihaben wolltest? Warum hast du dich nicht einfach geweigert, mich mitzunehmen?«

»Wie? Damit Noah es nur noch mehr gewollt hätte? Also wirklich, Penny.« Er rollt mit den Augen. »Auf diese Art konnte ich ihm doch beweisen, wie wenig du in sein

Leben passt. Es war schlimm genug, als Noah an Weihnachten auf Tauchstation ging – ich dachte schon, wir müssten die ganze Tour abblasen und unsere ganze harte Arbeit würde umsonst gewesen sein. Aber dann traf er dich: süß, niedlich, ein normales Mädchen, Penny Porter. Für eine Weile hat das Noahs Geschichte geholfen. Die Mädchen liebten ihn dafür. Aber dann hast du unseren Kurs gestört.« Er geht an mir vorbei, setzt sich auf das Sofa und beugt sich vor zu einem der Mini-Kühlschränke. Er macht sich ein Bier auf, lehnt sich zurück und scheint randvoll mit Selbstsicherheit. Ich drehe mich zu ihm, beobachte ihn und rücke zugleich etwas näher an die Bustür.

»Also dachtest du, die beste Lösung sei, mich zu erpressen?«, frage ich, während ich mich anstrenge, meine Wut unter Kontrolle zu halten. »Wie alt bist du eigentlich? Zwölf? Dich interessiert Noah nicht – dich interessieren nur Dollarzeichen. Und warum hast du meine Freunde da mit reinziehen müssen? Sie hatten nichts mit Noah und mir zu tun.«

Er nimmt einen Schluck Bier und schmatzt laut, bevor er so breit grinst wie der Joker aus *Batman*. »Hat ja schließlich dazu geführt, dass du abgehauen bist, oder? Als die Nachrichten und E-Mails allein nicht funktionierten, dachte ich, Noah von dir fernzuhalten, würde das vielleicht erledigen. Es war so einfach, ständig weitere Meetings anzusetzen, ihn zu beschäftigen, damit ihr eure blödsinnigen Mystery Days nicht unternehmen konntet – doch obwohl er dich schlecht behandelte, warst du *immer noch* da. Dann hatten wir beide dieses Gespräch im

Bus, und es machte bei mir Klick wegen der Fotos, die ich von deinem Handy heruntergeladen hatte. Endlich wusste ich, wie ich dich loswerden konnte. *Arme Freunde, völlig am Boden zerstört*, also muss Penny wieder nach Hause fahren, um die Sache in Ordnung zu bringen. Es war ein perfekter Plan.

Schau, du bist ein süßes Mädchen, aber was hast du sonst noch zu bieten. Du bist ein Kind. Du solltest nach Hause gehen und mit deinen Puppen spielen, oder was weiß ich … auf einer Wiese mit deinen Freundinnen Gänseblümchen-Kränze flechten. Lass einfach Noah tun, was er am besten kann: seine Musik spielen, Millionen verdienen und der internationale Superstar werden, zu dem er bestimmt ist. Er braucht keine Ablenkung durch dich. Du bist nicht gut für ihn als Marke. Und ich bin bloß ein guter Manager.

Sieh es doch endlich ein: Die einzig gute Sache daran, dass Noah dich kennengelernt hat, war sein Erfolgssong *Autumn Girl*. Und ich fürchte, damit ist dieses Märchen auch schon zu Ende.«

KAPITEL 55

Es kommt mir vor, als hätte ich vergessen, wie man atmet. Ich sehe Dean grinsend an seinem Bier nippen und in mir tobt die Wut wie ein Tornado. Doch bevor ich mir eine Antwort überlegen kann, höre ich plötzlich hinter mir ein Geräusch. Dean springt auf und wirft dabei sein Bier auf dem Tisch um.

»*Das* ist es also, was ein guter Manager tut, nicht wahr, Dean?« Ich wirbele herum und hinter mir steht finster dreinblickend Noah.

Als er an mir vorbei auf Dean zugeht, streicht er mit einer Hand über meinen Rücken, und da weiß ich, Noah wird auf meiner Seite kämpfen.

»Noah, ich weiß nicht, was du mit angehört hast, aber –« Dean hebt seine Hände, als wollte er sich ergeben, während Noah weiter auf ihn zugeht.

Meine Füße sind wie mit dem Boden verwachsen – selbst wenn ich wollte, könnte ich mich nicht bewegen.

»Ich habe alles gehört, Dean. Das ganze Gespräch. Was, verdammt noch mal, stimmt eigentlich nicht mit dir? Ich habe dir vertraut.« Noah wendet seinen Blick angewidert ab und rümpft die Nase. »Ich kann es nicht mal mehr ertragen, dich zu sehen. Die Art und Weise, wie du gerade mit Penny gesprochen hast, das macht mich echt krank.«

Noah blickt mich an und dann zurück zu Dean. Ich kann seine angespannten Muskeln in den Armen und am Hals erkennen und wie schwer er atmet. Ich glaube nicht, dass ich Noah je zuvor so wütend gesehen habe, aber da ist nicht nur Wut – sondern auch Schmerz. Er hat schon so viel durchmachen müssen – mit dem Tod seiner Eltern zurechtkommen, weit weg von Sadie Lee und Bella sein –, und in der ganzen Zeit hatte er Dean vertraut, das Beste für ihn und seine Karriere zu tun.

»Noah, bitte, lass mich dir doch erklären.« Dean greift nach Noahs Arm, aber der schüttelt ihn ab.

»Verschwinde gefälligst. Ich will nie wieder mit dir arbeiten und dich nie mehr sehen. Du bist gefeuert.« Noah blickt nun zu Boden, während das umgefallene Bier auf Deans Anzughose und seine glänzenden Lederschuhe tropft.

Dean öffnet den Mund, aber es kommt kein Ton heraus. Schließlich stürmt er an Noah vorbei und stößt dabei gegen ihn, sodass er fast das Gleichgewicht verliert. Mir wirft er noch einen hasserfüllten Blick zu.

Noah und ich blicken aus dem Fenster und verfolgen schweigend, wie Dean aus dem VIP-Bereich marschiert und in der Menge der Festivalbesucher verschwindet. Auf einmal wirkt er gar nicht mehr wie eine wichtige Person, sondern wie ein egoistischer Kerl, für den gar nichts spricht.

Noah steht nur da und starrt vor sich hin. Ich gehe zu

ihm und nehme seine Hand. Ohne etwas zu sagen, verschränkt er seine Finger fest mit meinen. So bleiben wir für einen Moment, bis er meine Hand loslässt und sich auf das Sofa fallen lässt. Er seufzt tief und sinkt in sich zusammen, wie ein Ballon, aus dem plötzlich die Luft entweicht. Er stützt den Kopf in die eine Hand und fährt sich mit den Fingern der anderen durchs Haar.

»Was mache ich jetzt nur? Dean ist der einzige Manager, den ich je hatte. Klar, er war schrecklich, aber er hat hier alles organisiert. Die Tour ... alles.« Noah wirft einen sorgenvollen Blick durch den Bus, und ich bin sicher, vor seinem inneren Auge sieht er nun alles zusammenbrechen.

Ich setze mich neben ihn und lege meine Hand auf sein Knie, das aus einem Riss in der Jeans herausragt.

»Es ist nicht Dean, der dich so weit gebracht hat – das warst du selbst. Alles, was er getan hat, war sowieso ein Schritt in die falsche Richtung. Du brauchst ein neues Management, jemand, der *tatsächlich* ehrlichen Herzens dein Bestes will und der dich dabei unterstützt, als Musiker *und* als Persönlichkeit zu wachsen.« Er dreht sich zu mir, lächelt und auf wundersame Weise erscheinen seine Grübchen.

»Wie kommt es, dass du immer das Richtige sagst, Penny? Du bist sehr klug, weißt du.«

Als er mir in die Augen schaut, spielen die Schmetterlinge in meinem Bauch verrückt. Ich fühle mich magnetisch zu Noah hingezogen. Die Anspannung, die von unserem Abschied vorhin zurückgeblieben ist, scheint mit Dean und seinen vom Bier getränkten Schuhen verschwunden zu sein. Plötzlich spüre ich das Verlangen,

Noah zu küssen, aber ich tue es nicht. Stattdessen überlege ich, wie ich ihm in seiner momentanen Situation irgendwie helfen kann.

»Warte – Leah hat mir vor einiger Zeit die Telefonnummer von jemand aus ihrem Management-Team gegeben. Sie sagte, wenn ich sie jemals dringend sprechen müsste, könnte ich sie über diese Frau erreichen. Ich glaube, ihr Name ist Fenella. Vielleicht rufst du sie an? Selbst wenn sie dich nicht unter Vertrag nehmen, so können sie dich vielleicht zumindest beraten?«

Ich hole mein Handy hervor und schicke Noah die Nummer auf sein Telefon.

»Danke, Penny«, sagt Noah. »Im Ernst, ich weiß nicht, was ich ohne dich täte.« Er springt auf. »Ich muss auf die Bühne! Ich bin ja nur hergekommen, um für die Sieger dieses Wettbewerbs ein paar signierte Poster zu holen. Ich muss jetzt ganz schnell weg. Aber wenn du immer noch nicht dableiben willst, darf ich dich dann wenigstens anrufen?«

»Klar«, antworte ich.

Noah eilt davon, und ich bin glücklich, dass sich die Dinge schließlich vielleicht doch noch zum Guten wenden. Ich greife nach meiner Tasche, verlasse den Bus, um Megan zu finden, und lächele in mich hinein bei der Frage, in welche Verlegenheit sie sich wohl in der Zwischenzeit gebracht haben mag.

KAPITEL 56

Die Ausstellung unserer Schule sieht großartig aus. Die Schulleitung hat dafür einen der kleinen, süßen Läden mitten in den Lanes angemietet. Die Sonne scheint durch die großen Fenster auf die weiß getünchten Wände und die blauen Fliesen. Es wirkt fast so, als wären wir auf einer entlegenen griechischen Insel gelandet. An den Wänden sind unsere Abschlussarbeiten in Fotografie ausgestellt, sie hängen an groben Holzplanken, und das sieht umwerfend aus.

Als ich eintreffe, ist der winzige Raum zu meiner Verblüffung brechend voll. Und es gibt sogar jemand, der Getränke und Häppchen serviert. Mitten in den Vorbereitungen für Elliots Überraschung, hatte ich *beinah* vergessen, dass heute ja auch der Tag ist, an dem meine Fotos gezeigt werden. Ich war immer strikt dagegen, meine Arbeiten öffentlich zu präsentieren, denn ich dachte, das sei bestimmt ein furchtbarer Auslöser für meine Panik. Doch Leahs Meinung hat mir sehr geholfen, daran zu glauben, dass meine Fotografie sich zu mehr entwickeln könnte, als nur ein Hobby zu bleiben – nämlich zu einem echten Beruf. Das hat mir die Augen geöffnet, aber daraus konnte natürlich nichts werden, solange ich meine Bilder kaum jemand zeigte.

»Ich bin richtig stolz auf dich, Penny-Maus. Sie sind unglaublich.« Elliot und ich stehen nebeneinander. Während er an seiner Orangenlimonade nippt, legt er den Arm um mich. Ich spüre, dass mein Gesicht knallrot wird, weil er die Fotos eingehend betrachtet. Elliot ist immer mein größter Fan gewesen und schon allein dafür liebe ich ihn.

»Danke, Wiki.« Ich lege einen Arm um ihn und ziehe ihn noch enger an mich. Wir beide stehen da, eng beieinander, und schauen alle meine Bilder und die Arbeiten meiner begabten Mitschüler an.

»Ich muss sagen, ganz *besonders* mag ich dieses«, sagt Elliot augenzwinkernd.

Natürlich tut er das, denn es zeigt ihn. Es ist eine Gegenlichtaufnahme von ihm vor dem Royal Pavilion hier in Brighton und die Kuppeln des Palasts leuchten orangefarben vor dem dunkel werdenden Abendhimmel. Das Bild gehört zu einer Serie, die ich »Heimat« genannt habe und die besondere, mir am Herzen liegende Plätze von Brighton zeigt.

»Wie läuft es mit Noah? Habt ihr seit dem Wochenende miteinander geredet?« Elliot spricht nun leiser und zieht mich in eine ruhigere Ecke des Raums. »Es tut mir leid, dass ich nicht mit dir zu dem Festival gehen konnte, aber es hat mir gutgetan, ein bisschen Zeit mit meinen Eltern zu verbringen. Siehst du, das ist auch so ein Satz, von dem ich nie gedacht hätte, dass ich ihn mal sagen würde.«

Ich schüttele den Kopf. »Nein, wir haben nicht geredet,

aber wir haben uns Nachrichten geschickt. Er ist damit beschäftigt, alles loszuwerden, was mit Dean zu tun hat. Ich habe wirklich keine Ahnung, was mit uns geschehen wird. Aber es gibt keine miesen Gefühle und wir scheinen beide glücklich zu sein. Wenn wir echt wieder zusammenkommen sollten – also so richtig –, fürchte ich mich ein wenig davor, dass es vielleicht schmerzhafter denn je wird, wenn mein berühmter Freund wieder auf Tour geht und ich mich womöglich zu einer dieser verrückten, eifersüchtigen Stalker-Freundinnen entwickle. Das beschäftigt mich ganz schön ...« Ich knabbere an meinen Fingernägeln und seufze tief.

»Ich weiß, was du meinst. Sein Leben wird wahrscheinlich immer verrückter. Aber weißt du, Penny, er kann echt froh sein, dich zu haben. Ich kann immer noch nicht fassen, dass sein Manager dieser gruselige Stalker war.«

»Ich weiß«, sage ich – auch ich bin immer noch völlig geplättet von dieser Erkenntnis.

»Vielleicht ist es wie in einem Krimi – man sollte immer zuerst die dem Opfer nahestehenden Menschen als Täter in Betracht ziehen.«

»Tja, jetzt ist Noah auf alle Fälle in guten Händen.« Leahs Managerin hat sich sogar gefreut, ihm weiterzuhelfen, als Noah anrief. Ich bin so froh, dass für ihn jetzt alles gut wird.«

»Du weißt schon, dass sich nicht alles um ihn dreht, Penny, oder? Ja, er ist extrem süß und spielt Gitarre wie ein absoluter Gott und singt wie ein Engel, aber auch du bist etwas ganz Besonderes –«, Elliot hebt eine Augenbraue, »auf deine eigene, merkwürdige Art.«

Wir lachen beide, und ich bemerke, dass Miss Mills auf uns zukommt. Sie hat sich heute richtig viel Mühe gegeben, denn ihr Haar ist zu einem echt schicken Chignon hochgesteckt, und sie trägt ein umwerfendes Kleines Schwarzes. Ich bin jedes Mal beeindruckt, wie normal Lehrer außerhalb der Schule aussehen. Man vergisst leicht, dass sie auch noch ein Leben jenseits der Schulflure und Klassenräume haben.

»Penny, ich hatte schon Angst, dass du vielleicht nicht kommen würdest! Wirken deine Fotos hier nicht einfach fantastisch? Ich bin so stolz auf alle meine Schüler. Und du musst Elliot sein – oder soll ich lieber Wiki sagen?«

Sie geben sich die Hand und Elliot macht eine Verbeugung.

»Es ist mir ein Vergnügen, Sie kennenzulernen«, sagt er, wippt auf seinen Fersen und lächelt so verschmitzt wie immer. Miss Mills kichert, und Elliot schiebt sich weiter, um die Arbeiten der anderen anzuschauen und um dem Tablett mit den Mini-Pizzen zu folgen, die sonst gleich wieder verschwunden sein werden.

»Wie war dein Sommer?«, fragt Miss Mills. »Ging es dir bezüglich deiner Panik einigermaßen gut?«

Ich kann mir vorstellen, viele andere Schüler würden peinlich berührt umfallen bei dem Gedanken, dass ihre Lehrerin so viel über ihr Privatleben weiß, aber wenn ich mit Miss Mills spreche, ist es, als seien wir beste Freundinnen, und ich bin sofort ganz locker.

»Ich glaube, das war der komplizierteste Sommer, den ich je erlebt habe – eine totale Achterbahn der Gefühle! Aber nun fühle ich mich nach langer Zeit wieder wie ich *selbst.* Es scheint, ich habe sehr viel über mich gelernt – vielleicht auf die schwerstmögliche Art, aber es war definitiv eine Erfahrung, und ich möchte sie nicht missen.«

Miss Mills schenkt mir ihr typisches Lächeln, das warm und verständnisvoll ist. »Es heißt ja, alles hat seinen guten Grund.«

»Und zum allerersten Mal fange ich an zu glauben, dass das vielleicht wirklich so ist. Ich weiß, die Panik ist Teil meines Lebens, und vielleicht ändert sich daran noch etwas, aber momentan möchte ich vor allem das Leben genießen. Ja, ich habe manchmal Panik, aber sie ist das nicht, was mich ausmacht.«

»Das ist das Beste, das ich jemals von dir gehört habe, Penny. Ich möchte, dass du mit allem, was du tust, erfolgreich bist, und ich möchte nicht, dass du meinst, es steht dir dabei irgendetwas im Weg. Es gibt eine Reihe Leute, die viel von dem, über das du schreibst, lernen könnten, und sogar von deinen Fotos.« Sie deutet auf meine Bilder an der Wand und schenkt mir ein strahlendes Lächeln.

»Ich denke, ich werde meinen Blog vielleicht wieder öffentlich machen …« Der Satz rutscht mir heraus, bevor ich überhaupt darüber nachgedacht habe. So muss es wohl sein, wenn man wie Elliot ist – immer zuerst sprechen und dann erst nachdenken.

Miss Mills Gesichtsausdruck wird immer begeisterter, und sie beginnt, auf und ab zu hüpfen und entzückt in die Hände zu klatschen. Ich versuche, sie zu beruhigen, damit sich nicht alle in der Galerie umdrehen und zu uns starren, aber Elliot hat es schon bemerkt und kommt sofort zu uns.

»Was ist hier los? Lasst mich die gute Neuigkeit auch wissen.« Er drängt sich zwischen uns und schaut zwischen Miss Mills und mir hin und her, um in unseren Gesichtern zu lesen.

»Penny wird wieder bloggen, öffentlich!« Miss Mills klatscht erneut in die Hände.

»Das sind ja *fantastische* Neuigkeiten, Pen!«, sagt Elliot und umarmt mich fest. »Ich wette, die Girl-Online-Fans haben deine Postings sehr vermisst.«

Ich lächle, bevor ich heimlich auf meine Armbanduhr schiele und feststelle, dass wir immer noch eine Stunde haben, bis Alex bereit sein wird. Doch hier können wir nicht viel länger bleiben, da sich die Party gerade auflöst.

»Weißt du was? Ich könnte doch jetzt gleich einen Beitrag verfassen. Ich kenne einen Ort mit WLAN, wo es auch noch spät Kaffee und Kuchen gibt.«

»Ernsthaft?«

»Ja!«, antworte ich. »Mein Laptop ist in meiner Tasche. Ich spendiere dir ein Stück Kuchen, wenn du mitkommst.«

»Nun, du weißt, zu einem guten Kuchen sage ich nie Nein! Also los, du eifrige kleine Autorin.«

Wir verabschieden uns kurz darauf von Miss Mills und laufen zu einem kleinen Café in den Lanes, das immer noch geöffnet hat und Holunderlimonade (Elliots Lieblingsgetränk an Sommerabenden) und köstlich dicken, mit Frischkäseglasur überzogenen Möhrenkuchen serviert. Weil es so ein lauer Abend ist, setzen wir uns draußen auf eine Bank und unter bunte Lichterketten, die über uns in einem Baum hängen. Ich packe den Laptop aus und beginne ein Posting, das mir schon eine ganze Weile auf den Nägeln brennt.

Während ich schreibe, scrollt Elliot in seinem Handy. Er seufzt sehr lange und ich sehe ihn aufmerksam an. »Bist du in Ordnung, E?«

»Ach, kümmere dich nicht um mich. Ich schaue mir bloß Fotos von Alex an. Schau hier – hast du jemals jemand gesehen, der reizender ist?«

Er dreht das Handy herum und zeigt mir ein Foto von Alex, als der in einem Wald auf einem Baumstumpf sitzt. Er lächelt in die Kamera, voller Liebe und Zuneigung zu Elliot. Das ist ein Gesichtsausdruck, den ich sehr gut kenne, denn es ist genau die Art, wie Noah immer mich ansah.

»Vielleicht sollte ich ihn doch anrufen? Dass du und Noah es geschafft habt, euch zu versöhnen und wieder Freunde zu sein, gibt mir das Gefühl, dass ich Alex das Gleiche schulde. Du weißt, ich liebe ihn immer noch, Penny.«

»Oh, äh ... vielleicht wartest du, bis ich den Artikel fertig geschrieben habe? Dann bin ich ganz Ohr. Denn für eine solche Entscheidung brauchst du meine volle Aufmerksamkeit!«

Elliot schaut mich finster an, nickt aber dann. Ich will seine Gefühle nicht verletzten, aber das Letzte, das ich heute möchte, ist Alex' Überraschung zu verderben. Es wärmt mir natürlich das Herz, Elliot diese Dinge sagen zu hören, und es gibt mir ein gutes Gefühl für heute Abend.

»Warum liest du mir nicht vor, was du schreibst?«, fragt Elliot und legt sein Handy mit dem Display auf den Tisch.

Ich nicke. »Okay, also los …«

23. Juli

Ein kompletter Neuanfang

Hello, World!

Ich fühle mich, als würde ich einem verschollenen Freund schreiben, einem, der meinem Leben viel zu lange gefehlt hat.
Um ehrlich zu sein, fürchte ich mich ein wenig, dies hier zu tun, aber los geht's.
Seit einiger Zeit blogge ich ja als **Girl Offline … nie mehr online**. Ich habe hier zwar immer noch geschrieben und gepostet, auch wenn mir sehr wohl bewusst war, dass (bis auf eine Handvoll Leute) niemand lesen konnte, was ich zu sagen hatte.
Ich fühlte mich, als hätte ich meine Stimme verloren, denn dieser Blog war kein glücklicher Ort mehr für mich. Das werde ich nun ändern. Ich habe beschlossen, dass es von heute an kein Offline mehr gibt. Es ist eine große Entscheidung für mich, und eine Menge Dinge mussten sich in meinem Leben ändern, damit ich erkannte, dass das hier nicht bloß etwas ist, das ich tun möchte, sondern etwas, das ich tun *muss*.
Einer der letzten Beiträge, den ihr vielleicht gelesen habt, handelte davon, es sich richtig gut zu überlegen, wenn man online postet, und sich darauf zu beschränken,

freundlich zu sein und positive Eindrücke zu vermitteln. Nun, dieses Posting soll davon handeln, überhaupt keine Negativität in euer Leben zu lassen.
Wir alle haben nur ein Leben, und wir können entscheiden, wie wir es verbringen wollen. Es ist wichtig, sich das vor Augen zu halten, egal was irgendwer anders sagt oder wie sehr andere Leute die Dinge, die ihr tut, zu beeinflussen versuchen. Es liegt letztendlich ganz allein bei euch selbst. Ob es ein Fiesling, ein Online-Troll, eine Autoritätsperson, ein Elternteil, ein Freund oder Partner ist, von dem ihr euch unterdrückt fühlt, nur IHR selbst könnt für euch einstehen. Man kann nicht im Schatten eines anderen leben oder andauernd versuchen, jemandem zu gefallen, denn was muss man dafür alles aufgeben? Man wird keine eigenen Erfolge haben, keine persönlichen Ziele erreichen und man zahlt nur auf das Konto eines anderen ein. Wenn es in eurem Leben etwas gibt, das ihr wirklich tun wollt, dann tut es. Ihr werdet diesen Tag nur einmal im Leben erleben, also fangt jetzt an.
Manchmal ist der Held des Märchens kein hübscher Prinz. Manchmal ist man es selbst.

Girl Online … geht jetzt offline xxx

Als Elliot spontan applaudiert, drücke ich auf »Veröffentlichen«. Es fühlt sich so merkwürdig und gleichzeitig so großartig an, dass mein Blog wieder lebendig geworden ist.

Ein paar Augenblicke später aktualisiere ich die Seite, um die hereingekommenen Kommentare zu sehen. Einer der ersten ist von Pegasus Girl.

HIGH-FIVE UND FEST UMARM UND VOR FREUDE AUF DEM TISCH TANZ xxx

Und da weiß ich, Girl Online ist offiziell wieder zurück.

KAPITEL 57

Auf einmal ist es Zeit, Elliot zum Musikpavillon zu lotsen. Ich habe Schmetterlinge im Bauch und bin so aufgeregt, weil Elliot Alex gleich sehen wird, aber ich bin auch für Alex nervös. Zufällig schaue ich auf mein Handy und sehe, dass Alex mir eine Nachricht geschickt hat.

Bereit, wenn ihr es seid ☺ BIN SO NERVÖS, PENNY. WAS, WENN DAS ALLES SCHRECKLICH SCHIEFGEHT? A x

Ich schreibe ihm rasch zurück.

Alex, er sehnt sich gerade akut nach dir.
Das wird nicht schiefgehen. Px

Fast sofort bekomme ich eine Antwort vom, wie ich mir vorstellen kann, nervösesten und zappeligsten Alex aller Zeiten.

OH MEIN GOTT, DIESER DRUCK.
Bis gleich x

Ich schiebe mein Handy rasch zurück in die Tasche, bevor Elliot fragen kann, mit wem ich da schreibe, und stehe auf.

»Komm, Elliot, ich habe eine Überraschung für dich.« Ich nehme ihn bei der Hand und er schaut mich entsetzt an.

»Oh Gott, nein, Penny. Ich spiele nicht noch mal dieses dämliche Spiel im Park, bei dem du mich dazu gebracht hast, wie ein Eichhörnchen nach Nüssen zu suchen. Das war einmal und nie wieder.«

Er entzieht mir seine Hand und funkelt mich böse an, während ich laut auflache. Die lebhafte Erinnerung an Elliot, wie er unter einer Eiche herumsucht, die Hände am Mund und mit den Zähnen klappernd, ist einfach zu komisch.

»Nein, was du immer denkst! Komm mit.«

Ich ziehe Elliot vom Tisch fort und weigere mich, sehr zu seinem Verdruss, auch nur eine einzige seiner Fragen zu beantworten.

Untergehakt spazieren wir ans Meer hinunter. Es ist still bis auf das Rauschen der Wellen und Kreischen der Möwen, während wir die Promenade entlangschlendern. Es ist ein wunderbarer Abend und zarte Streifen in Rosa und Violett überziehen den Himmel. Das wird ein fulminanter Sonnenuntergang, und ich freue mich so, dass alles genau nach Alex' Plan laufen wird.

Elliot lehnt im Gehen den Kopf an meine Schulter. »Das habe ich abends immer mit Alex gemacht. Einfach nur hier entlangspazieren und dem Meer lauschen. Es war die einzige Situation, in der er sich keine Sorgen darüber machte, dass man uns zusammen sehen könnte. Das war unsere Lieblingsbeschäftigung. Es kam mir so geheimnisvoll und romantisch vor.«

Wir bleiben stehen und lehnen uns an die Brüstung. Elliot zupft ein wenig an der abblätternden weißen Farbe und schaut mit traurigen Augen aufs Meer hinaus. Noch nie habe ich ihn so traurig gesehen. Dann rollt sogar eine Träne über seine Wange. »Meinst du, ich habe alles kaputtgemacht, Penny? Denkst du, ich werde ihn nie wiedersehen ... oder küssen ... oder berühren?«

Ich drücke seinen Arm. »Mach dir keine Sorgen, Els. Am Ende wird alles gut.«

»Aber woher willst du das wissen?«

»Ich habe einfach ein gutes Gespür für so was«, sage ich. »Und jetzt komm, du kannst doch nicht mit verweinten Augen zu deiner Überraschung kommen.« Ich gebe ihm erst ein Taschentuch und umarme ihn danach ganz fest.

»Danke, Penny.« Er wischt sich über die Augen und schnieft dramatisch. »Okay, weiter geht's! Wo ist denn deine Überraschung?«

»Nur noch ein kleines Stück von hier«, sage ich.

»Du bist so geheimnisvoll, Prinzessin P! Das gefällt mir. Hey, was geht denn da beim Musikpavillon ab?«

Ich schaue auch hin, und mir bleibt vor Staunen der Mund offen stehen: Der Pavillon sieht unglaublich aus. Alex hat sichtlich hart gearbeitet und die Außenseiten rundherum mit Lichterketten geschmückt.

»Keine Ahnung«, behaupte ich. »Vielleicht heiratet jemand.«

»Wow! So habe ich den noch nie gesehen. Das solltest du fotografieren!«

Ich gehorche, packe meine Kamera aus und fotografiere drauflos. Die Sonne geht langsam unter und das warme Licht bringt das hübsche Schmiedeeisen und das Kupferdach zum Glühen. Es sieht umwerfend aus – noch dazu mit den Ruinen des alten Piers im Hintergrund.

»Wusstest du, dass man den Pavillon 1884 eröffnet hat?«, sagt Elliot.

»Ich hätte nicht gedacht, dass er schon so alt ist!«, antworte ich erstaunt.

»Jawohl. Aber erst vor ein paar Jahren hat man ihn originalgetreu restauriert. Ich glaube, das wäre die romantischste Location, um zu heiraten, meinst du nicht?«

»Warum schauen wir es uns nicht aus der Nähe an?«

»Oh, können wir?«, Elliot beginnt zu strahlen. »Kommen wir dann nicht zu spät zu dieser Überraschung?«

Ich grinse. »Glaub ich nicht«, sage ich.

Als wir näher kommen, kann ich sehen, dass Alex auch den Steg dekoriert hat, über den man zum Pavillon gelangt. Vor dem Eingang hängt ein schwerer Samtvorhang. Ich vermute, dass Alex sich dahinter versteckt. Davor hängt ein Schild, auf dem steht: GESCHLOSSEN FÜR PRIVATPARTY.

»Ach, das ist aber schade«, sagt Elliot.

Ich gebe ihm einen sanften Rippenstoß. »Vielleicht schaust du trotzdem ein bisschen genauer hin.«

Direkt unter dem Schild hängt eine Vergrößerung des Fotos, das ich auf dem Konzert von Alex und Elliot gemacht habe. Für jeden zu sehen.

»Was … was soll das denn?«, sagt Elliot und weicht ein paar Schritte zurück.

Er ist totenblass geworden und sieht extrem angespannt aus – als würde er im nächsten Moment davonlaufen. Und plötzlich habe ich Sorge, dass alles furchtbar danebengehen könnte.

KAPITEL 58

»Ist das ein Scherz?«, fragt Elliot.

Ich schüttele den Kopf. »Ich glaube, du musst reingehen.« Lächelnd zeige ich auf eine kleine Tafel. Mit Kreide steht dort geschrieben: ELLIOT, FOLGE MIR.

Er schluckt und sucht in meinem Gesicht nach Hinweisen, ob das doch nur eine Täuschung ist, dann geht er zögernd einen Schritt nach vorn. Ich bleibe zurück, damit er das Erlebnis für sich allein hat, doch er streckt den Arm aus und greift nach meiner Hand, um mich an seine Seite zu ziehen. Aus Rosenblütenblättern hat jemand einen wunderbaren Pfad über die schmale Brücke gestreut. Zu beiden Seiten davon hängen am Geländer jede Menge Erinnerungsstücke an Alexiot: Fotos von Elliot, die ich noch nie gesehen habe, Eintrittskarten von Kinovorstellungen und Konzerten, die sie gemeinsam besucht haben, sogar das Etikett des ersten Schals, den Elliot Alex als Geschenk gekauft hat. Auf einem Bild muss Elliot in Alex' Auto eingeschlafen sein, denn sein Mund steht offen. Alex hat ein Selfie mit Elliot im Hintergrund gemacht und reckt darauf den Daumen hoch. Elliot muss über all diese Erinnerungen lächeln und kichern. Ich sehe schon wieder Tränen in seinen Augen – aber diesmal sind es Freudentränen.

Es scheint eine kleine Ewigkeit zu dauern, bis wir zu dem Samtvorhang kommen, der vor dem Eingang zum Pavillon hängt. Ich stelle mich auf die Zehenspitzen, gebe Elliot einen Kuss auf die Wange und schiebe ihn darauf zu. Er lässt meine Hand los, holt tief Luft und tritt durch den Vorhang.

An der hinteren Seite des Pavillons, von der untergehenden Sonne angestrahlt, steht Alex. Er sieht in seinem schicken Anzug ausgesprochen elegant aus. Von den schmiedeeisernen Verzierungen am Rand des Dachs hängen Laternen und Teelichter. Die Decke selbst ist mit weißen Lichterketten geschmückt. Zwischen den Säulen schaukeln weiße Pompons aus Papier und Wimpel. Es sieht tatsächlich aus wie eine Filmkulisse. Und definitiv ist es das Romantischste, was ich je gesehen habe. Ich bin nicht im Geringsten verbittert, dass es nicht für mich ist. Im Gegenteil, ich muss mich absolut zusammennehmen, um mich nicht in einem See aus Freudentränen aufzulösen.

Elliot geht weiter, bis er Alex Aug in Auge gegenübersteht. Alex fasst ihn an beiden Händen und schaut ihn mit großen Augen an.

»Elliot Wentworth. Den Schmerz, den ich dir zugefügt habe, kann ich niemals mehr ungeschehen machen. Aber ich will alles tun, was in meiner Macht steht, damit es zwischen uns wieder gut wird.«

Elliot schaut auf Alex' Mund und dann in seine Augen. Ich spüre die elektrische Spannung zwischen den beiden.

Zum Glück ist diese Konstruktion aus Eisen und nicht aus Holz. Denn die Chemie zwischen den beiden scheint so heftig zu funken, dass man befürchten müsste, der Pavillon könnte in Brand geraten.

»Ich bin sprachlos, Alex. Niemand hat je auch nur annähernd so etwas für mich getan.« Elliot sieht aus, als würde er im nächsten Moment entweder in Tränen ausbrechen oder aus purem Glück als eine Konfettiwolke explodieren.

»Tanzt du mit mir?« Alex streckt die Arme aus und Elliot legt seine Hände in Alex'.

Ich höre die ersten Gitarrenakkorde von *Elements*, bin aber verwirrt. Ich habe Alex auf keinen Knopf drücken gesehen und kann auch nicht erkennen, woher die Musik kommt. Dann höre ich Schritte auf dem Steg und mein Herz macht einen Sprung bis hinauf in meine Kehle. Der Vorhang teilt sich und Noah tritt hindurch.

Er hat sich die Haare aus dem Gesicht gestrichen, aber sie sind trotzdem leicht gelockt. Anstatt seiner zerrissenen Jeans trägt er eine Anzughose und dazu ein enges weißes Hemd, dessen Ärmel hochgerollt sind, sodass sein muskulöser Körper gut zu erahnen ist. Außerdem hat er seine Lieblingsgitarre bei sich, auf der er *Elements* spielt. Mir wird ganz anders, als er mich aus dem Augenwinkel kurz anlächelt.

Er singt Alexiots Song und seine rauchig sanfte Stimme legt sich wunderbar über die Gitarrenakkorde. Elliot und Alex tanzen miteinander, während die Sonne hinterm Horizont versinkt. Die vielen Lichter blinken jetzt, wo es dunkel wird, noch viel mehr, und mir treten Tränen in die Augen. Das ist wirklich traumhaft, und ich kann nur ahnen, wie sich Elliot jetzt fühlen muss.

Noah ist hier.

Ich kann es kaum glauben.

Nachdem Noah zu Ende gesungen hat, klatschen Alex, Elliot und ich begeistert. Doch dann tritt Elliot einen Schritt von Alex zurück, sodass ich mir Sorgen mache, er könnte sich doch noch weigern, ihn zurückzunehmen. Ich wäre nicht imstande, mit anzusehen, wie Elliot sich weigert, Alex zu verzeihen.

»Alex, das ist unglaublich ... aber ich weiß trotzdem nicht, ob ich mit dir zusammen sein kann. Nicht, wenn es so wäre wie beim letzten Mal.«

»Es wird nicht mehr so sein wie vorher, Elliot. Ich versprech's dir.«

»Woher kann ich das wissen?«

»Komm mit«, sagt Alex. »Denn zu dieser Überraschung gehört noch ein weiteres *Element*.«

»Noch etwas? Ach du liebes Lieschen, Alex – das ist wirklich zu viel.«

»Nein, Elliot«, sagt Alex. »Hoffentlich reicht es überhaupt.«

Er führt Elliot an den Rand des Pavillons und ruft dann mit lauter Stimme: »Fertig? Drei ... zwei ... eins!«

KAPITEL 59

Auf Kommando strömen Leute aus dem Café des Musikpavillons und auf den Strand unterhalb von uns. Sie schauen zu Alex, Elliot, Noah und mir hoch, während wir auf der Bühne stehen, und beginnen zu schreien und zu jubeln. Alle strahlen. Ich entdecke sofort Alex' Eltern, Elliots und meine.

Noah holt scheinbar aus dem Nichts ein Mikro hervor und spielt einen seiner lebhafteren Songs. Alle unten am Strand beginnen zu tanzen. Alex wendet sich an Elliot und sagt: »Ich möchte der Welt zeigen, dass du zu mir gehörst. Aber bevor es die Welt ist, fangen wir vielleicht mit unseren Freunden und Familien an?«

Elliot fällt Alex um den Hals und sie küssen sich unter dem stürmischen Applaus von all den Menschen unten am Strand. Ich versuche, am lautesten zu klatschen, und pfeife auch noch extralaut, damit sie besonders viel Glück haben.

Nachdem Noah seine Livesession beendet hat, kommt die Musik aus Lautsprechern. Alex und Elliot gehen Hand in Hand über den Steg, um sich zu den Feiernden am Strand zu gesellen.

Ich bleibe ein bisschen zurück und sehe Noah zu, wie er seine Gitarre einpackt. Er lächelt die ganze Zeit zu mir auf und jedes Mal spielen die Schmetterlinge in meinem Bauch verrückt. Vor diesen Grübchen kann ich einfach nur kapitulieren.

»Hey, Penny. Es macht dir doch nichts aus, dass ich mich bei Alex gemeldet und gefragt habe, ob ich mich an der Überraschung beteiligen könnte, oder?«, fragt er.

Ich schüttele den Kopf, traue mir selbst nicht und halte deshalb lieber meinen Mund.

»Gut. Ich wollte nämlich etwas Besonderes für ihn und Elliot tun. Und ich dachte mir, uns beiden gibt es vielleicht die Gelegenheit, uns noch mal zu unterhalten. Ist das okay?«

Ich nicke. Daraufhin legt er eine Hand unten auf meinen Rücken und führt mich ohne ein weiteres Wort an den Strand hinunter. Plötzlich wird mir bewusst, dass ich ja ein ganz kurzes Top anhabe, sodass seine Hand die Haut an meinem Rücken streichelt. Als wir das Ende des Stegs erreichen, entdecke ich Larry, der an der Metallreling lehnt, die die Promenade vom Strand trennt.

»Hi, Larry!«, sage ich, laufe zu ihm hin und umarme ihn stürmisch. Er hat Tränen in den Augen.

»Oh, Penny, wie schön, dich zu sehen. Achte nicht darauf, dass ich heule – Happy Ends machen mich immer fertig.« Er wischt sich über die Augen und deutet dann zu Elliot und Alex hinüber. »Ich wünsche dir auch eines«, fügt er hinzu und blinzelt mir zu.

»Danke«, sage ich mit einem zaghaften Lächeln.

Noah wartet inzwischen geduldig auf mich. Wir entfernen uns ein Stück von der Party. Er hält mir seine Hand hin und hilft mir ein steiles, steiniges Stück hinunter. Der Strand ist glücklicherweise leer und strahlt noch die gespeicherte Sonnenwärme ab, obwohl gerade schon der Mond aufgeht. Ich drehe mich zu Noah um. Seine Augen sehen dunkel, aber freundlich aus. An seinem markanten Kinn ist ein Bartschatten sichtbar. Ich schaue über die Schulter zu Alex' und Elliots Party und entdecke die beiden, wie sie eng umschlungen tanzen. Sie sehen so glücklich aus.

Noah und ich setzen uns auf die Kiesel am Strand. Er streckt die Hand aus, streicht mir eine lose Strähne aus der Stirn und lässt die Fingerspitzen länger als nötig auf meiner Wange liegen.

»Ich will hier bei dir bleiben, Penny. Ich will das. Ich will uns.« Er stützt seine Hand auf die warmen Steine und ich lege meine darauf. Schweigend sitzen wir so da, atmen die frische Meeresbrise und über uns kreischen die Möwen. So sitzen wir da, Hand in Hand, während die Wellen gegen den Strand rollen. Das erinnert mich so sehr an den Anfang dieses Jahres, als Noah hier auftauchte und mich mit Prinzessin Autumn am Strand überraschte. Es ist lustig, wie sich jetzt der Kreis schließt.

Aber plötzlich kommt mir die Realität zu Bewusstsein und mein Herz scheint sich zusammenzuziehen. »Du kannst nicht hierbleiben. Ich kann nicht zulassen, dass du deinen Traum aufgibst. Du machst doch gerade, was du schon immer machen wolltest. Das, wozu du geboren bist.« Ich sehe ihn an, und er sieht mich an, während er sich auf die Unterlippe beißt.

»Und ich kann auch nicht verlangen, dass du dein Leben für mich aufgibst«, sagt er seufzend. »Ich möchte dich nicht mit mir mitschleifen, das wäre nicht fair. Du hast ein eigenes Leben zu leben. Stell dir all die Dinge vor, die du tun würdest, hättest du mich nicht kennengelernt.«

Ein Gefühl von Traurigkeit erfasst mich wie eine Welle. Hätte ich Noah nicht kennengelernt, würde ich jetzt nicht hier sitzen. Ich hätte all diese aufregenden Erinnerungen nicht und meine Panikattacken wären so viel schlimmer. Noah hat mir geholfen, mit mir selbst zurechtzukommen. Und alles, was ich mit ihm erlebt habe, trug dazu bei, wie ich mein Leben jetzt lebe.

»Du bist so begabt, Penny. Und eine der Eigenschaften, die ich an dir liebe, ist dein Mut. Klar hast du auch deine tollpatschigen Momente, aber die liebe ich genauso.« Er kichert und ich muss mitlachen. Da ist keine Spannung zwischen uns, alles fühlt sich entspannt und locker an – genau wie bei unserer allerersten Begegnung.

»Was sollen wir dann machen?«, sage ich und zögere ein bisschen. Eigentlich müsste ich mich vor Noahs Antwort fürchten. Wird er mir gleich sagen, dass wir einander nie mehr wiedersehen? Ist das unser letzter gemeinsamer Augenblick? Doch irgendetwas in meinem Inneren sagt mir, dass es richtig ist, diese Frage jetzt zu stellen. Wir können so nicht weitermachen, im ständigen Kampf darum, unser beider Leben aufeinander abzustimmen.

»Keine Ahnung. Ich weiß nur, dass ich mit dir genau diesen Moment festhalten will.«

»Ich auch.«

Noah nimmt meine Hand, küsst meine Finger zärtlich,

hält dann meine Hand in seinen beiden Händen und schaut wieder aufs Meer hinaus.

»Du wirst immer mein Plot Point sein«, sage ich, während er meine Hand fester drückt.

»Ich schätze, das ist jetzt sozusagen das Ende des Films ... aber noch nicht der Abspann. Das habe ich dir ja schon mal gesagt, Penny. Du bist mein Forever Girl. Das meine ich auch so.« Seine Augen werden tränenfeucht, während er mich anlächelt. Dann zieht er mich in seine Arme. Wir halten einander mit geschlossenen Augen, lauschen dem Geräusch der Wellen und dem fröhlichen Lärm von Alexiots Party im Hintergrund.

Ich kann spüren, wie Noahs Herz an meiner Brust schlägt, während er mit den Fingerspitzen über meinen Rücken streicht. Ich schmelze in seinen Armen. Als wir uns voneinander lösen, lächeln wir beide und richten die Augen dann wieder auf die Wellen, die ans Ufer rollen. Ich habe noch einen Kloß im Hals, als mich plötzlich Erkenntnis und Gelassenheit wie eine Welle erfassen.

Zwei Tränen kullern mir über die Wangen. Ich wische sie weg und seufze, während Noah aufsteht und die Hand ausstreckt, um mir hochzuhelfen. Unser besonderer Augenblick ist vorüber.

Ich lege meine Hand in seine und sie passen so perfekt ineinander wie zwei Puzzleteile. Als er mich hochzieht, spüre ich gleichzeitig Zuversicht in meinem Herzen.

Unsere Blicke verschmelzen und ich mache einen Schritt auf ihn zu. Meine Entscheidung ist gefallen. Dies mag das Ende eines Kapitels sein, doch für uns und unsere Geschichte ist es erst der Anfang.

Dank

Nach dem Erfolg meines ersten Romans war der Beginn des zweiten eine leicht beängstigende Sache – vor allem weil so viele von euch die Rückkehr von Penny und Noah so sehnsüchtig erwarteten. Ohne meine Lektorin und inzwischen Freundin Amy Alward wäre mir das nicht gelungen. Unsere Schreibtreffen jeden Mittwoch waren geprägt von reichlich Snacks, bergeweise Notizen, dem permanenten Geräusch vom Tippen auf der Tastatur und viel Gelächter. Amy hat mir geholfen, mich als Autorin, aber auch als Mensch weiterzuentwickeln. Sie hat mich ermutigt, an meinen verrückten Ideen festzuhalten und fand immer die richtigen Worte, wenn es ein wenig schwierig wurde. In Zukunft wird ein Mittwoch für mich nie mehr das Gleiche sein!

Dem Rest des umwerfenden Teams bei Penguin, das an der Geburt der *Girl Online*-Bücher beteiligt war, sage ich Danke: Shannon Cullen, Laura Squire, Kimberley Davis und Wendy Shakespeare für ihre Unterstützung bei der Bearbeitung des Textes; Tania Vian-Smith, Gemma Rostill, Clare Kelly und Natasha Collie für ihre tolle Marketing- und Presse-Arbeit; Zosia Knopp und dem Lizenzen-Team dafür, dass Girl Online in so viele verschiedene Sprachen

auf der ganzen Welt übersetzt wurde. Und dem ganzen Vertrieb für den beständigen Glauben an das Buch und die Begeisterung!
Meine Manager Dom Smales und Maddie Chester sind zwei meiner größten Cheerleader. (Ich gebe euch einen Moment, damit ihr euch Dom in winzigem Röckchen und mit Pompons vorstellen könnt.) Ihre beständige Unterstützung und unerschöpfliche Ermutigung ermöglichten es mir, bei der Stange zu bleiben. Danke, Maddie, für deinen permanent positiven Einfluss und dafür, mir eine beste Freundin zu sein. Ich bin sehr glücklich darüber, dich an meiner Seite zu haben, und darüber, dass du aufgeregt meine Hand drückst, wenn all diese verrückten Dinge passieren.
Ich danke meiner erstaunlichen Familie dafür, dass sie meine größten Unterstützer stellt. Vor allem Mum und Dad, die mir schon immer erlaubt haben, zu tun, was immer mein Herz begehrte, und bei Erfolgen und Niederlagen stets an meiner Seite waren. Zu wissen, dass ihr immer stolz auf mich seid, bedeutet, dass ich niemals fürchte, was am Ende passieren wird. Joe, danke, dass du derjenige bist, der immer das absolut Beste in mir zum Vorschein bringt. Und dass du mich anfeuerst, mehr zu geben, wenn ich das Gefühl habe, es nicht zu schaffen. Meiner Brighton-Familie, Nick, Amanda, Poppy und Sean, danke ich für kontinuierliche Unterstützung, nicht abreißendes Lachen und dafür, dass ihr immer mit offenen Armen für mich da seid.
Dank gebührt auch meinen umwerfenden Freunden, die mich mit ihrer Kreativität inspirieren und ermutigen und

die sich mit mir freuen. Es gibt einfach nichts derart Herzerwärmendes wie eine Gruppe von Menschen, die alles unterstützen, was man tut. Ich danke euch für euer Lachen und eure Umarmungen.
Schließlich danke ich noch meinem Boyfriend Alfie, der einen so beruhigenden Einfluss auf mich hat und mir hilft, den Kopf über Wasser zu halten. Ohne dich würde ich nicht halb so gut funktionieren. Ich bin sehr glücklich, dass ich dieses Wirbelwind-Dasein mit dir teilen kann (obwohl du eingeschlafen bist, als ich dir das erste Kapitel vorgelesen habe).

Zoe Sugg

Zoe Sugg alias Zoella

Solo für Girl Online

ca. 416 Seiten, ISBN 978-3-570-17446-3

Nach einer ziemlich schwierigen Zeit auf Tour mit ihrem Rockstar Noah weiß Penny eines sehr genau: Sie will ihre eigenen Wege gehen. Noah ist einfach abgetaucht, und niemand weiß, wo er sich aufhält. Auch Penny nicht. Seit Wochen hat sie nichts von ihm gehört. Für sie wird es Zeit, wieder in ihr normales Leben zurückzufinden. Doch sie igelt sich ein. Da kommt eine Einladung nach London gerade recht: Megan hat dort an einer berühmten Schauspielschule angefangen und stellt Penny ihren Freundinnen vor. Der schüchternen Posey Tipps gegen Lampenfieber zu geben, ist für Penny eine willkommene Ablenkung. Aber ist auch der bezaubernde Callum aus Schottland die richtige Art von Ablenkung? Und hat Penny wirklich mit Noah abgeschlossen, wenn die Erinnerung an ihn sie an jeder Ecke einholt?

cbj

www.cbj-verlag.de

15. September

Wo ist Noah Flynn?

Eine kleine Unterbrechung in meinem üblichen Blogging-Rhythmus!

Wenn ihr *Girl Online* regelmäßig lest, dann wisst ihr, dass ich eure Fragen liebend gern beantworte. Entweder über die Kommentarfunktion oder per E-Mail. Die meisten von euch sind ja supercool und fragen normale Sachen, etwa nach meinem neuen Schuljahr und wie ich mit den bevorstehenden Hausarbeiten für meine Kurse und Prüfungsterminen klarkomme … Mein Postfach quillt aber auch über mit Fragen nach Noah Flynn. Genauer gesagt: Wo ist er? Was treibt er? Warum hat er die Welttournee von The Sketch abgebrochen?

Und das passiert übrigens nicht nur hier in meinem Blog, sondern auf allen Social Media Accounts, die ich besitze. Sogar auch im richtigen Leben! Deshalb habe ich das Gefühl, es ist an der Zeit, klar zu sagen, was ich weiß.

Wenn ihr neu in meinem Blog seid, wisst ihr vielleicht nicht, dass Noah und ich mal zusammen waren (die Betonung liegt auf »waren«). Wer mir schon ganz lange folgt, erinnert sich an ihn vielleicht noch als »Brooklyn Boy«. Obwohl ich schon seit einer Weile nichts mehr über ihn – oder besser gesagt über uns – geschrieben habe, bewirkte die Auszeit, die er sich zuletzt genommen hat, dass eine Menge Leute sich fragen, wie es ihm geht.

Also, tief Luft geholt, hier kommt die Wahrheit: Ich weiß es auch nicht. Ich weiß genauso viel wie ihr und kann nur hoffen, dass es ihm gut geht und dass, was immer er tut, ihn glücklich macht. Sein Management hat folgendes Statement veröffentlicht:

»Aufgrund massiver Arbeitsbelastung und aus privaten Gründen hat Noah Flynn sich entschlossen, die Welttournee von The Sketch einen Monat früher als vorgesehen zu verlassen. Seine Fans bittet er, ihm diese Enttäuschung zu verzeihen, und dankt ihnen für ihre Treue.«

Das ist alles, was ich habe. Eine Freundin von Noah zu sein, bedeutet leider nicht automatisch, dass ich ihn über GPS aufspüren kann, indem ich mich auf irgendeine App auf meinem Handy einlogge und sofort sehen kann, wo er ist. (Bin mir ziemlich sicher, dass meine Mum das bei mir und meinem Bruder so macht.) Ich kann euch nur sagen, dass ich Noah kenne und er diese Entscheidung sicher nicht leichtfertig getroffen hat. Aber er ist auch ein tougher Bursche, und ich bin mir sicher, dass er, ehe wir uns versehen, wieder da sein wird.

Ich hoffe, das beantwortet eure Fragen, sodass wir jetzt zum normalen Alltag auf Girl Online zurückkehren können.

Und für diejenigen von euch, die keinen Schimmer haben, wovon ich da eigentlich gerade rede … sorry, haha! Und Noah, falls du das hier liest, schreib mir mal eine SMS, sonst muss ich vielleicht doch einen Privatdetektiv engagieren, der dich aufspürt.

Girl Online, geht jetzt offline xxx

KAPITEL 1

Kaum habe ich den Blogpost fertig geschrieben, schiebe ich Elliot meinen Laptop hin. »Denkst du, das reicht?«

Sein Blick wandert über das Display, und ich beschäftige mich inzwischen mit dem Nagel an meinem kleinen Finger.

»Ich finde, es sieht gut aus«, sagt er nach ein paar quälenden Sekunden.

Nachdem ich seine Bestätigung habe, schnappe ich mir meinen Laptop wieder und klicke auf Veröffentlichen, bevor ich es mir noch mal anders überlegen kann. Sofort habe ich das Gefühl, eine Last würde von meinen Schultern verschwinden. Jetzt ist es getan. Ich kann die Worte nicht zurücknehmen. Mein »Statement« ist offiziell da draußen, obwohl es eigentlich albern ist, dass ich überhaupt ein Statement abgeben muss. Meine Wangen werden heiß, als mir bewusst wird, wie wütend diese Situation mich macht …

Elliot hüstelt – ziemlich laut – und unterbricht damit meinen Gedankenfluss. Er hat seinen Mund seitlich verzogen. Bei diesem Anblick wird mir sofort mulmig, denn ich weiß, dass er sich über irgendetwas Sorgen macht.

»Hast du wirklich seit Mitte August nichts mehr von Noah gehört?«

Ich zucke mit den Schultern. »Nö.«

»Das kann ich gar nicht glauben. Brooklyn Boy enttäuscht uns.«

Ich zucke noch mal mit den Schultern. Das ist so ungefähr die einzige Geste, zu der ich in der Lage bin. Wenn ich zu lange darüber nachdenke, kommen all die Gefühle wieder hoch. Und es hat mich genug Mühe gekostet, sie zu verbergen.

»Alles, was ich habe, ist diese eine SMS.« Ich hole mein Handy hervor und öffne die Nachricht. »Siehst du?«

Sorry, Penny. Es ist alles ein bisschen viel geworden. Ich steige aus der Tour aus und nehm mir eine Auszeit. Melde mich bald Nx

Ich weiß nicht, wie Noah »bald« definiert, aber das ist jetzt schon über einen Monat her, und ich habe keinen Mucks von ihm gehört. Dabei habe ich ihm mehrere SMS, Direct Messages über Twitter und E-Mails geschickt und nie eine Antwort bekommen. Weil ich nicht wie die verzweifelte Exfreundin wirken wollte, die ihm nachspioniert, habe ich vor Kurzem damit aufgehört. Aber es zieht sich immer noch alles in mir zusammen, wenn ich nur daran denke, dass er überhaupt nicht reagiert hat.

»Tja, du hast das Richtige getan, indem du deine Story veröffentlicht hast, damit die Leute dich endlich in Ruhe lassen. Wer braucht schon so ein Drama, was?«

»Genau.« Ich gehe ans Fußende meines Betts und schnappe mir die Haarbürste vom Schreibtisch. Mein Blick wandert über die Selfies am Spiegel, während ich meine von der Sommersonne ein bisschen aufgehellten kastanienbraunen Haare bürste. Da gibt es Bilder von mir mit Leah Brown, mit Elliot und Alex, und sogar eins mit Megan. Die meisten sind jedoch halb verdeckt von Lieblingsfotos, die ich aus Zeitschriften ausgeschnitten habe – als Anregungen für meine eigene Mappe. Außerdem hängt da der Zeitplan für meine Abiturvorbereitung. Sorgsam habe ich darin Unterstreichungen vorgenommen und mit verschiedenen Farben markiert, um genau zu wissen, was ich tun muss. Mum hat schon gescherzt, dass ich mehr Zeit mit Farbstiften als mit Lernen verbringe, aber es hilft mit eben, weil es mir ein Gefühl von Kontrolle gibt. Auf alles andere in meinem Leben habe ich anscheinend sowieso keinen Einfluss – nicht auf Noah und auch nicht auf meine Karriere als Fotografin, nicht mal auf meine Freunde … Alle bereiten sich schon auf das Leben nach diesem Schuljahr vor. Obwohl ich mit meinem Praktikum bei François-Pierre Nouveau – einem der angesagtesten Fotografen weltweit – einen Riesenvorsprung habe, kommt es mir vor, als würde ich stillstehen, während alle um mich herum rennen. Wie soll ich danach weitermachen?

»Denkst du, er hat jemand anderen kennengelernt?« Elliot schaut mich über den Rand seiner Brille mit einem Ausdruck an, den ich nur zu gut kenne. Das wird Penny gar nicht gefallen, sagt dieser Ausdruck, mit dem er mich hin und wieder überrascht.

»Elliot!« Ich werfe die Bürste nach ihm, der er mühelos ausweicht. Sie knallt gegen die Wand und landet dann auf einem Haufen Wäsche.

»Was denn? Er ist Single, du bist Single. Es wird langsam Zeit, dass du mal wieder rausgehst, Pen. Im Leben gibt es noch mehr als nur Brooklyn.« Dann zwinkert er mir so übertrieben zu, wie es seine Art ist, und ich verdrehe die Augen.

Wenn es irgendetwas gibt, das mich noch mehr aufregt als Noahs Schweigen, dann ist es die Vorstellung, dass er jemand anderen hat.

Weil ich dringend das Thema wechseln muss, frage ich Elliot: »Wie geht es eigentlich Alex?«

Elliot hebt die Hände zur Decke. »Perfekt, wie immer.«

Ich grinse. »Ihr beiden seid einfach zu süß. Fast könnte einem davon schlecht werden.«

»Hab ich dir schon erzählt, dass er das mit dem Vintage-Shop nicht mehr macht? Er leitet jetzt ein Restaurant.« Elliot strahlt vor Stolz. »Ich kann's gar nicht erwarten, mit der Schule fertig zu sein, damit wir zusammenziehen können. Ich meine, ich verbringe ja sowieso schon den Großteil meines Lebens in seiner Wohnung. Wenn ich nicht gerade hier bin, versteht sich.«

Er lächelt, aber dieses Lächeln erreicht seine Augen nicht. Da beuge ich mich vor und ergreife seine Hand. »Deine Eltern werden sich schon damit abfinden ...« Seit Wochen wird bei Elliot zu Hause ununterbrochen gestritten. Manchmal hören wir das Geschrei durch die dünne Wand meines Zimmers im Dachgeschoss. Solche Abende sind ein bisschen peinlich.

Jetzt ist er mit Schulterzucken dran. »Meiner Ansicht nach sollten sie sich endlich selbst aus ihrem Elend befreien. Wir wären alle besser dran, wenn sie sich einvernehmlich trennen würden.«

»Penny!«, höre ich meine Mum durchs Treppenhaus herauf rufen.

Ich schaue auf meinem Handy nach der Uhrzeit. »Oh, Mist! Los, Elliot – wir kommen zu spät! Ich kann doch meine erste Stunde nicht verpassen.« Also springe ich vom Bett auf und beginne, Bücher in meine Tasche zu werfen. Schnell kontrolliere ich noch mein Gesicht im Spiegel, und erst da fällt mir auf, dass ich nur die Hälfte meiner Haare gebürstet hatte, bevor ich die Bürste nach Elliot geworfen habe. Vom Tisch schnappe ich mir ein Haargummi und drehe die Haare – zerzaust oder nicht – zu einem hohen Knoten zusammen. Das muss reichen.

Elliots Fähigkeit, eine dunkle Wolke in einen Sonnenstrahl zu verwandeln, erstaunt mich schon immer. Auch als ich mich jetzt wieder zu ihm umdrehe, ist er munter und gesprächig. Grinsend hakt er sich bei mir unter. »Wettrennen um ein Schokocroissant?«

»Ich nehm' dich beim Wort.«

Lachend nehmen wir immer zwei Stufen auf einmal und stoßen dabei mehrmals zusammen.

»Was habt ihr zwei Verrückten denn vor?«, spottet Mum, als wir die letzte Stufe runterspringen und uns ein warmes Schokocroissant aus ihrer ausgestreckten Hand schnappen. »Vergiss nicht, heute Abend um sieben zu Hause zu sein. Wegen Toms Geburtstag.«

»Kein Problem!«, sage ich schon halb zur Tür hinaus

und weiß, dass ich Schokolade an Stellen habe, wo sie an einer ordentlichen Sechzehnjährigen nicht sein sollte. Natürlich würde ich den Geburtstag meines großen Bruders nie vergessen, aber ich weiß, warum Mum mich daran erinnert. Ich habe mir nämlich angewöhnt, nach der Schule mit Elliot durch Brighton zu streifen und Fotos von ihm für meine Mappe zu machen. Er ist quasi das perfekte Model für mich: so superselbstbewusst, dass es ihm nie etwas ausmacht, mitten auf der Straße für mich zu posieren, selbst wenn Leute vorbeigehen. »Vielleicht sollte ich einen Blog starten«, meinte er irgendwann zu mir. »Dann könnte ich darin all diese Fotos präsentieren! Sogar die, die dir nicht gefallen, sind großartig.«

»Das solltest du«, hatte ich geantwortet. »Es wäre auch toll für deine Modeaktivitäten.«

»Ich denke mal drüber nach«, war seine Reaktion, aber er hat die Sache bis jetzt nicht angepackt. Deshalb vermute ich, dass Elliot die Idee, einen Blog zu haben, mehr anspricht als die Vorstellung von der ganzen damit verbundenen Arbeit. Immer verdreht er die Augen, wenn er mich schon wieder am Laptop sieht. Aber er weiß auch, dass genau das nötig ist, um einen Blog zu pflegen. Nach meiner langen Sendepause im letzten Jahr bin ich jetzt entschlossener denn je, einen Erfolg daraus zu machen.

Draußen bringt mir die kühle Luft in Erinnerung, dass es schon Herbst ist, auch wenn wir erst September haben. Diese Zeit des Jahres mag ich am allerliebsten: Das Laub der Bäume beginnt sich nach den Strapazen des Sommers zu verfärben und zu welken und die Sonne scheint ohne den Dunst der Sommerhitze viel klarer. Alles wirkt einfach eine Spur strahlender und frischer – ein sauberer Neuanfang fürs neue Schuljahr. Genau das brauche ich jetzt.

Ich schmiege mich enger an Elliot und hake mich bei ihm unter. »Unsere Foto-Session müssen wir heute Abend abkürzen«, sage ich. »Das einzig Bedauerliche daran, dass Alex im Secondhand-Laden aufhört, ist, dass wir dann keine witzigen Kostüme mehr ausleihen können!«

Ich erinnere mich an mein Lieblingsfoto von Elliot: Darauf trägt er seine normalen Klamotten (Skinny-Jeans, weinrotes T-Shirt und eine Strickjacke aus grober Wolle) und dazu einen Piratenhut mit riesiger Feder. Außerdem balanciert er mit einem Bein auf einem umgedrehten Eimer, den wir am Felsenstrand gefunden hatten. Er sieht darauf aus wie der Piratenkönig von Brighton. Allerdings ein Pirat mit echt gutem Modegeschmack.

»Dann müssen wir uns wohl wieder an den Fundus deiner Mutter halten«, sagt Elliot mit einem dramatischen Seufzer. Ich lache. Aber es stimmt. Mum besitzt aus ihrer Zeit am Theater noch eine Tonne seltsamer und wunderbarer Accessoires.

An der Bushaltestelle trennen wir uns. Und er verabschiedet mich mit zwei affektierten Küsschen auf die Wangen – das hat er sich in Paris abgeguckt und dann in seinem Praktikum bei der Zeitschrift CHIC vervollkommnet. »Bis später, Darling«, sagt er und senkt dann seine Stimme. »Ärger dich nicht zu sehr wegen Noah, versprochen?«

Ich merke, wie ich rot werde. »Versprochen.«

Von der Bushaltestelle aus habe ich nicht weit zu gehen, doch ich vermisse Elliots Gesellschaft sofort. Seine Abwesenheit schmerzt mich, als würde mir ein Arm oder ein Bein fehlen. Mir fehlt ein Elliot – und das tut weh. Ich weiß gar nicht, was ich tun werde, wenn er und Alex nächstes Jahr nach London ziehen. Allein der Gedanke daran bewirkt, dass das Schokocroissant wieder nach oben will, und ich schlucke heftig, damit es unten bleibt.

Da summt mein Handy, und sofort habe ich das Versprechen von vorhin vergessen und denke, das könnte Noah sein. Aber nein, es ist Kira. »Wo bist du?«, lautet ihre Nachricht. Ich schaue auf die Uhrzeit. Nur noch fünf Minuten bis zur ersten Stunde – dann soll ich mit Kira ein Geschichtsreferat halten. Oops.

Ich beschleunige mein Tempo, renne die Stufen hinauf und durch die Doppeltüren der Schule. Drinnen stoße ich auf zwei Siebtklässlerinnen, die sich über ihre Handys beugen und über irgendwas auf der Promiseite *Celeb Watch* kichern. Sofort merke ich, dass Verunsicherung sich wie eine Flutwelle in meinem Kopf aufbaut, weil sie vielleicht über mich lästern. Aber diesmal nicht. Anscheinend hat Hayden von The Sketch mit seiner Freundin Kendra Schluss gemacht, so viel schnappe ich auf. Als eines der Mädchen hochschaut und mich ansieht, runzelt sie die Stirn – aber in ihrem Blick ist keine Spur von Erkennen. Bestimmt liegt es nur daran, dass ich sie anstarre wie eine Spinnerin. Mit klopfendem Herzen renne ich weiter. Inzwischen dreht nicht mal mehr jemand den Kopf nach mir.

Erleichtert atme ich aus und merke, wie meine Nervosität nachlässt. Noah und ich sind anscheinend ganz offiziell Schnee von gestern. Ich bin nur ein normales Mädchen, das ein normales Leben lebt und eine normale Schule besucht. Genau das habe ich mir nach meinem Ausstieg aus der Tour ja auch gewünscht.

Oder etwa nicht?

»Penny! *Du meine Güte*, da bist du ja.« Kira läuft mir entgegen und reißt mich aus meinen Grübeleien. Sofort legt sie mit einem Schnelldurchlauf unseres Referats los. Und so lasse ich mich von ihr durch die Flure und zurück in die Normalität ziehen.

KAPITEL 2

»Moment, bleib so, nur noch eins.«

»Penny, es ist fünf vor sieben ...«

»Ich weiß, aber das Licht ist perfekt ...« Dann mache ich ein letztes Bild von seiner Silhouette vor dem sich verdunkelnden Himmel. Diesmal sind wir nicht an den Strand gegangen, sondern in den Blakers Park, der vor unseren Häusern und neben einer Reihe hübscher pastellfarbener Häuser liegt. Dass wir oben auf dem Hügel wohnen, bedeutet, dass wir von unseren benachbarten Fenstern im Dachgeschoss eine tolle Aussicht auf den Park und das Meer dahinter haben. Im Park steht ein Uhrturm, unter dem Elliot und ich schon viele sonnige Abende lesend und fotografierend verbracht haben. Elliot nimmt übertriebene Posen ein: springt in die Höhe und macht anschließend eine Brücke. Ich liege bäuchlings im Gras und fotografiere von unten herauf. Wenn man nicht weiß, dass er das ist, erkennt man Elliot auf den Bildern gar nicht unbedingt. Es gelingt mir, den Sonnenuntergang mit seinem gewölbten Körper im Vordergrund zu fotografieren, sodass die Details im Sonnenlicht verschwimmen. Er selbst wirkt ätherisch, wie aus Sonne gemacht.

»Okay, fertig«, sage ich und lege die Kamera ins Gras. Dann setze ich mich auf und kontrolliere mein Handy. Bis jetzt noch keine besorgten Nachrichten von Mum, also vermute ich, dass Tom sich wahrscheinlich verspätet.

»Lass mal sehen«, sagt Elliot, der sich aus der Brücke ins Gras fallen lässt. Ich beuge mich zu ihm. »Oh, Penny, die sind fantastisch. Deine besten bis jetzt. Die gehören ausgestellt.«

»Ja, das wird bestimmt das Herzstück! Ich werde es *Elliot und die Sonnenscheinbrücke* nennen.«

»Vielleicht solltest du an den Titeln noch ein bisschen feilen.«

»Einverstanden.«

Elliot malt sich für mich aus, dass ich eines Tages eine Riesenvernissage feiern werde – eine Einzelausstellung. Nicht so wie damals, als meine Bilder gemeinsam mit denen der anderen aus meinem Fotografiekurs an der Schule präsentiert wurden. Seine Vision von meiner Galerie ist mit einem großartigen Ort verknüpft – London oder New York oder sogar etwas so Entlegenes wie Shanghai oder Sydney. Solche hochfliegenden Träume bringen mich immer zum Schmunzeln, aber meine Nerven auch zum Flattern. Am Ende meines fantastischen Praktikums teilte mir François-Pierre Nouveau mit, dass ich vielleicht ein paar Bilder in seiner Galerie ausstellen dürfe – sofern sie jemals seinen hohen Ansprüchen genügen würden. Inzwischen habe ich schon ein paar der Fotos, die ich von Elliot gemacht habe, an Melissa geschickt. Sie leitet das Büro von F-P Nouveau, und wir hatten uns richtig gut verstanden. Sie erklärte mir, dass sie zwar gut wären, ihnen aber noch etwas fehlen würde. »Ich kann in diesen Bildern einfach nichts von *dir* entdecken«, meinte Melissa. »Du bist fast so weit. Arbeite daran, rauszufinden, was deine echte Leidenschaft ist, ein Thema, das du wirklich liebst, und dann wirst du es zu fassen kriegen. Deine Fotografien brauchen eine Stimme. Etwas, das ... unverwechselbar Penny ist.«

Ich will sie nicht enttäuschen, deshalb heißt mein Ziel: üben, üben, üben, bis ich genau weiß, was »unverwechselbar Penny« ist. Denn meine Träume für mich sind genauso gigantisch wie Elliots. Ich will für den Rest meines Lebens fotografieren. Und noch nie war ich so entschlossen wie jetzt, diesen Traum Wirklichkeit werden zu lassen.

Da erregt etwas in meinem Augenwinkel meine Aufmerksamkeit, und ich schaue abrupt hoch. »Noah?«, flüstere ich, bevor ich es verhindern kann.

»Was? Wo?« Elliot folgt meinem Blick, aber da ist niemand. Wer auch immer eben noch dort war, muss inzwischen den Hügel hinunter verschwunden sein.

»Ich hätte schwören können ...« Aber was habe ich gesehen? Eine tief über dunkle Haare gezogene Beanie. Einen vertrauten Gang. Das hätte jeder sein können. »Vergiss es«, sage ich rasch.

Elliot lässt sich nicht täuschen. »Ist schon gut, Penny. Ich wünschte auch, er wäre da. Aber es gibt jemand, der wirklich da ist, nämlich Tom. Also lass uns nach Hause gehen, ja?«

»Unbedingt.« Ich weiß, wie dumm das von mir war – Noah ist wahrscheinlich gerade in New York oder vielleicht LA, aber ganz bestimmt nicht in Brighton. Ich wünschte nur, ich wüsste irgendetwas über seinen Aufenthaltsort und darüber, was er gerade treibt. Dann könnte ich wenigstens aufhören, mich verrückt zu machen.

»Jetzt komm schon, du Schnecke!«, ruft Elliot, als ich auf dem Heimweg den Hügel hinauf ein Stück zurückfalle. Das ist das Problem hier in Brighton – es besteht fast nur aus Hügeln, und unsere Häuser stehen ungefähr auf der Hälfte von einem der höchsten.

»Ich habe gehört, dass Dad heute seine berühmte Lasagne macht!«, sage ich, nachdem ich Elliot eingeholt habe.

Er stöhnt. »O Gott, was wird er wohl diesmal reintun?«

»Ich habe keine Ahnung. Aber erinnerst du dich, wie er mal Ananas reingeschichtet hat, damit es hawaiianisch schmeckt?«

»Das hat mir sogar geschmeckt! Ich dachte eher an das eine Mal, als er gerade erfahren hatte, dass man in Mexiko Schokolade in die Soßen tut, und deshalb eine ganze Tafel Milchschokolade in die Bolognese getan hat!«

»Das war ziemlich eklig«, stimme ich ihm zu. »Vielleicht sollte ich ihm sagen, dass er sich am besten aufs Frühstückmachen beschränkt.«

»Nee, du weißt doch, wie gern dein Dad experimentiert, selbst wenn es nicht immer was wird. Ich meine, wer hätte denn gedacht, dass Chipsbrösel obendrauf gestreut eine Lasagne lecker und knusprig machen? Das Rezept sollte er sich patentieren lassen. Nimm dich in Acht, Jamie Oliver!«

Wie wir so übers Essen plaudern, vergeht die Zeit blitzschnell, und schon stehen wir vor unserem Haus. Elliot wirft nicht mal einen Blick auf die Haustür seiner Eltern nebenan, sondern folgt mir sofort zu uns hinein. Beim Eintreten empfängt uns sofort der kräftige Geruch von Kräutern und gebratenem Fleisch.

»Irgendwas duftet da köstlich!«, ruft Elliot hinter mir.

Dad erscheint mit einer Kochmütze im Flur, die schief auf seinem Kopf sitzt. »Heute Abend gibt es Lasagne auf griechische Art! Feta! Oregano! Lamm! Aubergine!«

»Also Moussaka?«

»O nein.« Dad wedelt mit einem Kochlöffel. »Es ist trotzdem noch Lasagne. Und wartet, bis ihr seht, was oben drauf ist …«

»Bitte, bitte, bitte keine Oliven!« Ich rümpfe die Nase.

»Nein, etwas noch Besseres: Anchovis!«

Elliot und ich stöhnen im Chor.

»*Hello, happy People!*«

»Tom!« Ich drehe mich um und quietsche vor Freude, als mein Bruder Tom durch die Tür kommt, gefolgt von seiner Langzeitfreundin Melanie. »Happy Birthday!«

»Danke, Pen-Pen!« Er umarmt mich schwungvoll und zerzaust mir die Haare.

»Hey! Lass das«, sage ich und schüttele ihn ab. Dann drücke ich Melanie fest. »Hey, Mel, wie geht's?«

»Großartig, danke, Penny. Kann kaum erwarten, was euer Dad wieder gekocht hat.«

Ich muss lachen. »Bestimmt was Interessantes, wie immer!«

Die nächsten Stunden sind bestimmt von Essen und Gelächter und hüllen mich in eine warme Decke, die so tröstlich ist wie Mums alte wollene Strickjacke, die ich immer mitnehme, wenn ich in ein Flugzeug steige. Die griechische Lasagne war tatsächlich lecker (auch wenn ich erst all die ekligen kleinen Fischchen abgekratzt und an Tom weitergegeben habe). Jetzt sitzen alle entspannt um den Tisch: Mum erzählt Melanie von ihrer nächsten Hochzeit (das Motto lautet *Cabaret* und sie findet in Soho statt). Tom und Elliot lachen gerade über einen von Dads Scherzen.

Da kommt mir plötzlich eine Idee. Ich stehe auf und hole mir aus dem Flur meine Kamera, die ich neben den Rucksack gelegt hatte.

Wieder zurück richte ich das Objektiv auf meine Familie, um ihr Lächeln und Gelächter einzufangen. Das ist »unverwechselbar Penny«. Denn das sind alle, die ich lieb habe, zusammen in einem Raum.

Ich betrachte das Foto. Na ja ... *fast* alle.

17. September

Gespenster sehen

Ich danke euch allen für die Unterstützung nach meinem letzten Blogpost. Leider musste ich die Kommentarfunktion irgendwann schließen – es ist einfach ein bisschen ausgeufert. Aber vielleicht können wir das hier ja gemeinsam durchstehen, was meint ihr? Leute, ihr habt einfach immer die besten Ratschläge.

Im Moment sind die Gespenster das, was mir am meisten zu schaffen macht. Damit meine ich keine echten Gespenster (wenigstens hoffe ich das), sondern die Schatten – die Spuren – der vermissten Person, die noch überall in meinem Alltag zu finden sind, und diese Gespenster sind bereit, mich jeden Moment anzuspringen, sodass mir fast das Herz stehenbleibt.

Jedes Mal, wenn ich um eine Ecke biege, erinnert mich etwas anderes wieder an ihn. Obwohl ich mir sicher bin, dass er weit weg von hier ist, denke ich dauernd, ihn in einer Menschenmenge direkt vor mir zu sehen. Bei einer Gelegenheit habe ich sogar einen armen Kerl mal die Straße runter verfolgt, und als er sich dann umdrehte –

da war er es natürlich nicht. Es war nur ein Junge mit dunklem Haar.

Bin ich dabei, den Verstand zu verlieren? Kennt ihr dieses englische Sprichwort, dass ihr eine Gänsehaut kriegt, weil gerade jemand über euer Grab läuft? Genau so fühlt sich das an – bibbernd, kalt, ein bisschen unheimlich –, und ich komme mir dabei immer etwas erbärmlich vor. Was kann ich bloß machen, um die Gespenster zu verscheuchen und mich wieder normal zu fühlen?

Girl Online, geht jetzt offline xxx

KAPITEL 3

Nachdem ich den Blogpost vor zwei Tagen veröffentlicht habe, kann man die Ratschläge aus allen Kommentaren in drei Kategorien zusammenfassen:

1) Umgib dich mit Freunden und Familie – erledigt.
2) Lenk dich ab: Geh raus und mach mehr aufregende Dinge, bis die Erinnerungen an ihn anfangen zu verblassen – da könnte ich vielleicht noch mehr machen.
3) Such dir jemand Neuen – genau das ist auch Elliots wichtigster Rat. Trotzdem glaube ich irgendwie nicht, dass das passieren wird.

Ich habe mich also entschlossen, Methode Nummer 2 auszuprobieren. Und um mich abzulenken, nehme ich eine Einladung an, die ich schon vor ein paar Wochen per SMS erhalten habe. Megan hat mich darin aufgefordert, sie in London an der Madame Laplage School for the Arts zu besuchen – sie ist dort jetzt in der Abschlussklasse. Das ist eine wirklich angesehene Schule, und ich bin total stolz auf sie, weil sie es dorthin geschafft hat. Es war eine so große Sache, dass sogar die Lokalzeitung darüber berichtete, und zwar unter der Überschrift: SCHÜLERIN SICHERT SICH PLATZ AN DER AKADEMIE DER STARS. Ein Haufen berühmte Schauspielerinnen und Schauspieler haben dort ihre Ausbildung absolviert. (»Wie Megan nie zu erwähnen vergisst«, sagt Elliot.) Aber die Schule ist nicht nur für Schauspiel berühmt. Es gibt auch Musiker, Tänzer, Maler – wahrscheinlich sogar auch ein paar Fotografen. Megan muss auf dem Campus wohnen, was ein bisschen so ist, als ginge sie schon zur Uni. Trotz ihrer verrückten und manchmal arroganten Art vermisse ich sie tatsächlich.

»KOMM UND BESUCH MICH«, schrieb sie mir in Großbuchstaben in einer ihrer letzten Nachrichten. »Du wirst begeistert sein.«

Elliot hatte nur mit den Augen gerollt. »Wahrscheinlich braucht sie nur jemand, vor dem sie mit ihrer ›Hauptrolle‹ in *Les Miserables* oder was immer sie da machen, angeben kann.«

»*West Side Story*«, verbesserte ich ihn. Megan hatte am selben Tag auf Facebook gepostet, dass sie die Maria in der ersten großen Aufführung der Schule in diesem Jahr zu Halloween spielen würde.

»Die Proben sind anstrengend«, schrieb sie mir, »aber wenn du an einem Samstag nach elf kommst, dann chillen wir schon alle im Gemeinschaftsraum und ich kann dir jeden vorstellen.«

»Okay – ich komme«, schrieb ich zurück. Elliot war nicht begeistert, aber ich konnte ihm ansehen, dass sogar er froh war, dass ich mal rauskommen und etwas anderes außerhalb meiner vertrauten Umgebung machen würde.

»Juhu! Dann seh ich dich Samstag!«, lautete ihre Antwort.

Jetzt ist Samstag und einer dieser strahlenden herrlichen Septembertage, an denen London glitzert, als seien alle Gebäude frisch gewaschen. Als ich aus dem Zug steige, muss ich daran denken, wie weit ich in den letzten paar Monaten gekommen bin. Vor diesem Sommer wäre ich niemals allein mit dem Zug nach London gefahren und schon gar nicht dort mit der U-Bahn. Doch inzwischen habe ich diese kleinen Strategien im Hinterkopf, die mir helfen, meine Panik unter Kontrolle zu halten. Nicht ganz natürlich – ich weiß, dass das etwas ist, das mir auf die eine oder andere Weise für den Rest meines Lebens bleiben wird und das sein hässliches Haupt jederzeit heben kann. Doch solange ich meine Angstzustände beherrsche, aktiv angehe und akzeptiere, weiß ich, dass ich klarkomme.

Die Madame Laplage School liegt am Themseufer. Megan wird mich an der U-Bahn-Haltestelle Embankment abholen und dann spazieren wir gemeinsam dorthin.

»Penny!« Mit einem Kaffee in der Hand winkt sie mir vor einer Starbucks-Filiale. Ich wusste gar nicht, dass sie etwas anderes als Milchshakes und Cola trinkt, aber das hier ist wohl die »erwachsene« Megan. »Ich hoffe, es macht dir nichts, dass ich mir schon mal was zu trinken besorgt habe«, sagt sie. »Du magst doch keinen Kaffee, oder?«

Ich schüttle den Kopf. »Nein, ich brauche jetzt sowieso nichts.«

»Prima.« Sie hakt sich bei mir unter und führt mich

über die Brücke bei der U-Bahn-Station. Da der Fluss einen Bogen beschreibt, kann ich St Paul's Cathedral in der Ferne sehe. Ich bleibe stehen, um ein Foto zu machen. Megan schiebt sich sofort ins Bild und drapiert sich über dem Brückengeländer.

»Warte, mach auch ein Bild von mir vor dem National Theatre«, sagt sie und deutet auf den großen Betonbau nah bei ihrer Schule. »Vielleicht kannst du es eines Tages, wenn ich meine Hauptrolle in einem berühmten Stück am National spiele, für Millionen verkaufen.« Sie gackert auf eine Art und Weise, dass es mir schon peinlich ist und ich rasch das gewünschte Foto mache. »Darf ich's sehen?«

Ich drehe die Kamera herum, um es ihr auf dem kleinen Display zu zeigen. Sie quietscht auf. »O mein Gott, Penny, das ist so großartig! Vielleicht solltest du auch meine Porträts machen.«

Ich lächle, während sie übers ganze Gesicht grinst, aber irgendwie fühlt es sich seltsam an. Selbst Megan ist normalerweise nicht so aufgekratzt und überdreht. Ich würde das gern auf zu viel Kaffee schieben, doch das allein kann es fast nicht sein.

»Wie läuft es denn so an der Schule?«, frage ich, nachdem wir die Brücke überquert haben.

»Ach, die Schule ist einfach fantastisch. Wusstest du, dass ein prominentes Paar aus Hollywood seine Kinder herschicken wird? Laut *Celeb Watch* ist das alles noch Pscht-Pscht, aber Madame Laplage ist der einzig wahre Ort für eine ordentliche Shakespeare-Schauspiel-Ausbildung. Und die Lehrer sind einfach unglaublich. Wusstest du, dass sie sogar einen Spezialisten für Monologe habe?

Du solltest auch mal die Tänzer sehen ... Ich habe noch nie so viele heiße Typen auf einem Haufen gesehen.« Sie zwinkert mir zu.

Während sie im Gehen weitererzählt, merke ich, dass sie meine Frage noch nicht beantwortet hat. Ich weiß bereits alles über ihre Schule, aber noch nicht, wie es *ihr* eigentlich dort geht.

Die Madame Laplage School befindet sich in einem riesigen alten Reihenhaus im Edwardianischen Stil. Früher waren das wahrscheinlich mehrere einzelne schmale, hohe Häuser, doch anscheinend hat man zahlreiche Wände herausgebrochen und die Fassade haben die Kunststudenten mit Wandgemälden in kräftig leuchtenden Farben bemalt. Durch die Glasscheibe einer der Türen kann ich den Holzboden und die verspiegelten Wände eines Ballettsaals sehen.

Megan gibt immer noch etwa eine Million Worte pro Minute von sich, während wir durch ein Treppenhaus mehrere Etagen hinaufsteigen. Im zweiten Stock bleiben wir vor einer Tür mit der Aufschrift GEMEINSCHAFTSRAUM SCHAUSPIEL stehen.

»Also, jetzt flipp nicht aus, Penny, aber ein paar der Mädchen da drin wissen von dir und Noah und sind total neidisch, okay? Mach dir keine Sorgen, ich pass schon auf, dass sie cool bleiben, nur, veranstalte keinen unnötig großen Wirbel.«

»Äh ... sicher nicht«, entgegne ich stirnrunzelnd. »Glaub mir, das Letzte, was ich möchte, ist, über Noah zu reden.«

»Gut. Alles klar ...« Sie holt tief Luft, als müsse sie sich bereit machen. Dann öffnet sie die Tür.

Das Erste, woran dieser Gemeinschaftsraum mich erinnert, sind die Greenrooms, die ich backstage auf den Konzerten gesehen habe. Und definitiv ist hier mehr geboten als in dem Gemeinschaftsraum für die Zwölfte an unserer Schule. Die Chill-out-Atmosphäre ist jedoch die gleiche: Jungs, die auf durchgesessenen Sofas lungern, Mädchen, die die Beine über Stuhllehnen baumeln lassen. Einer der Jungs hat eine Gitarre, die er in einer Ecke gerade stimmt. Und alle sehen richtig gut aus. Ich frage mich fast, ob ich versehentlich in den Dreh der TV-Highschool-Serie *Glee* gestolpert bin.

Tatsächlich ist es fast genau so, wie Megan es geschildert hat – und ich werde nach Hause fahren und Elliot erzählen müssen, dass sie überhaupt nicht angegeben hat. Es ist nämlich wirklich so kreativ und verrückt und freigeistig, wie sie gesagt hat.

Megan wartet, bis ich mich umgesehen habe, dann greift sie nach meiner Hand. Wir gehen auf eine Gruppe von Mädchen zu, die an einem Tisch sitzen und sich gegenseitig Text aufsagen. Es dauert einen Moment, bis sie uns überhaupt bemerken. Ich sehe Megan fragend an und weiß nicht, warum sie gar nicht Hallo sagt, aber sie konzentriert sich ganz auf eines der Mädchen.

»Oh, hi, Megan«, sagt eine große Rothaarige mit hohem Pferdeschwanz. Sie hebt kaum den Blick in Megans Richtung und ihre Lippen bilden eine strenge Linie.

»Hey, Salena«, sagt Megan. Ihre Stimme ist derart hoch, dass sie schon fast piepst. So habe ich sie noch nie gehört. »Das ist die Freundin, von der ich dir erzählt habe. Du weißt schon ... Penny Porter.«

Jetzt richtet Salena ihre Augen auf mich und lächelt. Das Lächeln verändert ihr Gesicht und lässt sie quirlig und warmherzig wirken. »Oh, hi, Penny«, sagt sie. Mit einer Hand greift sie hinter sich, packt einen Stuhl an der Lehne und stellt ihn schwungvoll neben sich. »Möchtest du dich setzen?«

»Äh, ach ...« Ich sehe Megan an, die mich auch schon auf den Stuhl drückt. »Ich schätze, ja!«, sage ich und lache verlegen. Megan schießt inzwischen durch den Raum zu dem einzigen noch freien Stuhl und zerrt ihn ebenfalls an den Tisch.

Salena lässt mich nicht aus den Augen. »Das sind Lisa und Kayla. Sie sind im ersten Schauspieljahr, so wie ich.«

»Und wie Megan!«, sage ich fröhlich.

Sie nickt. »Also als Erstes muss ich dir sagen, dass ich deinen Blog echt *liebe*.«

Ich merke, wie ich rot und meine Wangen heiß werden. Denn ich habe mich immer noch nicht daran gewöhnt, dass richtige Menschen meinen Blog lesen. Auch wenn die Zahlen meiner Seitenstatistik beweisen, dass es so sein muss. »Danke ... ich betreibe ihn inzwischen schon eine Weile.«

»Ich weiß! Ich finde, du bist total authentisch.«

Neben mir nickt Megan begeistert zu allem, was Salena sagt.

»Und natürlich sind wir am Boden zerstört wegen ... du weißt schon«, sagt Kayla von der anderen Seite des

Tisches. Ihre Augen sind riesig und rund und ihre Haare raspelkurz.

»Danke«, antworte ich schon wieder und weiß nicht, was ich sonst noch sagen soll. »Seid ihr alle schon aufgeregt wegen *West Side Story*?«, frage ich in der Hoffnung, das Thema wechseln zu können. »Megan ist ja so eine tolle Sängerin. Hat sie euch von der Aufführung von *Romeo und Julia* an unserer Schule erzählt?«

Salena macht den Mund auf, um zu antworten, aber in diesem Moment springt Megan auf. »Also, ich zeige Penny jetzt lieber der Rest des Hauses. Bis später, Mädels.«

Ich winke allen zaghaft zu. »War schön, euch kennenzulernen. Ciao.«

»War auch nett, dich kennenzulernen, Penny. Komm jederzeit wieder. Ich würde auch gern deine Meinung zu meinem Blog hören.«

»Na klar«, antworte ich. »Autsch.« Megan zerrt mich am Arm vom Stuhl, sodass ich mir das Knie am Tisch anstoße. Dann zieht sie mich in die Mitte des Raums. »Hey, was ist denn los?«, frage ich.

»Ich wollte mich nicht mehr mit diesen Mädchen unterhalten. Sie waren ein bisschen langweilig. Ich hatte dich ja gewarnt – nur über Noah jammern und über den Blog quatschen.«

»Sie waren doch gar nicht so schlimm ...«

»Egal, jedenfalls gibt es noch Unmengen anderer Leute, die ich dir vorstellen will. Und ich will dir auch noch mehr von der Schule zeigen. Du *musst* unsere Hauptbühne sehen und die Garderoben und mein Zimmer.«

Wir wollen gerade gehen, als eine Hand auf meine

Schulter tippt, sodass ich zusammenzucke. Ich drehe mich um und ein umwerfender Junge schaut mir in die Augen. Sofort denke ich, dass er bestimmt Megan gemeint hat, doch als ich einen Schritt beiseite mache, streckt er wieder die Hand aus und hält mich mit einer Berührung auf.

»Entschuldige, aber … bist du Penny Porter?«

Weiterlesen kannst Du hier:
978-3-570-17446-3 (Print)
978-3-641-20764-9 (eBook)